Laurie

KJ Weiss

Laurie

Impressum

Copyright: KJ Weiss 2022

Lektorat: Tobias Franke

Covergestaltung: Ralf B. Franke

Foto: 123rf.com/ maybeiii

Alle Rechte vorbehalten

Herstellung und Verlag:

BoD – Books on Demand, Norderstedt

ISBN: 9783756837120

Anfang April

1

Laurie

Seit vier Tagen saß sie hier und starrte die Wand an. Ihr Kopf war leer, sie dachte nicht, träumte nicht, sie existierte bloß noch. Warum eigentlich? Wäre es nicht besser, sie wäre tot?

Ein Sonnenstrahl erreichte ihr Gesicht und sie drehte sich zur Seite. Konnte es nicht wenigstens draußen schütten wie aus Eimern? Das würde eher ihren Gefühlen entsprechen. Am besten wäre ein richtig heftiger Sturm, der um das Haus tobte – so wie sie am liebsten toben und schreien würde, so laut schreien, wie es ihr möglich war, allen Frust und die Trauer herausschreien, bis es sie zerriss.

Schon wieder kamen diese blöden Tränen, dabei hatte sie gedacht, es gebe keine mehr in ihr drin. Sie wollte auch nicht mehr weinen. Es brachte sowieso nichts. Was geschehen war, war geschehen. Das ließ sich nicht mehr ändern. Wann akzeptierte sie das endlich?

Die Tür wurde aufgerissen und Alisha kam polternd herein. Sie konnte nicht anders als laut sein. Das war ihre Art, den in ihr drin steckenden Frust zu zeigen. Sie war nicht sonderlich erbaut darüber, sich mit der Neuen ein Zimmer teilen zu müssen.

Sie beachtete Laurie, die schnell den Kopf abgewandt hatte, überhaupt nicht, schmiss ihren Rucksack unter den Schreibtisch und warf sich stöhnend auf ihr Bett. Dann seufzte sie theatralisch. „Noch drei Tage bis zu den Osterferien. Die könnten die sich echt schenken. Es ist alles gelaufen, wir sitzen nur blöd rum."

Ob sie darauf eine Antwort erwartete? Sie wollte eigentlich überhaupt nicht reden, mit gar keinem.

Ein lauter Ruf ertönte von unten: „Laurie? Kommst du bitte mal?"

„Oh, Scheiße!", fluchte Alisha. „Das sollte ich dir ausrichten. Diese Tante vom Jugendamt ist da und will mit dir sprechen."

Widerwillig stand sie auf. Den Ruf ignorieren, brachte nichts. Reagierte sie nicht, kamen die hoch. Und dass ihre Zimmernachbarin mitkriegte, worum es ging, musste nicht sein.

Frau Liebisch wartete schon unten an der Treppe und forderte sie mit einem Wink auf, ihr in das Büro zu folgen. „Ich lasse euch dann allein", sagte sie, nachdem Laurie ein leises Hallo gemurmelt und sich vor den Schreibtisch gesetzt hatte, hinter dem die Mitarbeiterin des Jugendamts thronte. Das war die, die sie hier abgeliefert hatte. Als sie diese kennenlernte, tat sie wunders wie nett und mitfühlend. Als würde die sie voll und ganz verstehen. Doch statt sie zur Oma zu bringen, verfügte sie diese Unterbringung – ohne sie vorher zu fragen.

„Wie geht es dir, Laurie?", fragte sie.

Sie zuckte stumm mit den Schultern. Dass sie nicht gern hier war, müsste ihr wohl klar sein.

Die Frau wartete schweigend mit schief gelegtem Kopf.

„Wann kann ich wieder nach Hause?", platzte es aus ihr heraus.

„Das ist nicht so einfach, Laurie." Sie verzog die Lippen zu einem mitfühlenden Lächeln.

Das konnte sie gut, Emotionen vortäuschen. Aber innendrin war sie kalt wie ein Fisch. Der war völlig egal, was sie wollte.

„Deine Mutter befindet sich immer noch im Krankenhaus. Es gibt niemanden, der dich aufnehmen könnte."

„Oma", schlug sie vor, obwohl sie genau wusste, was die Frau darauf sagen würde.

6

„Das ist leider nicht möglich", kam es auch prompt. „Deine Oma arbeitet den ganzen Tag. Wer soll sich um dich kümmern?"

„So war es vorher auch." Hatte sie vergessen, was sie ihr gesagt hatte? Diese Frau war das Letzte. Wenn man sie so sah mit ihren blonden, kurz geschnittenen Haaren, der etwas altmodischen Brille und den freundlich zwinkernden Augen, dachte man: Der kannst du vertrauen. Pustekuchen! Die war knallhart.

„Genau aus dem Grund sollst du nicht wieder zurückgeführt werden", nickte sie. „Wir werden genau prüfen, ob und inwieweit deine Mutter fähig ist, sich um ihre Kinder zu kümmern."

Ach, nee. Auf einmal? „Wo ist Charlie?"

„Dein Bruder ist in einem speziellen Heim untergebracht. Er ..."

„Wann kann ich ihn sehen?"

Sie runzelte missbilligend die Stirn. „Genau das wollte ich dir gerade erklären. Er hat das Geschehene noch nicht verarbeitet. Er muss sich zuerst stabilisieren. Später ..."

Am liebsten hätte sie sie gleich wieder unterbrochen. Wollte sie denn nicht verstehen? Sie, Laurie, war seine Bezugsperson, seine Vertraute. Wie konnten die erwarten, dass er sich total Fremden öffnete? Aber es machte keinen Sinn. Das hatten sie schon, die ging sowieso nicht auf ihre Worte ein. Deshalb ließ sie die Frau labern und machte ein ernstes Gesicht zu ihren Worten. Dass diese einfach an ihr vorbeirauschten, würde sie bestimmt nicht bemerken.

Beinahe hätte sie ihren Einsatz verpasst. „Du willst nicht an der Beerdigung teilnehmen, Laurie?", fragte die Frau gerade.

Sie schüttelte stumm den Kopf und musste sich auf die Lippe beißen, weil die Tränen herausdrängten.

„Kein letztes Abschiednehmen?", hakte sie nach.

„Wozu?", presste sie mühsam hervor.

Jetzt war ihr Gegenüber es, die den Kopf schüttelte. „Ich hatte gedacht, es wäre wichtig für dich."

Genau, du verstehst eben nicht, hätte sie gern geantwortet. Ruhig, Laurie, beschwor sie sich. Lass dich nicht provozieren! „Wann kann ich zu Charlie?", wiederholte sie.

Mittlerweile wirkte die Frau reichlich genervt. „Sobald die Ärzte ihr Okay geben", rang sie sich ab. „Ich melde mich bei dir."

Darauf kann ich lange warten, dachte Laurie. Die riss sich ganz bestimmt kein Bein für sie aus. Die mochte sie genauso wenig wie umgekehrt. „Wie geht es jetzt weiter?"

„Wir haben veranlasst, dass ein Sachverständiger sich um diese Geschichte kümmert. Er wird auch mit dir sprechen. Der entscheidet, ob und wann du wieder nach Hause darfst."

„Das ist ein Familiengutachter", klärte Alisha sie anschließend auf.

Laurie war nach diesem Gespräch so durcheinander, dass sie kaum zurück im Zimmer mit der Neuigkeit herausplatzte.

Erstaunlicherweise war diese sofort interessiert und begann ihr sogar zu erklären, was es damit auf sich hatte. „Der guckt, ob deine Eltern dich wiederkriegen sollen oder nicht. Was denkst du denn? Wie war es bei euch zu Hause?"

Das ging keinen hier etwas an! „Und wie läuft so was ab?", versuchte sie die Zimmergenossin abzulenken. Bisher hatte die sie kaum beachtet und nur das Nötigste mit ihr gesprochen. Und jetzt erwartete sie, dass sie ihr Herz ausschüttete?

„Der will halt alles wissen: wie die mit dir umgegangen sind, ob die streng waren, ob die dich geschlagen haben, ob du wieder zurückwillst. Du musst aber vorsichtig sein, was du sagst. Passt das nicht in deren Vorstellung, zack, war's das und du bleibst im Heim."

Vielleicht sollte sie diesem Gutachter wenigstens erklären, dass sie eine Oma hatte, die sich bestimmt gern kümmern würde, und dass sie doch zu der ziehen konnte.

„Obwohl …" Alisha kicherte. „Bei dem, was du gemacht hast, wirst du bleiben müssen."

Hätte ihr eigentlich klar sein müssen, dass sich das längst rumgesprochen hatte. Falls das Mädchen jetzt eine ausführliche Beschreibung der Vorfälle von ihr erwartete, war sie schief gewickelt. Darüber redete sie mit niemandem.

„Mitspracherecht hast du sowieso nicht."

Laurie schwieg und blickte auf ihre Hände.

„Deshalb bist du hierhin gekommen", fügte Alisha hinzu. „Das ist ja kein normales Heim."

Das war Laurie schon selbst aufgefallen, dass die Mädels ziemlich speziell waren. Zwar hatte sie sich bisher abseits gehalten und blieb in ihrem Zimmer, doch bei den gemeinsamen Mahlzeiten war selbst in ihrem Zustand nicht zu übersehen und überhören, wie aggressiv und abwertend die miteinander umgingen. Oft kam es zum Streit, der nicht selten in einer Schlägerei endete – wenn nicht einer der Helfer rechtzeitig eingriff. Bisher hatte sie gedacht, das sei eben das normale Verhalten von solchen, die von zu Hause weggenommen wurden. Wer landete denn heutzutage noch im Heim? Bestimmt keine Kinder aus einer heilen Familie.

Sollte sie Alisha fragen, was sie mit ihrer Aussage meinte? Nein, lieber nicht. Die schien nämlich höchst interessiert daran, die längst überfällige klärende Unterhaltung mit ihr zu führen. Dieser lauernde Blick, die geheuchelte Anteilnahme in ihrer Stimme, die brannte vor Neugier.

„Danke, dann weiß ich wenigstens, was da passiert." Sie schnappte sich einen Comic von ihrem Schreibtisch und legte sich damit aufs Bett. Alisha kapierte, dass sie nicht mehr reden wollte, und steckte sich ihre Kopfhörer wieder in die Ohren. Sie musste sehen, dass sie auch so ein Teil kriegte. Da konnte man gut mit abschalten. Und keiner merkte, ob man chillte oder stattdessen nachdachte. Denn das war dringend erforderlich.

Während sie langsam Seite für Seite umblätterte, überlegte sie, wie sie es anstellen konnte, unbemerkt zu Charlie zu kommen. Der arme kleine Bruder! Er brauchte sie. Außer ihr hatte er ja keinen. Sie musste unbedingt zu ihm – so schnell wie möglich.

Blicklos starrte sie auf die Bilder vor sich. In ihrem Kopf begann sich eine Idee zu formen. Ausbrechen und versuchen, bis zu Charlie vorzudringen, eine andere Option gab es nicht.

2

Trotz ihrer eigenen Probleme fiel ihr am Freitag Alishas komisches Verhalten auf. Die Zimmergenossin benahm sich, seitdem sie aus der Schule zurückgekehrt war, irgendwie anders als sonst, sprach nicht mit ihr, war aber total hibbelig und konnte sich auf nichts konzentrieren. Oft hörte sie mitten in ihrem ziellosen Herumlaufen auf und starrte aus dem Fenster, mit einem Blick, der erkennen ließ, dass sie mit ihren Gedanken ganz weit weg war, dann griff sie plötzlich nach irgendeinem Teil, nur um es kurz darauf wieder wegzulegen. Nein, sonst war sie nicht so durch den Wind.

Beim Essen unten mit den anderen riss sie sich zusammen. Da merkte man ihr ihre Anspannung nicht so an. Kaum war sie zurück im Zimmer, begann das Theater von vorn. Laurie tat, als bemerke sie ihren Zustand nicht, blieb auf dem Bett liegen und lauschte der Musik aus ihrem MP3-Player, einer Spende von Jenny. Wenn Alisha Redebedarf hatte, würde sie sich schon melden.

Um neun Uhr machte diese sich bereits bettfertig und behauptete, völlig fertig zu sein. Lauries Alarmglocken begannen zu schrillen. Alisha plante irgendetwas, das war deutlich zu erkennen.

Eine halbe Stunde ließ sie die Zimmergenossin schmoren, bevor sie im Badezimmer verschwand und anschließend auch unter die Bettdecke schlüpfte. Sie wälzte sich zweimal hin und her und bemühte sich, danach tief und gleichmäßig zu atmen, um ihren Schlaf vorzutäuschen.

Alisha brachte anscheinend kaum noch Geduld auf. Schon kurz darauf hörte sie, dass sie sich wieder anzog, zur Tür schlich und diese öffnete.

Kaum war diese wieder geschlossen, sprang Laurie aus dem Bett und griff nach ihrer Jeans, das einzige Kleidungsstück, das sie überhaupt ausgezogen hatte, um ihr zu folgen. Im Flur blieb sie einen Moment stehen und lauschte.

Tiefe Stille, wo war Alisha? Ein leises Quietschen ertönte, die Kellertür! Hastig nahm Laurie die Stufen nach unten.

Gestern war sie selbst auf die Idee gekommen, sich dort ausgiebig umzuschauen. Die Köchin hatte sie zur Gefriertruhe geschickt, diese Gelegenheit nahm sie gleich wahr. Leider entpuppten sich sämtliche Fenster der vielen Räume als winzige Löcher, durch die man sich niemals zwängen konnte. Die hintere Tür war mit einem schweren Riegel und einem Vorhängeschloss gesichert. Sie kam nicht mal mehr dazu zu prüfen, ob derselbe Schlüssel passte, da die Heimleiterin nach ihr rief. Hätte ja sowieso nichts genutzt, denn der wurde im Büro aufbewahrt und nur für solche Aktionen wie diese rausgegeben. Also keine Chance, da dranzukommen.

Wo hatte Alisha ihn her, wieso war sein Fehlen keinem aufgefallen?

Mit klopfendem Herzen drückte Laurie die Klinke hinunter – und die Tür öffnete sich. Angespannt verharrte sie, bis sie hörte, dass jemand den Ausgang zum Garten öffnete. Alisha hatte es geschafft, sie war draußen!

Sie quetschte sich hindurch und rannte, so schnell sie konnte, im Dunkeln den Gang entlang - gut, dass sie sich den Weg eingeprägt hatte.

Auch diese Tür war geschlossen, sie drückte die Klinke herunter, schob sie einen winzigen Spalt auf und lauschte. Ha, etwas weiter weg knirschte es leise. Alisha bewegte sich durch den Garten.

Sie beeilte sich, ihr zu folgen, was nicht sonderlich schwer war, weil es ständig irgendwo knackte. Normalerweise würde man den zusätzlichen Geräuschen nichts beimessen, nur sie wusste, was sie bedeuteten.

Alisha lief schnurstracks zur Grundstücksgrenze, die rundum mit einem Maschendrahtzaun gesichert war. Laurie kauerte sich hinter einem großen Rhododendron zusammen, während sich die Gedanken in ihrem Kopf überschlugen. Hatte Alisha sich etwa eine Zange besorgt, um den Draht durchzuschneiden? Ansonsten würde ihre Flucht scheitern. Der war bestimmt zwei Meter hoch und nicht straff genug gespannt, als dass man darüber klettern konnte. Weit genug herunterdrücken ließ er sich auch nicht. Das hatte sie längst ausprobiert. Aber irgendeine Möglichkeit musste es geben, ihn zu überwinden, sonst wäre Alisha nicht so zielstrebig darauf zugesteuert, oder?

Alisha kniete sich hin und machte sich am unteren Ende zu schaffen, bog den Zaun hoch und legte sich flach auf den Boden. Mit vor Staunen offenem Mund beobachtete sie, wie diese sich darunter hindurch schob. Da musste jemand die unteren Halterungen gelockert oder entfernt haben. Normalerweise saß der Zaun in diesem Bereich überall stramm, das hatte sie ebenfalls kontrolliert.

Kaum hatte Alisha sich abgewandt, rannte sie selbst zu dem Loch. Etwas kleiner und schmaler als diese hatte Laurie keine Schwierigkeiten hindurch zu rutschen. Vorsichtshalber blieb sie einen Moment liegen und lauschte angespannt. Sich entfernende Geräusche deuteten darauf hin, dass Alisha schon ein gutes Stück vorangekommen war.

Sie sprang auf und rannte los, bis sie den Zufahrtsweg zum Heim erreichte. Dort hielt sie noch einmal inne. Den leisen Tritten nach war Alisha auf dem Weg zur Straße hinunter. Besser sie nahm eine andere Richtung. Sie zwängte sich durch die Büsche, die das Feld begrenzten und atmete tief durch. Frei! Sie hatte es tatsächlich geschafft! Charlie, ich komme!

Der Weg war länger als gedacht. Auf der Karte hatte er viel kürzer ausgesehen. Laurie, die bisher versucht hatte, ein zügiges Tempo beizubehalten, verfiel in ein langsames Schlendern, zu mehr war sie nicht mehr in der Lage. Und Durst hatte sie! Sie hätte alles gegeben für eine Flasche Wasser. An der nächsten Straßenkreuzung blieb sie kurz stehen, um sich zu orientieren. Ja, genau, wenn sie hier geradeaus weiterging, kam irgendwann eine Ampel und danach die große Hauptstraße, an der Charlies Heim lag. Mit neuem Elan machte sie sich auf den Weg. Sie hatte es fast geschafft.

Es dämmerte bereits, als sie das Ende der elendig langen Straße erreichte. Ein plötzlicher, klagender Ruf ließ sie zusammenzucken. Schnell drängte sie sich in die dichte Hecke des Grundstücks neben ihr und ging in die Hocke. Mit angehaltenem Atem lauschte sie, ob sich das Geräusch wiederholte. Stattdessen ging auf der Terrasse das Licht an.

Sie schob sich ein wenig vor, um besser sehen zu können. Gerade stolzierte eine Katze mit hocherhobenem Schwanz durch die geöffnete Terrassentür. Surrend schlossen sich die Rollläden wieder und das Licht erlosch.

Trotzdem hatte sie die Flasche auf dem Gartentisch entdeckt. Sie zählte leise bis hundert, bevor sie sich komplett durch die Hecke quetschte und geduckt auf das Haus zulief. Eine fast volle Flasche Wasser, eine halb volle Tüte Chips und eine angefangene Packung Schokoladenkekse. Laurie schnappte sich ihre Beute und jagte in langen Sätzen zurück und weiter geradeaus.

Außer Atem ließ sie sich schließlich auf einem Poller nieder. Zuerst ein großer Schluck Wasser, danach ein paar Chips. Die Kekse hebe ich mir für später auf, beschloss sie.

Nach diesem Mahl war die Flasche bis auf ein Drittel leer und die Chips hatte sie alle gegessen. Dafür spürte sie, wie sie neue Energie durchströmte. War ja auch egal. Sie hatte ihr Ziel fast erreicht.

Mit den ersten Sonnenstrahlen gelangte sie zum Tor des Heims – und blieb enttäuscht stehen. Es war verschlossen, sie hätte klingeln und ihr Begehr der Sprechanlage anvertrauen müssen, um hineinzukommen. Das war keine Option.

Immer an der hohen Mauer entlang, die das Gebäude und die großen Innenflächen umschloss, umrundete sie das Gelände, ohne die Möglichkeit eines Einlasses zu finden. Auch das breite Tor auf der Rückseite war verschlossen, oben auf der Mauer befanden sich überall spitze Eisenhaken, die ein Überklettern unmöglich machten. Das war ein richtiges Gefängnis! Erst einmal abwarten, versuchte sie die aufkommende Enttäuschung niederzuringen. Am besten beobachte ich von dem gegenüberliegenden Park aus, was sich tut. Vielleicht wird das Tor tagsüber geöffnet, wenn sich Menschen im Garten aufhalten oder irgendwohin gehen, vielleicht zum Einkaufen oder mit den Kindern einen Ausflug machen. Irgendeine Chance wird sich schon bieten.

3

Bis zum Nachmittag war ihre Zuversicht ins Wanken geraten. Wenn sie Kinder herauskommen sah, dann in Begleitung von zwei Erziehern, die wie die Luchse aufpassten und ihre Schar zusammenhielten. Charlie hatte sie überhaupt noch nicht zu Gesicht bekommen, anscheinend durfte er das Gelände gar nicht verlassen. Wahrscheinlich hielt er sich mit einigen anderen zusammen im Garten auf, denn als sie nun ein zweites Mal an der Mauer vorbeischlenderte, sah sie durch die Tore mehrere kleinere Kinder dort spielen. Es gab ein großes Planschbecken, einen Sandkasten und jede Menge Bälle und ähnlichen Kram, und natürlich waren wieder Aufsichtspersonen in der Nähe, die sofort einschritten, wenn ein Streit drohte.

Sie lief zu ihrem versteckten Platz schräg gegenüber auf einer Wiese zurück und beobachtete, was sich tat, lehnte sich dann gegen den Stamm des Baumes, dessen Schatten sie gesucht hatte, schloss die Augen und lauschte. Wenn sie sich konzentrierte, konnte sie das Lachen und Schreien der Kleinen bis hierhin hören. Ob Charlie dabei mittat?

Wenn es nur nicht so heiß wäre! Die Wasserflasche hatte sie schon vor Stunden geleert, ihr Hals war total ausgetrocknet, sie konnte kaum noch schlucken. Lange würde sie nicht mehr durchhalten können.

Ermattet ließ sie sich ins Gras sinken und war halb weggedämmert, als sie plötzlich etwas Nasses im Gesicht spürte. Erschreckt riss sie die Augen auf und blickte in ein helles, haariges Gesicht.

„Iiih!" In einer Abwehrbewegung riss sie die Arme hoch. Das Tier, ein Hund, wie sie in dem Moment erkannte, machte einen Satz zur Seite und, sie hätte es beschwören können, blinzelte ihr schuldbewusst zu. Er begann wie wild zu hecheln.

„Ist schon gut", beschwichtigte sie den Hund.

Fast gleichzeitig ertönte ein lauter Ruf: „Ben! Hierher! Ben!"

Der Hund hob den Kopf und drehte die Ohren, rührte sich aber nicht.

„Ben! Warum kommst du …" Der Junge, dem die Stimme gehörte, hatte sie entdeckt. „Oh, hi, äh, tut mir leid, falls mein Hund dich belästigt hat. Er ist sehr neugierig und liebt Menschen."

Sie richtete sich langsam auf die Ellenbogen auf und musterte ihn. Er schien in ihrem Alter zu sein, wirkte allerdings noch viel kindlicher. Jetzt kniete er sich neben seinen Hund. „Du sollst kommen, wenn ich dich rufe, hörst du?"

Das Tier, ein Golden Retriever, wenn sie sich nicht irrte, gähnte ungeniert. Sie prustete los. Das sah einfach zu komisch aus. Als wolle es seinem Herrchen zu verstehen geben, dass ihn dessen Predigt überhaupt nicht interessierte.

„Ben ist total lieb", ging der Junge gleich in Verteidigungsstellung, was ihr wiederum gefiel. Der war wenigstens einer, der für seinen Freund eintrat.

„Und sieht echt goldig aus", ergänzte sie. Das war nicht mal gelogen, das helle Fell, die großen braunen, sanft blickenden Augen, man wollte ihn am liebsten knubbeln.

Als hätte der Hund ihre Gedanken erraten, kam er wedelnd auf sie zu getrottet und blieb dicht vor ihr stehen. Sie setzte sich auf und strich ganz vorsichtig über seine Brust. Er plumpste neben ihr zu Boden und rollte sich auf den Rücken.

„Du sollst seinen Bauch streicheln", der Junge trat zwei Schritte näher. „Er mag dich."

Sie überwand sich – Ben war ein ganz schöner Riese – und begann ihn zaghaft zu streicheln. Ein Brummen ertönte, fast wie ein lautes Schnurren. Der Junge lachte. „Jetzt hat er wieder seinen Motor angeschaltet. Wenn es nach ihm geht, kannst du das noch stundenlang weitermachen." Er hockte sich auf die andere Seite des Tieres. „Ich bin Tristan."

Sie unterdrückte mit Müh und Not ein Kichern. Ernsthaft? „Isolde", brach es aus ihr heraus.

„Ach, ehrlich?" Vor lauter Verblüffung wusste er nicht, was er sagen sollte. Schon tat er ihr leid. „Nein, entschuldige, das war ein blöder Scherz. Ich heiße Laurie."

„Ach so." Er schien echt enttäuscht. „Ziemlich heiß heute", brachte er nach einer längeren Pause hervor.

„Ja, so extrem hatte ich es mir nicht vorgestellt", gestand sie wahrheitsgemäß. Sonst wäre sie garantiert nicht kopflos losgerannt, ohne Wasser und Proviant.

Ob ihr die Gier nach einem belebenden Schluck buchstäblich im Gesicht stand? Jedenfalls nahm Tristan den Rucksack ab und holte eine volle Wasserflasche heraus. Sie schluckte mühsam und fixierte diese. Schon spürte sie das kühle Nass ihre Kehle hinunterrinnen.

Doch statt sie ihr zu reichen, stellte er einen Napf auf den Boden und füllte diesen vorsichtig bis zum Rand. Ben sprang auf und begann durstig zu schlabbern.

Sie konnte sich kaum noch zurückhalten, am liebsten hätte sie sich neben den Hund geworfen und es ihm gleichgetan. Leider ließ er nicht einen Tropfen übrig. Tristan schwenkte den Napf trotzdem ein paarmal hin und her, bevor er ihn wieder verstaute. Als er mit der Flasche das Gleiche machen wollte, fragte sie schnell: „Darf ich einen Schluck abhaben?"

„Ist nur Leitungswasser." Er zog eine weitere aus seinem Rucksack. „Hier, Mineralwasser."

Ihre Finger zitterten richtig, während sie den Verschluss aufdrehte und die Flasche anhob. Lauwarm und trotzdem köstlich, sie konnte gar nicht mehr aufhören zu schlucken.

Als sie endlich absetzte, um Luft zu holen, war sie halb leer. Dabei handelte es sich um eine Eineinhalb-Liter-Flasche! Mit einem verlegenen Lächeln wollte sie sie Tristan zurückgeben. Er winkte ab. „Behalte sie. Ich gehe gleich nach Hause und brauche nichts mehr." Dann musterte er sie zum ersten Mal richtig. Bisher hatte er es meist vermieden, sie direkt anzuschauen, hatte stattdessen ständig einen Punkt neben ihr fixiert. Komisch, bei dem Hund tat er das nicht.

Als hätte Ben gemerkt, dass sie an ihn dachte, drängte er sich wieder dichter an sie und schob seinen Kopf unter ihre Hand. Automatisch begann sie ihn zu kraulen, was ihn veranlasste, laut zu brummen. Sie musste lachen. „Das ist eine Marke!"

Tristan brauchte einen Moment, bis er verstand, dann lachte er auch. „Was machst du eigentlich hier so ganz allein?"

Da war sie, die Frage, die sie befürchtet hatte. „Ich bin mit ein paar Freunden verabredet, bin allerdings zu früh dran. Und du?", drehte sie den Spieß um, bevor er nachsetzen konnte.

„Das ist eine Lieblingsstrecke von Ben und mir." Er grinste. „Meist treffen wir hier irgendwelche Hundefreunde von ihm oder irgendwelche anderen netten Menschen. Ben liebt es, neue Bekanntschaften zu schließen."

Der Hund wackelte mit den Ohren, stieß ein leises Bellen aus und stürmte los.

Tristan seufzte. „Siehst du. Schon hat er was Neues, Interessantes entdeckt." Er drehte sich um und folgte seinem Hund. „Viel Spaß noch!", rief er über die Schulter zurück.

Sie ließ sich wieder auf den Boden fallen, die Flasche hielt sie dabei fest umklammert. Was für ein Glück, dass sie auf diesen seltsamen Jungen getroffen war. Nun würde sie bestimmt bis morgen durchhalten. Und bis dahin hatte sie bestimmt eine Idee entwickelt, wie sie zu Charlie gelangen konnte.

Die Nacht verbrachte sie zusammengerollt in ihrem Versteck. Kaum erwacht, setzte wieder dieser brennende Durst ein. Du bist echt dämlich vorgegangen, schimpfte sie mit sich selbst. Wenigstens ein wenig Geld hättest du einstecken sollen.

Zum wiederholten Mal durchsuchte sie ihre Hosentaschen. Nichts, war ja klar! Doch halt! Diese kleine extra abgesteppte Minitasche vor der größeren, hatte es sich nicht so angefühlt, als würde sich etwas darin befinden?

Mühsam zwängte sie ihren Zeigefinger hinein und ertastete etwas Hartes, bekam es aber nicht zu fassen. Kurzerhand zog sie die Hose aus und begann kräftig zu schütteln. Ein Euro purzelte heraus und rollte ins Gras.

Laurie stürzte vor und umschloss ihn mit den Fingern. Jetzt konnte sie zu dem Bäcker gehen, der sich in der Nähe befand, und sich zwei Brötchen kaufen – und ihre Wasserflasche auf der Toilette füllen.

4

Angenehm gesättigt lehnte sie sich etwas später wieder an den Baumstamm. Ihre Zuversicht war zurückgekehrt. Grübelnd starrte sie auf das Heim. Wie sollte sie es anstellen hineinzugelangen und zu Charlie vorzudringen?

Lauter werdende Stimmen rissen sie aus ihren Gedanken. War das nicht der Junge von gestern? Sekundenschnell rutschte sie hinter den Stamm in Deckung und lugte vorsichtig dahinter hervor. Ja, er war es, heute in Begleitung eines ähnlich schrägen Typen. Hoffentlich würde sein Hund nicht wieder auf sie aufmerksam.

Vorsichtshalber hielt sie die Luft an. Wenn der sie heute an der gleichen Stelle herumlungern sah, würde er sich nicht mehr mit einer billigen Ausrede abspeisen lassen. Dafür war er dann doch zu clever.

Sie duckte sich noch tiefer und betete, dass sie vorbeigehen würden. Nein, sie blieben genau auf ihrer Höhe stehen. „Ich denke, wir beide …", hörte sie Tristan sagen, dann hielt er inne und rief nach seinem Hund. Die Jungen rannten los.

Mit einem erleichterten Lächeln richtete sich Laurie auf. Bestimmt war er nun damit beschäftigt, seinen Liebling einzufangen.

Zu früh gefreut! Sie kamen zurück. „Lass uns da unter dem Baum warten", schlug der unbekannte Junge, den Tristan heute als Begleitung dabeihatte, vor. „Im Schatten. Wenn Ben sich ausgetobt hat, kommt er schon zurück."

So ein Mist! Sich unauffällig zu verdünnisieren, was sie eigentlich geplant hatte, ging nicht mehr, dafür waren sie zu nah. Sie musste sich mucksmäuschenstill verhalten und darauf hoffen, dass der Hund, wenn er zurückkehrte, zu k. o. war, um die gestrige Freundschaft aufzufrischen.

So lautlos wie möglich verzog sie sich hinter das große Gestrüpp. Der Platz war ideal, weil man von den Wegen aus nicht gesehen werden konnte, selbst jedoch einen ziemlich guten Ausblick auf das Heim gegenüber hatte. Die beiden Jungen setzten sich neben den Stamm und waren viel zu sehr mit sich beschäftigt, um auf ihre Umgebung zu achten.

„Echt doof, dass wir so lange weg sind", begann der fremde Junge. Obwohl er relativ leise sprach, konnte sie jedes Wort verstehen.

„Morgen beginnt der Hundekurs", erwiderte Tristan. „Damit bin ich erst mal beschäftigt."

Beinahe hätte sie laut herausgeprustet. Bestimmt sollte Ben Gehorsam lernen. Okay, er war lieb und so, aber hören auf sein Herrchen tat der nicht die Bohne.

„Will deine Mutter das?"

„Nee, der Typ, bei dem wir Ben gekauft haben, hat das angeregt. Er leitet den selbst." Der Junge seufzte. „Wir beide und noch fünf weitere Paare."

„Ist doch eine gute Sache", tönte der andere. „Vielleicht kapiert Ben dann endlich, wer das Sagen hat."

Jetzt konnte sie kaum noch an sich halten, der Lachreiz wurde immer heftiger. Er endete jäh, als sie einen unsanften Stoß in den Rücken bekam. Sie schnellte herum. Ben stand vor ihr und wedelte wild. Und prompt hörte sie Tristan aufgeregt rufen. „Er ist weg. Ich sehe ihn nicht mehr. Ben! Ben, wo bist du?"

Der blöde Hund gab tatsächlich ein lautes Wuff von sich. Hektisch schaute sie sich um. Nein, keine Chance, sich zu verstecken. Außerdem stand ihr Ben im Weg, der unbedingt gestreichelt werden wollte.

Schon tauchte Tristan neben dem Gestrüpp auf. „Du? Das ist ja ein Ding!" Er musterte sie von oben bis unten und ihr schwante Schlimmes. Sie sah nicht gerade taufrisch aus. Ihre Jeans war staubig und fleckig und auf das Shirt hatte sie gestern drauf geblutet, als sie an einem spitzen Dorn hängen geblieben war.

Bevor er etwas sagen konnte, kam der zweite Junge hinzu. Er kniff bei ihrem Anblick die Augen zusammen und blickte abwartend zu Tristan.

„Wir haben uns gestern kennengelernt", erklärte der. „Das heißt, Ben hat uns bekannt gemacht. Das ist Laurie." Er deutete auf den Jungen. „Und das ist Linus."

Trotz ihrer Lage musste sie sich schon wieder ein Lachen verbeißen. Der Name toppte die seltsamen im Heim um Längen. Da sie nicht wusste, was sie sagen sollte, nickte sie ihm bloß zu und kümmerte sich um Ben, der angefangen hatte, sie abzulecken. Vielleicht ging die Sache glimpflicher aus als gedacht.

Pustekuchen! „Du bist ja immer noch hier! Bist du von zu Hause ausgerissen oder was?"

Sie bemerkte, dass er nach seinem Handy in der Hosentasche tastete, ob unbewusst oder als Drohung, die Wahrheit zu sagen, wusste sie nicht. Weglaufen war keine Option, gegen Ben hatte sie null Chance. Also versuchte sie es mit der Wahrheit. Die beiden waren auf jeden Fall harmlos. Und wenn sie sie von ihrer Ungefährlichkeit überzeugte …

„Mein Bruder ist in dem Heim da drüben untergebracht", sie deutete in die entsprechende Richtung. „Die lassen mich nicht zu ihm, weil sie denken, dann mache ich seinen Zustand noch schlimmer. Ich muss ihn aber unbedingt sehen, ihm …" Sie hielt inne, weil sie merkte, dass sie viel zu konfus erzählte.

„Fang von vorne an", schlug Tristan vor und setzte sich auf den Boden. Er kramte aus seinem Rucksack eine fast volle Wasserflasche hervor und hielt sie ihr hin. „Trink erst mal was."

Dankbar griff sie danach. Das Wasser aus dem Waschbecken der Bäckerei schmeckte irgendwie nach Chemie und sie hatte nur wenige Schlucke davon runtergebracht.

„Meine kleine Schwester ist tödlich verunglückt", begann sie. Immer noch musste sie schlucken, wenn sie die Bilder vor sich sah. Kimis Strahlen, als sie die große Schwester entdeckte, wie sie blindlings auf die Straße rannte, um so schnell wie möglich in ihre Arme zu fliegen. Ihr eigener lauter Schrei, der Lastwagen, der viel zu nah war. „Charlie ist dabei gewesen und hat alles mitangesehen. Ich kam in ein anderes Heim als er. Die sagen, ich darf nicht zu ihm, weil es ihm zu schlecht geht."

Nein, das reichte nicht. „Er ist erst fünf", fügte sie hinzu. „Er braucht mich jetzt."

„Was ist mit deinen Eltern?", fragte Linus, der sich neben Tristan gesetzt hatte.

Auch er war anscheinend nicht in der Lage, sie anzusehen, wenn er mit ihr sprach. Die beiden schienen echt schräge Vögel zu sein, trotzdem hatte sie Vertrauen zu ihnen. Sie konnte spüren, dass sie harmlos waren, Tristan ganz besonders. „Mein Stiefvater sitzt im Knast, meine Mutter liegt im Krankenhaus." Warum, das mussten sie nicht wissen.

„Wie alt war deine Schwester?"

Was hatte das damit zu tun? „Knapp zwei."

„War deine Mutter auch dabei?"

Ihr Respekt vor Linus wuchs. Er hatte genau den Nagel auf den Kopf getroffen. „Nein, Kimi und Charlie waren alleine draußen."

„Auf der Straße?", entfuhr es ihm. „Oder wohnt ihr in einer verkehrsberuhigten Zone?"

„Nein, an einer Hauptstraße."

„Der arme Kleine", kam es von Tristan. „Er hat Schuldgefühle, weil er denkt, er habe nicht richtig aufgepasst."

„Deshalb muss ich unbedingt zu ihm, ihm sagen, dass er nichts dafür kann. Charlie ist ein Seelchen, der frisst alles in sich rein."

Tristan sprang auf. „Das muss sich doch klären lassen. Wir gehen alle drei jetzt rüber und reden mit denen. Es leuchtet ein, was du sagst, die werden das auch so sehen."

Linus hob die Hand. „Halt! Stopp!" Er blieb seelenruhig sitzen. „Vielleicht meint der Psychologe, dem dein Bruder mit Sicherheit schon vorgestellt wurde, dass ein Aufeinandertreffen von euch beiden die Situation verschlimmert. Deine Angaben sind viel zu ungenau."

Nicht nur sie verdrehte ihre Augen, Tristans Reaktion konnte er nur nicht sehen, weil der hinter ihm stand. „Nein", widersprach Laurie. Nun musste sie wohl Farbe bekennen. „Die Frau vom Jugendamt sagt, Charlie hat ein Trauma. Er spricht mit keinem, hat sich in sich selbst zurückgezogen. Die Einzige, die ihm helfen kann, bin ich." Sie wurde noch deutlicher: „Ich fühle mich für ihn verantwortlich. Seit er auf der Welt ist, bin ich für ihn da gewesen. Ich habe ihn gefüttert, ihn gebadet, bin nachts aufgestanden, wenn er geschrien hat." Was vor allem in der Zahnungsphase echt anstrengend gewesen war. Aber sie hatte es einfach nicht übers Herz gebracht, ihn schreien zu lassen, wie Mama es wollte. Die hatte immer nur rumgebrüllt, er solle endlich Ruhe geben.

„Und deine Mutter?", kam es ungläubig von Tristan.

„Die hat sich nie viel gekümmert", gab sie zu.

5

Die beiden Jungen wollten ihr tatsächlich helfen. Tristan hatte Ben an die Leine genommen. Nun schlenderten sie nebeneinander an der hohen Mauer entlang, die das Gelände des Heims umgab.

Am Tor angelangt blieb Laurie stehen und starrte sehnsüchtig hinein. Sie entdeckte eine Gruppe Kleinerer, die ausgelassen am und im Schwimmbecken tobten. Nein, Charlie war nicht dabei, auch zwischen den etwas Größeren, die eine Art Fangen spielten, konnte sie ihn nicht entdecken.

„Guck mal!" Linus deutete mit dem Kopf auf eine kleine Gestalt, die zusammengekauert neben einem Blumenbeet saß. Sie hatte den Kopf auf die Hände gestützt und starrte zu Boden.

Ja, das war er! Die Wuschelhaare, die sie ihm genau an dem Tag hatte schneiden wollen, die Art, wie er mit den nackten Füßchen in der Erde bohrte. Sie öffnete schon den Mund, um ihn auf sich aufmerksam zu machen, als Linus sie am Arm packte. „Halt, wir müssen uns einen vernünftigen Plan überlegen. Besser, du kommst irgendwie rein, anstatt dass du durch die Gitterstäbe mit ihm redest", setzte er hinzu.

Obwohl alles in ihr danach schrie, ihn sofort zu sich zu rufen, hielt sie inne. Er hatte recht. Sie musste irgendwie bis zu ihm gelangen, bevor irgendwer sie entdeckte.

„Wir umrunden das Areal", entschied Linus und lief los.

Ein richtiger Anführertyp, schoss es ihr durch den Kopf. Tristan war superlieb, aber sein Freund war der Macher, das merkte man. Der wusste, wie man vorging.

„Die Mauer zu überwinden, ist unmöglich", stellte er fest, nachdem sie wieder am Ausgangspunkt angelangt waren. „Es gibt nur einen Weg hinein, den offiziellen."

Danke, das ist mir auch längst klargeworden! Im letzten Moment verkniff sie sich die spitze Bemerkung. Erst mal abwarten, ob er ihr einen anderen Vorschlag machte.

„Müssen wir eben warten, bis …" Linus hielt inne und deutete nach vorn. Da kam eine Gruppe Kinder, die von zwei Erwachsenen begleitet wurde. „Lös Bens Leine und halt ihn am Halsband fest", wandte er sich übergangslos an Tristan. „Wenn die Ersten reingehen, tust du, als würdest du einen Ball werfen. Laurie und ich kaspern ein bisschen rum, um von dir abzulenken. Ben rennt bestimmt rein und wir natürlich hinterher. Du, Laurie, läufst direkt zu deinem Bruder. Wir versuchen, die Erzieher abzulenken." Er gab Tristan einen Schubs und fing selbst an, um Ben herumzutanzen.

Sie brauchte einen Moment, bevor sie reagieren konnte. Linus wirkte total unbeholfen und albern, sie beeilte sich mitzumachen. Der Hund jedenfalls fand es toll, er bellte begeistert und versuchte sie anzuspringen. Tristan hatte Mühe, ihn zu halten.

Die Kindergruppe erreichte den Eingang vor ihnen, einer der Erzieher schloss auf und öffnete das kleine Türchen. Und da sprang schon Ben an ihnen vorbei, wie ein heller Pfeil zischte er über die Wiese. Linus stieß sie an und sie rannten hinter Tristan her, der laut nach seinem Hund rufend schon fast bei den Kindern angelangt war. Ohne Rücksicht drängte er sich an ihnen vorbei, entwischte so gerade eben dem einen Erzieher, der ihn festhalten wollte, und spurtet auf Ben zu, wobei er wie wild die Arme schwenkte. Der Hund, der kurz stehengeblieben war, sah das als Spielaufforderung und rannte laut bellend weiter.

„Entschuldigung", sagte Linus und blieb neben dem zweiten Erzieher stehen. „Dürfen wir bitte rein? Der Hund hat sich losgerissen. Der ist lieb, bloß total wild und unerzogen. Nicht dass die Kleinen noch Panik kriegen" fügte er hinzu und hörte sich dabei wie ein Erwachsener an.

Laurie war es gelungen, sich unbemerkt an den beiden vorbeizuschieben, nun jagte sie los, in Richtung auf den kleinen Jungen, der endlich hochblickte und auf das Chaos starrte, das Ben und Tristan veranstalteten.

„Charlie!" Im Nu war sie bei ihm und kniete vor ihm nieder. „Charlie!",
wiederholte sie hilflos, weil er überhaupt nicht reagierte, sondern nur ganz,
ganz langsam den Kopf drehte und sie stumm anblickte.

Sie breitete die Arme aus, doch er sprang auf, wich zurück und brach in
Tränen aus. „Charlie!" Obwohl er sich wehrte, zog sie ihn in eine feste
Umarmung und begann, ihn hin und her zu wiegen. Dazu plapperte sie auf
ihn ein, erklärte, wie froh sie sei, dass sie ihn gefunden habe, dass sie ihn
liebhabe und immer für ihn da sein werde.

Endlich erlahmte sein Widerstand und er klammerte sich an sie. „Laurie",
schluchzte er. „Ich bin schuld. Ich habe nicht aufgepasst."

„Nein", sagte sie mit ihrer besten Mamastimme, die sie immer anwendete,
wenn die beiden Kleinen ihr zu sehr auf der Nase herumtanzten. „Du nicht
und ich auch nicht. Kimi hat mich gesehen und wollte zu mir rüber. Ich
habe noch gerufen, sie soll warten. Sie ist einfach losgelaufen."

Nun weinten sie beide. Aus den Augenwinkeln sah Laurie, dass ein Mann
hinter Charlie auftauchte. Er legte den Finger auf die Lippen, schüttelte
den Kopf und gab ihr zu verstehen, dass sie weiterreden solle.

„Es ist ein schlimmes Unglück. Ich bin genauso traurig wie du." Wieder
stürmten die Bilder von der blutenden Kimi auf sie ein, die sich nicht
rührte, sondern ganz still dalag, auch als sie sich neben sie kniete und sie in
den Arm nahm.

Mühsam konzentrierte sie sich auf das Hier und Jetzt. „Du kannst nichts
dafür, Charlie."

„Doch! Ich bin hingefallen und das Knie hat geblutet. Frau Zimmermann",
das war die Nachbarin, „hat gesagt, ich soll sitzen bleiben, sie holt ein Pflas-
ter. Ich hab nicht auf Kimi aufgepasst."

Charlie konnte kein Blut sehen, ihm wurde jedes Mal schlecht davon, ein
Wunder, dass er nicht umgekippt war. Die Nachbarin wusste von seiner
Macke, wahrscheinlich hatte sie gar nicht mitgekriegt, dass die beiden Kleinen allein draußen spielten. Sie hatte nur helfen wollen. „Du bist nicht
schuld", wiederholte sie. Hm, was konnte sie noch sagen? Wie sollte sie
ihm erklären, dass eigentlich Mama die Schuldige war. Zwei so kleine Kinder allein rauszuschicken – unfassbar!

Der Mann hinter ihm nickte ihr aufmunternd zu. „Sie hat nicht auf mich gehört", sagte sie, „hätte sie auf dich auch nicht. Du weißt, wie Kimi war, wenn sie sich was in den Kopf gesetzt hat. Du hättest sie nie aufhalten können. Du bist kein bisschen schuld an dem, was passiert ist, hörst du?" Nein, sie kam nicht durch. Er weinte jämmerlich. Sie konnte ihn nicht trösten, ihr fiel nichts mehr ein, dass er die wahre Situation verstand. Deshalb hielt sie ihn nur fest und wiegte ihn weiter hin und her.

Irgendwann, nach gefühlten Stunden, schluchzte er ein letztes Mal und blieb dann still. „Charlie?" Mit ihrem Shirt wischte sie ihm Tränen und Rotz aus seinem Gesicht. „Ich hab dich lieb. Bitte, red mit mir. Ich habe so viele Fragen an dich. Wie gefällt es dir hier? Sind die nett zu dir? Hast du dein Schmusetuch dabei?" Das war ein ehemaliges Spucktuch, wie es die Mütter für Babys nahmen. Ohne das Ding konnte er nicht schlafen.

Er schnüffelte noch ein bisschen, bevor er nickte.

„Und, wie gefällt es dir hier?", fragte sie erneut.

„Ich will nach Hause."

Sie auch! „Das geht nicht, Mama ist im Krankenhaus und Oma arbeitet den ganzen Tag. Wer soll auf uns aufpassen?"

„Na, du." Für ihn war das normal, dass sie sich kümmerte.

„Mama ist wohl für länger krank", schwindelte sie. Sie konnte ihm schlecht erklären, dass das Jugendamt erst prüfen wollte, ob man die Kinder wieder zu ihr lassen konnte. „Ohne einen Erwachsenen dürfen wir nicht allein bleiben."

Er zog die Nase hoch und sie tastete automatisch nach einem Taschentuch. Klar, so was hatte sie nicht dabei. Der Mann griff in seine Hosentasche und hielt ihr eins hin. Charlie ließ sich widerstandslos die Nase putzen, bevor er auf den Mann zeigte. „Das ist Herr Wickert. Der spielt mit mir."

Er schien ihn zu mögen, zumindest wich er nicht vor ihm zurück, auch nicht, als dieser näherkam und sich neben sie kniete. „Das ist deine Schwester Laurie?"

Charlie nickte heftig. „Laurie soll hierbleiben."

6

Eine Stunde später saß sie Herrn Wickert in seinem Büro gegenüber.

„Du kannst fantastisch mit Charlie umgehen", lobte er. „Dir ist es zu verdanken, dass er endlich spricht und beginnt, das Ganze zu verarbeiten."

Eben! Hätten die sie mal eher zu ihm gelassen!

„Ihr seid ganz schön clever", schmunzelte er. „Diesen Trick mit dem Hund kannte ich noch nicht."

„Die Frau vom Jugendamt hat gesagt, ich dürfe nicht zu Charlie", verteidigte sie sich. „Ich musste ihn unbedingt sehen, gucken, wie es ihm geht. Wie soll er denn sonst mit Kimis Tod klarkommen." Wieder wurde ihre Stimme bei der Erwähnung des Namens ganz heiser.

„Dafür bin ich ja da, um ihm zu helfen. Er hat alles mitangesehen, richtig?"

„Ja, wie sie vor das Auto gelaufen ist und wie eine Puppe wegflog." Selbst sie überfiel ein Schaudern. „Dann ist die Nachbarin mit ihm reingegangen. Also den Rest, was danach passiert ist, davon weiß er nichts."

„Du meinst, dass du auf deine Mutter losgegangen bist?"

Sie hatte nicht vor, ihm darauf zu antworten oder sich gar zu rechtfertigen. Das Schweigen zwischen ihnen hielt an. „Sie ist schuld", brach es schließlich aus ihr heraus. „Wie kann man einen Fünfjährigen auf eine Zweijährige aufpassen lassen? Dazu an einer viel befahrenen Straße."

„Deine Mutter sagt, die zwei seien ohne Erlaubnis rausgegangen."

Diese, diese … war ja klar, dass sie nicht die Verantwortung übernahm. „Nein, das hätte Charlie nie gemacht. Ich habe ihm eingebläut, drinnen zu warten." Ja, weil die beiden ein halbes Jahr zuvor tatsächlich heimlich die Wohnung verlassen hatten. Mama war wie immer mit ihrem Handy beschäftigt gewesen. Die hatte nicht mal mitgekriegt, dass die Tür klappte. Zum Glück war Laurie schon auf der richtigen Straßenseite, als sie auf sie zu stürmten. Statt sich über die „Überraschung" zu freuen, hatte sie Charlie den Marsch geblasen. Ja, sie hatte ihn, zum ersten und bisher einzigen Mal in seinem Leben, gepackt und geschüttelt, bis er anfing zu heulen und versprach, nie wieder allein mit Kimi rauszugehen.

Herr Wickert wog zweifelnd den Kopf. „Vielleicht haben sie sich gelangweilt und sich über dein Verbot hinweggesetzt."

Sie sprang auf. „Wir fragen Charlie. Der wird mir die Wahrheit sagen."

Er schüttelte den Kopf und bedeutete ihr, sich hinzusetzen. „Nicht jetzt. Das war genug Aufregung für Charlie. Er soll sich erst stabilisieren, bevor wir das Thema wieder aufgreifen."

Trotzdem war sie sich sicher, dass es genauso abgelaufen war, wie sie vermutete. Wäre ja nicht das erste Mal gewesen. Mama hatte sehr wohl gewusst, dass die beiden Kleinen allein draußen spielten.

„Warum hast du nicht einfach geklingelt und nach deinem Bruder gefragt?", hakte Herr Wickert nach.

Als wenn er das nicht wüsste! Aber bitte! „Ich bin aus dem Heim abgehauen, weil es hieß, ich dürfe nicht zu Charlie. Also musste ich mir was überlegen, wie ich ihn trotzdem sehen kann."

Er schien ziemlich beeindruckt, dass sie das so einfach gestand. „Ohne an die Konsequenzen zu denken?"

„Schlimmer kann es eh nicht mehr werden", gab sie freimütig zu. „Ich muss dableiben und Charlie hier. Das bisschen Ärger halte ich aus."

„Und wer sind die beiden Jungen?"

Waren die unerkannt entkommen? Sie hoffte es für sie. „Die habe ich kurz zuvor im Park kennengelernt. Sie waren bereit, mir zu helfen reinzukommen. Der Hund ist total lieb", fügte sie vorsichtshalber hinzu. „Der tut keinem was."

Er lächelte, dass sie die vielen Fältchen um die Augen herum deutlich sehen konnte. Der schien echt nett zu sein – soweit man das von einem Fremden sagen konnte. Aber sie hatte irgendwie ein Gespür dafür, wer nur so tat und wer es wirklich gut meinte. Sie war sich sicher, der war einer von den Guten.

„Nun hast du dein Ziel erreicht." Er sah sie abwartend an.

„Dann werde ich halt wieder zurückgehen." So trotzig, wie es sich anhörte, sollte es eigentlich nicht klingen. Sie zuckte entschuldigend die Schultern. „Wird mir ja wohl nichts anderes übrigbleiben."

Er rief selbst bei Frau Liebisch an und bat darum, Laurie abzuholen. Und er vergaß auch nicht zu erwähnen, wie hilfreich sie bei dem Problem mit Charlie gewesen wäre. Zuletzt bat er die Heimleiterin sogar darum, dass Laurie ihn von nun an jedes Wochenende besuchen durfte. Das wäre für die weitere therapeutische Behandlung äußerst wichtig, sagte er.

„Zufrieden?" Er lächelte sie an. „Mehr ließ sich leider nicht rausdealen." Doch, er war definitiv einer von den Guten!

Sie durfte noch einmal zu Charlie, um sich von ihm zu verabschieden. Er strahlte, als er erfuhr, dass sie sich von jetzt an regelmäßig sehen würden.

Schneller als erwartet stand Tim, einer von den Helfern aus dem Heim, vor ihr. „Weißt du eigentlich, was es für einen Aufruhr wegen dir gegeben hat?", fragte er, kaum dass sie im Auto saßen. „Wir haben dich stundenlang gesucht."

„Hätte ich eine Nachricht hinterlassen, wäret ihr direkt hier aufgetaucht und hättet mich abgegriffen." Natürlich hatte sie trotzdem damit gerechnet, dass die wussten, wo sie hinwollte. Genau deshalb hatte sie ihr Lager ja versteckt hinter dem Busch im Park aufgeschlagen.

Den Rest der Fahrt legten sie schweigend zurück. Tim war einer von den Netten, die sich bemühten, allen Mädels freundlich und aufgeschlossen zu begegnen. Nicht so wie einige der anderen, in deren Augen sie nichts anderes als Straftäter waren, die man mit Strenge behandeln musste und bei denen ein gewisses Misstrauen angebracht war. Laurie vermutete, er hatte selbst Kinder, er musste so um die Fünfzig sein. Er blieb stets ruhig, selbst wenn eins von den Mädels ausrastete. Nur war sie bisher ganz gut damit klargekommen, sich bedeckt zu halten. Sie brauchte keinen von denen als Freund, auch ihn nicht.

Als sie eintraten, winkte Frau Liebisch sie gleich in ihr Büro. „Das war sehr unüberlegt von dir, Laurie", sagte sie.

„Ich musste zu Charlie", antwortete sie ehrlich. „Ich musste selbst nach ihm sehen." Den Rest, dass es im Endeffekt richtig war, wie sie gehandelt hatte, schenkte sie sich lieber. Das hatte der Herr Wickert ihr schon erklärt.

Statt nachzubohren oder ihr zumindest eine Strafpredigt zu halten, fragte die Leiterin: „Wann hast du Alisha zuletzt gesehen?"

Erwischt! „An dem Abend, als ich abgehauen bin", hangelte sie sich an der Wahrheit entlang.

„Wo war sie da? Im Zimmer?"

Was sollte das? War Alisha auch aufgeflogen? „Was sagt sie denn?" Nein, sie konnte sie nicht verpetzen.

Frau Liebisch seufzte schwer. „Alisha ist auch weggegangen. Entweder vor dir oder direkt nach dir. Also, wie war das?"

Sie befand sich in einer Zwickmühle. Wollte sie es sich lieber mit der Heimleiterin verscherzen oder mit Alisha? Sie blickte zu Boden und nagte an ihrer Unterlippe. Was sollte, was konnte sie ihr sagen?

„Alisha ist an dem Abend verunglückt", nahm Frau Liebisch ihr die Entscheidung ab. „Vermutlich hat ein Auto sie auf der Landstraße angefahren. Sie ist tot."

Ihr Herzschlag setzte aus, in ihrem Kopf fing es an zu dröhnen. Sie begann zu zittern und musste plötzlich würgen. Nein, das konnte nicht sein!

„Laurie", hörte sie wie aus weiter Ferne die Stimme der Heimleiterin. Dann wurde ihr schwarz vor Augen.

7

Oliver

Der Mann, der pünktlich zum Termin mein Zimmer der Detektei betrat, war nicht groß, allerdings verriet sein gesamtes Auftreten, dass er gewohnt war, dass man nach seinen Regeln spielte, Chefallüren, nannte das meine Tante Simone. Nur gut, dass Deniz mich vorgewarnt und bereits näher informiert hatte.

„Nehmen Sie bitte Platz, Herr Demirci", sagte ich und wiese auf den Besucherstuhl vor dem Schreibtisch. Unnötig eigentlich, denn er hatte schon Kurs darauf genommen.

„Hat Deniz schon mit Ihnen gesprochen?"

Ich nickte und wartete erst einmal ab, wie er beginnen wollte. Normalerweise musste der Klient sein Begehr schon selbst äußern.

Er sah mich prüfend an, bevor er loslegte: „Mein Sohn ist vor zwei Monaten, also Anfang Februar, ermordet worden. Die Polizei ist scheinbar nicht in der Lage, den Täter zu finden." Er schnaubte kräftig und sah sich nach einem Mülleimer um, wahrscheinlich, weil er, um sein Missfallen deutlich zu zeigen, kräftig hineinspucken wollte. Glücklicherweise befand sich der einzige Papierkorb direkt neben mir, was er durch den wuchtigen Schreibtisch nicht sehen konnte.

Er atmete einmal tief durch und schluckte seinen Frust hinunter. „Ich möchte, dass Sie sich darum kümmern."

Ich hatte gestern schon die alten Artikel durchforstet. Viel fand sich zu dem Mord nicht. Die örtliche Zeitung berichtete, dass ein junger Mann am Sonntagabend tot, erstochen, hinter dem Einkaufscenter entdeckt wurde.

Ein Autofahrer, der eigentlich nur seine Blase erleichtern wollte, hatte ihn gefunden und sofort die Polizei benachrichtigt. Am nächsten Tag folgte ein Zeugenaufruf: Jeder, der am Sonntag zwischen drei und sechs am Nachmittag irgendeine Beobachtung rund um das Center gemacht hatte, wurde gebeten, sich zu melden. Das war es, danach tauchte kein den Fall betreffender Bericht mehr auf. „Haben sich irgendwelche Verdächtigen ermitteln lassen?", hakte ich daher nach.

Wieder schnaubte er. „Nein. Die Polizisten haben sich gar nicht richtig bemüht. Die wissen nicht mal, wo Ferhat wohnte, was er gemacht hat, kennen seine Freunde nicht, keinen seiner neuen Bekannten. Der ist ihnen egal, war ja nur ein türkischer Herumtreiber, ohne Schulabschluss und ohne Beruf."

„Fanden sich denn überhaupt keine Spuren?" Zu den Vorwürfen schwieg ich lieber. Für unsere Polizei machte es meiner Meinung nach keinen Unterschied, wer das Opfer war, außer es handelte sich um einen Prominenten. Dann wurde schon anders ermittelt. Diese Bevorzugung bekamen allerdings die Wenigsten.

„Man hat fremde DNA gefunden. Da sie nicht in der Datenbank ist, brachte das die Ermittlungen nicht voran. Nein, ich sage Ihnen, die haben es längst aufgegeben, nach dem Mörder meines Sohnes zu suchen."

„Was Ihr Sohn dort wollte, ist auch nicht bekannt?"

„Nein, die haben nichts, nichts, nichts." Er atmete tief durch, um sich wieder zu beruhigen.

Ich riskierte es, ihn nach seinem eigenen Verhältnis zu dem Sohn zu fragen, obwohl ich wusste, dass ich damit laut Deniz verminten Boden betrat. Trotzdem, sollte ich den Fall übernehmen, musste ich alles erfahren.

„Wir hatten schon seit über einem Jahr keinen Kontakt mehr", gab er zu. „Ferhat ist unser Ältester, er hat noch zwei Schwestern und einen jüngeren Bruder. Sein Verhalten war schon länger nicht gut, er hat die Schule abgebrochen, wollte keine Ausbildung bei mir machen, nein, eher gar keine, war ihm alles zu beschwerlich. Der wollte gleich viel Geld verdienen – und möglichst wenig dafür tun." Er hielt kurz inne. „Ab und zu konnte ich ihn überreden, mir zu helfen. Ich habe einen Autohandel: Demircis Gebrauchtwagen." Deutlicher Stolz klang in seiner Stimme mit. „Meine

Kunden sind zufrieden, kommen immer wieder. Keiner redet schlecht über mich. Aber Ferhat, der wollte bescheißen, hat höhere Preise genommen und Mängel verschwiegen. Waren keine großen", beeilte er sich zu versichern. „Gibt halt billige Autos, wo man selbst noch einiges richten muss."

„Und Ihr Sohn hat das Geld, das unrechtmäßig erschlichene, selbst eingestrichen", vermutete ich.

Er nickte heftig und bekam einen roten Kopf. „Als ich dahintergekommen bin, habe ich ihn zur Rede gestellt. War ich nicht gerade nett zu ihm, gebe ich zu. Es gab einen Riesenstreit. Er ist gegangen und hat gerufen, ich würde ihn nie wiedersehen. Er hätte die Schnauze voll von mir und der Familie. Er ist nach Hause und hat seine Sachen gepackt. Danach hat er sich nie wieder bei mir gemeldet."

Da hatte Deniz mir ganz andere Sachen erzählt. Angeblich sollte Ferhat zuvor mehrfach seiner Mutter gegenüber gewalttätig geworden sein. „Hat er sich vielleicht mal bei seinen Geschwistern oder bei Ihrer Frau gemeldet?", fragte ich stattdessen. Das war nicht so wichtig, als dass er es mir erzählen musste, es zeichnete nur ein noch wesentlich schlechteres Bild von seinem Sohn.

„Zweimal bei seiner Mutter", gab er zu. „Mit seinen Geschwistern ist er zuletzt überhaupt nicht mehr klargekommen."

„Was hat er ihr erzählt?"

Er lachte höhnisch. „Dass es ihm gut geht, er würde viel, viel Geld verdienen. Nicht mehr lange und er könnte zurück in die Türkei gehen und da ein eigenes Geschäft aufmachen."

„Deutlicher ist er nicht geworden?"

„Nein er hat weder gesagt, in welcher Stadt er lebt noch was er tut."

„Ich möchte trotzdem mit Ihrer Frau selbst sprechen", erklärte ich.

Er zögerte. „Sie kann nur wenig Deutsch."

Dabei wusste ich von Deniz, dass Herr Demirci hier geboren war und seine Frau als junger Mann in der Türkei geheiratet und mitgebracht hatte. Die Kinder waren alle in Deutschland zur Welt gekommen und zur Schule gegangen.

„Wenn meine älteste Tochter dabei sein kann?"

„Kein Problem." Das war mir sogar sehr lieb. Denn bestimmt hatte diese auch noch einiges zu erzählen. „Könnten Sie sie gleich wegen eines Termins anrufen?"

„Also nehmen Sie den Auftrag an?"

„Wenn Ihnen bewusst ist, dass es vermutlich eine ganze Weile dauert, bis ich erste Ergebnisse vorweisen kann."

„Sagen wir erst mal für einen Monat, okay? Über die Kosten hat mich Ihre Tante schon informiert. Das ist ein Familienbetrieb hier, richtig?"

Ich nickte und er widmete sich seinem Handy. Während er telefonierte, drückte mich schon wieder mein schlechtes Gewissen. Schon seit Monaten plante ich eine Erweiterung der Detektei, mit einer zweiten Kraft im Büro und einem Kollegen, der mir einiges an Arbeit abnahm. Von der Auftragslage her hätte ich sogar noch zwei einstellen können. Irgendwie kam ich nie dazu.

Du willst alles so lassen, wie es ist, flüsterte mein innerer Schweinehund. Du bist nicht derjenige, der Arbeit delegiert. Du und deine Tante, ihr seid ein eingespieltes Team.

Sie war ebenfalls nicht begeistert gewesen, als meine Freundin Rebecca den durchaus gut gemeinten Vorschlag auf den Tisch brachte, wurde mir klar. Sie hatte Angst, dass ein Teil ihrer Arbeit dann wegbrechen könnte. Denn immerhin erledigte sie bisher fast alle Recherchen für mich – mit nie nachlassender Begeisterung.

Da haben sich die Richtigen gefunden, schoss es mir durch den Kopf. Fast hätte ich laut gelacht. Die ganze Zeit machte ich mir Vorwürfe, statt die wahre Lage zu sehen. Wir waren beide zufrieden, wie es lief. Änderungen konnten wir immer noch vornehmen.

Herr Demirci hatte sein Telefonat beendet und sagte: „Passt es Ihnen morgen gegen sechzehn Uhr? Dann hat auch meine Tochter Zeit."

„Gut." Ich schaute auf die Uhr. „Ich werde gleich zum Einkaufscenter fahren und dort Ferhats Foto herumzeigen. Vielleicht erkennt ihn jemand."

Aus dem Zeitungsartikel war hervorgegangen, dass man ihn direkt an der Stelle, an der er aufgefunden wurde, ermordet hatte. „Haben Sie mir ein, zwei neuere Aufnahmen mitgebracht?"

34

Er schob sie mir über den Tisch zu und ich warf einen Blick darauf. Verdammt gutaussehend war der Kerl! Schwarzes, modisch kurz geschnittenes Haar, ein schmales Gesicht, bräunliche Haut, die die dunkelbraunen Augen gut hervorhob, der Gesichtsausdruck war leicht melancholisch, was die Weiblichkeit noch mehr anzog. Er hatte bestimmt die freie Auswahl. „Was ist mit seinen Freunden und Bekannten, hat er sich bei denen mal gemeldet?", fragte ich als Letztes.

Er versteifte sich. „Es gab niemand mehr, mit dem er sich regelmäßig traf."

Ein weiterer Punkt, den ich morgen mit der Schwester abklären musste: Was hatte ihr Bruder in der letzten Zeit zu Hause gemacht?

Ich vereinbarte mit Herrn Demirci, dass ich mich einmal in der Woche telefonisch bei ihm melden würde und natürlich eher, falls sich relevante Fakten ergaben oder ich noch Rückfragen hatte. Dann begleitete ich ihn zur Tür.

8

Die Großstadt, in der sich besagtes Einkaufscenter befand, war ungefähr eine gute Stunde Fahrzeit entfernt. Es lag direkt an der Abfahrt von der Autobahn. Ein seltsamer Treffpunkt, es sei denn, es ging um etwas Illegales. Das war natürlich mein erster Verdacht, als ich von seiner Prahlerei hörte. Andererseits konnte er seiner Mutter auch nur vorgespielt haben, dass es ihm gut ging. Welcher Sohn, vor allem einer, der zu Hause rausgeflogen war, wie ich von Deniz wusste, würde schon zugeben, gar nicht oder nur mit Ach und Krach allein klarzukommen?

Ich stellte meinen Wagen in dem dazugehörigen Parkhaus ab und fuhr mit dem Aufzug ins Erdgeschoss. Bei der ersten Übersichtstafel blieb ich stehen und orientierte mich.

Das Center war größer, als ich gedacht hatte. Auf drei Etagen fand sich alles, um sämtliche Einkäufe vor Ort erledigen zu können. Im Untergeschoss lag ein Lebensmittelgeschäft am anderen, die zwei darüber beherbergten das, was normalerweise in eine komplette Einkaufsstraße passte. Daher war das Gebäude auch relativ lang gestreckt und verwinkelt.

In der zweiten Etage entdeckte ich ein Pub, der ideale Beginn für meine Nachforschungen. Ich nahm die Rolltreppe und wunderte mich ein wenig, dass tagsüber schon so viel Betrieb herrschte. Es war gerade mal früher Mittag und trotzdem waren die Gänge voll.

In der Kneipe dagegen saßen nur Vereinzelte, vornehmlich handelte es sich um junge Erwachsene und Schüler, ich sah ein einziges älteres Ehepaar, das den Eindruck machte, als fühlte es sich zwischen den paar jungen Leuten ausgesprochen unwohl. Gerade nahm er den letzten Schluck, sie ließ ihr erst halb ausgetrunkenes Wasser stehen. Synchron erhoben sie sich, griffen nach ihren Tüten und traten hinaus.

Ich ließ sie unbehelligt passieren, das waren keine relevanten Zeugen. Stattdessen nahm ich Kurs auf den Mann hinter der Bar, der im Moment nichts zu tun hatte und auf seinem Handy herumtippte. „Eine Cola", bestellte ich und nahm auf dem Hocker vor ihm Platz.

„Kommt sofort." Er beendete zuerst seine Nachricht und schickte sie ab, bevor er nach einem Glas griff und mir aus einer Literflasche einschenkte. Als er das Getränk vor mich stellte, schob ich ihm das Foto von Ferhat rüber. „Haben Sie diesen Mann hier schon mal gesehen?"

Unwillkürlich verzog er das Gesicht. „Das ist doch dieser Tote, der hinter dem Center gelegen hat. Die Polizei war schon hier und hat nach ihm gefragt." Misstrauisch blickte er mich an. „Gehören sie zu denen?"

„Nein, ich ermittle privat für den Vater des Opfers", gab ich zurück. „Er hatte seinen Sohn länger nicht gesehen und möchte erfahren, was ihn in Ihre Stadt verschlagen hat."

„Vielleicht war er nur auf der Durchreise", wiegelte mein Gegenüber ab. „Ich jedenfalls kenne ihn nicht. Also zumindest war er kein Stammgast. War er mal abends hier, kann es durchaus sein, dass ich ihn übersehen habe. Dann ist es immer rappelvoll bei uns."

„Wann sind die Polizisten da gewesen", hakte ich nach. „Im Nachmittagsbereich?"

„Und noch mal abends", betonte er.

„An einem Abend oder an mehreren?"

Jetzt grinste er anerkennend. „An einem, und zwar an einem Samstag."

„Kommen denn jeden Abend dieselben Stammgäste?"

„Natürlich nicht, bis auf einige wenige. Manche tauchen regelmäßig freitags und samstags auf, die ziehen anschließend noch weiter. Für die Jüngeren sind wir das Highlight. Für die ist ein Abend bei uns aufregend genug. Außerdem werden die um zehn von ihren Vätern abgeholt und nach Hause gebracht." Er unterbrach sich und grüßte in Richtung eines Tisches. „Cola, wie immer?", rief er laut.

Zwei circa Sechzehnjährige hatten an einem der Tische Platz genommen und pellten sich gerade aus ihren Jacken. Sie kicherten und schauten sich nach allen Seiten um.

„Schulschwänzerinnen", teilte der Mann mir mit verschwörerischem Unterton mit. „Die kommen jeden Montag um diese Zeit." Er nahm die beiden Gläser, brachte sie zu dem Tisch und wechselte ein paar Worte mit seinen Gästen.

„An welchen Tagen und von wann bis wann arbeiten Sie hier?", fragte ich, als er zurückkam.

„Jeden Tag, von morgens um elf, wenn wir öffnen, bis abends um zehn, wenn wir unter der Woche schließen, freitags und samstags bis eins. Ich bin der Besitzer", klärte er mich auf. „Im Nachmittags- und Abendbereich habe ich einige Hilfen auf vierhundertfünfzig Euro-Basis. Davor komme ich allein klar."

Meine Hochachtung vor ihm stieg. Er war älter als ich, schätzungsweise Mitte vierzig, und bereit, ohne Freizeit auszukommen – na ja, bis auf den Sonntag, an dem dann bestimmt noch jede Menge Bürokram anlag -, um sein Geschäft hochzubringen. Denn sehr lange besaß er es wohl noch nicht. Die Einrichtung wirkte relativ neu und gepflegt.

„Noch drei Monate, dann habe ich das erste Jahr geschafft und kann mir eine zuverlässige Kraft suchen, die einige meiner Schichten übernimmt", vertraute er mir an. „Auf Dauer schlaucht das gewaltig." Wieder winkte er neuen Gästen zu und rief: „Ein Wasser, eine Sprite?"

Während er die Neuankömmlinge bediente, drehte ich mich auf meinem Hocker und schaute mich um. Ich zählte zweiundzwanzig Besucher, mehr Mädchen als Jungen. „Ist das immer so, dass die Weiblichkeit in der Überzahl ist?", fragte ich ihn kurz darauf.

„Nein", er lachte. „Abends ist es relativ ausgeglichen. Das ist hier so was wie eine inoffizielle Partnerbörse. Es gibt etliche, die bei mir ihren festen Freund gefunden haben. Dann tauchen sie allerdings nur noch selten auf", fügte er hinzu, „und Neue nehmen ihren Platz ein. Die, die um diese Zeit am regelmäßigsten kommen, sind die Schulschwänzer. Die denken, so weit außerhalb fallen sie nicht auf."

Ich leerte mein Glas und verabschiedete mich von dem Wirt. Wie es aussah, würde ich mindestens eine Woche lang regelmäßig vorbeischauen und mein Foto herumzeigen müssen. Ich fing gleich bei den jetzigen Gästen an. Leider hatte niemand den jungen Mann hier gesehen.

Direkt gegenüber dem Pub befand sich eine Boutique für das jüngere Publikum. Ich nahm den schmalen Weg durch die Ständer mit Kleidung, um mit der Verkäuferin zu sprechen. Der gesamte Eingangsbereich war offen, von der Kasse aus hatte sie einen guten Blick hinüber.

Es gab tatsächlich nur die eine. Sie war noch jung, so in den Zwanzigern, und selbst modisch gekleidet. Dementsprechend skeptisch musterte sie mich, als ich auf sie zutrat. Denn ich sah bestimmt nicht so aus, als würde ich mich für die Waren interessieren.

Sie warf einen Blick auf das Foto, das ich ihr hinhielt. „Gott, ist der süß", entschlüpfte es ihr, um dann nachdrücklich den Kopf zu schütteln. „Nein, an den würde ich mich erinnern, nie gesehen."

Ich versuchte mein Glück im nächsten Geschäft und im übernächsten, bis ich die eine Seite komplett abgeklappert hatte. Niemand konnte sich an Ferhat erinnern. Also nahm ich mir die andere vor, bis ich wieder am Pub landete. Mittlerweile waren fast alle Tische besetzt und ich drehte eine zweite Runde – wieder ohne Ergebnis.

Nachdem ich den zweiten Teil der Etage hinter mich gebracht hatte, war es Abend geworden und kurz vor Geschäftsschluss. Ich drehte eine letzte Runde durch das Pub, keiner kannte Ferhat.

Das wird eine größere Geschichte, dachte ich bei der Rückfahrt. Allein dadurch, dass in den meisten Läden Halbtags- oder Vierhundertfünfzig-Euro-Kräfte arbeiteten, musste ich viele erneut aufsuchen. Dabei war ich bisher nicht mal im Parterre und im Untergeschoss gewesen. Wenn Ferhat öfter hier war, hatte er vielleicht seine Lebensmittel dort gekauft. Und ganz vielleicht erinnerte sich irgendjemand an ihn.

9

Auch der nächste Tag brachte keinen Erfolg. Ich war früh aufgestanden, sodass ich direkt zur Öffnungszeit um zehn eintrat. Dieses Mal schaffte ich gerade so eben das Erdgeschoss. Zu mehr reichte es leider nicht, denn ich musste sehen, dass ich pünktlich um sechzehn Uhr bei den Demircis war. Sie wohnten in einem älteren Einfamilienhaus an der Grenze zur Nordstadt, in der sich der Autohandel befand. Außerdem war das der Beginn des Viertels, in dem ein hoher Ausländeranteil herrschte – das war kein Vorurteil, sondern Fakt. Vermutlich hatte zumindest Frau Demirci ihre Kontakte eher dort, denn sonst wäre sie bestimmt in der Lage, ohne Dolmetscher mit mir zu sprechen. Warum auch nicht? Die Community unterstützte sie wesentlich besser, als es deutsche Nachbarn tun würden.

Auf mein Klingeln öffnete mir die Tochter, ein junges Mädchen von etwa achtzehn, neunzehn. „Herr Speer?"

„Ja, und Sie sind bestimmt meine Ansprechpartnerin Nummer eins."

Sie verzog das Gesicht: „Du, bitte. Sonst fühle ich mich unwohl. Ich heiße Rabia", fügte sie hinzu. „Kommen Sie bitte durch."

Der Raum war riesig und nahm bestimmt den größten Teil des unteren Bereiches ein. Auf der einen Seite stand eine dunkelbraune Schrankwand mit vielen offenen Flächen, die nahezu völlig mit Bilderrahmen zugestellt waren, die andere wurde von einer ausladenden Eckcouch dominiert, vor der kleinere, mit Häkeldeckchen bedeckte Beistelltischchen angeordnet waren, sodass jeder Gast sein Getränk vor sich hatte, ohne sich großartig bewegen zu müssen. Der Teppich auf dem Boden war eindeutig orientalisch, ebenso wie die Motive der Ölgemälde an den Wänden.

Mehr konnte ich mit einem schnellen Blick nicht aufnehmen, denn die Frau des Hauses, die auf einem zur Couch passenden Sessel saß, winkte mir lächelnd, ihr gegenüber Platz zu nehmen. „Guten Tag", sagte sie.

Ich erwiderte den Gruß und wollte mich bei ihr bedanken, dass sie mich empfing, als ihre Tochter mich gleich unterbrach. „Das ist so ziemlich alles, was sie auf Deutsch sagen kann." Rabia war in der Nähe des Durchgangs stehen geblieben. „Möchten Sie etwas trinken? Oder essen?"

„Nein, danke. Ich komme direkt aus dem Einkaufscenter und habe mich da versorgt", wehrte ich ab. Denn sonst wäre sie in der Küche verschwunden und ich hätte mit meinen Fragen warten müssen, bis sie das Getränk, vermutlich türkischer Kaffee, servierte.

Sie setzte sich in den zweiten Sessel neben ihre Mutter, einer etwas korpulenteren Version ihrer selbst. Beide wiesen deutliche Ähnlichkeit mit Ferhat auf. Die Tochter hatte das gleiche schmale Gesicht und die ausdrucksvollen Augen, nur dass ihre Haare bis auf den Rücken fielen.

„Was wollen Sie wissen?"

„Wie sah deine Mutter Ferhat?"

Statt die Frage zu übersetzen, verzog sie wieder das Gesicht. „Was erwarten Sie? Er war ihr Erstgeborener, er kam zwei Jahre vor mir zur Welt. Sein Status war immer ein ganz besonderer. Sie können von ihr keine Charakteranalyse erwarten."

Nein, die bekam ich bestimmt später von ihr. „Es interessiert mich wirklich, wie sie ihren Sohn sah", beharrte ich. „Auch daraus lassen sich Rückschlüsse ziehen."

Obwohl ihr die passende Antwort auf der Zunge lag, verkniff sie sie sich und wandte sich an ihre Mutter.

Diese lächelte wehmütig. „Er war so ein liebenswertes Kind", übersetzte Rabia. „War immer fröhlich und zu Späßen aufgelegt." Bei den letzten Worten wurde ihre Stimme bitter. „Erst als fast Erwachsener hat er sich verändert. Er hörte nicht mehr auf seinen Vater, wollte unbedingt seinen eigenen Weg gehen." Rabia verstummte und sah mich herausfordernd an, als wolle sie sagen: Na, bitte, und was bringt Ihnen das?

„Als er gegangen ist", fuhr ich unbeirrt fort. „Hat er da gesagt, was er vorhatte?"

Die Mutter schüttelte nachdrücklich den Kopf und seufzte. „Sein Vater zwang ihn, zu gehen. Er hat ihn rausgeschmissen, hat danebengestanden und zugesehen, wie er seine Sachen packte. Er hatte gar keine Chance mehr, mit mir zu sprechen." Ihr kamen in der Erinnerung an die Szene die Tränen. Sie wischte sie energisch weg und nickte mir zu, mit meinen Fragen fortzufahren.

„Als er anrief, hat er da erwähnt, wo er untergekommen ist und was er macht?"

Sie zögerte und schloss die Augen, um mir möglichst detailgetreu antworten zu können.

„Beim ersten Mal, sagte er, dass er bei einem Freund wohne und dass es ihm gut gehe", übersetzte Rabia. „Das war einen Monat nach seinem Weggang. Es ist nur ein sehr kurzes Gespräch gewesen", fügte sie hinzu, „weil mein Vater zu Hause war und nachfragte, wer denn dran sei. Als Ferhat seine Stimme hörte, legte er sofort auf."

„Gab es irgendwelche Nebengeräusche?"

Die Mutter schüttelte den Kopf. „Aber als er zum zweiten Mal anrief, das war nach ungefähr einem halben Jahr, da rief er von seinem Handy an. Er befand sich in einem Auto, das fuhr. Da hat er gesagt, er sei ganz dick im Geschäft und würde einen Haufen Geld verdienen." Ihre Stimme brach und sie musste sich mehrfach räuspern, bevor sie weitersprechen konnte. „Ich habe gefragt, was er denn mache, ob er schwer arbeiten müsse. Da lachte er: Nein, Mama, ich verdiene so nebenbei, ohne große Anstrengung. Natürlich wollte ich wissen, wie das möglich ist. Doch er wich mir aus. Das könne ich nicht verstehen, behauptete er. Nur dass es nicht für lange sei. Ein paar Jahre vielleicht, dann würde er in die Türkei gehen und sein eigenes Geschäft aufmachen. Bis dahin wolle er sein Leben genießen." Jetzt schluchzte sie. „Das war das Letzte, was ich von ihm hörte."

„Er rief noch einmal an, kurz bevor er ermordet wurde", ergänzte Rabia, die wieder völlig emotionslos übersetzt hatte. „Mama war nicht zu Hause. Da hat er fast sofort wieder aufgelegt. Ich sollte ihr schöne Grüße bestellen."

Frau Demirci brach in Tränen aus und verließ fluchtartig das Zimmer.

Ihre Tochter zuckte entschuldigend die Schultern. „Sie weint fast jeden Tag um ihn. Das ist normal."

„Wie sahst du deinen Bruder?"

Sie zog eine Grimasse. „Er war Mamas Liebling, alles wurde entschuldigt und beschönigt. Ferhat ist kein guter Bruder gewesen und auch kein guter Sohn. Solange ich zurückdenken kann, hat er nur sich gesehen und gefordert, egal ob es um Aufmerksamkeit, irgendwelche Extras oder Geld ging. Leider muss ich zugeben, dass Mama ihm immer nachgegeben hat. Als die Schwierigkeiten in der Schule begannen, hat sie ihn gegenüber Papa verteidigt – oder ihm erst gar nicht mitgeteilt, wenn es wieder Ärger gab."

„Weshalb gab es denn Ärger?", fragte ich nach.

„Er hat angefangen die Schule zu schwänzen, machte nie Hausaufgaben, gab den Lehrern Widerworte."

„Ist er rausgeflogen oder hat er freiwillig abgebrochen?"

Sie grinste freudlos. „Er hatte so viele Fehlzeiten, dass er das Schuljahr hätte noch mal machen müssen. Er war aber schon mal sitzengeblieben. Er musste auf eine Berufsfachschule wechseln. Da begann sein Spiel von Neuem. Er habe einfach keinen Bock auf Schule, sagte er. Deshalb nahm Papa ihn mit in seinen Betrieb, erst mal nur für ein Praktikum. Er hoffte wohl, dass Ferhat bei ihm eine Lehre anfangen würde. Wenn er dreimal die Woche hingegangen ist, war das viel. Mein Bruder liebte es, morgens auszuschlafen und sich abends lange draußen rumzutreiben. Mittlerweile war er achtzehn, Papa stand ihm machtlos gegenüber. Ferhat tat das, was er wollte."

„Mit wem ist er unterwegs gewesen?"

„Keine Ahnung, wirklich nicht. Die alten Freunde sind anders, die arbeiten oder machen eine Lehre. Die konnten es sich nicht leisten, wochentags rumzusumpfen. Irgendwo muss er neue kennengelernt haben, die ihm diesen Floh von wegen leicht verdientem Geld ins Ohr gesetzt haben. Er wurde immer unruhiger, wollte unbedingt weg, ist kaum noch bei Papa aufgetaucht." Sie schluckte. „Mama hat versucht, mit ihm zu reden. Das erste Mal hat er sie geschubst und sich entschuldigt, als sie hingefallen ist. Beim zweiten Mal hat er richtig zugeschlagen. Als Papa davon hörte, ist er auf ihn losgegangen und hat ihn gezwungen, sofort auszuziehen. Er ist bei ihm stehen geblieben, hat gewartet, bis er alles zusammen hatte und ihn dann rausgeschmissen, am frühen Abend war das."

„Woher wusste er es?" Seine Frau hatte ihm bestimmt nichts erzählt.

„Von mir und meinen Geschwistern", bestätigte Rabia meinen Verdacht. „Nach dem ersten Angriff ist es Mama gelungen, ihn aufzuhalten. Nach dem zweiten nicht mehr. Sie hatte blaue Flecken und ein verstauchtes Handgelenk."

„Seine Handynummer, hast du die parat?" Ich hoffte auf die Mutter.

„Die war schon kurz nach dem zweiten Anruf nicht mehr erreichbar. Daraufhin hat Mama den Zettel weggeworfen."

„Mit euch hat er nie gesprochen?"

Sie schüttelte den Kopf. „Er hasste uns. Wir haben immer gegen ihn zusammengehalten, weil er uns tyrannisierte. Er war der absolute King und von unserer Mutter bekamen wir keinen Rückhalt. Wir mussten uns selbst wehren."

Tja, mir gingen langsam die Fragen aus.

Gerade als ich mich erheben wollte, sprang sie auf. „Mehmet, mit dem hat er sich manchmal noch unterhalten, wenn er ihn traf. Der wohnt gleich gegenüber. Ich frage mal eben, ob er mit Ihnen sprechen würde."

10

„Und das war die ganze Sache wert", berichtete ich Rebecca von meinem ansonsten vollkommen unspektakulären Tag. „Dem Nachbarsjungen gegenüber hat er geprahlt, dass er dabei sei, was richtig Tolles einzustielen. Als der fragte, ob er mitmachen könne, habe Ferhat gegrinst und stolz verkündet, dass die nur schlanke, gutaussehende Männer nehmen würden, welche, die das gewisse Etwas hätten und über einen gesunden Menschenverstand verfügen. Und da Mehmet reichlich Kilos zu viel auf die Waage bringt …" Ich beendete den Satz nicht, den Rest konnte sie sich denken.

„Eigenartig", Rebecca runzelte die Stirn. „Hat der als Callboy gearbeitet?"

„Das war auch das Erste, was mir in den Sinn kam", stimmte ich ihr zu. „Wenn man aussieht wie er, kann man auf diese Weise mit Sicherheit viel Geld verdienen."

„Hätten die Ermittler das nicht herausgefunden? Die kennen doch sicherlich die Szene in ihrer Stadt."

„Nicht, wenn er privat arbeitete, ohne Anmeldung."

„Und ist nie erwischt worden?"

„Soll es geben", nickte ich und verbiss mir mit Mühe das Lachen. Meine Freundin hatte eine viel bessere Meinung von den echten Gegebenheiten als ich.

Ich hatte mich nicht gut genug unter Kontrolle. Sie bemerkte meine Heiterkeit und knuffte mich unsanft in die Seite. „Erzähl weiter!"

„Mehr gibt es nicht."

„Kannte dieser Mehmet denn keinen dieser neuen Freunde? Oder wusste, wo sich Ferhat mit ihnen traf?"

„Nein, daraus machte dieser ein großes Geheimnis. Einmal ist Mehmet ihm gefolgt. Leider hat er nur gesehen, dass Ferhat zwei Straße weiter von einem Auto abgeholt wurde. Nicht mal aufs Kennzeichen hat er geguckt." Der Junge war nett und sehr höflich, aber sicher nicht die hellste Leuchte. Nach diesem einen Versuch gab er sofort auf.

„Also hat Ferhat schon in dem Bereich gearbeitet, bevor er auszog", folgerte Rebecca.

„Vielleicht solltest du die Branche wechseln und dich von mir anstellen lassen", witzelte ich. Denn genau diesen Schluss hatte ich auch gezogen.

„Wenn du mein Gehalt zahlen kannst, gerne", stichelte sie. Als Psychologin hatte sie ein ausgesprochen gutes Einkommen. Zudem liebte sie ihren Beruf. Freiwillig würde sie den nie aufgeben.

Am nächsten Tag fuhr ich wieder zum Einkaufscenter. Vorher hatte ich Tante Simone auf den neuesten Stand gebracht und gebeten, zum Thema Callboys zu recherchieren. In solchen Sachen war sie eindeutig gewiefter als ich. Außerdem liebte sie diese Art von Arbeit. Sie hatte sogar richtig gestrahlt, als sie erfuhr, was ich von ihr wollte. „Interessantes Thema. Da knie ich mich gleich richtig rein."

Wieder verbrachte ich den ganzen Tag in dem Einkaufscenter und befragte weitere Verkaufskräfte. Zwischendurch machte ich Stippvisiten im Pub, um möglichst jeden Gast mitzunehmen. Leider fand sich niemand, der Ferhat erkannte.

Ich beendete den Tag bei Harry – der Besitzer und ich waren seit heute per Du.

„Wie lange willst du das noch durchziehen?", fragte er.

„Mindestens eine komplette Woche, damit ich wirklich jeden deiner Gäste erwische." Es gab ja bisher keine anderen Punkte, an denen ich hätte ansetzen können.

„Manche kommen nur sporadisch." Er sah mich an und zog die Augenbrauen hoch. „Du könntest mir ein Foto dalassen und ich kümmere mich darum."

„Dann muss ich zuerst eins nachmachen. Vielleicht später." Nein, bis einschließlich Samstag wollte ich durchhalten. Immerhin fehlten mir immer noch einige Mitarbeiter und die gesamte Lebensmittelabteilung. Die regelmäßigen Checks bei Harry waren eher ein nettes Zwischenspiel.

„Na, dann bis morgen."

Wie gestern beschlossen begann ich im Tiefgeschoss. Nur wenige Kunden waren um diese Zeit hier unten, dafür waren allerdings auch nur vereinzelte Kassen besetzt. Verkalkuliert! Musste ich später noch einmal wiederkommen.

Trotzdem zeigte ich jeder einzelnen Kraft, auch denen im Laden, das Foto. Einen Treffer landete ich nicht. Zwei stutzten kurz, schüttelten aber doch den Kopf. Nein, sie waren sich nicht sicher. Er könnte mal da gewesen sein – oder auch nicht.

Anschließend hakte ich die meisten der Teilzeitkräfte ab, die mir noch fehlten, zwischendurch stattete ich dem Pub zwei Besuche ab. Es war zum Verrücktwerden! Niemand hatte Ferhat je gesehen.

„Meinst du nicht, du bist auf der falschen Spur?", fragte Harry. „Klar, er ist hinter dem Einkaufscenter ermordet worden, aber das heißt doch nicht, dass er irgendwann mal hier war. Vielleicht war dieser Tatort reiner Zufall."

„Es ist leider der einzige Hinweis, den ich bisher habe." Irgendwie war ich trotzdem überzeugt, auf der richtigen Spur zu sein. Es gab bestimmt irgendeine Verbindung.

Am nächsten Morgen fing mich Tante Simone ab. „Ich habe zwei Informanten für dich. Ob sie dir weiterhelfen können, ist allerdings ungewiss. Beide arbeiten privat, der eine hat Frauen als Kundschaft, der andere Männer. Sie sind bereit, sich dein Foto anzuschauen. In der Branche kennt man sich normalerweise untereinander, besonders, wenn man schon länger dabei ist."

„Wie bist du denn an die gekommen?" Ich war echt baff. Das ging schneller als erwartet.

„Ich habe kurzerhand bei einigen angerufen und nachgefragt."

Ja, dafür war sie wesentlich besser geeignet. Sie wagte sich an die kompliziertesten Aufgaben heran und hatte nie Schwierigkeiten, Kontakte herzustellen. Wie sie das schaffte, war mir ein Rätsel. Wenn man sie so sah, eine ältere Frau mit akkurat geschnittenem Bubikopf und goldgerahmter Halbbrille, die hauptsächlich Blusen-Stoffhosen-Kombinationen trug, wirkte sie eher bieder, dabei hatte sie einen eisenharten Willen – sonst hätte sie mich verkorkstes Exemplar bestimmt nicht hingekriegt. „Super!", lobte ich sie.

„Freu dich nicht zu früh! Der Name sagt keinem von beiden was."

Der Erste wollte mich gleich um zehn treffen, vor Dienstbeginn, wie er es ausdrückte. Ich stand pünktlich vor der genannten Adresse, einem Mehrfamilienhaus mit zehn Parteien. Es befand sich kurz vor der Innenstadt in einer viel befahrenen Straße. Ich klingelte und der Summer ertönte.

Ein Mann circa Mitte bis Ende dreißig, schlank, kurze blonde Locken und Drei-Tage-Bart stand in der Eingangstür der linken Erdgeschosswohnung und musterte mich prüfend. Eigentlich sah er ganz normal aus und trug auch normale Kleidung. Nie wäre ich darauf gekommen, womit der sich sein Geld verdiente.

„Speer, meine Sekretärin hat …"

„Kommen Sie rein." Er trat zur Seite und ließ mich vorgehen. „Bitte gleich links!"

Die Küche, wie ich erkannte. Er wies auf den kleinen Tisch in der Ecke. „Nehmen Sie Platz."

Nachdem er sich mir gegenübergesetzt hatte, schob ich ihm das Foto zu. Er blickte konzentriert darauf, schüttelte jedoch dann den Kopf. „Nein, den habe ich nie gesehen." Er runzelte die Stirn. „Er ist ziemlich jung, oder?"

„Zwanzig."

„In dem Alter wird er sich nicht selbstständig gemacht haben." Das Kopfschütteln wiederholte sich. „Es sei denn, er hat sehr früh angefangen."

„Eher nicht. Ich schätze, das war vor eineinhalb, zwei Jahren."

Er lachte. „Vergessen Sie's." Er schaute noch einmal auf das Foto. „Außerdem sieht er wie der wahrgewordene Teenie-Traum aus. Für mich kaum vorstellbar, dass die älteren Semester auf ihn stehen."

Ich musste wohl ziemlich blöd aus der Wäsche geguckt haben, denn er erklärte: „Ich habe es meist mit älteren Frauen zu tun, die, die auf dem freien Markt keine Chance mehr haben. Die jüngeren können sich ihren Kerl aussuchen. Ja, ist so." Er nickte bekräftigend. „Was meinen Sie, was auf den Partnerbörsen abgeht. Sehen die einigermaßen gut aus, kriegen die massenhaft Angebote. Die haben es nicht nötig, dafür zu zahlen." Er schob mir das Foto über den Tisch zurück. „Haben Sie denn, außer dass der Typ sich hier in der Stadt aufgehalten haben soll, keinen weiteren Anhaltspunkt?"

„Ich weiß nur, dass er angeblich so viel Geld verdient, dass er sich in ein paar Jahren komplett rausziehen kann."

Er zog eine Augenbraue hoch. „Drogen", vermutete er. „Der wäre der Richtige, um junge Mädchen anzufixen. Recherchieren Sie lieber in diese Richtung."

Klar, es könnte sich genauso gut um einen geplatzten Drogendeal handeln. War ich doch auf der falschen Spur?

„Sie wissen nicht zufällig, in welchen Etablissements ich mich umsehen könnte?"

Er nannte mir auf Anhieb drei Discos und ein Pub und griff sogar zum Telefon, um sich von einem Kumpel weitere Adressen geben zu lassen. Meine nächsten Abende waren damit verplant. Ich würde auch dieser Spur nachgehen.

Ich überreichte ihm den ausgehandelten Hunderter und er bedankte sich bei mir. Dabei hatte er sich das Geld echt verdient. Wenn mich sein Hinweis weiterbrachte, sogar mehr als das.

Trotzdem fuhr ich auch noch bei dem zweiten Typ vorbei. Der wohnte am anderen Ende der Stadt. Die Zeit reichte so gerade eben, dass ich pünktlich vor seiner Tür stand.

Ein schmaler Hänfling öffnete mir. Der war bestimmt nicht älter als zwanzig. Hatte ich mich vielleicht zu schnell auf ein neues Ziel eingeschossen? Er strich sich die blonde Tolle, die ihm über die Augen gefallen war, zurück und bat mich mit leiser Stimme herein.

Der junge Mann entsprach voll und ganz dem Bild, das man sich von einem Schwulen machte. Er bewegte sich wie eine Frau, hatte ein sehr weibliches Parfüm aufgelegt und sich auch, wenn ich das richtig gesehen hatte, dezent geschminkt. Er ging vor mir her und führte mich ebenfalls in seine Küche, wobei er mit den Hüften wackelte.

Er hatte sogar Kaffee aufgebrüht und goss mir ungefragt eine Tasse ein. „Vielen Dank." Ich schob ihm das Foto von Ferhat zu.

Er warf nur einen kurzen Blick darauf. „Eindeutig ein Hetero. Das sehe ich sofort. Allein diese Augen, dieser Blick ...", er seufzte entsagend.

Konnte ich ihm glauben? Ich nahm einen Schluck des wirklich ausgezeichneten Kaffees und überlegte, wie ich nachfragen konnte, ohne ihn zu verletzen.

„Sie können mir ruhig vertrauen. Ich habe ein inneres Radar, schon von klein auf." Er grinste. „Das hat mir oft in meinen Anfängen geholfen."

„Ja, dann." Ich stürzte den Rest Kaffee hinunter. Das war ein schnell verdienter Hunderter für ihn.

Den nahm er natürlich trotzdem, abgemacht war abgemacht. „Wenn noch mal was anliegt", verabschiedete er mich. „Jederzeit gerne wieder."

Und jetzt? Trotzdem noch einmal ins Einkaufscenter? Oder lieber nach Hause, vorschlafen und mir heute die Nacht um die Ohren hauen? Freitags und samstags ging in den Discos und Pubs bestimmt die Post ab.

Der neuen Spur folgen, entschied ich und fuhr zurück.

11

„Dein Tipp war Gold wert." Ich berichtete Tante Simone schnell, was sich ergeben hatte. Gemeinsam recherchierten wir die Adressen. Anschließend gönnte ich mir eine heiße Dusche, um meine Muskeln zu entspannen und die nötige Bettschwere zu bekommen.

Um fünf klingelte mein Wecker. Ich machte mir eine Aufbackpizza und schrieb Rebecca einen Zettel. *Pläne haben sich geändert. Bin leider die halbe Nacht unterwegs. Lass mich bitte morgen ausschlafen.*

Eine Dreiviertelstunde später setzte ich mich in mein Auto. Zuerst würde ich die Kneipen abklappern. Da dürfte schon früher etwas los sein. In den Diskotheken fing der Betrieb erst nach zehn richtig an. Bis dahin müsste ich die Pubs durchhaben.

Die erste war eine typische Jugendkneipe. Nachdem ich eine lange Treppe hinuntergegangen war, gelangte ich in einen schmalen Raum, der von den Tischen schier erdrückt wurde. Ganz am Ende befand sich die Bar, ich quetschte mich an zig besetzten Stühlen vorbei, denn es war brechendvoll und der Geräuschpegel dementsprechend hoch. Doch die Kids, um solche handelte es sich zu dieser Uhrzeit, amüsierten sich prächtig. Immer wieder ertönte lautes Lachen.

An der Bar – ich ergatterte den letzten freien Hocker – traf mich ein scheeler Blick. Ich war deutlich zu alt für den Laden. Ich bestellte eine Cola, die mir gnädig gewährt wurde.

Hier hielt ich mich nicht lange auf. Ein kurzer Blick, nachdem ich zur Toilette gegangen war, in den kleinen Billardraum und ich wusste Bescheid. Die drei Russen, die den einen Tisch okkupiert hatten, waren diejenigen, die das Sagen hatten. Die ließen bestimmt keine fremden Dealer zu.

Statt die Cola auszutrinken, sah ich zu, dass ich verschwand. Der misstrauische Blick, den der eine mir zugeworfen hatte, reichte mir. Bezahlt hatte ich schon, also nichts wie weg.

In der nächsten Kneipe ging es ruhiger zu und das Publikum war gemischter. Wieder setzte ich mich an die Bar und beobachtete die jungen Leute, die an den kreisrunden Tischen saßen. Es dauerte eine Weile, bis ich dahinterkam, wie es ablief. Zuerst hatte ich die Toiletten in Verdacht, denn das Rein und Raus war beachtlich. Doch da wurden nur erste Kontakte geknüpft. Das Geschäft wickelte man auf der Straße beziehungsweise in einer kleinen Nebenstraße ab, sehr unauffällig, wie ich zugeben musste.

Dieses Mal handelte es sich um Araber oder Türken. Mein Problem war, wie sollte ich auf sie zugehen? Als Käufer? Keiner kannte mich. Und wenn ich dann gleich nach Ferhat fragte?

Nein, ich ging lieber und notierte mir im Auto den Namen der Kneipe. Das Beste würde sein, ich schickte einen von Deniz' Helfern vorbei. Die waren besser in so was.

Ich hatte mich ein wenig verschätzt, die Pubs lagen derart weit auseinander, dass ich nicht mehr dazu kam, mir die Diskotheken vorzunehmen. Was allerdings auch daran lag, dass ich teilweise mehr Zeit benötigte als veranschlagt. In drei Fällen war ich mir nicht mal sicher, ob drogentechnisch wirklich was lief. Wenn, gingen die Dealer so vorsichtig vor, dass es nur bei regelmäßigen Kontrollen auffiel.

Genau viermal hatte ich mein Foto gezückt und ein wenig herumgefragt, ob jemand Ferhat kannte. Die anderen Barkeeper gaben mir nicht die Erlaubnis oder ich hatte von mir aus Abstand genommen. Sollte ich diesen Weg weiterverfolgen wollen, musste ich mindestens eine Woche einrechnen – dazu in entsprechender Begleitung -, um zu einigermaßen vernünftigen Ergebnissen zu kommen.

Reichlich frustriert fuhr ich nach Hause zurück. Im Prinzip hatte ich mir für nichts und wieder nichts die halbe Nacht um die Ohren geschlagen.

„Heute geht es wieder ins Einkaufscenter", sagte ich zu Rebecca, als ich gegen zwölf am Frühstückstisch saß. Vielleicht war es sinnvoller, erst mal eine Aktion abzuschließen.

„Prima, ich begleite dich." Sie zwinkerte mir zu. „Da habe ich richtig Muße, ausreichend zu shoppen."

Wir trennten uns direkt nach der Rolltreppe. Ich nahm mir meine Liste und klapperte die Geschäfte ab, in denen es noch Verkäufer gab, die ich noch nicht befragt hatte. Am längsten hielt ich mich im Untergeschoss auf, nicht nur wegen der vielen Teilzeit-Kassierer, sondern auch, weil die heute jede Menge zu tun hatten und ich oft warten musste, bis sie kurz einen Blick auf das Foto werfen konnten. Nein, niemand hatte Ferhat je gesehen. Würde ich wohl doch in den sauren Apfel beißen müssen und nächste Woche meine Recherche in Kneipen und Diskotheken fortsetzen. Einer Idee würde ich gleich jetzt nachgehen, und zwar Harry fragen, ob es nicht irgendwo in der Nähe eine Drogenszene gab. Gesehen hatte ich bisher nichts, was darauf hindeutete, trotzdem konnte was dran sein. Immerhin hielten sich jeden Tag viele Jugendliche hier auf.

Rebecca und ich trafen uns wie verabredet um neunzehn Uhr an der oberen Rolltreppe. Sie war mit mehreren Tüten bepackt und wirkte sehr zufrieden mit ihrem Einkaufserlebnis. „Hat sich richtig gelohnt", begrüßte sie mich. „Sollten wir öfter machen." Sie grinste, als sie meinen Gesichtsausdruck sah. „War ein Witz. Ich habe alles bekommen, was ich haben wollte. Einmal im Jahr reicht mir so ein Ausflug." Sie stutzte, denn sie hatte die Boutique gegenüber dem Pub entdeckt. „Lass uns eben schnell gucken." Kaum hatte sie ausgesprochen, eilte sie los.

Ich folgte etwas langsamer und warf einen Blick hinüber zu Harry. Der hatte volles Haus und war schwer beschäftigt. Seine beiden Serviererinnen flitzten hin und her und er füllte ein Glas nach dem anderen. Schade, da würde er keine Zeit haben, sich großartig mit uns zu unterhalten.

„Oliver!" Rebecca winkte mich näher. „Halt mal, bitte." Sie drückte mir die Tüten in die Hand und begann, den Ständer vor uns zu durchwühlen. „Wie findest du das?" Sie zog ein hellgelbes Shirt heraus und hielt es vor sich.

„Schau erst mal auf den Preis", sagte ich leise, denn die Verkäuferin stand in unserer Nähe.

„Ist runtergesetzt", strahlte sie. „Komm, ich will es wenigstens anprobieren." Sie nahm Kurs auf den Eingang und wandte sich gleich an die junge Frau, mit der ich schon gesprochen hatte.

Diese führte sie in den hinteren Bereich zu den Umkleidekabinen. Ich blieb bepackt mit meinen Tüten vorne stehen.

„Sie können die Taschen zu mir stellen und sich in Ruhe umschauen", ertönte plötzlich eine Stimme und eine ältere Frau tauchte hinter der Kasse auf. Prüfend musterte sie mich. „Oder möchten Sie sich lieber einen Moment setzen, bis Ihre Begleitung fertig ist."

„Arbeiten Sie auch hier?", platzte ich heraus. Die Verkäuferin hatte mir nur von einer Kollegin erzählt, die hatte ich bereits befragt. Von einer weiteren war nie die Rede gewesen.

Mein Gegenüber wirkte leicht indigniert. „Ich bin die Besitzerin."

„Sind Sie oft anwesend? Weil", ich trat einen Schritt näher und zücke mein Foto, „Sie mir dann vielleicht helfen können. Haben Sie diesen jungen Mann schon mal gesehen?"

Sie blickte auf das Foto, wieder auf mich und schaute mich fragend an.

„Ich bin Detektiv und ermittle im Auftrag seines Vaters", beeilte ich mich zu erklären. Jetzt stellte ich doch die Tüten ab und zog eine Visitenkarte hervor. „Sein Sohn ist ermordet worden und er hat mich beauftragt, die Polizei bei ihren Ermittlungen zu unterstützen." Ja, das klang gut. Vom Alter her gehörte die Frau zu der Generation, die noch an die Staatsmacht als ausführendes Organ glaubte. Privatdetektive waren ihr wohl eher suspekt.

Ich hatte mich total verschätzt. Als sie den Namen auf der Karte las, sah sie mich hocherfreut an. „Von Ihnen hörte ich bereits. Ein Freund von mir hatte Sie vor kurzem engagiert, er ist voll des Lobes und gab mir Ihren Namen und Ihre Telefonnummer", sie zwinkerte mir zu, „falls ich mal jemand benötige, der für mich tätig werden soll." Sie warf einen Blick in Richtung der Kabinen. Rebecca und die Verkäuferin waren noch beschäftigt und außer Hörweite. „Ich besitze insgesamt drei Boutiquen und kann nicht ständig anwesend sein. Im Moment habe ich gutes Personal, trotzdem, man kann ja nie wissen, ob sich das nicht schneller ändert, als man denkt."

„Wer hat mich Ihnen denn empfohlen?"

Der Name war mir nur zu bekannt. Die Frau des Mannes hatte sich mit den gemeinsamen Kindern ins Ausland abgesetzt – obwohl das Sorgerecht und das Aufenthaltsbestimmungsrecht bei ihm lagen. Ihre Verwandten reichten sie von einem zum anderen weiter, sodass es sich schwierig gestaltete, sie zu finden. Um jedes Risiko auszuschalten, entführten wir die Kinder in einer Nacht- und Nebelaktion und brachten sie zurück über die Grenze, wo der erleichterte Vater sie in seine Arme schloss. Und nein, die Kleinen nahmen keinen Schaden, weil wir sie im Schlaf betäubten und sie erst in den Armen des Vaters wieder erwachten.

Der Mann sorgte dafür, dass wir, also meine Helfer und ich - allein konnte man so etwas nicht durchführen -, nie mit der Entführung in Verbindung gebracht wurden. Anfangs heuerte er sogar die zwei, die ich dabeigehabt hatte, als Wachleute an und zog sich mit den Kindern auf ein gesichertes Grundstück zurück. Bis heute war er äußerst vorsichtig und ließ seine Sprösslinge nicht ohne Begleitung vor die Tür.

In einem Punkt irrte sie aber, das Ganze war über ein Jahr her. Schön, dass er mich weiterempfahl.

„Ja, den habe ich gesehen."

Ihre Worte katapultierten mich in die Gegenwart zurück. „Was?" Ich dachte echt, ich hätte mich verhört.

„Den Kerl habe ich gesehen", wiederholte sie. „Er kam hinter vier Mädchen drüben aus dem Pub. Er ist mir aufgefallen, weil er offensichtlich auf diese wartete. Erst stellte er sich in die Ecke da", sie zeigte in die entsprechende Richtung, „und starrte rüber. Als er merkte, dass es länger dauert, begann er zu telefonieren."

„Sie sind sich sicher?" Ich blieb eher skeptisch. Das wäre der Zufall schlechthin.

„Junger Mann, ich mag schon älter sein, aber meine Augen funktionieren perfekt", erwiderte sie pikiert. „Die Mädchen haben sämtliche Ständer draußen durchwühlt und ich habe aufgepasst wie ein Luchs. Die sahen mir nämlich nicht so aus, als könnten sie sich unsere Preise leisten. Ich hatte schon mein Handy in der Hand, um rechtzeitig den Wachdienst zu informieren."

„Was dann nicht nötig war?"

„Nein sie rissen einiges raus und hielten es sich an, packten jedoch jedes Teil wieder zurück, da bin ich mir sicher."

„Wie lange haben sie draußen gestanden?"

„Bestimmt eine Viertelstunde, wenn nicht länger. Ich glaube, die haben sich einen Spaß daraus gemacht, mich zu ärgern. Die wussten genau, dass ich sie beobachte." Sie beugte sich etwas vor. „Anschließend bin ich trotzdem sofort hin und habe noch einmal kontrolliert. Deshalb konnte ich sehen, dass der junge Mann den Mädchen folgte, mit deutlichem Abstand. Die gehörten nicht zusammen."

„Haben sie es gemerkt?"

„Na, klar." Sie lachte. „Die haben sich zweimal umgedreht und sich angestoßen und gekichert. Für mich sah es so aus, als hofften sie darauf, dass er sie ansprach. Ob er das tat, kann ich nicht sagen, sie verschwanden dann aus meinem Blickfeld."

Ich fragte trotzdem noch einmal nach. „Sie sind sich hundertprozentig sicher, dass es sich bei dem jungen Mann um diesen hier handelte?"

Wieder musterte sie mich deutlich eingeschnappt. Bevor sie mir einen weiteren Vortrag über ihre guten Augen halten konnte, erschienen Rebecca und die Verkäuferin hinter mir, Letztere trug triumphierend das Shirt, was wohl hieß, dass meine Freundin es kaufen wollte. „Wie, du kennst den Kerl?" Sie klang noch wesentlich ungläubiger als ich.

„Das war an dem Tag, als Martina sich krankgemeldet hatte und du umgeknickt bist." Ihre Chefin ging seltsamerweise in Verteidigungshaltung. „Erinnerst du dich nicht? Das war vor", sie überlegte, „das ist schon so zwei, drei Monate her", änderte sie ihren Satz ab. „Aber ich habe ein exorbitant gutes Gedächtnis. Und diese vier Mädchen waren wirklich extrem", wandte sie sich an mich.

„Stimmt", bestätigte die Verkäuferin. „Du bist an dem Tag, das muss ein Freitag gewesen sein, eingesprungen. Ich bin erst kurz vor Feierabend zurückgekommen. Und dein Erinnerungsvermögen ist phänomenal."

„Können Sie sich vielleicht auch noch an die Uhrzeit erinnern?", meldete ich mich zu Wort.

„Ja, das muss gegen neunzehn Uhr gewesen sein. Ich höre immer Radio, die Nachrichten waren gerade zu Ende. Normalerweise beginne ich dann mit dem Aufräumen. An dem Tag musste ich damit warten, bis die vier weitergingen."

„Können Sie die Mädchen beschreiben?"

„Oh, ja."

Diese Frau war wirklich ein absoluter Glücksfall. Selbstverständlich befriedigte ich anschließend auch ihre Neugier. Denn dass ausgerechnet dieser junge Mann der Ermordete war, davon hatte sie nichts gewusst.

Zu guter Letzt gab sie mir ihre private und die Telefonnummer des Ladens – falls ich noch mal auf sie als Zeugin zurückkommen wollte. Das glaubte ich zwar nicht, aber man konnte ja nie wissen.

12

Als wir endlich bei Harry ankamen, hatte sich dort das Chaos gelegt und er fand ausreichend Zeit, sich mit uns zu unterhalten.

„Kennst du diese Mädchen?" Ich begann abzulesen, was ich mir aufgeschrieben hatte. „Die eine ist rothaarig, ziemlich dick und trug an dem Tag eine zu klein ausfallende Leggins, ein enganliegendes Oberteil und hatte eine graue Daunenjacke dabei, die wohl schon reichlich Federn ließ. Die Zweite ist ein dünnes, eher schon mageres Mädchen mit länglichem Gesicht und halblangem, dunklem Haar. Sie trug relativ abgerissene Sachen, wie aus der Altkleidersammlung", wiederholte ich die Beschreibung der Boutique-Besitzerin."

Harry nickte und hob die Hand. „Die Dritte ist ein Mischling", er zuckte demonstrativ zusammen und sah sich nach allen Seiten um. „Ups, politisch unkorrekt. Ich glaube, ich werde es nie lernen."

„Und die Vierte stammt eindeutig aus dem arabischen Raum", übernahm ich wieder. „Sie hat langes, schwarzes Haar, eine etwas dunklere Haut, ist sehr schlank und sieht vermutlich älter aus, als sie ist."

„Ich weiß genau, wen du meinst." Er hieb begeistert auf den Tresen. „Hängen die etwa mit diesem Typ zusammen?" Er hatte kein Hehl daraus gemacht, dass er nicht verstand, warum ich nicht längst aufgegeben hatte, den Kerl hier zu suchen.

„Er ist ihnen gefolgt, als sie das Pub verließen."

„Und er ist echt hier gewesen?" Harry schüttelte den Kopf. „Dass ich mich so gar nicht an den erinnern kann!"

Tja, es war eben nicht auf jede Zeugenaussage Verlass. „Kommen die Mädchen regelmäßig?", lenkte ich das Gespräch wieder zurück aufs Thema.

„Normalerweise jeden Freitag und manchmal auch noch ein- oder zweimal unter der Woche. Das ist unterschiedlich. Der Freitag ist der einzige feste Tag. Schade, dass du gestern nicht da warst. Ich hätte sie dir zeigen können."

Da ahnte ich nicht mal, dass sie eine Rolle spielten. „Gibt es feste Uhrzeiten, wann sie auftauchen?"

„Immer im Nachmittagsbereich. Du hast recht, so alt sind die nicht, ich schätze mal zwischen zwölf und vierzehn. Die Rothaarige scheint die Älteste zu sein, die gibt den Ton an. Und wenn ich raten müsste, würde ich sagen, dass die aus einer der Sozialsiedlungen kommen. Das hörst du aus deren Reden heraus."

„Von wann bis wann?"

Die Serviererin neben uns wurde langsam ungeduldig und wippte nervös mit dem Fuß, da sie endlich ihre Bestellungen loswerden wollte. Ich bedeutete ihr, dazwischenzugehen, denn ich musste noch einen weiteren Punkt abklären.

Wir warteten geduldig, bis Harry seine Arbeit erledigt hatte.

„Die kommen so gegen vier und bleiben bis gegen sieben, ist immer gleich. Ich denke, die müssen um acht zu Hause sein."

„Gibt es hier in der Ecke eine Drogenszene?", wechselte ich das Thema.

„Nein, bestimmt nicht." Er sah mich mit großen Augen an. „Das wüsste ich. Unser Wachdienst kontrolliert auch den gesamten Außenbereich. Da ist nie was gewesen."

„Auch nicht auf dem Weg zu den Bushaltestellen?"

Er schüttelte entschieden Kopf. „Das wüsste ich", wiederholte er. „Und Kerle, die so was im Sinn haben, treiben sich bei mir nicht rum. Da lege ich meine Hand für ins Feuer."

Sobald er wieder beschäftigt war, ließ ich meinen Blick aufmerksam kreisen. Bisher hatte ich in diese Richtung auch nichts bemerkt, trotzdem war eine weitere Kontrolle besser. So aufmerksam, wie ich gedacht hatte, schien Harry nicht zu sein.

Rebecca stieß mich an und machte mich auf einen Tisch im hinteren Bereich aufmerksam, an dem vier männliche Teenager saßen, die eifrig bemüht waren, mit den Mädchen am Nachbartisch Kontakt aufzunehmen.

Die kicherten albern und schienen nichts dagegen zu haben, näher Bekanntschaft zu schließen. „Gut, dass wir aus dem Alter raus sind", flüsterte sie mir ins Ohr. „Das ist ja zum Fremdschämen."

Ich musste unwillkürlich grinsen, weil ich an den Donnerstag dachte, als Harry einschreiten musste, weil da ein Pärchen meinte, vor allen Anwesenden eine wilde Knutscherei mit ausgiebigem Petting hinzulegen. Dagegen war das harmlos. Trotzdem pflichtete ich ihr bei, obwohl ich in dem Alter eher mit anderen Dingen beschäftigt gewesen war. Die Anerkennung meiner Bande hatte mir zu diesem Zeitpunkt mehr bedeutet.

„Kommst du nächste Woche dann im Nachmittagsbereich wieder oder soll ich dich anrufen, wenn die vor Freitag auftauchen. Die schwarzhaarige Ausländerin ist seit einiger Zeit nicht mehr dabei", setzte Harry hinzu, als handele es sich um eine Nebensächlichkeit.

Ich merkte auf. „Seit wann ungefähr?"

„Tja." Die zweite Serviererin, die an den Tresen trat, riss ihn aus seiner Konzentration. „Kannst du dich an die vier Mädels erinnern, die immer am Freitag da drüben sitzen?", fragte er sie.

„Jetzt nur noch drei", korrigierte sie ihn. „Wahrscheinlich sind die Eltern dahinter gestiegen, wo die sich aufhalten." Sie kniff die Augen zusammen und dachte nach. „Im Januar war sie garantiert dabei. Entweder ab der ersten oder in der zweiten Woche im Februar kam sie nicht mehr."

„Du hast ein Gedächtnis!", lobte ihr Chef sie.

Grinsend nahm sie ihr Tablett und verschwand in Richtung der vorderen Tische.

Ich wartete, bis sie wieder zurückkehrte. Ich musste es einfach noch mal versuchen. Zum zweiten Mal hielt ich ihr Ferhats Fotos vor. „Und Sie sind sich sicher, dass Sie den Typ nie hier gesehen haben?" Sie warf nur einen kurzen Blick darauf. „Ganz bestimmt nicht. Aber was mir noch eingefallen ist, manchmal nutzen die Besucher des Einkaufscenters unsere Toiletten. Auf diese Leute achte ich nicht, eigentlich keiner von uns. Vielleicht ist er uns deshalb nicht aufgefallen."

Ja, so könnte es gewesen sein. Allerdings stellte sich dann die Frage, wie er auf die Mädchen aufmerksam geworden war? Oder hatte er sich gleich die erstbeste Gruppe gegriffen, die das Pub verließ?

„Ich gebe dir meine Handynummer", wandte ich mich an Harry. „Wenn ich es schaffe, bin ich im Nachmittagsbereich selbst hier, sonst ruf mich bitte an, wenn sie auftauchen."

Rebecca hatte unser Gespräch mit aufgeregt funkelnden Augen verfolgt. „Endlich tut sich was", sagte sie, als wir zum Parkdeck gingen.

„Es ist ein Anfang, was sich daraus ergibt, wird sich zeigen." Genauso gut konnte diese Spur im Nichts enden.

„Und jetzt?"

„Warten wir ab." Oder hofften darauf, dass sich Rabia meldete. Nach dem Besuch bei Mehmet hatte ich sie spontan darum gebeten, sich bei Facebook umzuhören. Sie, als die Schwester des Toten, hatte da viel bessere Chancen als ich.

Am Sonntag gönnten wir uns einen gemeinsamen Ruhetag. Morgens frühstückten wir in aller Ruhe bei Tante Simone, am Nachmittag besuchten wir alle zusammen die Rommels. Während sich meine Tante und meine Freundin mit den Eltern unterhielten, machte ich mit Tristan und Ben einen langen Spaziergang. Der Junge freute sich sehr, dass ich nur für ihn da war.

Natürlich drehte sich das Gespräch wie immer in letzter Zeit um den Hund: Was er wieder angestellt hatte, welche Tricks er schon beherrschte und dass er, zu Tristans Leidwesen, meist seine Ohren auf Durchzug stellte.

Ich musste mir ein Lachen verbeißen. Das Tier wusste genau, was es sich alles erlauben konnte.

„Wir gehen jetzt ab morgen in einen Ferienkurs", erzählte Tristan. „Mama hat uns angemeldet."

Eher steckte Manfred dahinter. Das war der Trainer, bei dem ich damals Ben gekauft hatte. Denn es war klar, dass der Junge mit einem Welpen überfordert gewesen wäre. Deshalb erkundigte ich mich im Vorfeld, wie man ihm diesen Wunsch erfüllen konnte. Na ja, Wunsch war vielleicht übertrieben, eher waren es Kerstin, seine Mutter, und ich, die dachten, ein eigener Hund, für den er zu sorgen hatte, würde ihm helfen, sein Leben selbst zu gestalten. Vor allem nachdem sein bester und einziger Freund Linus in ein Internat gewechselt war. Tristan litt deutlich darunter, dass er bis auf seine Brüder keine sozialen Kontakte mehr hatte. Die Situation in der Schule war nicht ganz so angespannt wie zuvor, allerdings weit davon entfernt, als normal zu gelten. Er benötigte dringend einen Freund.

Golden Retriever waren sowieso in dieser Beziehung ideal, nur entpuppte sich dieser Hund wirklich als ganz besonders liebenswert. Er schloss gerne Freundschaften und nötigte so sein Herrchen, Kontakt zu Fremden aufzunehmen, was ihm immer noch nicht leichtfiel. Durch Ben konnte er sich nicht mehr davor drücken, sondern musste sein Bestes geben.

„Ich wette, ihr beiden meistert den Kurs super", sagte ich jetzt. „Du und Ben, ihr seid so gut zusammengewachsen. Wenn du die richtigen Hilfen an die Hand bekommst, wird er bald ein gut erzogener Hund sein."

Tristan seufzte. „Ich hoffe es. Du kannst dir nicht vorstellen, wie blöd es ist, wenn ich immer hinter ihm herrennen muss, weil er irgendwelche Leute oder andere Hunde belästigt."

Doch, konnte ich mir, die wenigsten würden verständnisvoll reagieren.

Als wüsste Ben, dass wir über ihn redeten, tauchte er schwanzwedelnd auf und begann Tristan wild springend zu umkreisen. Der zog einen Ball aus der Jackentasche und warf ihn, so weit er konnte. Wie der Blitz sauste der Hund hinterher.

Fast eine halbe Stunde spielten die beiden miteinander. Ben war begeistert und ließ sich durch nichts ablenken. Er tobte sich richtig aus und blieb schließlich mit weit heraushängender Zunge vor Tristan stehen. Der holte aus seinem Rucksack eine Wasserflasche und einen Napf und gab dem Tier zu trinken. „Das ist wichtig", erklärte er mir. „Manfred sagt, ich soll bei meinen Ausflügen immer Wasser dabeihaben, besonders im Sommer."

Na ja, davon waren wir noch weit entfernt. Gerade hatte der Frühling begonnen und es war endlich wärmer geworden, allerdings nicht zu vergleichen mit einem richtigen Sommertag. Aber ich würde ihm nicht dreinreden, besser, er befolgte die Anweisungen des Trainers, zu dem weiterhin Kontakt bestand, und ließ sich anleiten – auch wenn er manches zu genau nahm. So war er eben.

Auf dem Rückweg erzählte er von Linus. Die Jungen hingen sehr aneinander, auch wenn ich anfangs dachte, es handele sich eher um eine Zweckgemeinschaft. Mittlerweile wusste ich es besser. Solche Freundschaften wie zwischen den beiden waren selten, der eine konnte sich blind auf den anderen verlassen, sie standen füreinander ein und hielten fest zusammen, egal worum es ging. Kein Wunder, dass er sich dermaßen freute, ihn in den Ferien zu sehen.

13

Kaum waren wir wieder zu Hause, klingelte mein Handy. Rabia entschuldigte sich wortreich für die Störung, bis ich ihr versicherte, ich hätte schon dringend auf ihren Anruf gewartet. „Ich habe mehrere Nachrichten erhalten", platzte sie heraus. „Aber irgendwie passt nichts zusammen. Es sieht so aus, als sei Ferhat in ganz Deutschland unterwegs gewesen. Der eine will ihn in Berlin gesehen haben, ein anderer in Hamburg, der nächste in Köln und so weiter. Selbst in München soll er gewesen sein. Wem soll ich nun glauben?"

„Kannst du mir sämtliche Chats schicken?", bat ich sie, ohne auf ihre Frage einzugehen. Ich wollte die Nachrichten selbst lesen, bevor ich mir eine Meinung bildete.

„Mache ich." Sie schrieb sich meine E-Mail-Adresse auf. „Haben Sie in der Zwischenzeit was rausgefunden?"

„Es gibt ein paar Ansätze, ob sich daraus eine richtige Spur entwickelt, bleibt abzuwarten", erwiderte ich. Genau diese Antwort würde morgen auch ihr Vater bekommen. Noch war alles zu unklar, als dass ich Genaueres erklären wollte.

„Soll ich jedes Mal, wenn mir jemand schreibt, das an Sie weiterleiten? Oder lieber sammeln?"

„Besser sofort. Vielleicht passt genau diese Nachricht dann zu meinen eigenen Recherchen." Denn leider hatte sich damals auf den Polizeiaufruf niemand gemeldet, der Ferhat in oder um das Einkaufscenter herum erkannt hatte. Aus der gesamten Stadt hatten die zuständigen Ermittler keinerlei Feedback erhalten, was ich schon reichlich seltsam fand. Irgendwo musste er schließlich untergekommen sein. „Wenn möglich stelle klar, dass du gern auch wissen möchtest, ob ihn in der letzten Zeit vor seinem

Verschwinden jemand hier bei uns gesehen hat", bat ich sie. „Vielleicht bekommen wir so Hinweise auf seine neuen Freunde."

„Mache ich sofort." Sie zögerte, hatte noch irgendetwas auf dem Herzen.

„Ja?"

„Mehmet hat gesagt, Ferhat sei bestimmt ein Stricher geworden", sagte sie leise und zögerlich.

„Wie kommt er denn darauf?"

„Mein Bruder ist ein richtiger Weiberheld gewesen", gab sie zu. „Der konnte jede rumkriegen und hat das auch ausgenutzt. Und wenn er dann wirklich so viel Geld machte …"

„Nein, da kann ich dich beruhigen", versicherte ich ihr. „In diese Richtung habe ich bereits geforscht. Da gibt es nicht einen Hinweis."

„Was hat er denn sonst gemacht?"

Bestimmt nichts Gutes, das war auch ihr klar. „Ich weiß es nicht", antwortete ich ehrlich. „Aber ich werde es herauskriegen. Du kannst dich auf mich verlassen."

Rebecca musterte mich leicht spöttisch, als ich mich zu ihr setzte. „Und was tust du, wenn du nach dem einen Monat, für den Herr Demirci dich engagiert hat, nichts Relevantes herausgefunden hast?"

Ich zuckte möglichst nonchalant mit den Schultern. „Das wird nicht passieren", behauptete ich. „Ich bin dicht dran, das spüre ich." Dann wechselte ich sofort das Thema. Den Rest des Tages wollte ich nicht mehr über den Fall sprechen.

Am nächsten Morgen nahm ich mir die Aussagen der Facebook-Nutzer vor, die an Rabia geschrieben hatten. Bis auf drei waren alle nicht sehr aussagekräftig. Es musste echt schwer sein, sich in ganzen Sätzen mitzuteilen und stichhaltige Angaben zu machen. Was sollte ich mit: *Ja, an den Süßen kann ich mich erinnern, der war in meiner bevorzugten Disco*, anfangen? Diese drei hatten es allerdings in sich. Eine Nutzerin sagte, Ferhat habe in Hamburg für zwei, drei Wochen in einer Wohnung ihr direkt gegenüber gelebt. Der Mieter sei auch Türke und habe sehr oft Besuch, meist mehrere junge Männer auf einmal. Die seien viel unterwegs – immer auf Achse, schrieb sie.

Der zweite Nutzer gab den Namen einer Kneipe an, in der er Ferhat mehrfach gesehen haben wollte, auch er nannte den Namen der Stadt. Die dritte

Nutzerin stammte aus München. Angeblich hatte der Gesuchte zweimal in dem Supermarkt eingekauft, in dem sie arbeitete. Lebensmittel, als würde er in der Nähe wohnen und sich selbst verpflegen.

Ich schrieb eine Nachricht an Rabia, dass sie die drei bitten solle, mit mir Kontakt aufzunehmen, und bei einigen der anderen selbst gezielter nachfragen, um Näheres zu erfahren. Vielleicht erhielten wir so weitere Hinweise und im besten Fall eine Art Bewegungsmuster.

Dann wandte ich mich an Tante Simone. Sie war nun mal die bessere Rechercheurin. „Hast du Zeit?" Und als sie nickte. „Ich habe hier drei Aussagen, könntest du bitte in den Zeitungen nachschauen, ob sich zu den Daten irgendwelche Polizeimeldungen finden? Egal was, leite alles an mich weiter." Noch war ich mir nicht sicher, um was es sich handelte. Dass es etwas Ungesetzliches war, darauf würde ich jedoch wetten. Ferhat hatte sich mit einer Bande zusammengetan, die ihr Unwesen trieb. Wir mussten nur rauskriegen, was die genau machten.

Anschließend rief ich Deniz an. „Was kannst du mir über diesen Ferhat sagen?"

„Ein schlimmer Finger", erwiderte er, ohne zu zögern. „Mit uns überhaupt nicht zu vergleichen. Der war der Typ verwöhnter Junge, der ständig über die Stränge schlägt. Mamas Herzensbube, alles, was er anstellte, wurde entschuldigt oder vertuscht. Sein Vater ahnt nur einen Bruchteil von dem, was er angestellt hat."

Heraus kamen die üblichen Kinderstreiche, die mit zunehmendem Alter immer derber wurden. Ferhat war völlig rücksichtslos, seine Bedürfnisse standen im Vordergrund. „Richtig schlimm wurde es, als er mit sechzehn seine Männlichkeit entdeckte. Du weißt, dass es in vielen türkischen Communitys nach wie vor verpönt ist, wenn das Mädchen vor der Ehe sexuelle Kontakte hat. Der hat denen so lange Honig um den Mund geschmiert, bis sie sich auf ihn einließen. Anschließend hat er sie fallen lassen. Dem ging es immer nur um das eine."

Was für ein Früchtchen! „Wie sieht es mit Drogen aus? Schnell verdientes Geld, ohne großartig zu arbeiten."

Deniz lachte. „Ganz bestimmt nicht. Er hätte sich erst in der Hierarchie hochdienen müssen. Und da herrschen raue Gesetze."

Auf sein Wort konnte ich mich verlassen. Er hatte genügend Kontakte, auch in die sogenannte Unterwelt. „Fällt dir sonst irgendwas ein, wo er sich reingehängt haben könnte?" Dass ich damit etwas Illegales meinte, musste ich ihm nicht erklären.

„Nee, sonst hätte ich den Vater nicht zu dir geschickt. Natürlich habe ich zuvor meine Fühler ausgestreckt. Wie es aussieht, hat Ferhat rumgesumpft und oft Party gemacht. Mehr ist nicht dabei rausgekommen. Er ist echt das schwarze Schaf der Familie, seine Geschwister, Herr Demirci, die sind okay. Die Mutter hat ihn versaut, hat ihn ständig vor dem Vater in Schutz genommen, viel vor ihm geheim gehalten. Das war türkische Mutterliebe hoch zehn."

Auch mir war bekannt, dass viele noch an dem alten Rollenmuster festhielten: Der Sohn war der Prinz, der alles durfte, die Tochter hatte sich an strenge Regeln zu halten. Allerdings war normalerweise der Vater derjenige, der für einen gewissen Ausgleich sorgte.

„Hast du schon irgendwelche Hinweise?"

„Nur sehr verschwommen", gab ich zu. „Aber noch bin ich zuversichtlich." Ich berichtete ihm über die Facebook-Aktion von Rabia und Tante Simones Recherche.

„In welche Richtung denkst du?"

„So weit bin ich nicht, wir fangen gerade erst an. Im Prinzip könnte es alles sein, was ungesetzlich ist." Ich dachte an den Loverboy-Ring, den ich vor einiger Zeit gesprengt hatte. Dabei handelte es sich auch um gutaussehende Burschen, die einen bestimmten Mädchentyp um den Finger wickeln konnten. Allerdings agierten die direkt vor Ort und reisten nicht in der Weltgeschichte herum.

„Dann lass dich nicht länger aufhalten", sagte er und wünschte mir lachend viel Spaß bei meiner Büroarbeit. Denn er wusste genau, dass ich nichts mehr hasste als diese.

Nach einem weiteren Anruf, ich machte die fällige Rückmeldung bei Herrn Demirci, setzte ich mich ebenfalls an den Computer und rief die Zeitungsartikel aus unserer Stadt auf, wobei ich so weit zurückging, dass ich den Zeitraum der letzten Monate von Ferhats Aufenthaltes gleich mitnahm. Echt der Wahnsinn, wenn man sich zu einem derartigen Rückblick entschloss. Es war mehr passiert, als ich gedacht hatte: Überfälle, teils auf Geschäftsleute, ein gesprengter Kassenautomat, mehrere Einbrüche, dazu jede Menge Körperverletzungen und sogar ein Mord. Normalerweise las man nicht so geballt von den Schreckenstaten. Spätestens zwei, drei Tage später hatte man sie bereits wieder vergessen.

Tante Simone empfand wohl ähnlich. Jedenfalls hatte sie am Abend eine riesige Menge Ausdrucke erstellt, die wir morgen sortieren mussten.

Wir trafen um acht Uhr wieder zusammen, um uns gemeinsam an die Arbeit zu machen. Bevor wir loslegen konnten, entdeckte ich eine neue Nachricht von Rabia. Sie war fleißig gewesen und hatte umgehend die unergiebigen Nutzer noch einmal kontaktiert. Vier hatten schon geantwortet und relevante Daten genannt. Also recherchierten Tante Simone und ich weiter, sortierten anschließend die Ausdrucke nach Städten und nahmen uns jeden einzelnen Artikel noch einmal vor. So, hoffte ich, würden wir erkennen, auf welche Verbrechen wir uns konzentrieren mussten.

Kaum hatten wir damit begonnen, klingelte mein Handy. „Sie sind hier", teilte Harry mir aufgeregt mit. „Die Dünne und die Dicke. Beeil dich!"

Ich sprang auf und rief im Hinauslaufen meiner Tante die Neuigkeit zu.

„Viel Glück", hörte ich noch, dann fiel die Tür hinter mir zu.

Ich schob mich durch den dichten Berufsverkehr, ausgerechnet heute brauchte ich wesentlich länger als sonst. Hoffentlich meldete sich Harry, falls die beiden aufbrachen. Ich verfluchte mich, dass ich nicht die Zeit am Nachmittag drangesetzt und selbst vor Ort gewartet hatte. Wetten, dass ich zu spät kam?

14

Laurie

Natürlich war gleich am nächsten Tag die Polizei gekommen und hatte sie befragt. Aber sie konnte nur immer wieder versichern, dass sie einfach die Gelegenheit, die sich ihr so unverhofft bot, nutzte und nicht auf Alisha achtete. Und dass sie keine Ahnung hatte, was diese hatte tun wollen.

Der Unfallverursacher war bisher nicht gefunden worden, es gab auch keine Hinweise auf ihn. Die Ermittler tauchten nach ihrer Befragung nicht wieder im Heim auf und das Leben normalisierte sich, verbesserte sich für Laurie sogar, denn sie durfte in ein Einzelzimmer umziehen. Der freie Platz war eine Woche später neu belegt worden und Frau Liebisch wollte, dass Mascha sich um die Neue kümmerte.

Tatsächlich erwähnte schon nach ein paar Tagen niemand mehr Alisha. Da die Mädels alle mit ihren eigenen Problemen zu kämpfen hatten und die Tote zu keinem eine engere Beziehung eingegangen war, hielt sich das Thema nicht lange.

Sie selbst hatte sich durch ihre Flucht den Respekt der anderen verdient. Mittlerweile kam sie gut klar, was vor allem daran lag, dass sie sich bemühte, regelkonform zu agieren, wie es so schön hieß. Sie kam ihren Pflichten nach und versuchte sich in die Gespräche bei Tisch einzubringen, nicht mehr abseits zu stehen. Das war der schwierigere Teil, andauernd diese Zickenkriege! Und die Ausdrücke, die die Mädels verwendeten! Dabei hätte Laurie nie gedacht, besonders toll erzogen worden zu sein. Da hatte ihre Mutter wohl doch zumindest in dieser Richtung einiges richtig gemacht.

Sie hielt sich wohlweislich raus und bemühte sich, zu allen den gleichen lockeren Kontakt zu haben. Nein, eine Busenfreundin fand sich unter denen garantiert nicht.

Natürlich gab es ein oder zwei, die weiter rumzickten. Gestern hatte sie gehört, wie Josy zu Angie sagte, die solle aufpassen und ihr nicht den Rücken zu drehen. Sie hätte sich nicht unter Kontrolle. Aber Jennifer, Belara, Amy, Chayenne, Mascha und Jamie-Lee waren auf ihrer Seite und behandelten sie wie eine von ihnen. Jennifer war schon siebzehn und die unumstrittene Anführerin. Auf sie hörten die anderen.

Kaum dass sie wieder zurück war, hatten die Mädels sie belagert, um zu erfahren, wo sie gewesen war und noch wichtiger, wie sie es geschafft hatte, abzuhauen. Da sie bereits Frau Liebisch Rede und Antwort gestanden hatte, machte sie kein Geheimnis daraus. „Alisha hatte einen Kellerschlüssel und ist durch die Tür zum Garten raus. Ich bin ihr gefolgt, bis wir vom Grundstück runter waren."

„Woher hatte sie den Schlüssel? Welchen Schleichweg habt ihr benutzt? Hat sie dir gesagt, was sie vorhat?", bestürmten sie die Mädels.

Den Weg, den sie genommen hatten, durfte sie nicht verraten. Frau Liebisch war echt erschüttert gewesen, dass es doch eine Möglichkeit gab, ungesehen wegzukommen, immerhin waren in dem riesengroßen Garten jede Menge Lampen mit Bewegungsmelder verteilt, die diesen bis in die hinterste Ecke ausleuchteten. „Ich weiß es echt nicht mehr", schwindelte sie daher. „Ich habe mich voll auf Alisha konzentriert, damit sie mich nicht bemerkt. Außerdem war ich bisher kein Mal draußen, seitdem ich hier bin." Bis morgen würde die Heimleiterin bestimmt für Abhilfe gesorgt haben, dann konnte sie den Weg ruhig zeigen. „Und den Schlüssel hatte sie wohl geklaut."

Von der Flucht erzählte sie ausführlich, das Zusammentreffen mit den Jungen und dass die ihr geholfen hatten, verschwieg sie lieber. Die Mädels hätten nur die falschen Schlüsse daraus gezogen. Irgendwie waren die alle total durchgeknallt, wenn es um Jungs ging. Am schlimmsten war Angie drauf, die hatte gerade erst ihren dreizehnten Geburtstag gefeiert und wollte so schnell wie möglich ein eigenes Baby haben. Laurie hatte das Gefühl, es war ihr völlig egal, wen sie dafür ranließ. Hauptsache, sie durfte endlich Mutter spielen. Die wusste gar nicht, was da auf sie zukam. Dann war Ende mit Freizeit und stundenlangem Rumhängen.

Frau Liebisch hatte sie sich kurz vor ihrem Verschwinden vorgenommen und wohl nicht bedacht, dass sie noch nicht wieder zur Schule gehen musste und somit in Hörweite war. Jedenfalls hatte sie Angie richtig abgesaut, weil die Lehrer sagten, sie werfe sich an jeden Jungen ran. Die wären total genervt von ihr. Keiner wolle mehr was mit ihr zu tun haben. Klar, sie hatte wohl aus ihrem Wunsch kein Geheimnis gemacht. Welcher Kerl wollte schon mit vierzehn, fünfzehn ein Baby!

Dabei hatte Angie nur ältere Geschwister, die zwei, die nach ihr kamen, wurden ihrer Mutter direkt nach der Geburt weggenommen. Und faul war sie obendrein. In der kurzen Zeit, in der Laurie hier lebte, hatte sie schon viermal Ärger bekommen, weil sie den paar Pflichten, die man ihnen auftrug, nicht nachkam. Da konnte sie nur drüber lachen. Zu Hause hatte sie viel mehr tun müssen.

„Wo wollte Alisha denn hin?", bohrte Jennifer nach, ohne auf ihre Fluchtgeschichte einzugehen. „Hast du denn zuvor nichts mitgekriegt? War sie verliebt? Wollte sie sich mit einem Kerl treffen?"

„Die doch nicht", grätschte Mascha dazwischen. „Die trauerte immer noch um den letzten."

„Vielleicht ist ihr endlich ein besseres Exemplar über den Weg gelaufen", grinste Chayenne.

„Nee, die hat sich nicht mal umgeguckt", war sich Belara sicher.

Laurie erfuhr, dass Alisha wegen einem Kerl von zu Hause weggelaufen und ihm in andere Städte hinterhergereist war. Dabei hatte sie wohl mehrere Straftaten begangen, weil sie ja sozusagen in der Zeit auf der Straße gelebt hatte. Deshalb war sie hier gelandet, sie war bei ihren Diebstählen nicht gerade zimperlich vorgegangen. Ja, und ihre Eltern wollte sie nicht sehen, die waren ihr zu kleinkariert, hatte sie behauptet. Bei den zwei Besuchen von denen hatten sie ständig auf die Tochter eingeredet, sie solle diesen Kerl vergessen. Das hatte ihr gar nicht gefallen und sie trennten sich im Streit.

„Erpressung", überlegte Jennifer. „Das würde zu ihr passen. Hat sie oft genug bei uns versucht. Vielleicht hat sie es dieses Mal übertrieben."
Anscheinend spionierte Alisha die anderen aus und, wenn die was Verbotenes gemacht hatten, hielt sie die Hand auf. Süßigkeiten, Zigaretten, manchmal auch etwas Geld, davon waren, wie sich jetzt herausstellte, alle außer Laurie betroffen gewesen.
Dementsprechend waren sie nicht sonderlich bekümmert über ihren Tod. Sie behandelten diesen eher wie etwas Aufregendes, etwas, das ihr geregeltes Dasein unterbrach. Nur deshalb spekulierten sie so wild drauflos.
„Leider habe ich keinen blassen Schimmer, wo sie hinwollte", sagte sie, um das Gespräch zu beenden. Frau Liebisch hatte ihr als Strafe für ihr „Vergehen" ein Großreinemachen der Küche aufgebrummt. Unter Aufsicht verstand sich. Sie musste jeden Tag eine Stunde Schränke ausräumen und putzen. Langsam wurde es Zeit, mit der Arbeit zu beginnen.
„Nicht mal ungefähr?", hakte Jennifer nach. „Ihr habt euch ein Zimmer geteilt. Da muss man doch was mitkriegen."
Die anderen nickten und schauten sie erwartungsvoll an.
„Nein." Genau das Gleiche hatte sie auch dem Polizisten gesagt, der mit ihr sprach. „Von Alisha kam immer nur belangloses Zeug: Dass sie keinen Bock auf Schule habe, was da so jeden Tag passiert ist, dass es viel zu viele Hausaufgaben sind." Und wenn sie sich über eine der anderen geärgert hatte, das durfte Laurie sich auch anhören. Deshalb kannte sie auch die Lebensgeschichte von jeder Einzelnen hier. Der letzte Typ von Belaras Mutter hatte diese im Streit erstochen und war dann auf das Mädchen losgegangen. Sie lag fast vier Wochen im Krankenhaus. Seitdem war sie total darauf fixiert, irgendwie an Geld zu kommen. Sie wollte später nie von einem Kerl abhängig sein. Jamie-Lee dagegen war voll auf dem Trip ihrer Mutter: Mit siebzehn, achtzehn einen Kerl finden, egal was für einen, und sich ein Kind machen lassen. Dann das nächste und das übernächste, man konnte ja gut von Hartz IV leben. Amys Eltern waren Junkies und hatten wohl auch gedealt. Josy war zuerst bei der Oma gelandet, nur tickte die ähnlich wie die Mutter und schlug bei jeder Kleinigkeit zu.
Bei Alisha war das anders gewesen. Die stammte tatsächlich aus einer dieser sogenannten normalen Familien: Vater, Mutter beide berufstätig, nur

ein Kind, dem es an nichts fehlte und das im Vordergrund stand. Allerdings hatte sie nie von früher erzählt, eigentlich überhaupt nicht darüber geredet, warum sie hier gelandet war, zumindest nicht mit ihr, Laurie.

„Und das Neueste, was sie über die Erzieher rauskriegte, hat sie mir erzählt", lenkte sie jetzt das Interesse der Mädels vom Thema ab. „Wusstet ihr, dass Birgit einen Freund hat, der sie immer mit dem Motorrad abholt?" Wie erwartet bedrängten alle sie, ihnen Einzelheiten zu berichten. So viel wie Alisha hatte keine der anderen gewusst.

Endlich tauchte Frau Liebisch auf und erlöste sie. Fast verspürte Laurie Gewissensbisse, dass sie den Mädels anvertraut hatte, dass sie geschieden war und ihre zwei erwachsenen Kinder sich kaum blicken ließen. Alisha habe gemeint, dass sie sich deshalb so um sie alle bemühe. Damit wenigstens aus ihnen was Anständiges wurde.

Im Endeffekt hatte sie keine Ahnung, ob das stimmte. Ihr tat Frau Liebisch leid, dass sie nichts anderes außer dem Heim hatte. Das musste echt blöd sein, wenn solche wie sie das Wichtigste im Leben waren.

15

Oliver

Bis ich das Einkaufscenter erreichte, war kein Anruf eingegangen. Ich stellte das Auto ins Halteverbot direkt an den Nebeneingang und zog im Laufen mein Handy hervor. „Sind sie noch da?", fragte ich Harry.

„Wenn du schnell genug bist. Ich habe sie aufgehalten, indem ich ihnen einen kostenfreien Drink spendiert habe. Lange brauchen sie nicht mehr dafür."

Die Getränke würde selbstverständlich ich übernehmen, inklusive eines anständigen Bonus. Der Mann hatte mich gerettet.

Ich erkannte sie sofort. Die mit den roten Haaren war extrem dick und hatte sich in viel zu kleine Fummel gequetscht. Durch das kurze T-Shirt sah man die Speckrollen am Bauch, die dünne Leggins betonte jede einzelne Delle in den Oberschenkeln. Ihre Freundin war das genaue Gegenteil, so mager, dass die abgetragene Kleidung an ihr schlotterte, dazu schwarze, strähnige Haare und dick mit Kajal umrahmte Augen, die ihr Gesicht viel zu blass wirken ließen. Beiden sah man an, dass sie nicht gerade aus einem normalen Milieu stammten, da musste ich der Boutique-Besitzerin recht geben.

Bevor sie reagieren konnten, war ich heran. „Meine Damen, ich möchte euch beide kurz sprechen." Ich hielt ihnen meine Karte hin.

Sie warfen einen kurzen Blick darauf. Die Dünne zuckte erschreckt zusammen, ihre Hand tastete Halt suchend nach der Freundin. Diese blickte mir frech und ohne mit der Wimper zu zucken ins Gesicht. „Sie dürfen uns nicht gegen unseren Willen festhalten."

Sie wollte aufstehen, doch ich war schneller und trat dichter an sie heran. „Ich kann gern die Polizei dazu rufen, wenn dir das lieber ist", zischte ich leise. Die Kleine vor mir würde nur auf eine unverblümte Drohung reagieren.

Ihre Freundin wurde noch blasser, wenn das überhaupt möglich war, sie dagegen blieb weiter biestig. „Ich wüsste nicht, was gegen uns beide vorliegt", behauptete sie mit lauter Stimme und blickte sich tatsächlich hilfesuchend nach Harry um. Der tat allerdings so, als sei er schwer beschäftigt.

„Nichts", gab ich freundlicher werdend zu. „Ich möchte euch als Zeuginnen sprechen und da es sich um einen Mordfall handelt, ist die Polizei genauso interessiert daran, euch zu befragen."

„Ein … ein Mord?" Die Dünne krallte ihre Hand richtiggehend in den Arm der Dicken. Diese riss sich unwillig los. „Wer ist denn ermordet worden?"

„Der junge Mann, der euch vor ungefähr zwei Monaten nach eurem Besuch hier im Pub gefolgt ist." Ich ließ sie nicht aus den Augen, um zu sehen, wie sie reagierte.

Leider nicht wie erwartet. Sie zuckte mit den Schultern und sagte: „Keine Ahnung, wen Sie meinen."

Ich zückte Ferhats Foto.

Sie warf einen Blick darauf. „Ach, der. Der war hinter Amina her. Den haben wir nie wiedergesehen."

Da sie anscheinend bereit war, mir weitere Fragen zu beantworten, setzte ich mich an ihren Tisch und fragte, ob sie mir die Geschichte bei einem Freigetränk ihrer Wahl trotzdem ausführlich erzählen konnte.

„Dann müssen Sie uns gleich Geld für ein Taxi geben", verlangte sie. „Sonst kommen wir zu spät nach Hause."

„Oder ich bringe euch selbst", erklärte ich bereitwillig.

Beide Mädchen bestellten bei Harry einen Fruchtcocktail, bestimmt eines der teuersten Getränke, die er anbot. Na ja, sollte mir egal sein, wenn ich dafür wichtige Informationen bekam.

„Wir haben den gar nicht gesehen, bevor wir draußen waren", berichtete die Rothaarige. „Erst als wir drüben vor den Ständern standen, ist er uns aufgefallen. Der hat immer wieder zu uns rüber geguckt. Dann ist er hinter uns her und mit im Bus gefahren. Aber dann war er weg." Sie zuckte mit den Schultern, so nach dem Motto: Mehr gibt es nicht zu erzählen.

Ich spürte, dass das nicht alles war, und blickte auffordernd von einer zur anderen.

Ein ungemütliches Schweigen entstand, offensichtlich wollten sie mauern. „Mit wem von euch hat er anschließend Kontakt aufgenommen?", versuchte ich sie aus der Reserve zu locken.

„Er tauchte in Aminas Bus auf, das war ein paar Tage später", sagte die Dünne mit leiser Stimme und schaute dabei angelegentlich auf ihre bis tief ins Fleisch abgeknabberten Fingernägel. „Amina fährt nach der Schule in so eine Einrichtung, die dauert bis zum frühen Abend."

Ich ahnte, worum es sich dabei handelte, um eine spezielle Kinder- und Jugendlichen-Betreuung für diejenigen, deren Eltern sich nicht viel kümmerten. Dort gab es Mittagessen, die Schularbeiten wurden gemeinsam gemacht und meist noch irgendwelche besonderen Aktivitäten angeboten. Außerdem standen die Betreuer für sämtliche Probleme zur Verfügung. Das war eine gute Möglichkeit, auf viele der Kids einzuwirken.

„Er wollte sich mit ihr treffen", übernahm wieder die Rothaarige und warf ihrer Freundin einen wütenden Blick zu, dass sie es gewagt hatte, das Geheimnis auszuplaudern. „Ist aber nichts draus geworden. Aminas Vater", sie verdrehte die Augen, „der sieht das eng. Der ist ihr an dem Tag gefolgt und hat sie abgegriffen. Mehr war da nicht."

Ich wagte kaum zu hoffen, dass es wirklich so einfach sein sollte. Oder ging nur meine Fantasie mit mir durch? „Wann wollten die beiden sich treffen. Wisst ihr zufällig den genauen Tag?"

Die Mädchen tauschten sich mit einem stummen Blick aus. „Ich mein, sie hat gesagt, am Sonntag drauf", antwortete die Dünne.

„Wisst ihr noch das genaue Datum?"

Nach einigem Nachdenken fiel es ihr tatsächlich noch ein und mein Herz begann zu rasen. Es passte perfekt. Hatten sie die Verbindung denn nicht selbst gezogen? Der Mord war bestimmt in aller Munde gewesen. „An dem

Tag wurde der junge Mann hier am Einkaufscenter ermordet", verdeutlichte ich.

Die Dicke starrte mich entsetzt an, ihre Freundin seufzte laut. „In der Zeitung war kein Foto", brachte sie mühsam heraus. „Wir hatten echt keine Ahnung. Wir wussten nicht mal seinen Namen."

„Amina hat nicht gesagt, wo sie sich treffen wollen. Und ist ja sowieso nichts draus geworden", bekräftigte die Rothaarige. „Ihr Vater hat sie direkt …" Sie verstummte und begann nervös auf ihrem Stuhl hin und her zu rutschen. So langsam schien ihr zu dämmern, dass es mit diesem einen Gespräch nicht getan sein würde. „Und jetzt?", fragte sie auch prompt. Ihre Forschheit war gewichen, sie wirkte genau wie das, was sie war, ein Mädchen am Beginn des Teenageralters, unsicher und unerfahren, und völlig überfordert von dieser Situation.

„Jetzt fahren wir gemeinsam zur Polizei", begann ich.

Sie schüttelte fast panisch den Kopf. „Die glauben uns kein Wort."

„Ich begleite euch und bin, wenn ihr möchtet, bei der Befragung dabei", beruhigte ich sie. „Oder ich rufe eure Eltern an und die sollen kommen."

„Nein!" Beide waren sich sofort einig.

„Lieber zusammen mit Ihnen", fügte die Dünne hinzu.

Harry, der uns neugierig beobachtet hatte, trat an den Tisch. „Darf es noch was sein?"

„Nein." Ich schob ihm einen Zwanziger hin und nickte ihm zu. „Wir müssen gehen."

Natürlich prangte bereits ein Strafzettel an meinem Auto, aber zum Glück stand es noch genau da, wo ich es abgestellt hatte. Ohne Diskussion nahmen die Mädchen auf den hinteren Sitzen Platz. Ich suchte im Handy das zuständige Polizeirevier heraus und gab die Adresse ins Navi ein. Knappe zehn Minuten würde die Fahrt dauern.

„Wie heißt ihr beiden eigentlich?", fragte ich, um das Eis zwischen uns ein wenig zu brechen. Ich konnte mir vorstellen, wie sie sich fühlten: Ein für sie Fremder zwang sie, ihre Freundin zu verraten. Sie waren es, die sich anschließend weiterhin im selben Umfeld bewegen mussten. Das dürfte nicht einfach werden.

„Lina", erwiderte die Rothaarige einsilbig.

„Eloise", die Dünne warf einen Blick in meine Richtung. „Wird das rauskommen, dass wir Amina verpetzt haben?"

„Nicht, wenn es sich irgendwie vermeiden lässt", behauptete ich. „Ich denke, die Polizei versteht, dass ihr nicht als Zeugen genannt werden wollt."

Lina seufzte schwer. „Wir wissen doch überhaupt nicht, was wirklich passiert ist. Vielleicht stimmt es ja, was Amina sagt, und ihr Vater hat sie schon vorher erwischt."

„Auch das ist wichtig und ein Anhaltspunkt", versuchte ich ihr klarzumachen. „Die Ermittler haben bisher keinerlei Hinweise erhalten. Überlegt mal, wie sich die Eltern des jungen Mannes fühlen, seine Schwestern und sein Bruder. In ihrem Auftrag ermittle ich. Sie wollen unbedingt wissen, warum er sterben musste." Gemein, das Ganze so emotional aufzuziehen! Im Endeffekt wollte ich ihnen damit nur zeigen, dass sie das Richtige taten.

Wieder seufzte Lina.

Mir fiel nichts mehr ein, was ich sagen konnte, denn natürlich war die Situation für die beiden total blöd. Wir schwiegen, bis wir den Parkplatz des Polizeireviers erreicht hatten.

Ohne dass ich sie darum bitten musste, stiegen die Mädchen aus. Dieses Mal war es Lina, die nach der Hand der Freundin griff. Dicht hinter mir betraten sie das Gebäude.

Der Uniformierte am Empfang blickte uns fragend entgegen.

„Wir möchten mit einem der Ermittler sprechen, die den Fall Demirci bearbeiten", erklärte ich. „Diese beiden", ich wies auf die zwei Mädchen, „möchten eine wichtige Aussage machen."

Er zog eine Augenbraue hoch, enthielt sich jedoch eines Kommentars. Stattdessen griff er zum Telefon und sprach kurz hinein. Dabei wandte er sich ab, damit ich nicht hören konnte, was er sagte. „Einen Moment", er nickte hinüber zu einer langen Bank. „Es kommt sofort jemand, der Sie abholt."

16

Es dauerte eine Weile, bis die Hauptkommissarin und ihr Kollege einverstanden waren, dass ich bei der Befragung dabeiblieb. Zuerst wollten sie die Mädchen einzeln befragen. Allerdings waren diese in keiner Weise kompatibel. Immer wieder schüttelten sie den Kopf und beharrten darauf, nur in meiner Gegenwart auszusagen. Lina wurde wieder patzig, es sah aus, als hätte sie am liebsten die Flucht ergriffen.

Endlich saßen wir in einem kleinen Raum an einem runden Tisch. Vorgestellt hatten wir uns schon und die Ermittler wussten, dass Ferhats Vater mich mit Nachforschungen zum Tod seines Sohnes beauftragt hatte.

Eloise spulte die Geschichte ab, so, wie sie sie mir erzählt hatte. Sie erwies sich jetzt eindeutig als die Stärkere der beiden, gab auf jede Frage sofort eine Antwort, hielt nichts zurück.

„Was hat euch Amina denn erzählt?", fragte die Hauptkommissarin, eine sportlich aussehende Mittfünfzigerin, nach. Eigentlich machte sie das echt gut, sie fand genau den richtigen Tonfall, klang weder überheblich noch biederte sie sich an.

„Nur dass ihr Vater total sauer auf sie ist und sie nicht mehr raus darf", erwiderte Eloise. „Wir haben nicht mehr davon gesprochen. Sie geht in die Schule und danach in die Einrichtung. Er holt sie abends ab. Am Wochenende muss sie in der Wohnung bleiben oder mit ihrer Mutter zusammen was machen. Wir sehen sie nur noch in der Schule."

„Die haben ihr sogar das Handy weggenommen", setzte Lina hinzu. „Und an den Computer darf sie auch nicht mehr."

Die Ermittlerin nickte mitfühlend. Dann ließ sie sich Aminas Namen und die genaue Adresse diktieren.

„Kommt das raus, dass wir Ihnen das alles erzählt haben?", fragte Eloise. Sie wurde mit jedem Wort leiser.

Die Hauptkommissarin schüttelte beruhigend den Kopf. „Wir werden das so aufziehen, dass ihr außen vor bleibt."

„Eure Freundin ist mit dem Bus gefahren, ein Zeuge hat gesehen, dass sie sich mit einem jungen Mann unterhalten hat", ergänzte ihr Kollege. „Damit haben wir einen guten Einstieg."

Na ja, trotzdem würde es schwierig, einen Bogen zu dem sonntäglichen Treffen zu schlagen.

Doch die Mädchen waren erleichtert und glaubten dieser Versicherung. Nachdem sie auch ihre Namen und Adressen angegeben hatten – was vertraulich behandelt werden sollte –, durften wir gehen. Draußen atmeten beide erst einmal tief durch.

„Soll ich euch nach Hause fahren?", fragte ich.

„Nur bis zur Bushaltestelle", bat Lina.

Klar, es sollte keiner sehen, dass sie von einem Unbekannten gebracht wurden. „Was sagt ihr denn, dass es so spät geworden ist?" Besser, sie überlegten sich gleich hier und jetzt eine plausible Ausrede.

Dank meiner eigenen Vorgeschichte konnte ich verstehen, dass sie zögerten, ihren Eltern von dem Erlebten zu berichten. Wie es aussah, waren die Familienverhältnisse alles andere als ideal, vermutlich würden sie sich jede Menge Ärger einhandeln, wenn sie wahrheitsgemäß Auskunft gaben.

„Wir sind bei einer Klassenkameradin gewesen." Eloise rang sich ein Lächeln ab. „Das war sowieso die Ausrede für heute."

„Wir haben bei denen noch gegessen", ergänzte Lina. „So genau kommt es nicht drauf an, wann wir wieder da sind."

Unterwegs hielt ich bei einer Fleischerei-, Bäckerei-Kombination, damit die Mädchen nicht hungrig ins Bett mussten. Sie waren so dankbar für diese kleine Aufmerksamkeit, dass ich mich richtig schlecht fühlte. Das war ja wohl das Mindeste, was ich tun konnte.

„Sehen wir uns wieder?", fragte Eloise, als ich sie an der Bushaltestelle rausließ.

„Vermutlich nicht. Aber prägt euch ruhig meinen Namen ein, falls ihr irgendwann einen Detektiv braucht. Ihr findet mich im Netz."

Sie nickten, kletterten hinaus und gingen los, ohne sich noch einmal nach mir umzudrehen. Arme Mäuse, dachte ich, während ich wieder in den fließenden Verkehr einscherte. Euer Leben ist schon jetzt vorbestimmt.

Ich fuhr kurz bei Harry vorbei, um mich bei ihm zu bedanken und ihm das Neueste mitzuteilen.

Natürlich wollte er jede Einzelheit wissen. „Erfährst du, was dabei rumkommt?"

„Angeblich wollen sich die Ermittler bei mir melden, sobald sie mit Amina gesprochen haben." Was abzuwarten blieb, sonderlich kompatibel kam mir die Hauptkommissarin nicht vor. Natürlich könne sie verstehen, dass ich wissen wolle, ob sich mein Fall erledigt hätte, meinte sie. Ich dürfe nur nicht erwarten, dass sie mich über jeden ihrer Schritte informierten.

Trotzdem waren Rebecca und Tante Simone begeistert, wie schnell letztendlich die Aufklärung vonstattenging.

„Noch ist es nicht eindeutig", warnte ich sie. „Es kann immer noch ganz anders gewesen sein als gedacht." Aber im Endeffekt glaubte keiner von uns daran.

Drei Tage später klingelte endlich mein Handy. Da ich ja noch offiziell an dem Fall arbeitete, waren Tante Simone und ich weiter damit beschäftigt, Auffälligkeiten an den Orten zu finden, an denen sich Ferhat im letzten Jahr aufhielt. Rabia hatte schon wieder neue Nachrichten von Facebook-Nutzern bekommen, die wir ebenfalls berücksichtigen wollten. Ganz langsam begann sich ein Bild herauszuschälen, das aber so seltsam war, dass wir im Moment wirklich nicht sicher sein konnten, mit diesem Verdacht richtig zu liegen.

Die Hauptkommissarin war selbst am Apparat. „Der Vater hat gestanden", begann sie direkt. „Allerdings mussten wir ihn zuerst mit den sichergestellten DNA-Spuren konfrontieren. Vorher hat er versucht sich rauszureden."

Es war genauso, wie wir gedacht hatten. Amina, die Dreizehnjährige, hatte vor kurzem begonnen, sich für das andere Geschlecht zu interessieren, was dem Vater ein absoluter Dorn im Auge war. Vor allem da seine Tochter sich, wie er es ausdrückte, viel zu aufreizend kleidete. Er stammte aus dem Iran und lebte die Gebräuche und religiösen Gebote seiner alten Heimat.

Das Wichtigste war, die Mädchen von jeder Versuchung fernzuhalten, damit sie später unberührt in die Ehe gingen.

Amina entpuppte sich als sehr starrköpfig. Weder sah sie ein, dass sie sich nicht mehr mit Jungen unterhalten sollte, noch war sie bereit, auf die Ausflüge mit ihren Freundinnen zu verzichten, deren Verhalten dem Vater viel zu locker und anrüchig erschien. Deshalb verbot er ihr, sich unter der Woche mit ihnen zu treffen, am Wochenende nur unter gewissen Einschränkungen.

Dann meldete die Nachmittagsbetreuung, dass Amina oft an Freitagen irgendwelche dringenden Termine vorschob oder einfach ohne Entschuldigung wegblieb. Für ihn gab es nur eine Erklärung: Die Tochter verstieß bewusst gegen seine Verbote. Warum, das würde er selbst herauskriegen.

Die Hauptkommissarin erzählte so bildreich, dass ich die Szene direkt vor mir sah. „Ich treffe mich mit Eloise und Lina. Wir gehen ein bisschen spazieren?", sagt Amina zu ihrem Vater.

Der merkt auf. „Wo wollt ihr denn hin?"

„Nirgendwo, halt draußen rumlaufen und quatschen." Sie reagiert empört. „Du weißt genau, dass wir hier bei uns keine Ruhe kriegen." Nicht zum ersten Mal macht sie deutlich, dass die zwei Kinderzimmer für insgesamt fünf Kinder nicht ausreichen.

„Du bist spätestens um sechs wieder zurück!"

„Oh, Mann!", mault sie. „Die anderen dürfen viel länger."

„Du sollst mit Mama noch einkaufen."

Klar, denkt Amina bockig, irgendein Grund, mich früher nach Hause zu holen, findet sich immer. Andererseits ist sie froh, ohne großes Verhör entkommen zu können, sie dreht sich auf dem Absatz um und verlässt die Wohnung. Nur gut, dass sie sich gleich um drei mit Ferhat verabredet hat. Dass ihr Vater ihr folgt, merkt sie nicht.

Sie muss rennen, um den Bus noch zu erwischen. Aufatmend lässt sie sich auf den Sitz fallen. Ihr Herz beginnt zu pochen, je näher sie dem Einkaufscenter kommt. Es ist ihr erstes richtiges Date. Klar, so ein paar kleinere Knutschereien hat es gegeben, nichts Ernstes halt. Bisher ist ihr keiner der Jungen, die sie angegraben haben, als der Richtige erschienen.

Ferhat ist ganz anders, viel erwachsener und er sieht super gut aus. Er hat nicht den üblichen rotzigen Umgangston, sondern spricht total normal mit ihr. Er ist siebzehn, eigentlich ein bisschen zu alt, aber sie weiß, dass sie älter aussieht, mindestens wie fünfzehn, sechzehn. Sie muss ihm ja nicht unbedingt ihr wahres Alter gleich auf die Nase binden.

Sie springt aus dem Bus und rennt los. Als sie das Einkaufscenter erreicht, verlangsamt sie ihre Schritte. Bloß nicht zeigen, wie sehr sie sich freut! Erst einmal wird sie sich zurückhaltend geben.

Ferhat wartet bereits auf sie. Als er sie entdeckt, kommt er mit einem strahlenden Lächeln auf sie zu. „Ich freue mich so. Wo wollen wir hingehen? Hast du Lust zu einem Ausflug auf die Kirmes? Ein Freund von mir könnte uns mitnehmen."

„Ich habe nicht viel Zeit." Schon ist sie wütend auf ihren Vater, dass er sie so gegängelt hat. „Ich muss gleich noch mit meiner Mutter zum Einkaufen." Ferhat ist Türke, dem ist sicherlich bekannt, dass es genügend Geschäfte gibt, die man auch an einem Sonntag aufsuchen kann.

„Es ist nicht weit, nur zehn Minuten Fahrt", drängt er. „Ich wollte unbedingt mit dir auf das Riesenrad." Er sieht sie bedeutungsvoll an.

Amina spürt ein inneres Beben. Er möchte sie küssen, in der Gondel, wie romantisch! Fast gegen ihren Willen nickt sie. „Ich muss um sechs zu Hause sein."

„Ach", Ferhat lacht vergnügt, seine Augen blitzen. „Das klappt locker. Wir werden viel Spaß zusammen haben." Er holt sein Handy hervor.

Was er sagt, versteht sie nicht, weil er eine fremde Sprache benutzt. Dann greift er nach ihrer Hand und zieht sie näher zu sich. „Ich freue mich so, dass du da bist. Ich habe heute Nacht von dir geträumt, weißt du?"

Ihre Beine werden schwach und sie stützt sich auf ihn. Ihr Herz rast wie verrückt. Er beugt sich näher, schaut ihr tief in die Augen, kommt noch näher.

„He!" Gleichzeitig mit dem lauten Ausruf werden die beiden auseinandergerissen. Aminas Vater steht mit rot angelaufenem Gesicht vor ihnen. Sein Zorn ist so deutlich, dass sie sich instinktiv duckt.

„Selber he", erwidert Ferhat ungerührt. „Was soll das? Lassen Sie uns in Ruhe. Wir tun nichts Verbotenes."

Seine Worte bringen den Mann noch mehr in Rage. „Das ist meine Tochter!", brüllt er.

In dem Moment nähert sich ein Auto. Der Fahrer hält einige Meter entfernt und pfeift auffordernd durch das geöffnete Fenster.

Ferhat schüttelt schweigend den Kopf und macht Anstalten, sich zu entfernen. Dabei murmelt er ein deftiges Schimpfwort. Das reicht, der hauchdünne Geduldsfaden des Vaters reißt. Wütend stürzt er sich auf den unverschämten Kerl, der ihn ohne ein Wort der Erklärung stehen lassen will. Entsetzt beobachtet Amina wie die beiden miteinander ringen. Der Vater ist stark, besonders im Zorn. Ferhat hat gegen ihn keine Chance. Er muss mehrere Schläge einstecken und blutet schon aus der Nase. Dass er ein Messer zieht, sieht sie erst im letzten Moment. Sie schreit laut auf und weicht noch weiter zurück.

Ihr Schrei rettet dem Vater das Leben. Er zuckt zurück und entwindet Ferhat die Waffe geschickt, wie er es vor langer Zeit in der Armee gelernt hat. Seitdem hat er mehrere kleinere Kämpfe ausgefochten und ist immer als Sieger daraus hervorgegangen. Und jetzt kommt dieser kleine Wichser und … Blind vor Zorn sticht er zu, einmal, zweimal, dreimal. Selbst als der Gegner stürzt, hört er nicht auf. Er vernimmt nicht die quietschenden Reifen des mit dem Auto flüchtenden Freundes, nicht die angstvollen Rufe seiner Tochter, er ist wie im Rausch.

Erst als sie ihn am Arm packt und an seiner Jacke reißt, kommt er zu sich. Ferhat liegt auf dem Boden und rührt sich nicht mehr.

17

„Er plädiert auf Notwehr", sagte die Hauptkommissarin. „Weil er zuerst mit dem Messer angegriffen wurde."

„Und seine Tochter, wie stellt sie es dar?" Vermutlich hielt sie zu ihrem Vater.

„Aus der ist kaum was rauszukriegen. Die mauert, behauptet, Erinnerungslücken zu haben. Nur dass das Opfer das Messer zückte, das will sie eindeutig gesehen haben." Die Ermittlerin räusperte sich. „Der junge Mann wurde mit sechzehn Messerstichen regelrecht abgeschlachtet. Anhand der Obduktionsunterlagen kann sich der Richter selbst ein vernünftiges Bild machen."

„Haben Sie schon mit Herrn Demirci gesprochen?"

„Gerade eben, bevor ich Sie anrief."

Hm, ich musste die neuen Informationen erst einmal sacken lassen. Anscheinend lag ich mit meinem bisherigen Verdacht falsch. „Eine Frage hätte ich noch: Was ist Aminas Vater von Beruf?"

Sie stutzte. „Aushilfskoch in einer Pizzeria."

„Und die Mutter?"

„Die putzt in diversen Geschäften."

Wenn ich jetzt gezielter nachfragte, wurde sie garantiert misstrauisch. Doch ich wollte mich sowieso erst mit Tante Simone besprechen.

Kaum hatte ich das Gespräch beendet, öffnete sich die Tür und Herr Demirci trat ein. Ziemlich baff schaute ich ihn an. Er musste buchstäblich alles stehen und liegen gelassen haben, um so schnell aufzutauchen.

„Sie sind ein Genie!" Er trat näher und klopfte mir kräftig auf die Schulter. Seine Augen leuchteten vor Erregung. „Was für ein Mann! Nicht mal zwei Wochen hat er gebraucht."

„Wir machen gleich sämtliche Unterlagen fertig und schicken …"

„Nein", unterbrach er mich und zeigte auf mein Zimmer. „Können wir reden?"

Erst als er vor meinem Schreibtisch saß, wurde er deutlicher. „Ich will mehr Informationen. Meine Tochter sagt, Sie ziehen die Suche nach Ferhats Verbleib ganz groß auf. Wir, besonders seine Mutter, möchten wissen, was er wirklich getrieben hat." Er hob die Hände, als wolle er meine Einwände stoppen, dabei hatte ich nicht vor, etwas anzumerken. „Nicht falsch verstehen, bitte! Wir sind sehr, sehr glücklich, dass Ferhats Mörder gefunden wurde. Aber alle anderen Fragen sind noch offen. Eher noch mehr. Zum Beispiel dieser Freund, der da mit dem Auto stand. Warum ist er ihm nicht zu Hilfe gekommen? Warum ist er einfach weggefahren und hat den Mord nie gemeldet? Das ist alles ziemlich seltsam und …" Er schüttelte den Kopf und verstummte.

„Vielleicht wird Ihnen das, was ich ausgrabe, nicht gefallen", begann ich vorsichtig.

Sein Kopfschütteln wurde energischer. „Das Risiko gehe ich ein. Ich will die Wahrheit wissen."

„Es wäre eine längere Recherche", warnte ich ihn. „Selbst wenn wir wieder Glück haben, Ihr Sohn ist an so vielen Orten gewesen. Bisher habe ich keine Ahnung, was er dort trieb. Sollen wir nicht lieber einen Zeitrahmen festlegen?" So billig waren meine Tarife schließlich nicht, dass man mich über mehrere Monate einplanen sollte.

Er nickte und schien nicht beleidigt über meine Worte. „Ich bin Geschäftsmann. Für die Suche nach Ferhats Mörder hatte ich einen Monat angesetzt. Sie sind deutlich daruntergeblieben. Machen wir den Monat voll, danach setzen wir uns zusammen und prüfen, ob es sich lohnt, weiter nachzuforschen, okay?"

Natürlich war ich einverstanden, denn ich brannte ebenfalls darauf, das Bild zu vervollständigen. Selbst wenn ich im Moment keine Ahnung hatte, wie es letztendlich aussehen würde.

„Haben Sie meinen Vorschuss erhalten?", erkundigte sich Herr Demirci und erhob sich.

„Ja, danke." Ich begleitete ihn zur Tür.

86

Auch Tante Simone wirkte erfreut und war bereits wieder in die Unterlagen vertieft. Anscheinend hatte sie die Verlängerung des Auftrages mitbekommen. „Sie haben das Doppelte von dem überwiesen, was wir verlangten", warf sie jetzt ein.

„Ah", er winkte ab. „Hat schon alles seine Richtigkeit. Gute Arbeit verlangt gutes Geld."

Meine Tante grinste, als er die Tür hinter sich zuzog. „Solche Kunden liebe ich."

April - Juni

18

Laurie

Seltsamerweise machte ihr die Schule echt Spaß. So schlecht, wie sie gedacht hatte, war sie gar nicht. Seitdem sie ausreichend Zeit für ihre Hausaufgaben und Projektarbeiten hatte – darauf legte Frau Liebisch großen Wert, ihre Mädels mussten jeden Tag unter Aufsicht gemeinsam am Tisch sitzen -, lief alles wie geschmiert. Sie würde wohl ein zufriedenstellendes Zeugnis bekommen.

Relativ schnell freundete sie sich mit zwei Mädchen aus ihrer Klasse an. Sie verbrachten die Pausen zusammen und chatteten regelmäßig. Leider stand ihr nur begrenzte Computerzeit zur Verfügung.

Jeden Samstag fuhr sie zu Charlie, darauf freute sie sich immer schon die ganze Woche. Sie durfte gleich nach dem Frühstück kommen und wurde erst abends wieder abgeholt.

Der Herr Wickert war Psychologe, wie sich herausstellte. Er nutzte ihre Anwesenheit zu einer extra Therapiestunde. Das kam auch ihr zugute. So langsam lernte sie, Kimis Tod zu verarbeiten.

Eine eigene Therapie wollte sie nicht machen, obwohl Frau Liebisch und diese Gutachterin, die sie schon ein paarmal aufgesucht hatte, sie dazu drängten. Sie müsse an ihrer Impulskontrolle arbeiten, sagte Letztere unverblümt. Damit ihr so was wie mit ihrer Mutter nicht noch mal passiere.

Würde es nicht, da war sie sich sicher. Das war eine einmalige Ausnahme. Sie ließ eh keinen mehr nah genug an sich heran. So ein Erlebnis wollte sie nie wieder haben.

Die Gutachterin fragte sowieso nach sämtlichen Einzelheiten ihres bisherigen Lebens. Das war Aufarbeitung genug. In der Vergangenheit zu kramen, empfand sie nämlich als echt heftig. Eigentlich wurde ihr erst jetzt richtig klar, wie egoistisch sich Mama verhalten hatte. Damals fand sie das irgendwie normal, dass sie, sobald sie zu Hause war, sich um die Kleinen kümmern musste. Sie kannte es halt nicht anders.

Nicht dass sie offen mit der darüber sprach. Eigentlich wusste sie selbst nicht, warum sie sich so bedeckt hielt. Dass der Stiefvater ein Loser sei, hatte sie ihr schließlich auch ganz offen gesagt. Wenn der mal nicht im Gefängnis saß, hing er vor dem Computer ab und plante große Geschäfte. Komischerweise wurde daraus nie was, seine Betrügereien flogen immer auf. Für Charlie hatte der sich nie groß interessiert und Kimi kannte er kaum. Er wurde direkt nach ihrer Geburt verhaftet.

Auch aus der Tatsache, dass sie ihren eigenen Vater nie kennenlernte, hatte sie kein Geheimnis gemacht. Ob der überhaupt als ihr Erzeuger eingetragen war? Mama sprach nie über ihn. Na, bei dem Männergeschmack ihrer Mutter war er bestimmt ein ebenso großer Loser wie der jetzige.

Mama hatte doch tatsächlich angefragt, ob sie sie besuchen dürfe. Das lehnte Laurie rigoros ab. Sie wollte keinen Kontakt zu ihr. Sie war besser dran ohne sie. Die wollte sie und Charlie bestimmt nur zurück, damit sie mehr Geld vom Amt bekam.

Auch ihr Bruder sollte erst einmal in dem Heim, in dem er untergebracht war, bleiben, hatte ihr Herr Wickert gesagt. Blöderweise meinte er, Mama solle ruhig kommen und ihn besuchen. Immerhin hatte er ihr versprochen, dabeizubleiben und sie genau zu beobachten. Charlie hatte so gute Fortschritte gemacht, Laurie musste unbedingt verhindern, dass sich das änderte.

Sie hatte vorsichtshalber Klartext mit ihm geredet. „Das hört sich jetzt total hartherzig an, aber meine Mutter war immer schon in erster Linie an sich selbst interessiert. Sie würde Charlie vorjammern, wie schlecht es ihr geht und wie sehr sie uns und vor allem Kimi vermisst. Die will bloß Mitleid, da ist kein Funken Gefühl für uns." Genau deshalb wollte sie sie nicht sehen. Die Mutter würde sie runterziehen, anstatt sie aufzurichten. Sie müsste noch mehr kämpfen als jetzt schon.

Bei ihren letzten Besuchen hatte sie angefangen, mit der Gutachterin Tacheles zu reden und alles auf den Tisch gebracht, was in den letzten Jahren passiert war. Vermutlich verstand die langsam, wieso sie Mama nicht mehr sehen wollte. Trotzdem beharrte sie darauf, dass sie eine Therapie anfinge. „Damit du Kimis Tod besser verkraftest", behauptete sie.

Später vielleicht, im Moment fühlte sie sich dazu nicht stark genug. Dabei war es so schlimm, wie sie anfangs gedacht hatte, hier echt nicht. Was natürlich auch daran lag, dass sie über ein eigenes Zimmer verfügte, in dem sie sich immer noch am liebsten aufhielt. Auf dem Bett abchillen und Musik hören, ihre Ruhe haben, da ging nichts drüber.

Dann kam ihr Geburtstag und sie durfte sich mit ihren zwei Schulfreundinnen in der Stadt treffen, also nicht im nahegelegenen Dorf, an dessen Rand das Heim lag, sondern richtig in der nächsten Großstadt. Sie wollten in das Einkaufscenter gehen. Frau Liebisch hatte ihr Geld gegeben, damit sie die beiden auf ein Eis einladen konnte. Sie freute sich schon wie Bolle. Endlich mal raus hier!

Tim brachte sie in die Stadt, damit sie nicht die Bahn nehmen musste. „Viel Spaß", wünschte er ihr.

Sabrina und Karla warteten schon am Treffpunkt. „Herzlichen Glückwunsch", riefen sie unisono und überreichten ihr ein kleines Päckchen.

Aufgeregt packte sie es aus. Es war ein T-Shirt von der angesagten Band „The Weeknd". Als sie es entfaltete, fiel ihr ein Stick entgegen.

„Da sind alle Lieder drauf", erklärte Sabrina. „Du kannst sie rauf und runter hören, sooft du magst."

„Danke, danke, danke!" Das war das erste Mal, das sie was bekam, was ihr wirklich gefiel.

Sie betraten das Einkaufscenter, das heute, an einem Samstag, pickepackevoll war. Natürlich waren alle Tische im Eiscafé besetzt. „Wollen wir warten?", fragte sie.

„Wie wär's, wenn wir rüber zum Jugendtreffpunkt gehen", schlug Karla vor. „Da kriegen wir um diese Zeit bestimmt einen Platz."

Sie nickte und bemühte sich, genauso begeistert wie Sabrina zu wirken, obwohl sie sich überhaupt nicht auskannte und nicht wusste, was sie erwartete.

Es handelte sich um eine großzügige Kneipe, in der wohl hauptsächlich Jugendliche und junge Erwachsene abhingen, erkannte sie, als sie darauf zu gingen. Hinten gab es zwei Billardtische, daneben standen zwei Flipper, an der Wand hing eine Dartscheibe. Sie war nur mäßig besucht. Der richtige Betrieb gehe erst abends los, erklärte ihr Karla. Dann würde man kein Bein mehr an die Erde kriegen.

Sie nahmen alle drei eine Cola und Laurie bezahlte. „Nett hier", sagte sie, um die Unterhaltung in Gang zu bringen. Es war irgendwie komisch, in den Pausen und am Computer hatten sie sich so viel zu erzählen, jetzt wusste keiner, worüber er reden sollte. Also löcherte sie die beiden mit Fragen über die Stadt, über das Einkaufscenter, über das Pub.

Bei der letzten kam Karla ins Schwärmen. „Am Freitag- und Samstagabend geht hier echt die Post ab. Mein Vater hat uns schon ein paarmal gefahren. Blöd ist nur, dass wir um zehn gehen müssen. Länger erlauben unsere Eltern nicht. Willst du nicht mal mitkommen?"

Als wenn Frau Liebisch das gestatten würde!

„Guckt mal, der Typ da drüben", flüsterte Sabrina. „Vorsicht! Der beobachtet uns. Dreht euch möglichst unauffällig um."

Karla sprang auf. „Ich geh auf die Toilette. Dann kann ich einen langen Blick riskieren."

Laurie sah nicht mal auf. Der Kerl interessierte sie nicht. Ein Freund war das Letzte, was sie sich wünschte. Ihr reichte das, was sich im Moment so tat. Das Einzige, was sie wirklich ärgerte, war, dass sie sich nicht die Kontaktdaten der beiden Jungen hatte geben lassen. Sie hätte sich so gern bei ihnen bedankt – und vielleicht auch ab und zu mal mit ihnen gechattet. Ihr so ohne Weiteres zu helfen, so was gab es nicht gerade oft.

19

Am nächsten Tag besuchte sie Charlie. Er hatte doch tatsächlich ein Geschenk für sie gebastelt, ein kleines beklebte Holzkästchen, zwar etwas schief, trotzdem freute sie sich unbändig und umarmte ihn fest.

Das Zusammensein mit ihm war wesentlich entspannter geworden. Er hatte zwei Freunde gefunden, mit denen er oft spielte und die auch mit dabei waren, wenn Laurie kam. Manchmal machten sie etwas zusammen, manchmal schaute sie ihnen nur bei ihrem Tun zu. Er hatte sich gut eingelebt, sie wagte mittlerweile sogar zu behaupten, es ginge ihm hier wesentlich besser als zu Hause. Es gab immer Ansprechpartner und die Erzieher achteten darauf, dass alles rund lief.

Das übliche Treffen mit Herrn Wickert wurde noch beibehalten. Auch ihm gegenüber war Charlie nun offener und redete frei über das, wie es zu Hause abgelaufen war. Dabei hatte er längst wieder Kontakt mit Mama. Die durfte ihn einmal im Monat für drei Stunden besuchen, allerdings weiterhin nur unter Aufsicht. Er freue sich, wenn sie kommt, sagte er. Viel zu erzählen hatte er aber anschließend nicht. Vermutlich lief es genauso ab, wie sie es sich vorgestellt hatte, die Mutter textete ihn mit allem Möglichen zu und spielte nicht mal vernünftig mit ihm.

Leider hielt sich die Gutachterin bedeckt, sie notierte sich alles, was Laurie sagte, obwohl sie das Gespräch zusätzlich aufnahm, und gab zu nichts, was sie erfuhr, einen Kommentar ab. Selbst als Laurie vorsichtig anfragte, was sie denke, wie es ausgehe, wich sie aus und behauptete, darüber würde vor Gericht entschieden. Dabei hatte sie sich längst schlaugemacht und wusste, dass der Richter normalerweise ihrer Empfehlung folgte - der länger hier anwesenden Mädels sei Dank. Gut, dass sie sich entschieden und auch Charlie dazu angehalten hatte, in allen Einzelheiten zu berichten, wie sich ihre Tage früher gestalteten, dass Mama nicht mal regelmäßig gekocht hatte, dass ihre Haushaltsführung eine einzige Katastrophe war und sie viel zu viel Geld für Unwichtiges ausgab. Dass ihre Hauptbeschäftigungen das Telefonieren mit ihren Freundinnen und das Chatten am Computer waren. So sehr sie sich zuvor bemüht hatte, so zu tun, als sei bei ihnen zu Hause alles okay, genauso offen ging sie nun mit der Wahrheit um. Denn ihre größte Sorge war weiterhin, dass die Mutter sonst Charlie und sie zurückbekam. Lieber blieb sie auf Dauer in dem Heim, als wieder mit ihr zusammenleben zu müssen.

Zum ersten Mal überhaupt hatte sie das Gefühl kennengelernt, keine Verantwortung für andere mehr tragen zu müssen. Jeden Tag bekam sie vernünftig zu essen, ohne sich selbst kümmern zu müssen. Sie hatte Zeit für ihren Schulkram und es blieben regelmäßig freie Stunden, in denen sie lesen oder Musik hören konnte. Klar, die Wohnungsgenossinnen waren nicht ohne und es nervte schon öfter, wie die sich aufführten. Aber dafür hatte sie ja Karla und Sabrina. Und wenn sie sich weiter so gut benahm, durfte sie sich bald mit den beiden allein treffen.

Während sie mit ihrem Abholer Tim gemeinsam zum Auto lief, flog ihr Blick unwillkürlich hinüber zu der Wiese, auf der sie Tristan und Linus getroffen hatte. Ob sie noch an sie dachten? Es war echt zu schade, dass sie die beiden nie wiedergesehen hatte.

Wie auf Stichwort sah sie Tristan und Ben im Gras herumtoben. Sie blieb stehen und hielt Tim am Ärmel fest. „Bitte, darf ich kurz rübergehen? Ich habe da jemand gesehen, den ich von früher kenne. Nur fünf Minuten. Bitte!"

Er zögerte, nickte schließlich. Sie bedankte sich mit einem strahlenden Lächeln und rannte los. Zum Glück spielten die beiden mit einem Ball, das hieß, Tristan warf und Ben holte ihn zurück, sie waren also noch an Ort und Stelle, als sie näherkam.

Der Hund entdeckte sie als Erster, wollte schon losrennen, warf dann jedoch seinem Herrchen einen Blick zu und blieb regungslos stehen. Tristan wurde aufmerksam, Laurie winkte und rannte noch schneller.

Ben setzte sich in Bewegung und warf sie bei der Begrüßung fast um. Immer wieder sprang er an ihr hoch und wedelte wie verrückt.

„Aus!", rief Tristan und stemmte beide Arme in die Seiten.

Wider Erwarten ließ der Hund von ihr ab und machte brav Platz.

„Wow", staunte sie. „Der hört ja!"

Tristan grinste geschmeichelt. „Ja, wir haben auch lange trainiert. Hast du gesehen? Er ist nicht sofort losgerannt, als er dich entdeckte, sondern hat gewartet, bis ich ihm erlaubt habe, zu dir zu laufen."

„Er ist nicht nur ein total lieber, sondern auch ein sehr schlauer Hund", lobte sie Ben und streichelte seinen Kopf. „Du, ich habe nicht viel Zeit", fuhr sie schnell fort, weil er sichtlich darauf brannte, weitere Loblieder auf seinen Liebling zu singen. „Ich darf nur ganz kurz mit dir sprechen." Sie deutete auf den wartenden Tim, der interessiert in ihre Richtung blickte. „Ich wollte mich wenigstens bei dir bedanken. Das, was ihr für mich getan habt ..."

„... war nicht der Rede wert", winkte Tristan ab. „Und es hat anscheinend funktioniert. Ich habe dich schon öfter da rein und raus gehen sehen. Darfst du jetzt deinen Bruder offiziell besuchen?"

„Jede Woche." Blöderweise hatte sie vor lauter Aufregung, Charlie zu treffen, am Anfang nie darauf geachtet, ob sie ihn und den Hund entdeckte. „Habt ihr noch Ärger gekriegt?"

„Nee, wir haben Ben relativ schnell eingefangen und sind abgehauen, bevor uns einer festhalten konnte. Die wissen nicht, wer wir sind."

Das hatte wie eine Frage geklungen. „Ich habe denen auch nichts gesagt", versicherte sie ihm. „Ich habe behauptet, ich kenne eure Namen gar nicht."

„Hast du ein Handy?", fragte Tristan zu ihrer Verblüffung. Und weil sie den Kopf schüttelte: „Oder einen Account bei Facebook oder so?"

„Ja, habe ich." Sie gab ihm die Daten. Er versprach, sich bald zu melden. Damit sie in Verbindung bleiben könnten. Er habe dauernd an sie denken müssen. Bei diesen Worten kriegte er einen roten Kopf.

Laurie verbiss sich ein Lachen, umarmte Ben ein letztes Mal und knuffte Tristan vor die Brust. „Melde dich! Ich warte."

Tim hatte schon das Auto aufgesperrt und sich auf den Fahrersitz gesetzt. Als sie sich neben ihn fallen ließ, startete er den Motor. „Na, einen deiner Helfer entdeckt?"

Im ersten Moment war sie echt sprachlos.

„Ich bin nicht blöd", fuhr er sichtlich amüsiert über ihren geschockten Gesichtsausdruck fort. „Die haben schließlich aus dem Heim angerufen und erzählt, wie du dich eingeschlichen hast. Da lag es nahe, dass du dich bei ihm bedanken wolltest. Denn ein alter Bekannter von dir ist er definitiv nicht", setzte er noch einen drauf. „Du warst nie zuvor in dieser Stadt, hast überhaupt keine Kontakte hierhin. Sonst wärst du nicht so vorgegangen."

Gut, dass Tim einer von den Netten war! Sonst stände ihr jetzt mächtig Ärger ins Haus. „Er und sein Freund haben mir geholfen", gab sie zu. „Aber ich kenne nur seinen Vornamen. Wir sind uns hier begegnet und die beiden hatten wohl Mitleid mit mir."

Er nickte bedächtig. Damit war das Thema für ihn erledigt. Laurie schätzte, er würde nicht mal mit Frau Liebisch darüber sprechen. Es hatte sich ja längst alles zum Guten gewandelt.

Als sie später Facebook aufrief, lag tatsächlich schon eine Nachricht von Tristan vor. Sie bestätigte seine Freundschaftsanfrage und fügte ein Smiley hinzu. Supertoll, dass sie sich nun doch nicht aus den Augen verloren hatten!

Sollte er sich allerdings irgendwelche Hoffnungen machen, musste sie ihn enttäuschen. Erstens stand sie nicht auf ihn und zweitens wollte sie überhaupt keinen Freund. Das hatte gestern dieser Jugendliche in dem Pub auch zu spüren bekommen. Sie hatte sich extra umgesetzt, sodass er sie nicht mehr anschauen konnte, nachdem klar wurde, dass er sie fixierte. Karla und Sabrina konnten ihre Reaktion nicht verstehen. Der wäre total süß, schwärmten beide. Sie könne ihn ruhig an den Tisch kommen lassen. Zu dritt wäre das okay.

Nee, keine Chance. Sie wollte niemand, der sie mit Beschlag belegte. Ihr reichte ihr eigenes Leben. Immerhin fing sie gerade erst an, es einigermaßen auf die Reihe zu kriegen.

Juli

20

Laurie

Schall und Rauch, dachte sie in Erinnerung daran amüsiert. Der Vorsatz hatte genau so lange gehalten, bis sie ihn wiedertraf.

Dieses Mal war sie allein unterwegs und er hatte sie direkt angesprochen. Er war total süß, gar nicht, wie sie gedacht hatte. Und er schlug vor, sich vielleicht schon morgen zu treffen.

Es war der Mittwoch nach dem Wochenende ihrer Geburtstagsfeier mit den beiden Klassenkameradinnen gewesen. An diesem Tag gab es nach der dritten Stunde die Zeugnisse und sie musste anschließend mit dem Bus zurückfahren. Eigentlich hatten Mascha, Belara und sie aufeinander warten sollen. Doch ihre Klassenlehrerin verwickelte sie nach der Verabschiedung in ein längeres Gespräch, sodass sie den beiden sagte, sie würde den nächsten Bus nehmen. Frau Schock wollte sie nämlich überreden, die Schule zu wechseln. Sie wäre zu gut für die Hauptschule und solle lieber zur Realschule plus gehen.

Diese Idee gefiel Laurie überhaupt nicht. Hier hatte sie zwei Freundinnen und kam mit allen Lehrern klar und das Lernen fiel ihr leicht. Warum sollte sie das ändern und noch einmal neu anfangen? Sie wehrte sich so energisch wie möglich, ohne allzu unfreundlich zu werden.

Die Lehrerin ließ jedoch nicht locker und malte ihr die neue Schule in den schönsten Farben aus. Um ihre Ruhe zu haben, versprach sie schließlich, gründlich über ihren Vorschlag nachzudenken und sich auch mit Frau Liebisch zu besprechen. Sie würde ihr eine Woche vor Schulbeginn Bescheid geben.

Ziemlich frustriert verließ sie als Letzte das Gebäude. Warum meinten bloß alle Leute, sie wüssten viel besser, was richtig für sie sei? Jahrelang hatte sich keiner um sie gekümmert, jetzt überschlugen sich auf einmal alle, ihr zu helfen. Was sie wollte, schien dabei keinen zu interessieren.

Nun musste sie sich sogar beeilen, um den nächsten Bus zu erwischen. Sie trabte los.

Schon nach wenigen Metern hing ihr die Zunge aus dem Hals. Es war viel zu heiß heute, als dass man sich schneller bewegen sollte.

Kurz nachdem sie den Schulhof verlassen hatte, stieg ein junger Mann aus einem haltenden Auto und verabschiedete sich mit großem Hallo. Als er sich in ihre Richtung drehte, erkannte sie ihn, er war der Junge aus dem Pub.

Er stutzte, als er sie entdeckte, und blieb stehen, um auf sie zu warten. Sie wäre sich echt albern vorgekommen, wenn sie am helllichten Tag einen Bogen um ihn gemacht hätte - auch wenn in dem Moment tatsächlich niemand außer ihnen beiden auf der Straße zu sein schien.

„He, du warst doch letztens in dem Pub im Einkaufscenter. Wohnst du hier in der Nähe?"

Blöde Frage, dachte sie gereizt. Würde ich sonst in diese Schule gehen?

Er schlug sich vor die Stirn. „Ich freue mich so sehr, dich wiederzusehen, dass ich ganz schönen Quatsch rede. Gehst du zum Bus?"

Sie nickte stumm und marschierte einfach weiter.

„Oh, ich auch. Ich muss noch ein bisschen weiter. Mein Kumpel hat eine andere Richtung." Er beeilte sich, neben sie zu kommen. „Hast du was gegen mich?", fragte er, weil sie stumm blieb.

„Nee, ich bin sauer, weil die Lehrerin genervt hat." Was hätte sie sonst sagen sollen? Dass sie keinen Sinn in einer Unterhaltung sah? Dass sie sowieso nichts von Jungen wissen wollte - ihn eingeschlossen? Irgendwie war selbst ihr das zu blöd.

Tja, und dann war er so nett und mitfühlend, dass sie sich bis auf den letzten Drücker angeregt mit ihm unterhielt. Andrej, wie sie erfuhr, stand voll auf ihrer Seite. Sie solle bloß nicht über ihren Kopf hinweg entscheiden lassen. Es sei schließlich ihre Zukunft. Er gab ihr den Tipp, auf ihre eigenen Gefühle zu hören, genau das, was sie hatte tun wollen. Wie gesagt, er konnte zuhören und versuchte zu helfen.

Irgendwie kam ihr die Fahrt ausnehmend kurz vor. Und als er mit ihr ausstieg, war sie eher erleichtert als genervt. Sie wollte selbst nicht, dass ihre Unterhaltung schon endete.

Fünf Minuten später riss sie sich los. Sonst würde Frau Liebisch noch einen Suchtrupp nach ihr ausschicken. „Ich muss nach Hause, wir kriegen gleich Besuch", behauptete sie. Er sollte nicht unbedingt erfahren, dass sie in einem Heim lebte, jedenfalls jetzt noch nicht.

„Können wir uns wiedertreffen?" Seine braunen Augen hingen bettelnd an ihren. „Wann hast du Zeit?"

Sie zögerte, sprang dann über ihren Schatten. „Morgen am See?" Da würden Karla und Sabrina sie begleiten. Außerdem waren bestimmt jede Menge andere Kinder und Jugendliche da.

„Morgen Nachmittag?" Begeistert klang er nicht. „Ich muss bis abends arbeiten. So ein Mist!"

„Freitag bin ich auf einen Geburtstag eingeladen." Dass es sich dabei um Jennifers Abschiedsfeier handelte, tat nichts zur Sache. „Am Samstag unternehme ich was mit meinem Bruder. Danach fahren wir drei Tage weg." Frau Liebisch hatte sie dazu verdonnert, an diesem Kurzurlaub teilzunehmen. Und sie wollte weiter kompatibel erscheinen.

„So ein Mist. Hoffentlich bin ich dann noch hier.", Er klang schwer enttäuscht. „Ich mache ein Praktikum, zum Teil hier bei meinem Onkel, zum Teil bei meinem Vater in der Stadt", erklärte er. „Ich weiß nicht, wo ich dann sein werde." Er lachte auf. „Die sagen spring und ich springe. Viel mitzureden habe ich nicht."

„Wir könnten uns schreiben", schlug sie in einem Anfall von Mitleid vor. „Ich bin bei Facebook."

„Ich auch." Er strahlte sie an. „Ja, das machen wir auf jeden Fall. Und ich sehe zu, ob ich morgen nicht doch ein Stündchen eher wegkann."

Ein vorbeifahrendes Auto erinnerte sie daran, dass sie dringend losmusste. Sie gab ihm ihren Nickname und er versprach, sich heute noch zu melden.

Fast eine Stunde chatteten sie. Ihr heutiger Eindruck verfestigte sich. Andrej war es wichtig, mit ihr zu reden, sie richtig kennenzulernen. Zwar unterhielten sie sich nur über Nebensächlichkeiten, aber ihn interessierte ihre Meinung, zu allen Dingen. Er ließ sie ihr auch, wenn er anderer Ansicht war. Überhaupt war er total anders, als sie gedacht hatte.

Karla und Sabrina erzählte sie tags darauf am See nichts von diesem Treffen. Sie würden sofort sämtliche Einzelheiten wissen wollen und sie mochte diese gerade erst beginnende Freundschaft mit keinem teilen.

Sie hatten viel Spaß zusammen. Es waren jede Menge andere Kinder und Jugendliche da und sie tobten genauso ausgelassen herum wie diese. Trotzdem ließ Laurie immer wieder ihre Blicke schweifen. Leider vergebens, Andrej tauchte nicht auf.

Ich bin so sauer, teilte er ihr am Abend mit, als sie ihre Computerstunde nutzte und mit ihm chattete. *Ausgerechnet heute ist alles schiefgelaufen, was schieflaufen konnte. Ich bin gerade erst zurückgekommen und muss morgen früh raus. Ich hätte dich so gern getroffen.*

Wir holen das bald nach, schrieb sie zurück. *Es sind Ferien und ich bin fast immer frei. Es wird schon klappen.* Ja, mittlerweile wollte auch sie ihn wiedersehen. Er war echt einfühlsam und fand immer die richtigen Worte. Die Stunde, die sie sich unterhalten konnten, verging wie im Flug.

Jennifers Feier war bombastisch. Frau Liebisch hatte richtig was auf die Beine gestellt. Auch Jennifers Mutter hatte sich nicht lumpen lassen. Es gab drei verschiedene Torten, dazu noch Windbeutel und Schaumküsse. Anschließend machten sie Spiele, die eigentlich besser zu einem Kindergeburtstag gepasst hätten, so was wie Topfschlagen und Blinde Kuh. Trotzdem hatten alle mordsmäßig Spaß. Es gab sogar kleine Preise zu gewinnen. Sie machte beim Hindernisparcours den ersten Platz und bekam eine kleine Glaskugel mit Glitter.

Als sich die Mädels von Jennifer verabschiedeten, flossen bei einigen richtige Tränen, auch bei ihr, sie war ihr die liebste von allen gewesen. Irgendwie hatte Jenny es verstanden, mit jedem gut auszukommen. Sie war der ausgleichende Typ, der immer versuchte zu vermitteln, zu trösten und aufzubauen. Hoffentlich würde ihre Nachfolgerin nicht der absolute Supergau.

Sie gingen nach draußen und winkten dem Auto hinterher. Jennifer kniete verkehrt herum auf dem Beifahrersitz und winkte, bis sie auf die Landstraße abbogen. Sie wirkte glücklich, als führe sie einem neuen Leben entgegen.

Eigentlich konnte Laurie nicht verstehen, dass sie überhaupt zu ihrer Mutter zurückkehrte. Wie erzählt wurde, hatte diese ihre Tochter immer wieder misshandelt, bis irgendwann eine Lehrerin das Jugendamt einschaltete. Und das nahm die damals Zehnjährige sofort aus der Familie. Seitdem lebte sie hier, hatte aber die ganze Zeit weiter Kontakt zu ihrer Mutter. Und zu der kehrte sie jetzt freiwillig zurück?

Komischerweise war sie die Einzige, die so dachte. Alle anderen hatten ebenfalls Umgang mit ihren Angehörigen und bekamen regelmäßig Besuch von ihnen. Manche mussten dabei unter Aufsicht bleiben, das hieß, ein Erzieher saß mit im Aufenthaltsraum oder ging gemeinsam mit ihnen spazieren, andere durften sich mittlerweile ohne Aufsichtsperson treffen beziehungsweise ihre Eltern sogar zu Hause besuchen. Sie verstand das nicht, die Mädels hatten echt schlimme Erfahrungen gemacht, ohne Grund wurde heutzutage keinem das Kind weggenommen. Und es musste sich schon um heftige Sachen handeln, bis so was passierte. Wie konnte man die trotzdem weiter liebhaben und sie sehen wollen?

21

Und dann stand sie tatsächlich an Charlies Heim, als Laurie heraustrat, und wollte mit ihr reden.

„Laurie", die Mutter hob flehend die Hände. „Nun sei doch nicht so. Du bist meine Tochter, ich liebe dich."

Bernd, ihr heutiger Abholer, verlangsamte seinen Schritt und sah sie fragend an. Sie schüttelte ablehnend den Kopf. „Weiter", quetschte sie zwischen den Zähnen hervor. Denn sie musste an sich halten, um ihr keine Szene zu machen. Ihr Herz raste und sie hyperventilierte.

Natürlich ließ diese sich nicht so einfach abschütteln. „Laurie! Bitte, rede mit mir! Ich bin genauso traurig wie du. Kimi war meine Tochter. Ich habe sie geliebt."

Sie konnte kaum noch atmen. Alles verschwamm vor ihren Augen. In ihr brodelte es vor Zorn. Glücklicherweise griff Bernd ein und zog sie hinter sich her. Er öffnete ihr die Tür und schubste sie auf den Beifahrersitz. Nachdem er die Tür zugeschlagen hatte, verriegelte er sie. „Lassen Sie Laurie in Ruhe", sagte er an die Mutter gewandt, die näher gekommen war und sich zum Fenster herabbeugen wollte. „Oder ich rufe die Polizei."

Sie zuckte erschreckt zusammen und wich einige Schritte zurück. „Ich …"

„Laurie will keinen Kontakt zu Ihnen", erklärte Bernd barsch. „Bitte gehen Sie jetzt." Ohne weiter auf sie zu achten, umrundete er das Auto und stieg ein.

Die Mutter traute sich tatsächlich nicht näher. Ja, Bernd war eine Autoritätsperson, dazu konnte er echt finster dreinblicken und da er auch ein richtiger Brecher war, wirkte er schon bedrohlich. Frau Liebisch setzte ihn mit Vorliebe ein, wenn es Handgreiflichkeiten unter den Mädels gab. Er sorgte im Nu für Ruhe.

„Willst du drüber reden?", fragte er sie, nachdem sie losgefahren waren.

Sie war viel zu aufgewühlt, um klar denken zu können. „Warum macht sie das? Sie weiß doch, dass ich nichts mehr mit ihr zu tun haben will."

Er schwieg, offensichtlich fiel ihm keine Antwort darauf ein.

„Ich meine, wie blöd muss man sein?", ereiferte sie sich. „Erst wird das eigene Kind durch ihre Nachlässigkeit getötet und dann denkt sie, die anderen beiden würden ihr das so einfach verzeihen?"

„Vermutlich sieht sie bei sich keine oder nur wenig Schuld", brummte Bernd. „Die Kleinen sind einfach ausgerissen und sie hat es nicht bemerkt."

„Ach ja, behauptet sie das immer noch?" Sie konnte nicht mehr an sich halten. „Charlie sagt, sie habe mit ihnen runtergehen und auf mich warten wollen, damit wir zusammen einkaufen. Dann klingelte ihr Handy und sie hat die beiden allein runtergeschickt, weil sie ihr zu laut waren. Tja, und dann hat sie wie üblich die Zeit vergessen. Überleg mal, die ist erst aufgetaucht, als der Krankenwagen schon da war. Das haben die Nachbarn auch mitgekriegt."

Bernd nickte ihr beruhigend zu, denn ihre Stimme klang viel zu schrill. „Es ist dein gutes Recht, so zu reagieren, Laurie. Deshalb habe ich dich unterstützt."

Mehr würde er dazu nicht sagen, die Erzieher hielten sich mit Kommentaren zurück, was sie auch verstand, denn selbst sie hatte es schon erlebt, dass eine noch am Tag zuvor heftig über ihre Mutter schimpfte und am nächsten freudestrahlend von deren Anruf erzählte. Wusste er, ob sie nicht irgendwann ähnlich reagierte?

Ihre Wut war immer noch nicht verraucht, als sie sich an den Computer setzte. Andrej war schon da und fragte sofort nach, was sie heute gemacht hatte. Sie war so geladen, dass sie mit allem herausplatzte: Dass sie in einem Heim lebte, dass durch die Schuld ihrer Mutter ihre kleine Schwester gestorben war, dass ihr Bruder dachte, es sei durch seine Nachlässigkeit passiert und er deswegen in Behandlung war, dass sie ihre Mutter nie wieder sehen oder mit ihr sprechen wollte. Es war ihr egal, wenn er jetzt einen Rückzieher machte. Entweder er konnte ihre Vergangenheit aushalten oder er war es eh nicht wert.

Er reagierte besorgt - um sie besorgt, wie er erklärte. Am liebsten würde er vorbeikommen und sie in den Arm nehmen, sagte er. So konnte sie ihm gleich die ganze Wahrheit erzählen, dass sie hier nämlich unter Aufsicht stand und kaum einen Schritt, ohne kontrolliert zu werden, machen konnte. Nur das, was sie ihrer Mutter angetan hatte, behielt sie für sich. Ihre Beichte war selbst für jemand, der nicht gerade in normalen Verhältnissen aufwuchs, schon heftig genug. Wenn er erfuhr, dass sie komplett ausgerastet war, würde er bestimmt nichts mehr mit ihr zu tun haben wollen.

Andrej fand so liebe und verständnisvolle Worte, dass sie sich echt getröstet fühlte, als sie sich verabschiedeten. So konnte sie den nächsten drei Tagen entspannt entgegenblicken.

Anschließend, direkt nach ihrer Rückkehr, erstattete sie ihm Bericht. Es war der reinste Horror gewesen! Die Urlauberinnen, die aus fünf von ihrer Gruppe und sieben aus einem anderen Haus bestanden, hatten sich unmöglich aufgeführt. Gleich in der ersten Nacht waren zwei der Mädchen abgehauen, deshalb stand am nächsten Morgen der gesamte Bauernhof, auf dem sie wohnten, Kopf. Alle hatten nach den beiden gesucht. Aus dem Grund fiel dann der geplante Ausflug ins Wasser.

Als die Polizei die zwei am Nachmittag zurückbrachte, hatte in der Zwischenzeit irgendwer das Gatter der Schweinekoppel geöffnet. Es dauerte fast zwei Stunden, bis alle Tiere wieder eingefangen waren. Der Spieleabend entpuppte sich als weitere Katastrophe, nur Streit und Rumgezicke. Nie wieder, waren Mascha und sie sich einig. Glücklicherweise hatten sie beide zusammen ein Zimmer, sodass wenigstens die Nacht ruhig verlief.

Am nächsten Morgen machten sie dann den geplanten Ausflug. Sie wanderten stundenlang durch den Wald, nur um an einem Grillplatz mittendrin Würstchen zu grillen, aufgespießt am Stock, den man über das Feuer halten musste. Eine aus der anderen Gruppe steckte den Stock ins Feuer und schwenkte ihn so wild herum, dass alle Angst hatten, sie würde sie dabei in Brand stecken. Auf dem Rückweg wollten sie eigentlich an einem See rasten und ausgiebig schwimmen. Doch die Mädels waren außer Rand und Band. Als eine der anderen Jamie-Lee so lange unter Wasser drückte, bis sie anschließend erbrach, mussten sich alle wieder anziehen und es ging zurück.

Den Abend durften sie getrennt verbringen, deshalb wurde es noch ganz nett. Marie, eine der Erzieherinnen, brachte ihnen ein paar coole Tanzschritte bei. Die Musik, die sie auswählte, war echt fetzig, das hätten sie ihr überhaupt nicht zugetraut. Sie hatten viel Spaß und gingen spät schlafen.

Deswegen bekamen Mascha und sie nur am Rande mit, dass zwei aus der anderen Gruppe mitten in der Nacht auf die Weide geschlichen waren und versuchten, die Ponys zu reiten. Die eine erlitt dabei einen Armbruch.

Geschieht ihr ganz recht, schrieb sie Andrej. Die Stimmung am nächsten Morgen war total mies und der Bauer sagte das eigentlich für alle stattfindende Reiten ab. Konnte man ja verstehen, trotzdem fand sie es blöd, dass alle darunter leiden mussten, dass sich einige wenige nicht benehmen konnten. Die Ponys sahen so süß aus, aber allein hatte sie sich nicht in ihre Nähe getraut.

Ihr seid ja ein ganz schön heftiger Haufen, schrieb Andrej zurück.

Nein, widersprach sie, *das waren die aus der anderen Gruppe, aus unserer haben sich alle benommen.* Was sogar von Frau Liebisch lobend erwähnt wurde. Zum Trost hatte sie ihren Schützlingen einen ganztägigen Ausflug in einen Freizeitpark versprochen, nur sie fünf. Laurie war schon sehr gespannt, in so was war sie bisher noch nicht gewesen.

Wann können wir uns treffen, stellte Andrej endlich die entscheidende Frage. *Ich komme dann extra für dich ins Dorf.* Wie sich herausstellte, war er längst wieder bei seinen Eltern.

Sie überlegte. Ob sie morgen wohl schon wieder raus durfte? Nein, lieber einige Tage abwarten. Am Sonntag? Da war sie mit Sabrina am See verabredet, dann konnten sie zusammen schwimmen gehen. Weiterhin war es heiß und sonnig, eigentlich das ideale Ferienwetter.

Wie lange darfst du denn wegbleiben? Ich weiß nicht, wie früh ich loskann. Wir kriegen Verwandtenbesuch.

Spätestens um sieben muss ich zurück sein, weil es um diese Zeit Abendessen gibt.

Er versprach, sein Bestes zu geben.

Sie drückte sich die Daumen. Dieses Mal musste es einfach klappen.

22

Sie machte sich besonders sorgfältig zurecht. Kein richtiges Make-up, aber wenigstens ein wenig Kajal, den Stift hatte Jenny ihr zum Abschied geschenkt. Um ihre Augen zu betonen, die nun größer und geheimnisvoller wirkten.

Sie fasste ihre Haare zu einem Pferdeschwanz zusammen und begutachtete sich aufmerksam im Spiegel. Ja, dadurch sah ihr Gesicht schmaler aus. Und sie wirkte älter. Dazu das enganliegende T-Shirt und die Jeansshorts, die nackten Füße in Sneakers, so würden ihre langen Beine zur Geltung kommen.

Zufrieden verließ sie den Waschraum, holte sich aus ihrem Zimmer die Tasche mit den Badesachen und sprang die Treppe hinunter. „Ich bin dann weg", verabschiedete sie sich von Frau Liebisch.

„Viel Spaß", wünschte diese ihr lächelnd.

Den werde ich haben, dachte Laurie. Wenn du wüsstest!

Sabrina lag bäuchlings auf einer Decke und hatte die Augen geschlossen. Erst als ihr Schatten über sie fiel, richtete sie sich auf. „Wow! Hast du später noch was anderes vor? Du siehst so … so gestylt aus."

„Nee", schwindelte Laurie und ließ sich neben ihr ins Gras fallen. „Das mit den Haaren ist praktischer beim Schwimmen. Ansonsten sehe ich doch aus wie immer."

Die Freundin verkniff sich eine passende Erwiderung, obwohl ihr das Augen-Make-up bestimmt nicht entgangen war. „Wollen wir gleich ins Wasser gehen?"

„Super Idee!" Jenny hatte behauptet, der Kajalstift sei wasserfest. Trotzdem würde sie aufpassen, dass ihr Gesicht trocken blieb.

Fast eine Stunde tobten sie herum. Laurie vergaß völlig, dass sie sich hatte vorsehen wollen. Nicht nur ihre Haare waren triefendnass, auch ihr Gesicht hatte jede Menge Wasser abbekommen. Während sie zu Sabrinas Decke zurückgingen – an eine eigene hatte sie nicht gedacht –, wrang sie die Strähnen aus und kramte ein Handtuch aus ihrer Tasche hervor. Vorsichtig tupfte sie über die Stirn, die Augen und die Wangen. Tatsächlich, der Stift schien zu halten, was er versprach, nichts färbte sich schwarz.

Trotzdem kramte sie, nachdem sie sich flüchtig abgetrocknet hatte, den kleinen Handspiegel hervor und warf einen prüfenden Blick hinein. Wie sah sie denn aus! Die nassen Haare hingen ihr wirr ins Gesicht, die Haut war fleckig gerötet. Hoffentlich tauchte Andrej nicht ausgerechnet jetzt auf!

„Leg dich zu mir auf die Decke", bot Sabrina großzügig an. „Da ist genug Platz."

Die Sonne strahlte heiß vom Himmel, es war angenehm, einfach so da zu liegen. Laurie schloss die Augen und döste vor sich hin.

„Schade, dass Karla noch fast zwei Wochen weg ist", begann Sabrina.

„Hm." Diese war mit ihren Eltern in Spanien im Sommerurlaub. Laurie war noch nie in den Ferien irgendwo anders als zu Hause gewesen. Egal, die Bekanntschaft mit Andrej war etwas viel Besseres. Sie drehte sich auf den Bauch und hob den Kopf, um nach ihm Ausschau zu halten.

Es war voll geworden auf der Wiese. Überall saßen oder lagen Gruppen oder Pärchen herum, einen einzelnen Mann konnte sie nicht erkennen. Blöderweise wurde Sabrina aufmerksam – oder sah zumindest an ihrer enttäuschten Miene, dass irgendetwas nicht stimmte.

„Was ist mit dir?", fragte sie ganz direkt.

„Ärger im Heim", schwindelte Laurie. Dabei lief da im Moment alles perfekt. „Dass die uns ständig gängeln, nervt gewaltig."

Die Freundin nickte verständnisvoll, obwohl sie keinen blassen Schimmer hatte, wie es dort ablief. „Wenn du Lust hast, kannst du nächstes Wochenende bei mir schlafen", bot sie an.

„Geht leider nicht." Nein, darauf hatte sie echt keine Lust. Sabrina war lieb und nett, aber richtige Gemeinsamkeiten besaßen sie nicht. Das würde bestimmt total langweilig. „Ich verbringe den Samstag mit meinem Bruder und für Sonntag hat sich ein Verwandter angekündigt." Stimmte nicht, stattdessen hoffte sie, dass sie und Andrej sich an diesem Tag treffen konnten. Da musste er ja nicht arbeiten.

„Schade." Sie wirkte ehrlich enttäuscht. „Wir hätten uns einen schönen Mädelsabend gemacht."

„Du könntest mich auch mal besuchen kommen", schlug Laurie vor. Das hatte Frau Liebisch tatsächlich erlaubt, sogar von sich aus angestoßen.

„Au ja!" Sie war gleich Feuer und Flamme.

„Gleich morgen?" Unter der Woche musste Andrej ja arbeiten.

„He, habt ihr Lust, mit uns Ball zu spielen?" Janina aus ihrer Klasse stand vor ihnen. „Wir könnten noch zwei wie euch gebrauchen."

Sabrina sprang auf. „Klaro!"

Bevor Laurie ihr folgte, warf sie einen weiteren prüfenden Blick Richtung Straße. Immer noch kein Andrej in Sicht!

Sie spielten bis kurz vor sechs. Mittlerweile war Laurie die Lust vergangen. Er würde nicht mehr kommen. Warum sollte sie noch länger ausharren?

„Soll ich mit zur Bushaltestelle kommen?" Sabrina durfte bis um acht bleiben.

„Ist nicht nötig", wehrte Laurie ab. „Ich hab's ja nicht weit."

„Montag um drei?", vergewisserte sich die Freundin.

Sie nickte, zog T-Shirt und Shorts über den Bikini und packte ihre Tasche. Die Enttäuschung trieb ihr die Tränen in die Augen, sodass sie den Weg zur Straße fast blind zurücklegte. Aus der Traum! Wahrscheinlich hatte er sie nur verarscht. Was hätte er auch an ihr finden sollen?

Kaum war sie in Richtung Bushaltestelle unterwegs, fiel ihr ein alter, blauer Mercedes auf, der am Straßenrand parkte und zweidrittel des Bürgersteigs versperrte. Was für ein Irrer stellte sich denn so blöd hin!

Die Tür ging auf und Andrej sprang heraus. „Ich hab es gerade noch rechtzeitig geschafft!", jubelte er und umarmte sie. Allerdings nur ganz kurz. Dann griff er nach Lauries Hand. „Komm, ich bringe dich nach Hause. So haben wir wenigstens ein paar Minuten mehr zum Quatschen."

Ihr Herz raste, ihre Kehle war wie ausgedörrt. Sie brachte keinen Ton heraus und nickte bloß.

„Du hast ein eigenes Auto?", fragte sie, als sie neben ihm saß. Das schien zwar wirklich schon ziemlich alt zu sein, war aber innen sauber und gepflegt.

Also musste er mindestens achtzehn sein, schoss es ihr durch den Kopf. Sollte sie ihn danach fragen? Besser nicht. Sonst musste sie Farbe bekennen, dass sie erst vierzehn war. Sie sah älter aus, wurde ihr immer wieder von allen Seiten bestätigt. Normalerweise ging sie für sechzehn durch.

„Nee, das gehört meinem Opa." Er grinste. „Der fährt kaum noch selbst und hat es mir heute gnädigerweise überlassen. Sonst wäre ich viel zu spät gekommen", fügte er hinzu.

Andrej fuhr einen echt heißen Reifen, in jeder Kurve klammerte sie sich automatisch an dem Haltegriff fest. „Ich kämpfe um jede Minute mit dir", sagte er, als er merkte, wie sie verkrampfte.

Kurz vor der Straße, die zum Heim führte, bog er in einen Feldweg ab. Das Auto holperte über die unebene Fläche, hundert, zweihundert Meter, bis er schließlich anhielt. Sie warf einen Blick zurück. Von der Straße aus waren sie nicht mehr zu sehen.

„Zwanzig Minuten habe ich rausgeholt." Er griff an ihr vorbei und holte eine halb volle Flasche Cola aus dem Seitenfach der Tür. „Willst du was trinken?"

Ehrlich gesagt war sie enttäuscht. Als er sich vorbeugte, hatte sie damit gerechnet, dass er sie in den Arm nahm. „Nein", sagte sie schärfer als nötig. „Ich habe keinen Durst."

Er verstand sofort und endlich, endlich beugte er sich über sie. Bevor sein Mund sie berührte, hielt er noch einmal inne und betrachtete sie still.

Ihr Hals war wie zugeschnürt. Sie schaute ihn mit großen Augen an, unfähig, sich zu rühren. Dann legte er sanft seine Lippen auf die ihren und Laurie vergaß alles um sich herum.

Mann, konnte der küssen! Sie rang nach Luft und lehnte sich gegen das Seitenfenster, weil ihr ein bisschen schwindelig wurde. Gut, er war der Erste, mit dem sie so was machte. Trotzdem glaubte sie nicht, dass es immer so war. Er war eben was ganz Besonderes.

Er nahm ihr Gesicht in beide Hände und schaute ihr tief in die Augen. Statt sie wieder zu küssen, legte er den Arm um sie und zog sie an seine Brust.

Er roch gut, nicht so eklig wie ihr Stiefvater. Mehr Vergleiche hatte sie bisher nicht, die Erzieher im Heim hielten einen gewissen Abstand. Das war bei einigen der Mädels unbedingt erforderlich, die stürzten sich auf alles Maskuline. Oh, wenn die wüssten. Sie lächelte in sein Shirt. Die kleine Laurie, die um jedes männliche Wesen einen großen Bogen machte, war schwer verliebt.

Ja, das war sie, gestand sie sich ein. Andrej war ihr Traumtyp. Am liebsten würde sie neben ihm sitzen bleiben und … Scheiße! Sie drehte den Kopf und guckte auf die Uhr am Armaturenbrett. Schon fünf vor sieben, sie musste los.

„Noch einen Abschiedskuss", bettelte Andrej.

Nur zu willig ließ sie sich darauf ein.

„Komm, trink einen Schluck", drängte er, als sie endgültig aussteigen wollte. „Du siehst total erhitzt aus. Und deine Haare sind durcheinander."

„Nee, ich sage einfach, ich bin gerannt, weil der Bus Verspätung hatte", wehrte sie ab. Sie wollte seinen Geschmack noch ein bisschen im Mund behalten.

Schneller als sie sprang er aus dem Auto und kam zu ihr, nahm sie noch einmal in den Arm. Plötzlich verspürte sie einen starken Schmerz am Arm. Bevor sie irgendwie reagieren konnte, wurde ihr schwarz vor Augen. Sie fiel.

23

Als sie wieder zu sich kam, wusste sie im ersten Moment überhaupt nicht, was passiert war. Sie richtete sich hastig auf, zu hastig, ihr wurde schwindelig und sie musste ein paarmal tief durchatmen, bevor sie wieder klar sehen konnte.

Sie befand sich in einem dunklen Raum ohne Fenster, halt, nein, da musste es einen Rollladen geben, durch zwei kleine Ritzen schimmerten schmale Lichtstreifen hindurch, die allerdings viel zu winzig waren, um ihre Umgebung vernünftig zu erhellen. Dass sie überhaupt etwas erkennen konnte, lag an der trüben Funzel, die in der Ecke an der Decke angebracht war. Aber mehr als ein Dämmerlicht brachte diese nicht zustande.

Immerhin besser als gar nichts, dachte sie, obwohl ihr das Herz bis zum Hals klopfte. Wo war sie? Wie war sie hierhergekommen? Wo war Andrej? Unwillkürlich rieb sie ihren rechten Arm, als die Erinnerung zurückkehrte. Sie fühlte eine kleine Erhebung. Was war das? Was war passiert? Hatte man sie verschleppt? Wo war Andrej?

Sie schaute sich noch einmal genauer um. Bis auf das Bett war der Raum leer. Nein, halt, in der Ecke am Fenster stand ein Eimer. Sie krabbelte von dem Bettgestell und bückte sich vorsichtig, um darunter zu schauen. Noch immer war ihr leicht schwindelig. Auch dort kein Andrej. Sollte sie nach ihm rufen?

Sie verhielt sich lieber still und tastete sich an der Wand entlang zur Tür. Diese hatte nur einen Knauf, der sich nicht drehen ließ. Laurie drückte gegen das dicke Holz. Sie ließ sich nicht öffnen, man hatte sie eingesperrt. Jetzt bekam sie richtig Angst. Wie eine Wahnsinnige begann sie dagegen zu hämmern und schrie dabei, so laut sie konnte. „Andrej! Hilfe! Hilfe! Hilfe!"

Irgendwann verließ sie die Kraft. Sie rutschte an dem Holz hinunter und hielt erschöpft inne. Nichts, nicht ein Geräusch war zu hören.

Ihre Kehle zog sich zusammen, was sollte das alles? Das war kein Spaß mehr. Wer immer sie hier eingesperrt hatte, tat das absichtlich.

Eine Gänsehaut überzog ihren Körper. Unwillkürlich tastete sie sich zurück zum Bett und kringelte sich darauf zusammen. Sie kam hier nicht raus. Sie musste warten, was weiter geschah.

Lange hielt sie es nicht aus. Kaum hatte sie sich etwas erholt, sprang sie von der Matratze, um ihr Gefängnis zu inspizieren. Vielleicht fand sich ja doch eine Möglichkeit rauszukommen.

Langsam tastete sie sich von Wand zu Wand. Sie fühlte unbehauenen Stein, rau und unregelmäßig, mit kleinen Ritzen dazwischen. Aber es gab keine größere Lücke, keine lockere Stelle, so kam sie nicht weiter.

Das Fenster war eher ein Loch, ohne Scheibe, dafür hatte jemand von außen dicke Bretter davor genagelt. Leider kriegte sie nicht mal den kleinen Finger zwischen die Spalte. Also hämmerte sie dagegen, so fest sie konnte. Keine Chance, sie erzitterten nicht mal. Weiter! Der Eimer in der Ecke war aus Plastik, der half ihr nicht. Trotzdem hob sie neugierig den Deckel ab. Er war leer und sie ahnte endlich, wozu er diente. Man hatte wohl vor, sie länger in diesem Loch gefangen zu halten.

Obwohl die Erkenntnis sie traf, kontrollierte sie akribisch alle vier Wände, rutschte anschließend sogar über den Boden, der aus Beton bestand, überall, wie sie feststellte. Danach nahm sie den Eimer und klopfte mit ihm die Decke ab. Zwar wusste sie nicht, wie sie überhaupt hoch genug kommen sollte, falls es dort eine Falltür gab, trotzdem wollte sie nichts unversucht lassen.

Keine einzige hohlklingende Stelle. Langsam gingen ihr die Ideen aus. Außerdem begann ihr Arm heftig zu schmerzen. Als sie erneut darüberstrich, fand sie dieses Mal zwei kleine Erhebungen. Man hatte sie wohl mit einem Elektroschocker ausgeschaltet, dämmerte es ihr.

Laurie sank auf dem Boden in sich zusammen. Wer hatte sie angegriffen? Und warum? Soweit sie sich erinnern konnte, waren sie und Andrej allein auf weiter Flur gewesen. Hatte der Typ, der sie ausschaltete, auch ihn betäubt? Oder war ihm etwa noch etwas viel Schlimmeres zugestoßen?

Sie versuchte die trüben Gedanken abzuschütteln und sich wieder auf ihre Aufgabe zu konzentrieren. Vielleicht fand sich eine Möglichkeit, das Bett auseinanderzunehmen und so an eine Waffe zu kommen. Mühsam erhob sie sich und tat einen zögernden Schritt, als sich ohne Vorwarnung die Tür öffnete. Sie blieb wie erstarrt stehen.

Ein weiteres Licht flammte auf, das sie blendete, sodass sie die Eintretenden nur schemenhaft erkennen konnte. Sie kniff die Lider zusammen und blinzelte. Es waren insgesamt drei Männer, zwei jüngere, durchtrainierte und ein älterer, gedrungen wirkender Typ. Er kam dicht an sie heran, verschränkte die Arme und musterte sie von oben bis unten. „Wo sind die Fotos?", fragte er dann.

Sie starrte ihn perplex an. Welche Fotos? Sie wiederholte die Frage laut und war selbst erstaunt, wie klein und dünn ihre Stimme klang. Der Kerl machte ihr Angst, mit dem war nicht zu spaßen. Der meinte es ernst.

„Alishas Fotos!", fuhr er sie an. „Wo hast du sie versteckt?"

Keine Ahnung, wovon er sprach. Sie stand total auf dem Schlauch. Es musste sich um eine Verwechslung handeln. Sie hatte nie irgendwelche Fotos von Alisha gesehen. Das versuchte sie ihm stotternd und um jeden Satz ringend begreiflich zu machen. „Ich bin nicht die, die Sie suchen. Ich weiß nichts von irgendwelchen Fotos", versicherte sie inbrünstig.

Er machte einen drohenden Schritt auf sie zu und sie wich zurück. Verzweifelt überlegte sie, was sie noch vorbringen konnte. Doch sie hatte alles gesagt, konnte nur den Kopf schütteln und immer weiter wiederholen, dass sie keinen blassen Schimmer hatte, wovon er sprach.

Statt sie zu packen, gab er den Jüngeren einen Wink. Diese verließen gemeinsam den Raum. Der Mann verschränkte die Arme vor der Brust und musterte sie schweigend. Lauries mulmiges Gefühl verstärkte sich. Hatte sie anfangs noch Hoffnung verspürt, dass sich das Missverständnis schnell aufklären lassen würde und man sie freiließe, wurde immer deutlicher, dass die Typen überhaupt nicht daran dachten. Ein heftiges Zittern ergriff sie, sodass sie sich kaum noch auf den Beinen halten konnte.

Kurz darauf kamen sie zurück, eine zusammengekrümmte Gestalt zwischen sich schleifend. Andrej! Laurie schrie auf, als sie erkannte, wie schlimm sie ihn zugerichtet hatten. Sein Gesicht war verschwollen und rot, er war kaum bei Bewusstsein.

Die beiden Kerle ließen ihn aufs Bett fallen und er stöhnte auf. Sie wollte zu ihm rennen, aber der Mann vor ihr stellte sich in ihren Weg. „Überleg dir gut, was du mir antworten willst. Kooperierst du nicht, wird dein Typ es ausbaden müssen." Mit diesen Worten drehte er sich um und gab seinen beiden Helfern einen Wink. Sie verließen den Raum und schlossen die Tür hinter sich.

Sie eilte zu Andrej, streichelte über sein Haar und rief seinen Namen. Wie er dalag! Sie traute sich kaum, ihn anzufassen. Jede Berührung musste wahnsinnig wehtun.

Er hob die Augenlider und blinzelte. „Laurie! Was haben sie dir angetan?"

„Nichts, gar nichts. Ich bin okay. Sie haben mich nur befragt."

Er stöhnte. „Was soll das alles? Ich war plötzlich weg und bin in einem Kellerraum aufgewacht. Dann sind die wortlos über mich hergefallen. Was sind das für Typen? Was wollen die von uns?" Seine Stimme klang ganz schwach. Er atmete viel zu schnell.

Laurie spürte, wie sich ihr Herz schmerzhaft zusammenzog. Wegen ihr war er in diese Lage geraten! „Die haben mich nach irgendwelchen Fotos gefragt, von Alisha. Ich habe keine Ahnung, worum es geht."

„Echt nicht?"

Jedes Wort bereitete ihm eindeutig Qualen. Er musste schwer verletzt sein. Was sollte sie bloß tun? „Wir waren Zimmergenossinnen, mehr nicht. Ich weiß nicht, was sie fotografiert hat!", beteuerte sie.

Andrej seufzte schwer. „Scheiße, wir kommen nie wieder hier raus."

Sie setzte sich neben ihn und schloss die Augen. In was für einen Albtraum waren sie da hineingeraten? „Was sollen wir tun?"

„Denk noch mal ganz scharf nach! Hat sie nicht doch irgendwas erzählt?"

Laurie gab sich wirklich Mühe. Sie versuchte sich an jedes einzelne Gespräch, jede Bemerkung ihrer Zimmergenossin zu erinnern. Nein, da war nichts. Alisha hatte ihr eigenes Ding durchgezogen, ohne dass sie viel davon mitbekam. Wenn es Geheimnisse gab, hatte sie ihr diese mit Sicherheit nicht anvertraut.

„Bitte, überleg weiter!", stöhnte Andrej. „Wer war ihre Freundin?"

„Sie hatte keine, niemand mochte sie, keiner hat sich großartig mit ihr abgegeben. Anderweitige Freundinnen gab es auch nicht."

„Was ist mit den Sachen aus ihrem Zimmer passiert?"

„Die wurden zusammengepackt und von ihrer Mutter abgeholt. Von irgendwelchen Fotos war nie die Rede."

Andrej tastete nach ihrer Hand. „So wie ich das verstehe, sind die nur scharf auf diese Bilder. Wenn du nicht mitspielst …"

„Aber ich habe wirklich keine Ahnung!", rief sie frustriert. Wieso glaubte er ihr nicht? Was konnte sie denn noch sagen, um ihn zu überzeugen? „Ehrlich, ich sage die Wahrheit. Was auch immer die suchen, ich habe es nicht. Die haben die Falsche erwischt." Sie ließ sich vorsichtig gegen ihn sinken und streichelte über sein Haar.

Er sackte noch mehr in sich zusammen, stöhnte leise und schloss die Augen. Selbst sein Stöhnen klang hoffnungslos. „Dann sind wir am Arsch. Ich schätze, die haben uns irgendwohin gebracht, wo uns keiner findet. Die lassen uns hier unten im Keller einfach verrecken."

„Vielleicht tue ich einfach, als wenn ich ihnen die Fotos besorgen kann", brachte sie völlig verzweifelt vor. Ihn so mutlos zu sehen, ließ ihr Herz schmerzen.

Er tastete nach ihrer Hand und drückte sie. „Nein, das ist zu gefährlich. Es sei denn …" Er musste erst ein paarmal Luft holen, bevor er weitersprechen konnte. „Ich …"

Im selben Moment öffnete sich die Tür und die drei Männer traten ein.

24

Bevor Laurie reagieren konnte, flüsterte Andrej rau: „Sie ist nicht die, die ihr sucht."

Damit hatte er ihr die Entscheidung abgenommen. Sie nickte bekräftigend und drückte sich noch enger an ihn.

Der Anführer deutete wortlos in ihre Richtung, worauf sich einer seiner Schergen in Bewegung setzte. Sie klammerte sich an Andrej und warf sich halb über ihn. „Bitte, lasst ihn in Ruhe!", flehte sie. „Er hat damit überhaupt nichts zu tun."

Der Kerl griff in ihre Haare und zog sie hoch. Ein greller Schmerz durchzuckte sie, es fühlte sich an, als würde ihre Kopfhaut gleich reißen. Er zerrte sie in die Raummitte vor seinen Chef. Schlagartig begannen die Tränen zu fließen, die ihr schon bei dem brutalen Angriff in die Augen geschossen waren. „Ich weiß wirklich nichts von irgendwelchen Fotos", heulte sie los. „Alisha hat mir nie welche gezeigt und auch nie davon gesprochen."

Der Kerl ließ sie los und sie sank zu Boden. Ihre Beine trugen sie nicht mehr. War das das Ende? Würde er sie jetzt beide umbringen?

Regungslos stand der Anführer vor ihr und blickte auf sie herab.

„Bitte", schluchzte sie. „Wir sind nicht die, die Sie suchen."

„Ich gebe dir eine einzige Chance", sagte er schließlich. „Hör gut zu."

Sie lauschte aufmerksam und wagte keinen Widerspruch. Wenn sie protestierte, war's das für Andrej und sie, das war ihr klar. Sie musste so tun, als würde sie kooperieren.

„Hast du alles verstanden?", fragte er zuletzt. Und als sie folgsam nickte: „Ich gebe dir genau eine Woche, dann lieferst du. Solltest du auf die Idee kommen, dich an die Polizei zu wenden, muss er", er zeigte auf Andrej,

„als Erster darunter leiden. Anschließend nehmen wir uns deinen Bruder vor. Der kleine Charlie ist so ein lieber Junge, immer nett und freundlich. Wäre doch schade um ihn, findest du nicht?"

Ein eiskalter Schauer lief ihr über den Rücken. Sie würde alles daransetzen müssen, ihn zufriedenzustellen, je eher, desto besser.

Die beiden Handlanger zogen sie aus dem Raum, ihr Chef blieb mit Andrej allein zurück. Hoffentlich hielt er sein Wort und ließ ihn am Leben.

Ihn daran zu erinnern, wagte sie nicht. Sie musste an Charlie denken. Er war das Wichtigste für sie. Wenn die ihm was antaten …

Es war Nacht, stellte sie fest, als sie das Haus, in dem sie gefangen gehalten worden war, verließen. Andrej hatte recht, sie waren unten in einem Keller eingesperrt gewesen, der mit seinen dicken Mauern kein Geräusch herausdringen ließ. Gehört hätte sie sowieso niemand, das Haus war offensichtlich schon seit längerem verlassen. Es handelte sich um ein uraltes Gebäude, das im oberen Bereich total verwahrlost wirkte, das Dach war eingefallen, statt der Fenster gähnten leere Löcher. Dazu lag es mitten im Wald, es gab kein anderes Gebäude in Sichtweite.

Bevor sie sich genauer umsehen konnte, schubste der eine Kerl sie zu einem neben dem Haus geparkten Transporter. Er öffnete die hintere Tür und bedeutete ihr einzusteigen. „Kein Wort", warnte er sie.

Folgsam setzte sich Laurie hinten auf die Ladefläche, während er und sein Partner vorne einstiegen. Dann holperte das Fahrzeug los. Es musste sich um einen unbefestigten Weg handeln, denn es ruckelte auf und ab und die Federung ächzte laut. Sie drückte sich fest gegen die Wand, damit sie nicht hin und her geschleudert wurde.

Endlich erreichten sie die Straße und es wurde ruhiger. Laurie konnte andere Autos vorbeifahren hören, allerdings sehr vereinzelt. Es handelte sich um eine entlegenere Gegend, wie sie vermutete.

Wiederum eine geraume Weile später hielten sie an. Die Türen hinten öffneten sich und der eine Kerl winkte ihr auszusteigen. Kaum war sie draußen, schlug er wuchtig zu, sodass sie zu Boden fiel. Sie spürte, wie die Panik in ihr hochkroch. Was sollte das? Hatte der Boss nicht gesagt, sie dürfe gehen?

„Nicht so fest", warnte sein Kumpel und trat ihr bei diesen Worten in die Seite. Dann beugte er sich über sie und zerriss ihr T-Shirt, bis es nur noch in Fetzen hing. Laurie hielt still und hoffte, dass es bald vorbei war. Gegen die beiden hatte sie sowieso keine Chance. Schreien machte auch keinen Sinn. Sie befanden sich genau an dem Ort, wo Andrej geparkt hatte, eben damit sie von keinem gesehen oder gehört wurden.

Der andere Mann zog sie hoch und ohrfeigte sie ein paarmal, dass es in ihren Ohren zu klingeln begann. Er stieß sie zurück auf den Boden und lachte. „Sag, du bist überfallen worden", befahl er. „Der Kerl war maskiert, du kannst ihn nicht beschreiben."

„Der wollte dir an die Wäsche", fügte sein Partner hinzu. „Du bist ihm entkommen und hast dich versteckt. Du hast dich erst viel später getraut, nach Hause zu gehen, weil du solche Angst hattest. Wenn du überzeugend bist, glaubt man dir."

Der andere beugte sich wieder über sie und sie zuckte in Erwartung weiterer Schläge zurück. Das schien ihn zu amüsieren. „Los!", kommandierte er. „Sieh zu, dass du Land gewinnst."

Als sie sich mühsam und unter Schmerzen aufrappelte, packte er sie am Arm und drückte so fest zu, dass sie einen Aufschrei nur mit Mühe unterdrücken konnte. „Und denk dran, wir überwachen dich. Solltest du dich nicht an die Absprache halten, müssen dein Freund und dein Bruder dafür büßen." Er ließ los und gab ihr einen Schubs. „Diese Richtung. Lauf!"

Die ersten Schritte fielen ihr wahnsinnig schwer, sie hatte ständig das Gefühl, jeden Moment hinzufallen. Kaum war sie außer Sichtweite, sank sie zu Boden. Selbst das Atmen tat weh. Armer Andrej! Wie musste er sich erst fühlen?

Lange liegen zu bleiben, traute sie sich nicht. Vielleicht würden die Männer nachschauen, ob sie auch wirklich in Richtung Heim lief. Mühsam kam sie zurück auf die Füße und wankte vorwärts. Zum ersten Mal sehnte sie sich danach anzukommen.

Bald hatte sie die Abzweigung erreicht. Jetzt nur noch den Weg entlang, das schaffe ich, redete sie sich gut zu. Obwohl ihre Beine protestierten und immer wieder einknickten, schleppte sie sich vorwärts. Weit war es nicht mehr.

Im unteren Bereich des Hauses brannten alle Lichter. Ihr Verschwinden hatte für Aufregung gesorgt. Laurie taumelte auf ihr Ziel zu, drückte die Klingel, dann klappte sie zusammen. Die Tür verschwamm vor ihren Augen.

Halb ohnmächtig hörte sie einen lauten Aufschrei. Frau Liebisch! Diese kniete sich neben sie. „Laurie? Was ist passiert?"

25

Das Erwachen am nächsten Morgen war grauenhaft. Der Notarzt, den die Heimleiterin sofort gerufen hatte, sprach von Prellungen und Abschürfungen, nichts Schlimmes. Er gab ihr ein starkes Schmerzmittel, sodass sie direkt nach der Untersuchung einschlief. Jetzt hatten die stärker werdenden Schmerzen den Rest der Substanz vertrieben. Sie war nicht mal in der Lage, sich im Bett zu drehen. Es fühlte sich an, als wäre jeder Muskel in ihr gerissen.

Es klopfte an der Tür und Frau Liebisch trat ein. „Wie fühlst du dich, Laurie?"

„Wie durch den Wolf gedreht", erklärte sie ehrlich. „Ich weiß nicht mal, ob ich aufstehen kann."

„Bleib liegen", winkte diese ab. „Am besten nimmst du eine von den Tabletten, die der Arzt hiergelassen hat. Gleich kommt die Polizei. Wir hatten dich ja als vermisst gemeldet."

„Ich hoffe, sie kriegen den Kerl", sagte Laurie und legte all den Hass in ihre Stimme, den sie gegen ihre echten Peiniger verspürte. Gestern hatte sie nur erzählt, dass ein Mann sie habe verschleppen wollen, sie aber entkommen konnte. „Können Sie bei der Vernehmung dabei sein?", fragte sie.

Die Heimleiterin nickte hocherfreut. Klar, sie dachte, Laurie wollte ihren Beistand, was gleichzeitig die Gelegenheit für sie war, Genaueres zu erfahren.

Es polterte an der Tür und Mascha balancierte ein Tablett herein. „Na, weilst du wieder unter den Lebenden?"

Frau Liebisch verzog das Gesicht. Bevor sie sie maßregeln konnte, ging Laurie dazwischen. „Prima, alles, was ich gern esse", freute sie sich und zog sich aufstöhnend in eine sitzende Position hoch, damit Mascha das Tablett auf ihre Beine stellen konnte. Ein bereits geschmiertes Brötchen mit Nutella, eine große Tasse heiße Schokolade und zwei Donuts mit rosa Glasur befanden sich darauf. Ihr Magen knurrte hungrig.

„Lass es dir schmecken", wünschte Frau Liebisch und deutete auf eine kleine Packung, die auf dem Nachttisch lag. „Denk an das Schmerzmittel."

Sie zog Mascha, die natürlich neugierig war, am Arm nach draußen. „Du wirst früh genug erfahren, was geschehen ist."

Es passierte genau das, was Laurie erwartet hatte. Mascha wartete nur kurz ab, bis die Heimleiterin verschwunden war, und kam wieder herein. Sie setzte sich vor ihrem Bett in den Schneidersitz auf den Boden und schaute erwartungsvoll zu ihr auf. „Erzähl!"

Bevor sie loslegte, nahm sie einen großen Schluck von dem Kakao. Mascha zappelte vor Ungeduld aufgeregt hin und her. „Ich bin vom See gekommen und Richtung Bushaltestelle gegangen", begann sie. „Da hält ein Auto hinter mir. Ich habe mir nichts dabei gedacht und bin weitergelaufen. Dann packt der Kerl mich plötzlich von hinten und mein Arm tut weh. Dann bin ich weg. Als …"

„Was hat er gemacht?", fragte Mascha dazwischen.

„Ich nehme an, er hat einen Elektroschocker benutzt." Sie zeigte ihren Oberarm, auf dem schon ziemlich verblasst zwei kleine Punkte zu erkennen waren.

„Boah, heftig!"

„Als ich wieder zu mir komme, will er mir gerade an die Wäsche gehen", fuhr sie fort. „Ich habe mich gewehrt und es geschafft, ihm zu entkommen." Weil sie erst überlegen musste, wie sie das Ganze drehen sollte, griff sie wieder zu der Kakaotasse. Dieses Mal trank sie diese ganz leer und schaute bedauernd hinein. Schade, sie könnte glatt noch eine zweite Tasse vertragen. „Ich bin weggerannt und habe mich in einem Gebüsch verkrochen. Der hat mich überall gesucht, mich aber zum Glück nicht gefunden. Ich hatte so einen Schiss, dass er mich entdeckt." Sie schniefte laut und hielt inne, um ihre Worte wirken zu lassen.

Maschas Augen funkelten, sie fand die Geschichte total aufregend.

„Kannst du mir noch einen Kakao bringen", bat Laurie sie. „Meine Kehle ist schon wieder ganz ausgedörrt. Und ich muss ja noch die Tablette nehmen."

Sofort sprang Mascha auf und griff nach der Tasse. Laurie nutzte die Gelegenheit, um das Brötchen zu essen. Sie hatte nämlich tatsächlich heftigen Hunger.

„Hier", Mascha stellte die volle Tasse auf das Tablett. „Und dann ist er abgehauen?", fragte sie, während Laurie schnell einen Schluck Kakao nahm.

Sie nickte. „Kam mir allerdings endlos vor, bis der verschwand. Und aus lauter Angst, dass er irgendwo in der Nähe lauert, habe ich mich nicht aus meinem Versteck rausgetraut. Erst als es dunkel wurde, bin ich los, ganz, ganz langsam und vorsichtig. Außerdem tat mir alles weh. Ich musste immer wieder Pausen einlegen, weil ich dachte, ich kippe jeden Moment um. Der Notarzt hat gesagt, ich habe jede Menge Prellungen und Blutergüsse", trumpfte sie auf. „Der wollte mich ja mit Schlägen gefügig machen, dass ich mich nicht mehr gegen ihn wehre."

„Oh, Mann!" Mascha war sichtlich beeindruckt.

Sie nutzte die kurze Pause, stopfte die beiden Donuts in sich hinein und spülte anschließend eine Tablette mit dem restlichen Kakao hinunter. Der viele Zucker hatte sie richtig wach werden lassen. Sie fühlte sich bereit, den Polizisten Rede und Antwort zu stehen.

„Kanntest du den Kerl", fragte Mascha.

„Nein, ich glaube nicht. Das ist schwierig zu sagen, weil der eine schwarze Maske über das Gesicht gezogen hatte. Seine Stimme kam mir jedenfalls nicht bekannt vor."

Die Polizei ließ sich natürlich nicht so einfach zufriedenstellen. Laurie musste jede Menge Zusatzfragen beantworten, jede Kleinigkeit schildern, einen möglichst genauen Ablauf erstellen. Sie fand, sie hielt sich gut. Irgendwann fiel ihnen dann nichts mehr ein. Als sie erwähnte, dass sie sie zu der Stelle führen könne, wo der Mann sein Auto geparkt hatte – einen weißen Transporter ohne Aufdruck, soweit sie erkennen konnte -, wollten sie gleich mit ihr los.

Sie lotste sie zu dem Punkt, an dem Andrej zuerst geparkt hatte. Auch hier gab es jede Menge Bäume und Unterholz. Wo genau er sie hin gezerrt habe, wisse sie nicht, fügte sie hinzu. Sie sei erst irgendwo mitten zwischen den Bäumen wieder zu sich gekommen. Die Polizistin fuhr sie zurück und erklärte ihr, dass der Kollege nun die Spurensicherung rief.

Frau Liebisch empfing sie an der Tür und fragte, ob sie baden wolle. Die Heimleiterin war echt das Mitgefühl in Person. Kurz darauf lag sie im dampfenden Wasser und entspannte sich langsam. Die Befragung war anstrengender als gedacht gewesen. Sie hatte wahnsinnig aufpassen müssen, was sie sagte. Die durften auf keinen Fall ahnen, worum es wirklich ging.

Jetzt, da diese Belastung von ihr abfiel, wurde ihr richtig schlecht vor Angst. Wie sollte sie es schaffen, diese Aufgabe zu lösen? Sie hatte keine Ahnung, wo sie suchen sollte. Vielleicht in ihrem ehemals gemeinsamen Zimmer? Da müsste sie abwarten, bis Mascha und die Neue länger weg waren. Und dass sie kein Erzieher bemerkte! Und keines von den anderen Mädels. Es durfte ja niemand wissen, was sie antrieb.

Aber lohnte sich das überhaupt? Wo hätte Alisha diese ominösen Fotos verstecken sollen? Nach ihrem Tod war ihr Bereich komplett ausgeräumt worden. Wären die nicht längst gefunden worden?

Blöderweise war wirklich alles direkt an ihre Mutter gegangen. Sie konnte schlecht bei ihr anrufen und nachfragen.

Nein, wurde ihr endlich klar, die Typen gingen davon aus, dass Alisha eine Komplizin hatte. Sonst wären die nicht so überzeugt davon gewesen, mit ihr die Richtige zu haben.

Sie quälte sich aus der Badewanne und trocknete sich vorsichtig ab. Die blauen Flecken waren riesig, selbst die Polizistin, der sie sie zeigen musste, war beeindruckt.

Netterweise brauchte sie dieses Mal nicht hinter sich sauberzumachen. Also ging sie zurück in ihr Zimmer und legte sich aufs Bett. Sie musste irgendwie eine Lösung für das Problem finden – sonst würde sie Andrej und Charlie nie wiedersehen.

26

Sie kam auf keinen grünen Zweig und fand nicht einen Anhaltspunkt - außer dass sie das Zimmer ausschließen konnte. Sie kannte es in- und auswendig, dort gab es kein Versteck. Der Boden bestand aus Fliesen, einfacher weißer Rauputz bedeckte die Wände. Die Einrichtung war auf beiden Seiten identisch: ein Schrank, ein Bett mit kleinem Nachttisch, ein großes Regal, vor dem Fenster ein Schreibtisch. Der Schrank und das Regal waren beim Großputz, bevor die Neue einzog, abgerückt worden. Selbst der Überzug der Matratze wurde abgenommen und gewaschen. Wäre da irgendetwas aufgetaucht, was den Erziehern seltsam erschien, hätte jemand das mitbekommen. Die Mädels waren furchtbar neugierig, irgendeine hatte immer die Lauscher aufgestellt.

Konnte sie sich diesen Umstand irgendwie zunutze machen? Eigentlich müsste sich rauskriegen lassen, mit wem Alisha sich zusammengetan hatte. Sie musste nur aufpassen, dass sie nicht an die Falsche geriet. Denn sie hatte keine Ahnung, um wen es sich handeln könnte. In ihren Augen war die ehemalige Zimmergenossin mit allen gleich umgegangen, sprich: Sie hatte den anderen nachspioniert und sie bloßgestellt. Laurie kannte keine, die nicht irgendwann mal sauer auf sie gewesen war.

In der Zeit, in der sie sich ein Zimmer geteilt hatten, war nie eine der anderen vorbeigekommen, nicht mal auf einen Sprung oder um sie abzuholen. Wenn Alisha rausging, was sie schon länger durfte, dann alleine – zumindest, soweit sie wusste. Die Polizei hatte das Handy und ihren Computer kontrolliert. Wenn es irgendwelche Kontakte außerhalb gegeben hätte, wäre das garantiert ein Thema gewesen.

Laurie schloss die Augen und ließ die Nacht, in der sie beide verschwanden, vor ihren Augen ablaufen. Nein, Alisha war allein unterwegs gewesen, vorsichtig, aber zügig, als hätte sie ein bestimmtes Ziel. Voll blöd, dass sie nicht darauf geachtet hatte, wo sie hinwollte. Ihr war es nur darum gegangen, selbst ungesehen verschwinden zu können.

Am Abend, zu dem sie sich aus dem Bett quälte und am gemeinsamen Essen teilnahm, war sie keinen Schritt weitergekommen. Schon ein Tag war vergangen und sie hatte keine Ahnung, wo sie ansetzen sollte.

Wie erwartet war sie Thema Nummer eins. Mascha hatte die Geschichte schon rumerzählt, trotzdem wollten die Mädels jede Einzelheit wissen. Gut, dass sie durch das Gespräch mit der Polizei ausreichend gewappnet war.

Anschließend setzte sie sich voller Anspannung an den Computer. War Andrej noch in der Gewalt der drei Männer? Hielten die ihn so lange fest, bis sie ihnen das Gewünschte geliefert hatte? Nein, das würde ganz bestimmt auffallen, wenn er verschwunden bliebe. Das konnten die nicht machen, oder?

Ihr Herz hämmerte wild, als sie seine Facebook-Seite aufrief – bis sie den lachenden Smiley sah, der sie begrüßte. Sie hatten ihn laufen lassen, er war erst mal in Sicherheit!

Doch als sie ihr Problem ansprechen wollte, fuhr er sofort dazwischen. *Kein Wort darüber*, bestimmte er. *Es ist zu …*, er zögerte.

Klar, gefährlich wollte er nicht schreiben. *Ich verstehe schon*, gab sie zurück. *Wie fühlst du dich?*

Gut, behauptete er. *Alles okay.*

Einerseits war ihr schwindelig vor Erleichterung über diese Entwicklung, andererseits frustrierte sie seine Verweigerungshaltung total, weil sie gehofft hatte, er und sie könnten das Problem gemeinsam in Angriff nehmen.

Oder log er sie an und seine Verletzungen waren wesentlich schlimmer als gedacht? Wollte er sie nur nicht noch zusätzlich beunruhigen?

Kannst du schon wieder arbeiten, versuchte sie Klarheit zu gewinnen.

Ich habe mir kurzfristig Urlaub genommen und bleibe zu Hause. Es ist alles äußerst schwierig, schrieb er zurück. *Ich hoffe auf dich. Du schaffst das!*

Es blieb alles an ihr hängen, wurde ihr klar. Andrej konnte nicht helfen. Was hätte er auch tun sollen?

Trotzdem war sie maßlos enttäuscht - obwohl sie andererseits seine Vorsicht verstehen konnte. Würde irgendjemand ihren Chat kontrollieren, flögen sie auf. Und sie durften nicht vergessen, dass sie beobachtet wurden. Trafen sie sich, könnte ihnen das falsch ausgelegt werden. *Muss Schluss machen, die Heimleiterin will was von mir.*

Melde dich bitte jeden Tag, antwortete er.

Statt sich ihrem Problem zu widmen und sich eine vernünftige Strategie zu überlegen, nutzte sie die übrige Zeit am Computer, um Sabrina eine lange Nachricht zu schreiben, wobei sie aber das Geschehene herunterspielte. Ja, sie war angegriffen worden, konnte jedoch entkommen. Es ginge ihr gut, allerdings sei sie ziemlich durch den Wind. Deshalb könnten sie sich in der nächsten Zeit nicht sehen. Das sei eine Anweisung der Heimleiterin.

Glücklicherweise war die Freundin nicht on, so musste sie sich nicht persönlich mit ihr auseinandersetzen.

Bei Tristan habe ich mich auch lange nicht mehr gemeldet, fiel ihr ein. Also schrieb sie ihm ebenfalls. Alles war im Moment besser, als nachdenken zu müssen!

Bei ihm hielt sie sich jedoch zurück: kein Wort von der gestrigen Aktion. Stattdessen lobte sie seine neuen Fotos, er postete ständig welche von Ben. Vermutlich war das sowieso der Hauptgrund, warum er einen Facebook-Account hatte. Seine Freundesliste war kurz, sie bestand fast nur aus anderen Hundebesitzern. Ach, und Linus gab es auch! Neugierig klickte sie auf seine Seite.

Hier erwartete sie ein völlig anderes Bild. Der postete alle möglichen Verbrechen, vor allem ungeklärte, und diskutierte hauptsächlich mit Gleichgesinnten aus der ganzen Welt. Leider war ihr Englisch nicht gut genug, als dass sie verstand, was die sagten. Die paar deutschen Beiträge konnte man vergessen. Die waren eher uninteressant.

Der wäre der Geeignete, um dich bei diesem Dilemma zu beraten, schoss es ihr durch den Kopf. Nur konnte sie sich darauf verlassen, dass er ihr Geheimnis für sich behielt?

Nein, entschied sie bedauernd. Das Risiko war zu groß.

Als sie den Computer herunterfuhr, warf sie einen Blick auf die anderen im Raum. Alle schienen schwer beschäftigt, es war mucksmäuschenstill.

Wenn sie jetzt mit ihren Nachforschungen begann und eine von ihnen mit Fragen löcherte, kriegte das jeder mit. Sie musste wohl oder übel bis morgen warten und sie sich einzeln vornehmen.

Sie murmelte ein leises „Gute Nacht" und ging in die Diele. Der Fernseher dröhnte aus dem Wohnzimmer, zwei oder drei sahen sich irgendeine Sendung an. Nichts für sie, sie musste überlegen, was sie noch unternehmen konnte.

Kaum zurück im Bett begann wieder ihr ganzer Körper zu schmerzen. Sie verkrampfte immer mehr, besonders als ihr bewusst wurde, dass es niemand gab, dem sie sich anvertrauen konnte. Jenny, die Einzige, an die sie sich vielleicht hätte wenden können, war nicht mehr da. Sie hätte ihr bestimmt den einen oder anderen Tipp gegeben, wen sie sich besonders vornehmen sollte.

Sie quälte sich in eine sitzende Position und nahm noch eine von den Tabletten, die dritte am heutigen Tag. Auch ohne die Schmerzen ging es ihr schon mies genug.

Es blieb ihr nichts anderes übrig, als auf Mascha zu hoffen, nahm sie den Faden wieder auf, nachdem sie sich wieder ins Kissen gekuschelt hatte. Nur musste sie echt aufpassen, was sie sagte und fragte. Nicht dass sie herausfand, worum es ihr eigentlich ging.

27

Es dauerte eine Weile, bis sie Mascha allein erwischte. Jetzt, in den Ferien, hingen die meisten im Garten ab. Denn das schöne Wetter hielt sich weiterhin. Fast alle waren erpicht darauf, richtig braun zu werden, und lagen verstreut über die Wiese auf ihren Matten. Laurie tat so, als würde sie ebenfalls die Sonnenstrahlen genießen, dabei war sie vor lauter Nervosität richtig zappelig. Hoffentlich zog sie es richtig auf.

Endlich erhob sich Mascha, um drinnen etwas zu trinken. In der Beziehung war Frau Liebisch streng, die süße Limonade, die viel beliebter war als einfaches Wasser, ziehe Bienen und Wespen an, predigte sie immer wieder. Wenn sie nicht verzichten wollten, müssten sie eben reingehen.

Laurie wartete einen kurzen Moment, bevor sie ihr folgte. Am Tisch mischte sie sich ein Glas mit Orangensaft und Wasser und folgte ihrem Beispiel, indem sie es restlos leerte. „Wer hängt eigentlich mit wem am meisten ab?", begann sie, weil sie nicht direkt auf Alisha hinweisen wollte. „So richtig befreundet ist hier eigentlich keiner, oder?"

Mascha lachte und schüttelte ihre braune Mähne. „Nee, das sind eher Nutzgemeinschaften. Wenn du Hilfe willst, musst du was dafür tun."

„Trotzdem scheint keiner so allein zu sein, wie es Alisha war", sinnierte sie. „Die stand irgendwie abseits."

Mascha lachte spöttisch. „Persona non grata, hast du davon schon mal was gehört?"

„Äh …"

„Der Begriff stammt eigentlich aus der Diplomatie. Damit werden Personen bezeichnet, die unerwünscht beziehungsweise in Ungnade gefallen sind. Hatten wir gerade in Geschichte", fügte sie hinzu, weil Laurie sie staunend anstarrte.

„Und Alisha war so eine Person?" Sie versuchte, möglichst verwirrt dreinzublicken. „Wieso?"

„Weil sie ständig hinter uns her spioniert hat und uns mit ihrem Wissen erpressen wollte. Die hatte irgendwann alle gegen sich, da konnte sie noch so lieb tun. Eine hinterhältige Fotze war das. Andauernd ist sie zu Frau Liebisch gerannt, um uns zu verpetzen."

„Verstehe ich nicht", stellte sie sich dumm. „Hat sie es echt darauf angelegt, sich euch zu Feinden zu machen?" So als Zimmergenossin war sie nicht mal übel gewesen. Sie hatte sie in Ruhe gelassen und sich anscheinend nicht für sie interessiert. Wie passte das zusammen?

„Du warst anfangs nicht grade mitteilsam", erklärte Mascha auf ihre dementsprechende Frage. „Außerdem wussten wir, warum du bei uns gelandet bist. Ich schätze, da war Alisha lieber vorsichtig."

Und man stand anfangs unter dauernder Beobachtung, wurde ihr klar. Da gab es rein gar nichts, was Alisha hätte aufdecken können. „Mich wundert, dass sie sich nicht mit einer zusammentat, die ähnlich tickte", brachte sie schnell an, weil sie merkte, dass Mascha die Lust verlor, sich mit mir über dieses Thema zu unterhalten. Ihr Entführer war sich so sicher gewesen, dass sie eine Komplizin hatte, irgendwas musste da dran sein.

„Dafür war die viel zu hinterfotzig", wiederholte Mascha. „Die hätte jeden in die Pfanne gehauen."

Was konnte sie noch vorbringen? Während sie krampfhaft überlegte, ging Mascha wieder nach draußen. Für sie war das Gespräch erledigt.

Statt ihr zu folgen, lief sie hoch und in ihr Zimmer. Noch konnte sie sich ja auf ihre Verletzungen rausziehen, die weiterhin schmerzten. Im Gesicht hatte sie nicht nur einen Bluterguss von den Ohrfeigen, sondern auch tiefe blutige Kratzer. Der Typ musste einen Ring getragen haben, als er sie ihr verpasste, und hatte ihr die Wange aufgerissen.

Das sah richtig schlimm aus, war aber halb so wild. Trotzdem tat sie, als sei sie schwer gehandicapt. So konnte sie sich viel freie Zeit rausschinden.

Sie ließ sich aufs Bett fallen und wiederholte in Gedanken jeden einzelnen Satz, der gefallen war. Wenn sie davon ausging, dass Mascha wusste, wovon sie sprach, konnte sie den Gedanken an eine Mittäterin vergessen. Und eigentlich glaubte sie ihr. Im Gegensatz zu den meisten anderen war sie ziemlich vernünftig, auch wenn sie ihre Macken hatte – allerdings weniger als die anderen.

Vielleicht lag es daran, weil diese sich früher genau wie sie um die jüngeren Geschwister kümmern musste, das sorgte nach Lauries Ansicht irgendwie dafür, dass man in der Realität blieb und die Dinge wahrnahm, wie sie waren. Hätte Alisha mit irgendwem enger zusammengehangen, Mascha würde es mitbekommen haben.

Sie drehte sich auf den Rücken und verschränkte die Hände hinter dem Kopf. Sofort durchzuckte sie ein heftiger Stich. Ganz so fit, wie sie glaubte, war sie denn doch nicht.

Stöhnend wälzte sie sich wieder auf die Seite. Blöd, dass sie nicht mal genau wusste, was ablief. Wenn sie richtig vermutete, hatte Alisha versucht, irgendwen mit diesen Fotos zu erpressen. Hatte derjenige sie umgebracht? Mit Absicht? Ihr wurde ganz anders. Bisher hatte man vermutet, dass sie einem Raser zum Opfer gefallen war und der sich aus Angst vor Strafe vom Unfallort entfernte. Jetzt zu ahnen, dass sie gezielt getötet wurde, verursachte Laurie eine dicke Gänsehaut. Die Typen waren genauso schlimm, wie sie sich gegeben hatten. Keine leeren Drohungen, die machten Ernst! Demnach war trotzdem später, also nach Alishas Tod, ein anderer auf sie zugekommen und hatte eine ähnliche Forderung gestellt. Nur so konnte es sein. Und die vermuteten, dass sie diejenige war, weil sie mit Alisha das Zimmer geteilt hatte. Klar, was läge näher?

Hatte diese eigentlich einen Freund gehabt? Das war eine weitere Spur, die sie überprüfen musste. Oder irgendwelche näheren Kontakte in der Schule? Vielleicht hatte sie sich dort anders gegeben, war super nett und bei allen beliebt. Nur - wie sollte sie das nachprüfen? Es waren Sommerferien.

Nein, wurde ihr nach kurzem Nachdenken klar. Wenn dem so wäre, hätten die Typen denjenigen bestimmt allein gefunden. Es schien auf den ersten Blick keinen zu geben, der näher mit Alisha befreundet war, sonst hätten die nicht sie abgegriffen.

Natürlich würde sie auch gern wissen, was auf den Fotos zu sehen war. Es konnte sich dabei um nichts Harmloses handeln, es musste so heftig sein, dass die Typen dafür in den Knast wanderten, wenn das rauskam. Sonst würden die nicht so ein Theater abziehen.

Ein neuer Gedanke schoss ihr durch den Kopf und sie schnellte vom Bett hoch - was eine weitere Schmerzattacke zur Folge hatte. Stöhnend presste sie die Hände gegen den Brustkorb und hechelte, bis sie wieder vernünftig durchatmen konnte.

Selbst dabei hämmerte diese Idee, die ihr gekommen war, laut in ihrem Kopf. Und wenn Alisha die Fotos auf dem Weg zum Treffpunkt versteckt hatte? Mal angenommen, sie war unten an der Straße mit einem der Typen verabredet, um abzukassieren. Hätte sie nicht damit rechnen müssen, dass der ihr die Fotos einfach abnahm?

Also sie jedenfalls wäre vorsichtig gewesen, hätte sich das Geld geben lassen und dem Typ dann erst das Versteck verraten – aus sicherer Entfernung natürlich. Alisha hatte es bestimmt genauso gemacht. Doof war die nämlich nicht. Hinterhältig und verschlagen, mit einer gewissen Bauernschläue, so würde sie sie nach eigenem Erleben und allem, was sie mittlerweile erfahren hatte, beschreiben.

Sie sprang auf, das musste sie sofort überprüfen.

28

„Fühlst du dich besser?", fragte Frau Liebisch, als sie die Treppe herunterkam.

Zum Glück fiel ihr im letzten Moment ein, dass sie ja leidend war, und mäßigte ihr Tempo rechtzeitig. Hoffentlich hatte diese nicht gehört, wie sie aus dem Zimmer gerannt war. Sie nickte vorsichtig.

Ihr schien nichts aufgefallen zu sein, sie blickte weiterhin freundlich.

„Gehst du raus zu den anderen?"

„Nein, ich will ein bisschen rumlaufen", schwindelte sie. „Wenn ich nur liege, werde ich ganz steif."

„Bleib bitte im Garten." Die Heimleiterin klang echt besorgt. „Ich möchte nicht, dass du allein außerhalb des Geländes bist."

Das hatte sie nicht bedacht. Sie hatte vorgehabt, Alishas Weg bis runter zur Straße zu folgen. Bestimmt hatte sie die Fotos da ganz in der Nähe versteckt. So hätte sie es zumindest gemacht. Damit sie nicht zu weit laufen musste.

„Und von jetzt an nimmst du ein Handy mit, wenn du dich verabredest", setzte die Heimleiterin hinzu. „Hol dir dann bitte immer eins im Büro ab."

Sie nickte folgsam, bevor sie sich abwandte. Es war eh gleich Mittagessen-Zeit, das gesamte Gebiet konnte sie nicht in einer halben Stunde absuchen. Draußen versuchte sie sich an den Weg zu erinnern, den sie damals genommen hatten. Sie war viel zu beschäftigt gewesen, so lautlos wie möglich hinter Alisha herzuschleichen, als dass sie groß darauf geachtet hatte. Zweimal verlief sie sich, bis sie endlich meinte, richtig zu liegen. Ja, an dem großen Rhododendron waren sie vorbeigekommen. Dahinter hatte sie sich versteckt und sie beobachtet, wie sie den Maschendrahtzaun anhob und sich darunter hindurchschob. Als sie selbst auf der anderen Seite stand, war sie viel zu fixiert darauf gewesen, möglichst schnell Abstand zwischen sich und das Heim zu legen, um genauer auf Alisha oder etwaige Verfolger zu achten.

Nein, sie hatte nichts Bedeutendes gesehen, auch nichts gehört, nicht mal einen aufheulenden Motor oder quietschende Bremsen. Allerdings … sie blieb jäh stehen. War da nicht ein leises Knirschen in der Nähe des Durchschlupfes gewesen, als sie losrannte?

So angestrengt sie auch nachdachte und sich zu erinnern versuchte, irgendwie blieb das Bild unscharf und verschwommen. Sie musste nach dem Mittagessen unbedingt noch mal den gesamten Ablauf überdenken. Vielleicht sah sie dann klarer.

Sie war kaum imstande, etwas hinunterzubringen. Ihr Vorhaben lag ihr schwer im Magen, sie war bisher keinen Schritt weitergekommen. Mit Müh und Not aß sie ein paar Happen und schob dann den Teller zurück. Nein, mehr ging beim besten Willen nicht.

Sie räumte gemeinsam mit den anderen den Tisch ab. Danach ging sie sofort nach oben und legte sich auf ihr Bett, schloss die Augen und versuchte sich in die bewusste Nacht zurückzuversetzen. Erst gelang es ihr nicht. Zu viele Geräusche störten sie. Jemand rannte polternd die Treppe hinab und wieder hinauf, eine Tür knallte laut, nebenan quietschte irgendetwas schrill. Schließlich kehrte Ruhe ein, die Mädels sollten sich nämlich nach dem Mittagessen still beschäftigen, ein Erzieher passte auf, dass sich jeder daran hielt.

Sie konzentrierte sich auf den besagten Abend und ließ das Geschehen vor ihrem inneren Auge ablaufen: Alisha zieht sich leise im Dunkeln an und schleicht hinaus, ich hinter ihr her, die Treppe hinunter, dann zum Keller … Halt! Hatte es sich nicht so angehört, als knarre ganz leicht eine der Stufen?

In ihrer Aufregung hatte sie nicht richtig darauf geachtet, war nur bemüht gewesen, selbst so leise wie möglich zu sein. Und in dem alten Haus knackte es andauernd irgendwo.

Sie richtete ihre Gedanken zurück auf den Moment, in dem sie die Kellertür öffnete. Obwohl sie äußerst behutsam vorging, quietschte diese leicht.

Müsste ein Verfolger nicht … Nein, sie war durch den schmalen Spalt geschlüpft und hatte sie nicht hinter sich zugezogen. Mist!

Hm, ich habe gewartet, bis ich hörte, wie Alisha den Riegel zurückschob und in den Garten trat, überlegte sie. Dann bin ich ihr nachgelaufen. Ich habe überhaupt nicht auf irgendwelche zusätzlichen Geräusche hinter mir geachtet, ich war viel zu fixiert auf Alisha.

Draußen habe ich mich beeilt, um näher zu ihr aufzuschließen. Durch den Vollmond und die relativ klare Nacht konnte ich die Umrisse der Büsche und Bäume gut erkennen und habe auch Alisha schnell entdeckt. Und die Tür zum Garten habe ich angelehnt gelassen. Schließlich war ja nicht klar, ob ich nicht auf demselben Weg zurückmuss.

Als ich hinter dem großen Busch hockte, habe ich wiederum nur auf Alisha geachtet. Ja, es hat ab und zu irgendwo geraschelt oder geknackt. Tut es das nicht immer in der Natur?

Sie versuchte sich zu erinnern, ob ihr tatsächlich nichts aufgefallen war. Nein, auf die Idee, dass ihnen jemand folgte, war sie gar nicht gekommen. Okay, weiter! Alisha schiebt sich unter dem Zaun durch und ich tue es ihr nach. Ich habe noch über die kleine Kuhle gestaunt, die sie wohl im Vorfeld gegraben haben musste. Ich höre, wie sich ihre Schritte entfernen und … Das Knirschen hinter mir! Daran habe ich gar nicht mehr gedacht! Es war lauter als die anderen Geräusche, allerdings nicht laut genug, dass ich aufmerksam wurde. Ich wollte nur so schnell wie möglich weg, Abstand zwischen mich und das Heim bringen.

Da war wirklich einer hinter uns, der auch spioniert hat! Aufgeregt riss Laurie die Augen wieder auf. Da war noch ein Knacken gewesen, als sie Richtung Feld rannte. Irgendwer war ihr gefolgt – oder halt Alisha und ihr - und hatte sie beobachtet. Es konnte sich nur um eines der Mädels handeln. Aber wer kam infrage?

Ich Idiot! Sie setzte sich so heftig auf, dass ihre Rippen wieder zu schmerzen begannen. Draußen nach den Fotos zu suchen, machte überhaupt keinen Sinn. Die, die ihnen beziehungsweise wohl eher Alisha gefolgt war, hatte sie längst gefunden und benutzte sie jetzt, um die Kerle zu erpressen. Die waren längst an irgendeinem anderen sicheren Ort.

Langsam sank sie zurück auf ihr Kissen und ließ nach und nach jedes Mädel vor ihrem inneren Auge erstehen. Eigentlich waren alle verdächtig, außer Romina, die erst nach Alishas Tod gekommen war.

Nein, sie hatte keine Ahnung, wer diejenige sein konnte. Dafür kannte sie die anderen viel zu wenig. Bisher hatte sie nur das Nötigste mit denen geredet und war meist für sich geblieben. Das hier war eher wie in einer WG, in der jeder sein eigenes Ding durchzog – jedenfalls für sie. Sie hatte es gar nicht anders haben wollen, sie kam gut alleine klar.

Genau diese Einstellung stand ihr nun im Weg. Wie sollte sie in den paar verbleibenden Tagen rauskriegen, wer die Erpresserin war? Völlig desillusioniert starrte sie an die Decke. Sie hatte keine Idee, wo sie ansetzen sollte. Heute Nachmittag würde sie mit den anderen zusammen nach draußen gehen. Sie musste sich mit ihnen beschäftigen, versuchen sie auszuhorchen, zumindest eine Einschätzung hinkriegen, wem am ehesten eine derartige Forderung zuzutrauen war. Danach würde sie weitersehen.

Natürlich war ihr längst klar geworden, dass es nicht damit getan war, die Erpresserin ausfindig zu machen. Wie sollte sie reagieren, wenn sie eine von ihnen verdächtigte? Sie darauf ansprechen? Außer den Fotos gab es vermutlich keine echten Beweise. Und überhaupt, selbst wenn sich der Verdacht gegen ein Mädel erhärtete, völlig sicher konnte sie nicht sein, dass es die Richtige war.

Wieder wurde ihr bewusst, dass es niemand gab, dem sie sich anvertrauen konnte. Wandte sie sich an Frau Liebisch, würde diese sofort die Polizei informieren. Das durfte sie nicht riskieren. Und Jenny, die Einzige, die sie vielleicht unterstützt hätte bei ihrem Problem, war nicht mehr da. Laurie seufzte schwer: Sie stand völlig allein vor dieser riesengroßen Aufgabe, deren Bewältigung ihr mittlerweile fast genauso viel Angst machte wie die Drohung dieser Männer.

29

Zuerst lag sie mit vier der Mädels auf der Wiese und blätterte in einem Buch. Das war natürlich nur Tarnung. Insgeheim hoffte sie, irgendetwas Interessantes aufzuschnappen. Oder wenigstens eine bessere Einschätzung der Einzelnen zu kriegen. Wem wäre so eine Erpressung zuzutrauen?
Leider quatschten diese nur belanglosen Kram. Keine kam richtig aus sich heraus. Es war, als würde die Hitze – es waren heute über dreißig Grad – selbst das Sprechen lähmen. Laurie bereute schon, sich dazugelegt zu haben. Das machte echt keinen Sinn.
Später ging sie hinters Haus, wo Mascha und Romina Federball spielten. Hier war bereits ausreichend Schatten. Sie hockte sich an die Hauswand und schaute ihnen zu.
„Willst du auch mal?", fragte Mascha, hielt ihr den Schläger hin und wischte sich mit ihrem T-Shirt über die schweißnasse Stirn. „Ich muss unbedingt was trinken."
„Ich kann das nicht", gab sie zu. Wer hätte es ihr beibringen sollen? Sich mit Freundinnen zu treffen, fiel auch aus. Sie musste sich um Charlie und Kimi kümmern.
„Ich habe es auch erst hier gelernt", beruhigte Mascha sie. „So schwer ist es nicht." Sie winkte auffordernd mit dem Schläger.
„Ich zeige dir, wie es geht", fiel Romina ein.
Zögernd nahm sie den Schläger.
„Wir üben zuerst den Aufschlag, damit du ein Gefühl für den Ball bekommst."
Es war einfacher als gedacht, aber in die richtige Richtung zu treffen und die Festigkeit des Schlagens zu regeln, damit hatte Laurie echte Probleme. Als Mascha zurückkam, übte sie immer noch. Diese setzte sich in den

Schatten und lehnte sich an die Hauswand. „Ich schaue euch ein bisschen zu."

„Laurie ist ein Naturtalent", meinte Romina an sie gewandt. „Wetten, dass sie in einer Woche schon mit uns spielen kann?"

Das wagte sie zu bezweifeln, vor allem, als sie sich an ein paar einfachen Ballwechseln versuchte. Sie schlug mehr daneben, als dass sie traf.

Schon kurze Zeit später gab sie auf, sie war einfach noch nicht fit genug, um ständig hin und her zu jagen. Sie brauchte eine Pause.

„Du bist angeschlagen von deinem schrecklichen Erlebnis", meinte Romina. „Lass uns einfach jeden Tag ein bisschen üben. Das wird schon."

Zu ihrer Schande musste sie gestehen, dass sie über das Spiel ihre Aufgabe vollkommen aus den Augen verloren hatte. Während Mascha ihren Part übernahm, setzte nun sie sich ins Gras und bemühte sich, den beiden bei ihrem Geplänkel zuzuhören.

Danach war sie auch nicht schlauer. Diese reagierten wie zwei ganz normale Mädchen. Wenn man sie so erlebte, würde keiner glauben, dass es sich hier um ein Heim für schwer Gestörte handelte.

Die anderen aus der Gruppe traf sie abends im Computerraum. Leider machte wie immer jeder seinen eigenen Kram, niemand redete.

Sie nutzte die Zeit, um sich mit Andrej auszutauschen. *Wir müssen uns unbedingt treffen.*

Geht nicht, gab er zurück.

Ist dringend, beharrte sie. *Ich komme allein nicht weiter. Außerdem verstehe ich nicht, warum die nicht das Gleiche machen wie beim letzten Mal. Ich bin eigentlich überflüssig.* Deutlicher zu werden, traute sie sich nicht. *Kannst du die fragen?*

Es dauerte, bis er endlich antwortete. *Ich versuche es. Kann nichts versprechen.* Damit beendete er das Gespräch und reagierte nicht auf ihre weiteren Versuche.

Statt getröstet fühlte sie sich im Stich gelassen. Er ließ sie komplett im Regen stehen!

Leise Zweifel regten sich in ihr. Was wusste sie denn über ihn? Sie kannte nicht mal seinen Nachnamen, geschweige denn seine Adresse. Wenn er sich nun totstellte, hatte sie keine Möglichkeit, mit ihm Kontakt aufzunehmen.

Ist diese Geschichte gelaufen, gehe ich es vorsichtiger an und überprüfe ihn erst mal genauer, beschloss sie. Nicht dass der doch nur auf das Eine aus war. Klar, konnte sie verstehen, dass er die Hosen voll hatte, trotzdem hätte sie sich ein bisschen mehr Feedback oder wenigstens Anteilnahme von ihm gewünscht.

Mit Tristan oder Sabrina zu chatten, dazu hatte sie keine Lust. Sie schaltete freiwillig den Computer aus und ging hinüber in die Küche, um sich dort nützlich zu machen.

Die nächste Gelegenheit, etwas zu erfahren, ergab sich beim Abendessen. Sie passte auf wie ein Luchs. Wer war mit wem enger, wer war forsch, wer eher schüchtern? Und vor allem: Wem traue sie eine derartige Tat zu?

Diejenige musste ganz schön abgebrüht sein. Beobachtete aus der Ferne, was sich tat, und griff sich anschließend die Fotos, anstatt sich um Alisha zu kümmern oder wenigstens Hilfe zu holen. Und um dem Ganzen die Krone aufzusetzen, erpresste sie kurz darauf selbst diese Typen.

Oder steckten die beiden schon vorher unter einer Decke? War die Zweite als Rückendeckung gedacht, damit der Deal ohne Komplikationen ablief?

Was sie immer noch nicht verstand, war, wieso die Typen Alisha sofort umgefahren hatten, ohne erst mal zu checken, ob sie die Fotos bei sich trug. Wie blöd musste man sein?

Auch das würde sie vermutlich nie erfahren, genauso wie sie immer weniger daran glaubte, dass sie ihren Auftrag erfüllen konnte. Bisher hatte sie gegen keinen aus der Gruppe einen begründeten Verdacht.

Nach dem Essen gingen einige in den Wohnraum, um sich einen Film anzugucken, die anderen wollten irgendwelche Spiele spielen. Sie schloss sich der Spielegruppe an. Dabei kam man wenigstens ein bisschen ins Gespräch.

Als sie ins Bett ging, war sie fast genauso genervt wie enttäuscht. Genervt, weil die Mädels sich mal wieder unmöglich benommen hatten, enttäuscht, weil sie immer noch keinen blassen Schimmer hatte, wer die Gesuchte sein konnte. Ja, die zickten und beschissen, weil keine verlieren konnte oder wollte. Und sie hatten sich aufs Übelste beschimpft, bis die Erzieherin sie alle rauswarf. Trotzdem war keine so, wie sie sich eine eiskalte Erpresserin vorstellte.

Oder war sie voreingenommen? Im Endeffekt hatte sie keine Ahnung, woran sie die Richtige erkennen sollte. Jedes Zimmer zu durchsuchen, war auch keine Option. Vermutlich würde sie gleich beim ersten auffliegen. Außerdem, wer sagte denn, dass die Schuldige die Fotos da versteckte? Sie jedenfalls hätte sich einen besseren Aufbewahrungsort gesucht.

Am nächsten und am übernächsten Tag hing sie weiter mit den anderen ab, bemühte sich sogar, mit jeder Einzelnen ins Gespräch zu kommen. Der einzige nette Nebeneffekt dabei war, dass sie tatsächlich mit Mascha und Romina enger wurde. So extrem, wie sie gedacht hatte, waren die beiden gar nicht. Die hatten sogar relativ vernünftige Ansichten. Lag es nur an ihr, dass sie bisher keinen Anschluss gefunden hatte?

An diesem Abend zog sie ihr Resümee: Von den zehn Mädels – mit ihr -, die hier untergebracht waren, kamen zwei definitiv nicht in frage, nämlich Romina, die Alishas Platz eingenommen hatte, und diejenige, die für Jennifer gekommen war. Mascha schloss sie mittlerweile auch aus. Die war nicht so berechnend, als dass sie ihr so eine Erpressung zutraute. Blieben sechs, denen sie weiter auf den Zahn fühlen musste. Eigentlich fünf, denn Amy war so dumm, die wäre längst aufgeflogen.

Nur sah sie keine Möglichkeit, sich an die Verbliebenen zu hängen. Blöd waren die nicht, zeigte sie zu viel Interesse, wurden die erst recht aufmerksam. Sie war nicht der Typ, der sich gut anbiedern konnte. Und die Zeit lief ihr davon!

Andrej hatte sich weder gestern noch heute gemeldet. Dabei hatte sie ihm zweimal eine Nachricht geschickt, dass sie dringend auf Antwort wartete. Sie verstand das nicht. Es musste doch auch in seinem Interesse liegen, dass sie diese Sache klärten.

30

Am nächsten Morgen bat sie Frau Liebisch darum, dass sie ihre Computerzeit aufteilen durfte. „Ein guter Freund von mir hat heute Geburtstag", erklärte sie ihr. „Ich möchte ihm eben kurz gratulieren."

„Wer ist es denn?", fragte diese nach.

Da sie wusste, dass die Heimleiterin jederzeit ihren Verlauf kontrollieren konnte, erwiderte sie: „Den treffe ich jeden Samstag in Charlies Heim. Der besucht dort auch seinen Bruder. Die beiden Kleinen sind befreundet und spielen viel zusammen."

Anscheinend war sie mit dieser Aussage zufrieden. Denn sie nickte gnädig. „Mach bitte nicht zu lange."

„Nein, nein", versicherte sie und rannte in den Raum, in dem die Computer standen. Heute Nacht, als sie nicht einschlafen konnte, war sie zu dem Entschluss gekommen, sich endlich Hilfe zu holen. Allein schaffte sie es nicht!

Sie hatte sich schon genau überlegt, wie sie vorgehen wollte. Deshalb dauerte das Ganze gerade mal fünf Minuten. *Lieber Linus*, schrieb sie, *herzlichen Glückwunsch zum Geburtstag. Ich freue mich schon auf morgen. Bestimmt bist du wieder eher da als ich, ich schlage wie immer gegen zehn auf. Nimmst du wieder das hintere Tor? Wir sehen uns, ich freue mich schon, Laurie.*

Zuvor hatte sie natürlich kontrolliert, ob von Andrej eine Nachricht gekommen war. Nein, der rührte sich weiterhin nicht. Also blieb ihr tatsächlich nichts anderes übrig, als sich an Linus zu wenden. Sie brauchte dringend Hilfe und der Einzige, der ihr einfiel, war er. Hoffentlich kriegte er es irgendwie hin, dass sie sich morgen austauschen konnten. Sie wusste, sie verlangte viel und eigentlich Unmögliches. Doch sie hatte vollstes

Vertrauen in ihn. Er und Tristan waren nicht wie die anderen. Auf die beiden konnte man sich in der Not verlassen.

Laurie zog sich in ihr Zimmer zurück. Sich jetzt mit den Mädels abzugeben, das schaffte sie nicht. Sie musste noch einmal in Ruhe überlegen, ob sie nicht doch irgendwas übersehen hatte, eine Kleinigkeit vielleicht nur, etwas, dem sie bisher keinerlei Bedeutung zugemessen hatte.

Sie ließ sogar das Mittagessen ausfallen, behauptete, ihr sei schlecht. Auf den angebotenen Kamillentee und Zwieback verzichtete sie lieber. Sie hatte wirklich keinen Hunger. Die Aufregung, ob und was Linus sich einfallen lassen würde, nagte viel zu sehr an ihr.

Dann war die Ruhezeit um und sie hörte die Mädels nach draußen streben. Zögernd erhob sie sich. Eigentlich hatte sie keine Lust, sich ihnen anzuschließen. Andererseits würde es auffallen, wenn sie weiterhin auf ihrem Zimmer blieb. Außerdem war es heute etwas kühler und der Himmel bedeckt. Wahrscheinlich würde Frau Liebisch darauf bestehen, dass sie ein bisschen frische Luft schnappte.

Kaum war sie in den Garten getreten, kam Mascha auf sie zu. „Wir fangen gleich mit deiner ersten Fahrradlektion an", verkündete sie.

Sie war echt platt gewesen, dass Laurie nicht mal das konnte.

„Wie denn?", hatte sie sich verteidigt. „Im Hort gab es nur Dreiräder und Roller. Als ich in die Schule kam, musste ich sofort nach Hause kommen und mithelfen." Und Mama wäre die Letzte gewesen, die irgendwas für sie getan hätte. Klar, ab und zu waren sie auf den Spielplatz gegangen - weil da andere Mütter saßen, mit denen sie quatschen konnte. Später, als Charlie und Kimi in dem Alter waren, schickte sie die große Tochter allein dorthin, da hatte sie schon ihre Internetfreunde und ihre Handyflat.

„Es gab bestimmt Mitschüler, die dich mal hätten probieren lassen."

Wie sollte sie ihr erklären, dass sie sich immer verpflichtet gefühlt hatte, so schnell wie möglich nach Hause zu gehen? Erst, weil Mama allein war und ohne sie nicht klarkam, später dann wegen Charlie und Kimi. Schließlich zuckte sie nur die Schultern. „So wichtig fand ich es nicht." Ein eigenes Fahrrad wäre sowieso viel zu teuer gewesen.

Zum Heim gehörte ein ganzer Fuhrpark. Mascha wählte ein ziemlich großes, rotes für sie aus. Sie kam so gerade mit den Fußspitzen auf die Erde.

Doch diese behauptete, das wäre genau richtig. „Du trittst in die Pedale und ich halte dich am Sattel fest", befahl sie.

Anfangs wackelte Laurie ziemlich mit dem Lenker und trat nur ganz vorsichtig. Irgendwann wurde sie mutiger und Mascha musste rennen, um neben ihr zu bleiben. Sie drehten große Kreise auf der Wiese, weil diese der Meinung war, wenn sie auf dem holprigen Untergrund fahren konnte, dann auch auf der Straße. Langsam fing es an, richtig Spaß zu machen.

Plötzlich merkte Laurie, dass sie losgelassen hatte. Prompt fing sie an zu wackeln und kippte um.

Mascha lachte und lachte. „Das sah zu komisch aus", japste sie.

Großartig wehgetan hatte sie sich nicht, trotzdem reichte es ihr für heute. Es war doch schwieriger als gedacht.

Sie blieben nebeneinander im Gras sitzen und genossen die wärmenden Sonnenstrahlen, die endlich hinter einer dicken Wolke hervorspitzten. „Wieso bist du eigentlich hier?", platzte Laurie heraus. Dass sie das älteste von sieben Kindern war und ihre Mutter wohl jede Menge Mist gebaut hatte, wusste sie schon. Aber warum ausgerechnet in diesem Heim? Man musste schon was Schlimmeres angestellt haben oder schwer traumatisiert sein, um bei Frau Liebisch zu landen. Deshalb waren auch fast alle in Behandlung bei einem Psychologen.

Mascha zog eine Grimasse. „Ich hab zu so einer Mädchenbande gehört. Wir waren nicht gerade zimperlich."

„Ich dachte, du hättest dich um deine Geschwister kümmern müssen?" Also bei ihr hatte es überhaupt keine freie Zeit gegeben, um mit irgendwem rumzuziehen.

Mascha ließ sich auf den Rücken fallen und starrte in den Himmel. „Ich hab die Schule geschwänzt. Die Mädels und ich sind durch die Stadt gezogen und haben geklaut, was uns halt so gefiel. Anfangs sind wir nie erwischt worden – oder wir waren eben schneller. Erwischt haben die uns, als wir angefangen haben, von anderen Schulkindern Geld zu verlangen. Wer nicht spurte, der wurde verprügelt." Sie wandte Laurie ihr Gesicht zu. „Da bin ich echt nicht stolz drauf. Wenn ich mir vorstelle, es würde eine von meinen Schwestern oder Brüdern treffen …"

Da sprach die Psychologin aus ihr. Sie hatte jede Woche eine Stunde, schon seitdem Laurie hier war.

„Als das Jugendamt sah, wie wir wohnten", fuhr sie fort, „sind wir alle sofort weggekommen. Da gab es Ratten, die waren so groß wie kleine Hunde."

Wie bitte? Wollte sie sie auf den Arm nehmen?

„Das stimmt", versicherte sie ihr ernst. „Das war so ein altes Holzhaus, in den Zwischenräumen wohnten die Ratten. Die kamen jede Nacht, manchmal auch tagsüber in die Wohnung. Du musstest immer aufpassen. Wir Älteren hatten einen Stock, um sie zu verscheuchen."

„Wieso seid ihr nicht ausgezogen?" Dagegen waren die eigenen Wohnverhältnisse geradezu paradiesisch gewesen.

Sie lachte. „Ständiger Geldmangel eben. Selbst dort hat Mama immer wieder die Miete geschuldet."

Was sie gleich zur nächsten Frage brachte. „Wieso besucht sie dich?"

„Wieso nicht?" Mascha schüttelte verständnislos den Kopf.

„Bist du denn nicht sauer auf sie?" Sie hatte eigentlich fragen wollen: Wer ist denn wohl an dem ganzen Desaster schuld? Sie doch wohl. Schließlich bezahlten Sozialamt oder Arge eine vernünftige Wohnung. Und der Unterhalt für so viele Kinder durfte auch nicht klein sein. Aber Mascha würde bestimmt auch so verstehen, ohne dass sie ins Detail ging.

„Mama hat selbst eine total kaputte Kindheit gehabt. Mit siebzehn kriegte sie mich. Dann kam das nächste Baby und so weiter. Die muss jetzt erst mal ihr eigenes Leben auf die Reihe kriegen, sagten die vom Gericht. Solange sie das nicht schafft, bleiben wir im Heim. Aber die bemüht sich echt. Hat den letzten Loser rausgeschmissen - es waren nämlich immer nur Loser, die von unserem Geld lebten - und macht jetzt schon ziemlich lange eine Therapie. Sie will sogar eine Ausbildung anfangen, mit zweiunddreißig."

Würde sie jemals so abgeklärt sein? Sie glaubte nicht.

„Sie liebt uns", verdeutlichte Mascha. „Sie will uns unbedingt zurückhaben. Sie kommt uns alle regelmäßig besuchen." Sie warf ihr einen undefinierbaren Seitenblick zu. „Und irgendwie liebe ich sie auch. Sie ist eben meine Mutter."

Nein, das war kein Argument. Nur weil ihre sie geboren hatte, hatte sie kein Anrecht darauf, mit ihr machen zu können, was sie wollte. In ihren Augen hatte sie das Recht auf ihre Kinder verwirkt.

Am Abend konnte sie aufatmen, Linus war genauso toll, wie sie gedacht hatte. Er hatte aus ihren seltsamen Sätzen geschlossen, dass sie dringend Hilfe brauchte. Er würde sie morgen am Heim treffen.

Auch er schrieb nur andeutungsweise beziehungsweise machte das Spiel mit dem Geburtstag mit. Bestimmt dachte er sich, dass andere seine Nachricht lesen könnten. Das Einzige, was Laurie irritierte, er schrieb: *Wir freuen uns auf dich*. Wollte er etwa Tristan auch mitbringen? So war das eigentlich nicht gedacht. Genau deshalb hatte sie sich ja direkt an ihn gewandt. Ihm traute sie zu, irgendeinen Ausweg aus ihrem Dilemma zu finden. Tristan dagegen war viel zu weich, zu lieb. Der würde bestimmt darauf pochen, dass sie irgendwelche Erwachsenen einschalteten, die sich um das Problem kümmerten.

Na ja, jetzt war es zu spät. Und sie musste an Hilfe nehmen, was sie kriegen konnte. Denn Andrej hatte sich immer noch nicht gemeldet. Dass der so ein Arsch war, hätte sie echt nicht gedacht.

31

Am nächsten Morgen setzte Tim sie wie gewöhnlich vor dem Heim ab und wartete im Auto, bis sie drin war. Herr Wickert empfing sie an der Tür. „Wenn du meine Hilfe brauchst, zögere nicht, dich an mich zu wenden", sagte er. „Ich werde alles tun, was in meiner Macht steht, das weißt du."
Hatte der etwa einen sechsten Sinn? Oder sah man ihr die Aufregung so stark an?
Nichts von beidem, merkte sie kurz darauf. Denn als er sie in sein Arbeitszimmer führte, saßen da Linus und Tristan.
Vor Erleichterung wurden ihre Beine ganz schwach. Sie hatte sich schon den Kopf zerbrochen, wie sie Charlie gleich in den Garten und zum hinteren Tor lotsen konnte, vor dem die beiden Jungen warteten. Dass Linus so clever war und schon selbst für Einlass gesorgt hatte, darauf wäre sie nie gekommen.
„Ich sage Charlie, dass du ihn heute später besuchst." Herr Wickert wandte sich zur Tür. „Melde dich oben, wenn du so weit bist."
„Wie habt ihr das denn geschafft?", fragte Laurie und ließ sich schnell auf einen Stuhl fallen, denn ihre Beine wollten sie nicht mehr tragen.
„Tristan hat eine gute Freundin und die kennt Herrn Wickert. Sie war es, die uns hier reingebracht hat", erklärte Linus. „Leg los! Worum geht es?"
Beide blieben still sitzen und unterbrachen sie nicht. Im Gegenteil, sie wirkten komischerweise total unbeteiligt. Als wären das Peanuts! Ihr schlechtes Gefühl nahm immer mehr zu, je weiter sie ihre Geschichte erzählte. Schließlich brach sie mitten im Satz ab. Nein, es war dämlich von ihr, auf diese beiden zu hoffen.

„Dieser Andrej, wann und wo hast du ihn kennengelernt?", hakte Linus sofort nach. Dabei streifte er sie sogar mit einem kurzen Blick, bevor er wieder die Wand anstarrte, wie er es die ganze Zeit über gemacht hatte.

Bisher hatte sie von dem Moment an berichtet, als sie beide entführt wurden. Warum wollte er das wissen? Trotzdem antwortete sie ausführlich, denn insgeheim war sie froh, dass er wohl doch zugehört hatte. Vielleicht sollte sie besser abwarten, wie es weiterging.

Laurie musste noch jede Menge Fragen beantworten, bis Linus endlich Ruhe gab. „Hm." Er stützte sein Kinn in die Hand und stieß, ohne ihn anzuschauen, Tristan an, der direkt neben ihm saß. „Du kriegst nie raus, wer dahintersteckt", platzte der heraus. „Weder wer die Kerle sind, die dich bedrohen, noch wer der Erpresser ist."

Danke, das wusste sie selbst!

„Bisher hast du gut kombiniert", übernahm Linus. „Allerdings vermute ich, dass dieser Andrej mit denen unter einer Decke steckt. Was hast du ihm über Alisha im Vorfeld erzählt?"

„Nein!", brauste sie auf. „Niemals! Die haben den auch bedroht, sogar zusammengeschlagen, richtig heftig. Der ist nur durch mich darin verwickelt worden." Dass sie mittlerweile nicht mehr ganz so positiv über ihn dachte, behielt sie lieber für sich.

Andererseits konnte sie verstehen, dass er sich lieber rauszog nach allem, was er wegen ihr hatte durchmachen müssen. Sie waren ja noch nicht mal richtig zusammen gewesen, als das passierte. Welcher Typ hängte sich schon freiwillig so ein Problem an den Hals?

„Bitte beantworte trotzdem Linus' Frage", bat Tristan.

Widerwillig gab sie nach. „Natürlich nur Positives, wie man es halt macht, wenn man über eine Tote redet. Dass sie und ich Zimmergenossinnen waren und uns recht gut verstanden hatten, dass ich aber nicht viel von ihr wusste, weil ich erst so kurz da war." Nein, die waren auf dem falschen Dampfer.

„Wie ist das Gespräch auf sie gekommen?"

Da musste sie erst nachdenken. Wie war das noch? Ach, ja, Andrej fragte sie, ob die, die vor kurzem einen Unfall hatte, aus dem Heim käme. Das war ihr damals gar nicht aufgefallen. Hatte er sie tatsächlich nur super geschickt ausgefragt?

Nein, das war ja erst viel später. Anfangs hatte sie ihm ja gar nichts von dem Heim gesagt.

„Wollte er irgendwann wissen, wer Alishas Freundinnen waren?", Linus ließ sich durch ihre Antwort nicht beirren.

Sie zögerte und dachte wieder gründlich nach, bevor sie antwortete: „Ich glaube schon. Wir haben darüber gesprochen, dass sicherlich einige richtig fertig gewesen sind", gab sie dann zu. Nein, sie war sich sicher, dass er falsch lag. Andrej hatte eine einfühlsame Ader, genau das hatte sie so gut an ihm gefunden. Hatte gefunden? War sie schon nicht mehr auf seiner Seite? „Er hängt da nicht mit drin", beteuerte sie. „Du hättest ihn mal sehen sollen! Würden die ihn dermaßen zusammenschlagen, wenn er mit ihnen unter einer Decke steckt?"

„Es gibt Schminke", konterte Linus ungerührt. „Oder er steht in der Hierarchie weit unten und musste ein Opfer bringen. Was weißt du über ihn? Kennst du seinen vollen Namen, hast du seine Handynummer, weißt du, wo er wohnt?"

„Nein", musste sie zugeben, „nur den Vornamen. Ein eigenes Handy habe ich nicht, so weit bin ich noch nicht. Wir haben über Facebook geschrieben."

„Das ist schon mal was!"

„Über einen Mädchenaccount", musste sie ihn enttäuschen. „Dem seiner Schwester. Die hat den extra für uns eingerichtet. Weil er ja anfangs dachte, meine Eltern seien total streng." Langsam kam sie sich echt blöd vor. Das hörte sich alles ziemlich seltsam an.

Linus beugte sich vor und kramte in einer großen Umhängetasche, die zu seinen Füßen stand. Dann zog er einen Laptop daraus hervor. „Gib mir den Namen! Ich gucke mal."

Viel gab es nicht zu sehen. Ähnlich wie bei Linus waren nur die nötigsten Fakten vermerkt, genau wie bei ihm stand nicht mal ein Geburtsdatum dabei – was ihr bei ihm die Möglichkeit gegeben hatte, diesen Geburtstagszauber abzuziehen. Auf der offiziellen Seite fanden sich nur ein paar total uninteressante Posts: über das Wetter, ein bald stattfindendes Konzert und ein super Werbeangebot aus dem Internet. Nicht mal ein Foto hatte derjenige gepostet.

Als Name stand da Kalisha von Werde. Das sei ein Fake, meinte Linus sofort. Natürlich würde der Inhaber des Accounts seine echten Daten bei der Anmeldung angegeben haben, da kämen sie jedoch nicht dran. Also auch kein echter Hinweis.

Auf ihre Bitte hin loggte sich Linus auf ihrer Seite ein. Nein, Andrej hatte noch immer keine Nachricht geschickt.

„Verdächtig finde ich ihn schon. Ich meine, der zeitliche Zusammenhang ist offensichtlich", meinte Tristan in die nun folgende Stille hinein.

„Die hätten mich einfach von der Straße abgreifen können, anstatt zu warten", protestierte sie. „So, wie sie es schließlich auch gemacht haben."

„Vielleicht hofften sie, du würdest dich ihm öffnen", vermutete er. „Der Typ scheint ja ein ziemlicher Herzensbrecher zu sein."

„Oder erst danach kam die Nachricht von dem Erpresser, wann die Übergabe stattfinden soll", unterstützte Linus ihn. „Und plötzlich drängte die Zeit."

Das half ihr nicht weiter, selbst wenn sein Verdacht - was sie immer noch nicht glauben wollte - zutraf. Das sagte sie auch, zumindest den ersten Teil.

„Wieso brauchten die mich überhaupt?", fragte sie. „Die hätten wie bei Alisha vorgehen können."

„Anfangs dachten die Typen, du seist die Erpresserin", erwiderte Tristan. „Als sie dich ausschließen konnten, hofften sie, über dich schneller ans Ziel zu kommen. Vermutlich hat die richtige den Übergabeort so geschickt gewählt, dass sie ihr dabei nichts anhaben können."

Wieder kam sie sich vor wie eine Idiotin. Auf diese Antwort hätte sie längst selbst kommen können. Natürlich war die bestrebt, nicht das gleiche Schicksal wie Alisha zu erleiden.

Entschlossen griff Linus zum Handy. „Damit kommen wir nicht allein klar. Wir brauchen Verstärkung."

„Nein!" Sie sprang auf und versuchte ihm das Telefon wegzunehmen. Doch er war schneller und brachte es vor ihr in Sicherheit.

„Oliver ist okay", beruhigte Tristan sie. „Er hat mir auch schon mal geholfen. Auf ihn kannst du dich verlassen."

„Er ist Privatdetektiv", ergänzte Linus. „Der behält alles für sich, was du ihm erzählst."

„Er schaltet nicht die Polizei ein?" Das war ihre größte Sorge.

„Nein, wird er nicht", versicherte Tristan im Brustton der Überzeugung und nickte ihr aufmunternd zu.

Was sollte sie tun? Ihr blieb nur, dem Ganzen zuzustimmen.

32

Oliver

Wir saßen draußen im Garten und genossen das Sommerwetter. Drei Wochen Urlaub lagen vor uns, die hatten Rebecca und ich uns redlich verdient.
„Was hältst du davon, wenn …" Das Klingeln ihres Handys unterbrach mich.
Sie griff blitzschnell danach, riss es förmlich an sich, fast als hätte sie auf den Anruf gewartet. „Ja, Linus?", hörte ich sie sagen.
Tristans Freund? Wieso rief er sie an?
„Ich gebe ihn dir", sagte sie in diesem Moment und hielt mir ihr Handy hin.
„Oliver, wir brauchen deine Hilfe." Linus' Stimme klang ernst. „Und das möglichst schnell, kannst du herkommen?"
Ich verstand kein Wort. Doch Rebecca legte mir eine Hand auf den Arm und nickte nachdrücklich. Anscheinend war sie besser informiert. „Gut, wir fahren sofort los", antwortete ich.
„Ich weiß, wo wir hinkommen sollen", zischte sie mir leise zu.
Daher drückte ich ihn ohne ein weiteres Wort weg und erhob mich, denn da wir der herrschenden Hitze entsprechend nur leicht bekleidet waren, mussten wir uns umziehen, bevor wir uns in der Öffentlichkeit sehen lassen konnten. „Um was geht es eigentlich?"
„Tris und Linus haben vor ein paar Monaten ein Mädchen kennengelernt, als sie mit dem Hund unterwegs waren. Die Kleine wollte ihren Bruder im Heim besuchen und die beiden haben ihr geholfen, dort reinzukommen.

Sie blieben über Facebook in lockerer Verbindung. Gestern nahm sie Kontakt mit Linus auf, weil sie sonst keinen hat, an den sie sich wenden kann. Sie fragte, ob die Jungen sie nicht irgendwie an dem Heim treffen könnten. Den wahren Grund wollte sie nicht nennen, aber Linus sagte, er habe gemerkt, dass sie total verzweifelt ist."

Ich ahnte, was jetzt kam. „Und weil du Psychologin bist, dachte er, du könntest helfen, die beiden gleich da reinzubringen?"

Sie lachte, streifte sich mit einer schnellen Bewegung ein T-Shirt über den Kopf und zog es glatt. „Stell dir vor, ich kenne Herrn Wickert tatsächlich. Es war ein Leichtes, den Besuch zu organisieren."

„Du hast ihn gefragt, ob die beiden direkt im Heim mit dem Mädchen sprechen können, ohne zu wissen, worum es geht?"

Die Leinenhose schon in der Hand hielt sie inne und schickte mir einen strafenden Blick. „Ich vertraue den beiden Jungen. Linus ist weit über sein Alter hinaus reif. Wenn er ein Problem wittert, ist da was dran. Laurie, also die Kleine, fasst wohl nur schwer Vertrauen. Ich vermutete, dass es eine Weile dauern würde, die Dinge, die sie so bedrücken, zu erzählen. So konnten sie sich in Ruhe mit ihr austauschen."

Ich war immer noch platt, vor allem, weil sie mir ihr Telefonat mit Tristan komplett verschwiegen hatte. Nicht mal eine Andeutung war von ihr gekommen.

„Wäre es von den beiden zu lösen gewesen, hätten wir vermutlich nichts mehr erfahren", fuhr sie fort und stieg in die Hose. „Es scheint sich jedoch um irgendetwas Schlimmeres zu handeln."

„Na, gut, dass wir Urlaub haben", meine Stimme triefte vor Sarkasmus. Seit wann hatten wir beide Geheimnisse voreinander.

Rebecca schüttelte wortlos den Kopf, drehte sich um und verließ den Raum. „Ich warte im Auto auf dich. Beeil dich."

Sie saß auf dem Beifahrersitz und telefonierte, als ich den Wagen erreichte. Bevor ich einsteigen konnte, sprang sie heraus. „Nein, wir nehmen den Bulli von Deniz. Er bringt ihn gleich vorbei." Ihr „Nur für alle Fälle" klang ziemlich kleinlaut. Anscheinend war ihr mittlerweile aufgegangen, dass es sich bei diesem Notfall nicht um eine Kleinigkeit handelte, die sich auf die Schnelle lösen ließ.

„Was hat Tristan dir erzählt?", fragte ich voller dunkler Ahnungen nach.

„Die Kleine wird bedroht und verfolgt. Sie und ihr Bruder müssen untertauchen. Mehr weiß ich wirklich nicht", beteuerte sie, als ich sie auffordernd anschaute. „Laurie saß dabei und war wohl eindeutig nicht begeistert, dass die beiden uns einschalten wollen. Vielmehr dich", verbesserte sie sich. „Du bist der Detektiv. Ich komme nur mit, weil ich Herrn Wickert kenne."

Deniz war schneller da als gedacht und überließ uns ohne großes Tamtam sein Auto. Wir wechselten nur die Schlüssel und Papiere, dann fuhren wir los.

„Was ist das für ein Heim?", fragte ich Rebecca.

„Eines mit einer besonderen Heilpädagogik. Es ist auf kleinere Kinder mit traumatischen Erlebnissen ausgerichtet, also auf Kinder, denen in ihren ersten Lebensjahren Schlimmes widerfahren ist."

„Weshalb ist Lauries Bruder da?"

„Er hat mit angesehen, wie seine kleine Schwester überfahren wurde. Er fühlt sich schuldig, weil er auf sie aufpassen sollte."

„Wie alt ist er denn?" Sagte sie nicht kleinere Kinder?

„Fünf. Die Mutter hat die beiden vor das Haus geschickt und ist aufgehalten worden – angeblich." Sie wusste genau wie ich, dass es solche und solche Eltern gab. „Der Junge ist hingefallen und die Zweijährige sah ihre große Schwester auf der anderen Straßenseite kommen und … Sie ist frontal von einem Lastwagen erfasst worden."

Zwei und fünf! An einer anscheinend viel befahrenen Straße. „Wie alt ist die Große?"

„Gerade erst vierzehn geworden. Trotzdem hat wohl eher sie als Mutter agiert." Sie zögerte, fuhr aber dann doch fort: „Sie ist ausgerastet, nachdem die Mutter dazukam, und hat sie angegriffen. Deshalb ist sie ebenfalls in einem besonderen Heim untergebracht. Die Jungen wissen nichts davon", setzte sie schnell nach. „Das hat Herr Wickert mir erzählt."

Na, das würde ein richtiger Satansbraten sein. Fast vierzehn Jahre in einem derartigen Milieu aufzuwachsen formte.

„Herr Wickert ist voll des Lobes", beteuerte Rebecca. „Ihr ist es als Einzige gelungen, zu dem Kleinen durchzudringen. Seit sie ihn regelmäßig besucht, macht er gute Fortschritte und wird das Geschehene bald verarbeitet haben."

Ich hatte selbst in dem Milieu gelebt, mir brauchte sie nichts vorzumachen. Solche Kinder und Jugendlichen konnte man nicht mit den normalen vergleichen. In den meisten Fällen war ihre Strategie überleben und nicht genießen, ein echtes Familienleben kannten sie nicht. Sie dachten und handelten aus anderen Sichtweisen heraus.

Mein Schweigen war Missfallen genug. „Was hätte ich denn tun sollen?", fauchte Rebecca mich an. „Endlich fassen Tristan und Linus genügend Vertrauen zu mir und bitten mich um einen Gefallen. Du weißt genau, wie schwierig es sich bis vor kurzem noch gestaltete, wenn wir aufeinandertrafen. Tristan hat seine Eifersucht immer noch nicht ganz überwunden. Er stellt die Freundschaft zu dir über alles."

In dem Punkt musste ich ihr leider recht geben. Obwohl ich ihm von Anfang an gesagt hatte, dass er Rebecca als zusätzliche Freundin ansehen sollte, empfand er sie lange als Rivalin und behandelte sie anfangs auch so. Da half nur Aussitzen, denn leider war er noch nicht so weit, in solchen Situationen vernünftigen Argumenten zugänglich zu sein.

„Warum hast du mir nicht von diesem Anruf berichtet?" Ihr Stillschweigen nagte immer noch an mir.

„Weil beide mich inständig darum gebeten haben. Sie hofften, die Sache allein klären zu können. Die Kleine scheint ziemlich misstrauisch zu sein. Sie hatten Angst, dass, wenn du dich einmischst, sie eventuell ganz zumacht."

Als wenn man mit mir nicht vernünftig reden könnte!

Sie legte mir besänftigend die Hand auf den Arm. „Immerhin wenden sie sich direkt an dich, wenn es nicht anders geht. Darauf kannst du stolz sein. Sie setzen unendliches Vertrauen in dich."

In der Zwischenzeit hatten wir das Heim erreicht, ein großes Gebäude, das rundherum von einer hohen Mauer umgeben war.

„Nimm die hintere Einfahrt", bat Rebecca.

Ich bog ab und verkniff mir eine Antwort. Im Endeffekt wäre ich auch direkt gesprungen, wenn die beiden es verlangt hätten — was ich ja jetzt auch tat.

Der Mann, der das Tor öffnete, winkte uns zu. Kaum habe ich eingeparkt, öffnete er die Beifahrertür. „Hallo, Rebecca! Wer hätte gedacht, dass wir so schnell aufeinandertreffen." Er half ihr von dem erhöhten Sitz. „Wie schlimm ist es? Wisst ihr Genaueres?"

Bevor sie auf seine Frage einging, stellte sie mich vor – als ihren Lebensgefährten. „Tristan hat mir nur Bruchstücke mitgeteilt. Leider vermuten wir ein ziemlich großes Problem."

„Bodo Wickert." Der Psychologe, ein hochgewachsener Mann mit leicht angegrautem Haar und sympathischen Gesichtszügen, gab mir die Hand. „Wollt ihr erst mal allein mit den Jungen sprechen?"

„Nur Oliver", erklärte Rebecca. „Ich würde nur stören."

„Dann können wir so lange in Erinnerungen schwelgen." Obwohl er deutlich älter war als meine Freundin, verspürte ich einen Stich der Eifersucht. Sie schienen sich einmal gut gekannt zu haben.

Und du verstehst nicht, dass Tristan sich schwertut, mit ihr klarzukommen, fuhr es mir durch den Kopf. Viel besser benimmst du dich auch nicht.

Die Jungen warteten in einem kleinen Besprechungsraum und waren sichtlich erleichtert, mich zu sehen. Fast sofort sprudelte Linus los. Er wiederholte das stattgefundene Gespräch zwischen ihnen und Laurie wortwörtlich, eine seiner Fähigkeiten, um die ich ihn beneidete. Dachte ich allerdings an die vielen Einschränkungen, die er aufgrund seiner Besonderheit hatte, relativierte sich das Ganze sofort wieder. Nein, mein Leben lief deutlich runder als seins, und das vermutlich auf Dauer. Linus würde immer Schwierigkeiten haben, seinen Weg zu gehen.

„Kannst du helfen, Oliver?", fragte Tristan in das entstandene Schweigen hinein.

„Unbedingt", beruhigte ich ihn. „Das ist eine echt heftige Sache. Wir müssen sehen, dass wir Laurie und ihren Bruder in Sicherheit bringen."

Linus verzog das Gesicht. „Das wird ihr nicht passen, fürchte ich. Sie ist eine Kämpferin. Sie …"

Es klopfte leise an der Tür, diese öffnete sich und Rebecca steckte ihren Kopf herein. „Seid ihr fertig? Laurie und Charlie, ihr Bruder, sitzen gerade beim Mittagessen. Bodo möchte, dass du sie kurz beobachtest. Damit du dir einen ersten Eindruck verschaffen kannst."

Der Psychologe wartete draußen und führte uns durch mehre Gänge bis er vor einer offenen Tür stehen blieb. „Das Mädchen links an dem Tisch mit den drei kleinen Jungen, das ist sie."

Laurie wirkte schmal und zerbrechlich, sie war eher klein für ihr Alter. Bei dem Jungen neben ihr musste es sich um ihren Bruder handeln, eine gewisse Familienähnlichkeit ließ sich feststellen, beide hatten rötlich-blonde Haare und Sommersprossen rund um die Nase. Außerdem bemutterte sie ihn geradezu, nein, sie war auch zu den anderen beiden sehr aufmerksam und bemüht, ganz die fürsorgliche Mama. Während sie kaum etwas aß, sorgte sie dafür, dass die Jungen kräftig zulangten.

Als der Nachtisch verzehrt war, trat Herr Wickert vor und winkte ihr. Sie erhob sich und kam auf ihn zu. Ich löste mich von meinem Beobachtungsposten und stellte mich neben ihn, wobei ich meinen ersten Eindruck von ihr gleich revidieren musste. Sie sah zwar zart und zerbrechlich aus, doch in ihren Augen sah ich einen unbeugsamen Willen aufblitzen. Tatsächlich war Laurie alles andere als schwach.

33

Laurie

Zuerst war sie endlich zu Charlie gegangen, der sich wie immer wahnsinnig freute, sie zu sehen.

„Laurie!" Er warf sie fast um, als er sich auf sie stürzte.

Bloß nicht zeigen, wie sie sich wirklich fühlte! Sie packte ihn unter den Armen und wirbelte ihn durch die Luft. Mit einem „Puh" stellte sie ihn wieder ab und wischte sich imaginäre Schweißtropfen weg. „Du wirst immer schwerer."

„Andauernd gibt es was zu essen", beschwerte er sich schmollend. „Gleich gibt es schon wieder was."

Tatsächlich, es war bereits kurz vor halb eins. Sie hätte nicht gedacht, dass die Beratung mit Linus und Tristan so lange gedauert hatte.

„Danach kommt eine Frau, die zusammen mit Herrn Wickert mit mir reden will", informierte er sie. „Da darfst du dieses Mal nicht bei sein."

Was sollte das denn? „Wer ist die Frau?", fragte sie nach.

„Keine Ahnung. Eine Freundin von Herrn Wickert?" Er lachte. „Die ist bestimmt nett."

Nein, das Ganze passte ihr überhaupt nicht. Hätte der Psychologe sie nicht wenigstens vorher informieren können? Oder war etwas passiert, dass er besondere Hilfe brauchte?

Sie ließ sich ihre Gedanken nicht anmerken und konzentrierte sich auf das Spiel mit Charlie. Jede Minute war heute kostbar.

Eine Viertelstunde später ertönte der Gong, der die Kinder in den Speisesaal rief. Wie immer ging sie mit ihrem Bruder zusammen hinunter, sie durfte nämlich auch mitessen.

Sie saßen mit seinen zwei kleinen Freunden zusammen am Tisch, alle drei hatten ihr viel zu erzählen. Sie musste sie immer wieder ermahnen, von dem leckeren Nudeltopf zu nehmen, obwohl sie selbst vor lauter Aufregung kaum einen Bissen hinunterbrachte. Den Nachtisch lehnte sie ab, er wurde unter viel Gejohle zwischen den dreien aufgeteilt.

Kaum waren sie fertig, entdeckte sie Herrn Wickert, der an der Tür zum Speisesaal stand. Er winkte ihr, mit Charlie zu ihm zu kommen.

Als sie vor ihm stand, entdeckte sie auch eine jüngere Frau, klein und zierlich, so Anfang dreißig, wie sie schätzte, mit schulterlangem, rotbraunem Haar, und einen Mann im gleichen Alter mit kurzen blonden Haaren, schlank, aber muskulös. Hinter ihnen lehnten Linus und Tristan an der Wand.

Während Herr Wickert die Frau mit Charlie bekanntmachte, sah sie der Typ abschätzend an. Er trat näher, aber bevor er etwas sagen konnte, tauchte Tristan neben ihm auf. „Das ist Oliver Speer, mein Freund. Komm, wir gehen wieder in Herrn Wickerts Büro."

„Du kannst ihm vertrauen", flüsterte Tristan ihr auf dem Weg dorthin zu. „Er ist mein bester Freund. Er hat mir Ben geschenkt."

Trotzdem blieb sie auf der Hut. Klar, er sah nett aus und hatte sie freundlich begrüßt, doch sie konnte ihn nicht richtig einschätzen, was ihr nur äußerst selten misslang. Er hatte irgendwas an sich, was sie davor warnte, ihn zu reizen. Der konnte auch anders, wurde ihr klar.

„Die Jungs haben mich vorab über dein Dilemma informiert", begann er, kaum dass sie alle Platz genommen hatten. „Mir sind zwar mehrere Möglichkeiten eingefallen, wie du reagieren kannst, aber es gibt nur eine einzige, bei der wir auf der sicheren Seite sind."

Natürlich wollte sie umgehend wissen, um was es sich handelte. Sie ließ garantiert nicht zu, dass über ihren Kopf entschieden wurde.

„Die erste ist, du tust so, als hättest du herausgefunden, wer die Erpresserin ist. Das könnte allerdings nach hinten losgehen, falls sie von dir verlangen, sie ihnen zu zeigen. Bei der zweiten behauptest du, du hättest ihr die Fotos geklaut. Es wäre jedoch möglich, dass sie dir vorab irgendeine Frage stellen, was darauf zu sehen ist. Und da wir im Dunkeln tappen, worum es geht …" Er blickte sie bedeutungsvoll an. „Diese beiden Möglichkeiten setzen allerdings voraus, dass wir relativ zügig die Polizei einschalten müssen. Bei der dritten verlangst du nach etwas mehr Zeit und behauptest, du wärest dicht dran. So könnte ich selbst ermitteln. Aber ich denke, darauf werden die sich nicht einlassen, besonders wenn es bereits ein feststehendes Datum zur Übergabe gibt. Daher bleibt in meinen Augen nur die vierte als die sicherste. Du und Charlie, ihr verschwindet für eine Weile und wir überwachen alle infrage kommenden Mädchen. Und vorsichtshalber auch die Erzieher", fügte er hinzu. „Man kann ja nie wissen."

Zur Polizei gehen, das war echt keine Option für sie. „Und Andrej?" Brachte sie ihn nicht in Gefahr, wenn sie einfach verschwände?

„Wir sorgen gleich heute für ein sicheres Versteck. Anschließend schreibst du ihm, dass er ebenfalls abtauchen oder sich halt an die Polizei wenden soll. Er hat genug Zeit zu reagieren."

Nein, eigentlich passte ihr auch dieser Vorschlag überhaupt nicht. Für wie lange sollten Charlie und sie denn verschwinden? Moment mal! Sie beide? „Das heißt, mein Bruder und ich werden zusammen untergebracht?"

„Selbstverständlich." Herr Speer nickte bekräftigend.

So langsam begann sie sich für seinen Plan zu erwärmen. „Diese Überwachung, ist so was nicht reichlich teuer?" Sie war nicht blöd, sie wusste, dass ein Privatdetektiv bezahlt werden musste, und das nicht zu knapp. Und wenn der jetzt noch einen Haufen Leute einsetzte, wie sollte das gehen?

„Dich kostet sie nichts", behauptete er.

„Oliver guckt später, ob er seine Ausgaben wiederbekommt", platzte Tristan heraus. „Und selbst wenn nicht, der zieht das auf jeden Fall durch."

Herr Speer schüttelte strafend den Kopf. „Ich komme schon klar", behauptete er. „Meine Freundin, das ist die, die gerade mit deinem Bruder spricht, kann ein Haus bekommen, in dem ihr sicher wäret. Sie und diese beiden hier würden euch begleiten. Und Ben natürlich", fügte er schnell hinzu, als Tristan protestieren wollte.

„Echt jetzt?" Linus war offensichtlich nicht begeistert.

„Rebecca könnte dir eine Verbindung zu einem forensischen Psychiater herstellen, sobald ihr dort angekommen seid", lockte Herr Speer ihn. „Wenn ich sie richtig verstanden habe, darfst du an einem Sommer-Seminar teilnehmen. Hauptsache, dein Englisch ist gut genug."

„Echt jetzt?" Dieses Mal klang sein Ton anders und er rutschte aufgeregt hin und her.

„Und ich brauche dich natürlich auch im Hintergrund", fügte der Detektiv hinzu. „Deine Logik ist phänomenal."

Linus wurde nicht mal rot, sondern nickte bestätigend. Meine Güte, war der von sich überzeugt!

„Und ich?" Tristan klang irgendwie traurig.

„Es wäre super toll, wenn du uns begleiten würdest", sagte sie ehrlich. „Ben und du, mit euch zusammen fühle ich mich sicher. Und es wäre dann trotzdem eher wie ein richtiger Urlaub." Charlie wäre bestimmt begeistert von dem Hund. Er liebte alle Tiere und die ihn.

„Damit sind wir uns einig?" Herr Speer sah einmal in die Runde.

Als alle nickten, verlangte er von ihr eine genaue Namensliste der Mädels. Zusätzlich sollte sie ihm deren Aussehen und ihre jeweilige Art eingehend beschreiben, damit er sich ein Bild von ihnen machen konnte. Danach folgten die Erzieher, einschließlich Frau Liebisch, danach Andrej. Der Account, den er benutzte, war ein absoluter Fake. Herrn Speer hatte schon einen Freund gebeten, das zu überprüfen. Dessen Nachricht kam, während er sämtliche ihrer Anmerkungen aufschrieb. Keine Chance, an die Adresse zu kommen, sagte der. Das liefe über x verschiedene Staaten, der Typ wäre also mit Sicherheit nicht koscher.

Diese Auskunft gab Laurie den Rest. Also hatte er sie tatsächlich nur benutzt. Und sie dachte, sie könne Leute gut einschätzen!

„Du hast Jennifer vergessen!", rief Linus plötzlich. „Die käme auch infrage."

„Nein, die nicht." Jennifer war in ihren Augen der reinste Engel gewesen. Sie benahm sich den Mädels gegenüber eher wie eine weitere Erzieherin, aber eine total nette, um sie besorgte, wobei sie schon sagen musste, dass diese sie besonders lieb behandelt hatte. Sie war ihre Ansprechpartnerin, wenn sie nicht zu Frau Liebisch gehen wollte. Sie hatte sich wahnsinnig um sie gekümmert und ihr unheimlich beim Einleben geholfen.

„Wie hat sie sich gegenüber Alisha verhalten?", wollte Herr Speer wissen.

„Wie zu den anderen auch, nicht netter, aber auch nicht biestig. Außerdem ist sie längst weg", fügte sie mit Nachdruck hinzu. Jennifer konnte er echt außen vor lassen.

34

Laurie

Als sie mit allem durch waren, sollte sie gleich hoch zu Charlie gehen. Der wartete schon in seinem Zimmer auf sie. „Wir fahren in Urlaub, jetzt sofort", verkündete er strahlend. „Du und ich. Und die nette Frau kommt auch mit."

Unbemerkt von ihr war diese zusammen mit Herrn Wickert eingetreten. „Kannst du seine Sachen packen?", fragte der. „Ihr wollt wohl gleich anschließend los."

Da Charlie sie beobachtete, rang sie sich ein Lächeln ab. „Das wird bestimmt toll." Sie drehte sich schnell weg und wandte sich zum Schrank. „Hast du denn einen Koffer?", fragte sie Charlie.

„Den besorge ich." Herr Wickert lief los.

Die Frau stand weiterhin an der Tür und schaute zu, wie sie Charlies Kleidungsstücke herausholten und auf dem Bett stapelten. „Denkt an die Waschutensilien", erinnerte sie.

Als ihr Bruder und sie aus dem Waschraum zurückkehrten, war Herr Wickert schon wieder da. Er hatte einen großen Koffer dabei, den er öffnete und auf den Boden legte. Charlie griff sich gleich den ersten Stapel und stopfte ihn hinein. Er war total aufgeregt und plapperte ohne Unterlass.

„Ich helfe dir." Die Frau kniete sich hin und sortierte die Sachen vernünftig ein.

Herr Wickert bedeutete ihr, mit ihm vor die Tür zu gehen. „Ich bin im Bilde", sagte er mit gedämpfter Stimme. „Sobald ihr weg seid, setze ich mich mit Frau Liebisch in Verbindung. Sie soll als Einzige eingeweiht werden. Sie wird erklären, dass ihr beide wegen deiner Mutter verlegt werden musstet." Er lächelte entschuldigend. „Etwas anderes ist uns auf die Schnelle nicht eingefallen."

Das war eigentlich genial. Jeder im Heim wusste, dass sie diese abgrundtief hasste und dass die trotzdem nicht aufgab, ihr nachzustellen. „Danke", sie meinte es ehrlich. Sie hatte mit wesentlich mehr Fragen und Vorhaltungen gerechnet. Dass die einfach reagierten, ohne sie fertigzumachen, fand sie echt toll.

„Laurie?", schrie Charlie von drinnen. „Kann ich mich eben noch von Matz und Nicki verabschieden?"

„Wenn du es kurz machst", erwiderte die Frau an ihrer Stelle lachend. „Wir wollen los."

Sie folgten ihm zu dem großen Aufenthaltsraum und warteten an der Tür. Er beeilte sich wirklich, umarmte beide kurz und berichtete ihnen aufgeregt, dass er gleich jetzt in den Urlaub fahre. Dann kam er zurückgerannt und griff nach ihrer Hand. „Los, Laurie!"

Herr Wickert schleppte den schweren Koffer – sie hatte noch einiges dazugelegt, weil sie ja nicht wusste, wie lange ihr Aufenthalt dauern würde – zum Hinterausgang und verstaute ihn in einem weißen Lieferwagen, der keinen Aufdruck trug, aber von außen reichlich verschrammt und dreckig wirkte.

Sie war auf das Schlimmste gefasst, aber das Ding war innen total sauber und hatte sogar noch eine zweite Sitzbank, die man von außen nicht sehen konnte. Charlie und sie kletterten hinten rein, hangelten sich auf ihre Plätze und schnallten sich an.

„Viel Spaß!", rief Herr Wickert ihnen zu.

Klar, der musste ja vor Charlie den Schein wahren.

Die Frau setzte sich auf den Beifahrersitz, Herr Speer kam endlich auch, allerdings ohne Linus und Tristan, übernahm das Lenkrad und startete den Motor. „Ich muss vorher noch kurz was erledigen."

Dass das eine Ausrede war, merkte sie schnell. In Wahrheit guckte er, ob ihnen jemand folgte, so oft, wie er die Richtung wechselte.

Endlich schien er sich davon überzeugt zu haben, dass keiner hinter ihnen war. Jedenfalls fuhr er nun größtenteils geradeaus. Mittlerweile war sie schon richtig gespannt auf ihr „Ferienhaus". Sie wibbelte zwar nicht wie Charlie hin und her, hatte sich aber zur Mitte gelehnt und schaute durch die Windschutzscheibe.

Noch war nichts zu erkennen, sie befanden sich auf der Autobahn. Und fuhren und fuhren und fuhren. Irgendwann fiel ihr ein, dass sie gar keine Wechselsachen dabeihatte. Wollten sie in dem Ort einkaufen gehen – und wovon – oder mussten sie sich den ganzen Tag im Haus verstecken? Und wie sah es mit der Frau aus? Hatte sie eigentlich Kleidung dabei?

Mittlerweile war auch Charlie zur Ruhe gekommen – nachdem er die Frau ausgefragt hatte, wie das neue Haus denn so wäre. Die gab die Fragen gleich an Herrn Speer weiter, anscheinend war sie noch nie da gewesen. Damit hatte er sie schon das erste Mal angelogen, als er sagte, sie kenne die Besitzer. Er hatte diesen Unterschlupf besorgt.

Nun verriet er, dass es sich dabei um das Domizil – genauso drückte er sich aus – von einem seiner früheren Klienten handele und auf Kinder ausgerichtet sei. Etwa ein ehemaliges Heim? Hoffentlich nicht.

Noch eine Stunde später wurde das Geheimnis endlich gelüftet. Auf seine Anweisung hin musste sie sich wieder außer Sicht begeben. Sie konnte so eben erkennen, dass sie durch eine Kleinstadt fuhren, immerhin gab es einen großen Einkaufsmarkt, in dem sie sich mit dem Nötigsten eindecken konnten. Jetzt war er allerdings schon geschlossen, das hieß, sie mussten bis mindestens Montag warten.

Herr Speer fuhr die Hauptstraße entlang und bog, kurz bevor es wieder auf die Landstraße ging, ab. Auch das nächste Wohngebiet durchquerte er, danach folgten Wiesen und Felder, die nur von vereinzelten Bauernhöfen durchbrochen wurden. Dann tauchten einige weitere Gebäude auf, Laurie schätzte, das war eine kleine Ansiedlung von ungefähr zwanzig Häusern. Ja, die sahen wie Ferienbungalows aus.

Herr Speer bog ab und hielt vor einem riesigen Grundstück, das rundherum mit einem hohen, blickdichten Zaun gesichert war. Als sie sich neugierig vorbeugte, erkannte sie eine Kamera, das Objektiv starrte direkt auf das Auto. Er holte eine Fernbedienung heraus und das Tor öffnete sich langsam. Der Transporter rollte eine geschwungene Auffahrt entlang, an dessen Ende ein großes, weißes Haus stand. Das war echt riesig, da konnten jede Menge Leute drin wohnen.

Er hielt vor den Garagen und hieß sie aussteigen. Sofort war Charlie draußen und lief aufgeregt hin und her. Viel zu sehen gab es nicht. Der Weg führte einmal rund ums Haus, in der Mitte befand sich eine kreisrunde Wiese mit einem Springbrunnen, der aber ausgeschaltet war.

„Kommt ihr?" Herr Speer hatte schon den Koffer rausgewuchtet und wandte sich zur Treppe, die aus drei breiten Stufen bestand. Mit der Frau neben sich öffnete er die Tür. Hinter den beiden traten sie ein und blickten sich staunend um. Die große Diele war komplett in Weiß gehalten, die Wände, der Boden, das offene Schuhregal, die Garderobe. Es sah aus wie frisch gestrichen.

Das Wohnzimmer dagegen war richtig gemütlich, natürlich auch riesig und mit großen Fenstern zum Garten hin, vor denen allerdings noch die Rollladen heruntergelassen waren. Es gab einen Fernseher, darunter mehrere Spielekonsolen und das Beste: In dem hohen, langen Regal danebem befand sich jede Menge Spielzeug, von Duplosteinen über Lego bis hin zur elektrischen Eisenbahn. Da würde Charlie genug Beschäftigungsmöglichkeiten finden.

Die größte Überraschung folgte, als Herr Speer die elektrischen Rollos betätigte, der Garten war ein richtiges Spieleparadies. Laurie sah eine Rutsche, einen großen Sandkasten, eine Schaukelanlage mit Klettergerüst und sogar ein Trampolin. Daneben war viel Platz für andere Spiele, denn es gab keine Beete und nur vereinzelt Büsche, dafür erstreckte sich die Wiese bis zum Zaun. Ja, dachte sie, hier lässt es sich aushalten.

„Na, zufrieden?", grinste Herr Speer.

Sie nickte und hatte einen dicken Kloß im Hals. Das war echt nicht das, was sie erwartet hatte.

Während die Frau mit Charlie in den Garten ging, nahmen der Detektiv und sie die Stufen hinauf in die oberen Räume. Es gab allein zehn Schlafzimmer und drei Bäder. Drei der Räume waren wie Kinderzimmer eingerichtet, zwei für Jungs und eins für ein Mädchen. Sie wusste genau, welches sich Charlie aussuchen würde, das mit dem Rennautobett. Auch hier fand sich wieder ein großes Regal mit noch mehr Spielzeug.

„Wie wäre es mit diesem Zimmer für dich?", rief Herr Speer, der schon weitergegangen war.

Sie schaute hinein und nickte begeistert. Ein echtes Teenagerzimmer, mit allem, was das Herz begehrte. Die Poster an den Wänden waren schon älter, was sie nicht störte, die Sänger sahen nach wie vor sexy aus. Sie musste unbedingt googeln, welche das waren.

Bedauerlicherweise gab es keinen Computer, nur eine Musikanlage vom Feinsten, jede Menge Bücher und im Regal waren dieses Mal Kartons mit Bastelarbeiten für jeden Geschmack. Doch, sie hatte es super gut getroffen - dank Herrn Speer.

35

Oliver

Leider wartete nun der unangenehme Teil auf uns: Lauries Angriff auf ihre Mutter stand noch im Raum. Ich musste erfahren, was sie getan hatte. Von meiner Einschätzung her konnte ich mir eigentlich nicht vorstellen, dass es tatsächlich so heftig gewesen war, wie es sich anhörte.

Ich nahm in einem der Sessel Platz und bedeutete ihr, sich auf das Bett zu setzen. „Laurie, ist das dein richtiger Name?", begann ich, um erst mal eine Gesprächsbasis zu schaffen.

Sie schüttelte den Kopf. „Laureen, Charles und Kimberly", zählte sie auf, wobei ihre Stimme beim letzten Namen leicht kippte. „Mama stand auf so was, dabei konnte sie nicht mal die richtige Aussprache."

„Was findest du denn besser?"

Sie zog die Beine in den Schneidersitz und entspannte sich etwas. „Laurie. So habe ich mich selbst genannt, als ich klein war."

„Wo habt ihr gewohnt?"

Natürlich sagte mir die Gegend nichts, doch Laurie fügte von sich aus hinzu: „Das ist so eine Art Sozialsiedlung, billige Mieten, verwohnte Häuser, ziemlich dreckig."

War ich in dem Alter auch so kritisch? Eher nicht, ich nahm die Lebensumstände einfach hin. Ihr dagegen war offensichtlich aufgefallen, dass dies nicht der Normalität entsprach.

Sie sah mich offen an, als ich eine entsprechende Bemerkung dazu machte, und zuckte die Schultern. „Mama hatte mal einen Freund, da war ich so vier, fünf. Der lebte in einem kleinen Haus und war irgendwie …", sie zögerte. „Der hatte einen guten Job und eine richtige Familie, die sich kümmerte. Leider ist sie mit dem nicht klargekommen. Und was danach kam …" Wieder zuckte sie die Schultern.

„Alles Assis?", ging ich in die Offensive. „Kenne ich, bei mir war es nicht anders."

„Ja?" Damit hatte sie eindeutig nicht gerechnet. „Echt jetzt?" Sie war auf der Hut, dachte wohl, ich wolle mich bei ihr einschleimen.

Daher fing ich an zu erzählen: Dass ich ebenfalls in einem asozialen Umfeld aufgewachsen war und mit den ständig wechselnden Freunden meiner Mutter klarkommen musste, die immer im Vordergrund standen. Dass diese ähnliche Loser wie sie waren und es meist am Notwendigsten fehlte. Dass der Letzte mich krankenhausreif geprügelt hatte und ich anschließend zu meiner Tante gesteckt wurde, die das aus mir machte, was sie heute vor sich sah. Wer wollte, dass der andere Vertrauen fasste und sich öffnete, sollte selbst nicht mit den wichtigsten Dingen zurückhalten.

Lauries Augen waren bei jedem meiner Sätze größer geworden. „Und Ihre Mutter?"

„Die ist mittlerweile tot. Ich habe damals nach der Klinik den Kontakt abgebrochen." Weil sie gegenüber den Polizisten tausend Entschuldigungsgründe fand, warum ihr Freund so reagiert hatte, und mir sogar die Hauptschuld gab – weil ich frech geworden sei.

Sie schnaubte heftig. „Dann können Sie ja verstehen, warum ich die nicht sehen will. Für die waren wir nie wichtig, eher lästig."

„Laurie", ich machte eine kleine Pause, bevor ich die Frage stellte: „Was ist nach dem Unfall deiner kleinen Schwester passiert?"

Sie erstarrte, Tränen schossen ihr in die Augen, sie begann stoßweise zu atmen und schüttelte abwehrend den Kopf. Ich blieb ruhig sitzen und wartete. Sie musste darüber sprechen!

„Ich bin von der Schule gekommen, als ich Kimi ganz alleine auf der anderen Straßenseite sehe", begann sie und knetete dabei ihre ineinander verkrampften Finger. Ihr Blick war nach innen gerichtet, sie nahm mich gar nicht mehr richtig wahr. „Die entdeckt mich und rennt los, genau vor einen

Lastwagen. Das Geräusch", vor lauter Schluchzen konnte sie nicht weitersprechen.

Es tat mir in der Seele weh, sie so zu sehen, aber ich durfte nicht lockerlassen. Ich musste mir ein klareres Bild von ihr machen. Außerdem war es auch für sie wichtig, dass sie endlich einmal über das Erlebte sprach.

„Ich bin sofort rüber", fuhr sie irgendwann fort. „Alles war voll Blut und sie lag einfach nur da. Ich hab sie in den Arm genommen und ihren Namen gerufen, ganz, ganz oft. Dann hat ein Mann sich neben mich gekniet und gesagt, ich solle ihn gucken lassen, er sei Arzt. Und dann …" Sie weinte, als könne sie nie wieder aufhören.

„Was war mit deiner Mutter?", fragte ich behutsam nach.

Ruckartig hob sie den Kopf. „Die kam erst, als der Krankenwagen und die Polizei schon da waren", fauchte sie und ich sah den Hass in ihren Augen glitzern. „Die hat ein Riesentheater abgezogen, hat getan, als wolle sie sich über Kimi werfen. Dabei hatte sie sich extra erst noch umgezogen und aufgehübscht. Ja", sie schaute mich anklagend an. „Als ich losrannte nach dem Unfall, habe ich sie am Fenster stehen sehen, mit dem Handy am Ohr. Sie sieht, was passiert und rennt nicht sofort los?"

Vielleicht der Schock, wollte ich sagen, beherrschte mich jedoch lieber und ließ sie weiterreden.

„Überhaupt! Wie kann man die beiden allein rausschicken?", ereiferte sie sich. „Nur weil mal wieder der Anruf, der reinkam, wichtiger war, als die beiden Kleinen. Sie sollten schon mal vorgehen, hat sie zu Charlie gesagt. Sie käme gleich nach. Eigentlich wollten die nämlich zusammen auf mich warten und dann mit mir einkaufen gehen. Allein war meiner Mutter das zu stressig mit denen. Und wie sie fast zur Tür raus sind, klingelt ihr Handy und das ist natürlich mega wichtig, was ihre blöde Freundin zu erzählen hat. Da sind die nervigen Kleinen nur im Weg." Sie hielt inne und wischte sich mit einer heftigen Bewegung das tränennasse Gesicht ab.

„Du hast dich auf sie gestürzt?", fragte ich leise.

„Die wollte mir Kimi aus dem Arm reißen. Da habe ich nach ihr getreten, mit voller Wucht. Sie hatte kein Recht, mich wegzudrängen." Sie schniefte laut. „Dabei ist sie weggerutscht. Und mit dem Hinterkopf gegen den Krankenwagen geknallt. Dann hat sie gebrüllt wie am Spieß und ich habe gerufen, immerhin sei sie noch am Leben und", sie lief rot an, „hab noch mal zugetreten."

Ihre Reaktion konnte ich durchaus verstehen. Besonders, wenn die Zusammenhänge so stimmten, wovon ich ausging. Man sah Laurie an, dass das Erlebte gegen ihren Willen herausdrängte. Die damalige Szene hatte sich in ihr Gedächtnis eingebrannt. Sie litt immer noch. „Und deine Mutter landete im Krankenhaus", vervollständigte ich die Geschichte.

Sie verzog das Gesicht. „Sie hatte einen komplizierten Bruch am Knie, der operiert werden musste, und eine Gehirnerschütterung. Und ne kaputte Hand", fügte sie nach einer kurzen Pause hinzu. „Von dem zweiten Tritt."

„Wie lautet denn ihre Erklärung?" Wahrscheinlich war die ein wenig anders.

Wieder schnaubte sie laut. „Angeblich hat sie erst registriert, dass da Kimi liegt, als der Krankenwagen kam. Lächerlich! Sie hat mich genauso gesehen wie ich sie. Aber sie denkt, ihr Wort hat mehr Gewicht als meins."

„Immerhin seid ihr beide, du und dein Bruder, anderweitig untergebracht worden. Wären da keine Zweifel, gäbe es kein Gutachten."

Sie lächelte, wenn auch noch etwas gequält. „Ich habe irgendwann beschlossen, der Gutachterin alles genau zu berichten, wie es bei uns so ablief. Sie soll weder Charlie noch mich zurückkriegen."

Hoffentlich fand sich jemand, der beide Kinder aufnahm. Dieses Heim für extrem gestörte Jugendliche war eindeutig nicht der richtige Platz für sie. Dafür musste allerdings zuallererst der schlimme Vorwurf gegen die Kleine aus dem Weg geräumt werden. Wenn ich morgen mit Frau Liebisch sprach, würde ich versuchen auf sie einzuwirken, dass man Laurie einer psychologischen Untersuchung unterzog, die ihre Ungefährlichkeit bewies.

Ja, für mich war das, was passiert war, nichts Weltbewegendes. Das Mädchen hatte sich in einem emotionalen Ausnahmezustand befunden. Sie litt nicht unter einer Hemmung der Selbstkontrolle. „Das wird sich bestimmt bald regeln", sagte ich im Brustton der Überzeugung.

Sie seufzte schwer. „Nur dass ich jetzt schon wieder Mist gebaut habe."

„Dafür kannst du nichts. Du wurdest bedroht, man hat deinen Bruder bedroht." Diesen Andrej ließ ich lieber außen vor. „Was hättest du machen sollen?"

„Ich bin auf ein blödes Arschloch reingefallen und habe mich von ihm manipulieren lassen", kam sie leider selbst auf ihn zurück.

Weil du emotional angreifbar bist, wollte ich erwidern, beließ es aber bei einer beruhigenden Geste. „Ich kümmere mich darum. Solange ihr in Gefahr seid, bleibt ihr hier."

Rebeccas und Charlies Stimmen verkündeten, dass sie ins Haus zurückgekehrt waren. Keine zwei Minuten später stand der Kleine in der Tür und schaute sich staunend um. „Wow! Klasse! Wohnst du hier?"

Wie schnell Laurie umschalten konnte, war beeindruckend. Lachend erhob sie sich vom Bett und lief auf ihren Bruder zu. „Komm, ich zeige dir dein Zimmer!"

Rebecca trat neben mich und fragte leise: „Alles geklärt?"

„Lass sie erzählen", bat ich eindringlich. „Sie hat bisher nichts verarbeitet. Es ist …"

„… grauenhaft", stimmte sie mir zu. „Charlie hat schon so einiges angedeutet." Sie knuffte mich in die Seite. „Das wird wohl eher ein Arbeitsurlaub."

Eigentlich hatten die beiden unheimliches Glück, dass ausgerechnet eine Psychologin auf sie aufpasste, sinnierte ich auf der Rückfahrt. So kam auch Laurie in den Genuss einer Therapie.

Die Verabschiedung hatte ich kurz und bündig gehalten, war mit meinen Gedanken schon woanders gewesen. Da gab es einen Fall, den ich vor kurzem bearbeitet hatte, der genau ins Schema passen würde. Zunächst einmal wollte ich mit meiner Tante über diesen Verdacht sprechen und ihre Meinung einholen. Wie ich es mit Rebecca und den Kindern handhaben sollte, musste ich später noch entscheiden. Irgendwann morgen im Laufe des Tages würde ich Linus und Tristan vorbeibringen, außerdem alles von der Liste, die mir Rebecca in die Hand gedrückt hatte. In der Gefriertruhe befanden sich ein paar Lebensmittel, die für den Anfang reichten. Nur Kleidung benötigten die beiden unbedingt. Bis dahin hatte ich genügend Zeit, die Sache noch einmal vernünftig zu durchdenken.

Kaum zu Hause angekommen ging ich hinüber zu Tante Simone. Sie war wie elektrisiert, als ich ihr von dem Vorgefallenen erzählte. „Schon wieder ein samtweicher Typ, der sich in das Vertrauen eines Teenies einschleicht."

Genau dieser Gedanke war mir auch gekommen.

„Ob das mit deiner Ermittlung Ferhat betreffend zusammenhängen könnte?"

„Dreh- und Angelpunkt ist diese Alisha. Wenn wir über sie mehr in Erfahrung bringen, können wir das Ganze besser einschätzen."

„Wie willst du vorgehen?"

„Ich spreche morgen mit der Heimleiterin."

„Willst du wirklich sämtliche Mädchen überwachen lassen?"

Ich sah die Sorge in ihren Augen. Das wäre ein ganz schön heftiger finanzieller Aufwand. „Nein, das habe ich nur zu Laurie gesagt, um sie zu beruhigen. Das wäre gar nicht durchführbar. Im Moment hoffe ich noch, dass diese Frau Liebisch mir einen Tipp geben kann, welche der ihr Anvertrauten für eine Erpressung infrage kommt."

„Du wirst wohl oder übel deinen Urlaub opfern müssen."

Sagte ausgerechnet die, die mich damals überredet hatte, Tristans Fall beziehungsweise den seiner Mutter zu übernehmen, die angeblich dreien ihrer Söhne nach dem Leben trachtete. Dabei war ich damals noch viel deutlicher auf regelmäßige Einnahmen angewiesen und der Junge konnte mich natürlich nicht bezahlen. „Deine soziale Ader färbt ab", grinste ich.

„Oliver." Sie hob die Hand, als wolle sie nach mir schlagen - und lief rot an.

„Rebecca und ich sind uns einig", beruhigte ich sie. „Wir müssen diesen Fall übernehmen."

Zurück in meinem eigenen Häuschen überlegte ich hin und her, ob ich nicht wenigstens Hauptkommissarin Körber informieren sollte. Doch durfte sie, wenn sie davon wusste, die Fakten für sich behalten? Besonders wenn da Kinder bedroht wurden?

Die Sache lag mir schwer im Magen. Wie ich es auch drehte und wendete, die wahre Erpresserin befand sich in akuter Gefahr. Konnte ich sie außen vor lassen?

36

Oliver

Am nächsten Morgen hatte ich den Entschluss gefasst, erst mal das Gespräch mit Frau Liebisch abzuwarten. Vielleicht hatte sie einen echten Hinweis für mich, wer das Mädchen sein könnte. Lauries Ultimatum lief bis einschließlich heute und Frau Körber konnte ich erst am Montag wieder erreichen.

Noch während ich beim Frühstück saß, klingelte mein Handy. Linus?

„Ich will bei der Befragung dabei sein", platzte er gleich heraus.

Nein, das war nichts für ihn. Selbst ich hatte nur eine vage Vorstellung, wie die Mädchen in dem Heim drauf waren. Ihn würde es überfordern, so weit war er noch nicht. „Ich spreche zuerst mit der Heimleiterin. Von ihrer Aussage hängt es ab, wie ich dann vorgehe", versuchte ich ihn zu bremsen.

Natürlich ohne Erfolg! Linus war nicht nur sehr speziell, wie Tristan es mir gegenüber damals, als wir uns kennenlernten, ausdrückte, sondern auch sehr hartnäckig. Hatte er sich auf etwas eingeschossen, wollte er es unbedingt durchführen.

„Nimmst du mich nicht mit, tauche ich später allein da auf."

Eigentlich sollte ich mich freuen, dass er dermaßen selbstständig geworden war. Vor nicht mal zwei Jahren saß er nur zu Hause, wurde sogar dort beschult und war nicht in der Lage, mit Fremden zu kommunizieren. Das Internat, auf das seine Eltern ihn geschickt hatten, wirkte wahre Wunder. Gleichzeitig steckte allerdings auch sein unbedingter Wille dahinter, musste ich ihm zugestehen. Nach dem Fall, bei dessen Lösung er eine große Hilfe gewesen war, hatte er beschlossen, Profiler zu werden. Und wenn Linus sich etwas in den Kopf setzte …

„Ich hole dich in einer halben Stunde ab", gab ich mich geschlagen. „Sind deine Eltern überhaupt einverstanden?", vergewisserte ich mich vorsichtshalber.

„Ja." Eine ausführlichere Erklärung brauchte es nicht. Seine Mutter konnte sich nie gegen ihn behaupten. „Ich packe bis dahin meinen Koffer."

Ein kurzes Telefonat mit Rebecca und ich brach auf. Bei ihr war alles in Ordnung. Sie kam mit den Kindern gut klar, auch Laurie fasste langsam Vertrauen. Als sie hörte, dass Linus mich begleiten würde, lachte sie herzhaft. Wenigstens einer, der das lustig fand!

Herr Wickert war so nett gewesen, mich gestern schon telefonisch anzumelden. Frau Liebisch und ich hatten eine Verabredung für elf Uhr. Während der Fahrt briefte ich Linus, dass er sich zurückhalten sollte. „Falls wir tatsächlich mit den Mädchen sprechen, lass mich die Fragen stellen. Später können wir gemeinsam ihre Aussagen analysieren. Und wundere dich nicht, wenn sie etwas … seltsam sind", fast hätte ich speziell gesagt! „Die meisten kommen aus absolut desolaten Verhältnissen, haben Gewalt, auch sexualisiert Gewalt, teilweise auch eigenen Missbrauch erlebt. Dazu sind die Verhältnisse, in denen sie aufgewachsen sind, katastrophal gewesen. Das dauert, bis sich ihr Verhalten normalisiert."

Linus nickte eifrig. „Interessante Studienobjekte, Einblicke in diese Richtung kann ich für später gut gebrauchen."

Nun stellte er mir eine Frage nach der anderen, die ich versuchte möglichst wahrheitsgetreu zu beantworten, ohne ihn zu sehr zu verschrecken, damit er sich den Mädchen gegenüber nicht zu abweisend verhielt. Oder sie tatsächlich wie interessante Studienobjekte behandelte! Bei ihm konnte man nie wissen.

Das Heim lag ziemlich abgelegen. Wir hatten die Kleinstadt längst hinter uns gelassen, als wir den Wegweiser sahen, der nach rechts in eine schmale Anliegerstraße zeigte. Kurz zuvor waren wir an einer Bushaltestelle vorbeigekommen. Von dort fuhren die Mädchen wohl zur Schule oder nutzten sie, wenn sie irgendwelche Besorgungen erledigen wollten. Denn weitere

Häuser gab es hier nicht. Aber wahrscheinlich war diese Einsamkeit durchaus gewollt.

Seit heute Morgen nieselte es ununterbrochen, deswegen war niemand zu sehen, als wir langsam auf den Parkplatz rollten, der Platz für bestimmt zwanzig Autos bot. Vier standen im Moment dort, ich stellte mich direkt neben einen älteren Opel.

Linus sprang tatendurstig hinaus und blickte sich neugierig um. Das Gebäude schien früher mal eine hochherrschaftliche Villa gewesen zu sein, mit Stuckverzierungen und großen Fenstern. Es wirkte ein wenig in die Jahre gekommen, war aber gut in Schuss. Wie viele Mädchen lebten eigentlich hier?

„Normalerweise zehn", beantwortete Frau Liebisch mir meine Frage, als Linus und ich ihr gegenübersaßen.

Ja, ich hatte ihn doch lieber mit reingenommen. Die drei Mädchen, die auf unser Klingeln neugierig näherkamen, schienen darauf zu brennen, seine Bekanntschaft zu machen. Das konnten sie noch früh genug haben.

„Manchmal, wenn Not am Mann ist, auch elf oder zwölf. Wir haben ein Doppelzimmer und ansonsten Einzelzimmer. Laurie war zuerst in dem Doppelzimmer untergebracht. Nach dem Tod ihrer Mitbewohnerin bekam sie eins für sich allein. Sie ist anders als die anderen", fügte sie erklärend hinzu. „Nicht so schwierig." Sie lächelte entschuldigend. „Trotz ihrer Lebensumstände ist sie bemüht, sich anzupassen. Ich denke, mit ein wenig Führung kann sie ihren Weg gehen."

Ich war beeindruckt, ich hatte eine ganz andere Einschätzung erwartet. „Warum ist Laurie überhaupt in diesem Heim gelandet?", fragte ich ganz direkt. „Sie ist weder aggressiv noch latent gewalttätig, auch ihre Vorgeschichte lässt keine entsprechenden Vermutungen zu."

Jetzt war sie überrascht und unterzog mich einer zweiten, längeren Musterung. „Ämtermühlen mahlen leider langsam", erwiderte sie dann. „Ich habe bereits einen Antrag auf Verlegung gestellt und hoffe, dass diesem entsprochen wird. Laurie benötigt eine andere Art von Unterstützung, als die, die wir geben können." Sie strich sich durch ihr kurz geschnittenes graues Haar und rückte ihre Brille zurecht, bevor sie uns ungefähr das Gleiche erzählte, was ich Linus schon gesagt hatte: Die Mädchen waren extrem gestört, verletzt und traumatisiert. Es dauerte Jahre, sie auf einen anderen Weg zu bringen – wenn es denn überhaupt gelang. Denn leider hatten fast alle weiterhin Kontakt zu ihrer Ursprungsfamilie, teilweise durften sie diese sogar zu Hause besuchen.

Frau Liebisch nahm kein Blatt vor den Mund. Sie berichtete über die Kämpfe, die sie mit den Mädchen austragen musste, von der Fäkalsprache, der sich viele von ihnen bedienten, von den erforderlichen Anstrengungen, sie an ein geregeltes Leben zu gewöhnen, von dem Problem, dass sich besonders durch die sexualisierte Einstellung, die bei den Eltern vorherrschte und die sie über Jahre hinweg miterlebt hatten, ergab.

Dann blickte sie mich an und zog auffordernd die Augenbrauen hoch.

„Was ist mit Laurie?"

Angesichts ihrer bisherigen Aussagen beschloss ich, sämtliche Fakten offenzulegen, also auch die Geschichte mit diesem Andrej. Frau Liebisch sah zwar aus wie eine nette, harmlose Hausmutter, aber das täuschte. Natürlich war sie um jedes einzelne Mädchen bemüht, sie wusste allerdings auch, was für eine Klientel sie hier betreute und verschloss die Augen nicht vor den auftretenden Problemen. Sie konnte mir viel besser helfen, wenn sie die ganze Wahrheit erfuhr.

Ich berichtete ausführlich und hielt nichts zurück.

„Oh, Gott! Ich habe mir ja schon gedacht, dass mehr dahintersteckt, aber gleich so was?" Trotz ihrer Worte wirkte die Heimleiterin nicht verzweifelt, eher so, als würde sie sich kräftig die Hände reiben und gleich loslegen wollen.

„Dreh- und Angelpunkt ist Alisha", stellte ich fest. „Ich benötige jede Information über sie, die Sie haben."

„Warum mussten sich Alisha und Laurie ein Zimmer teilen?", ergänzte Linus, der sich zum ersten Mal überhaupt zu Wort meldete. Bisher hatte er mich agieren lassen. Sein Einwurf war richtig und wichtig, gut, dass ich ihn dabeihatte.

„Weil beide Mädchen von ihrer Art her anders waren", ging Frau Liebisch direkt auf seine Frage ein. „Wie ich schon sagte, die meisten kommen aus extrem desolaten Verhältnissen. Alisha stammte aus einer normalen Familie. Tja, und Laurie ist ein Sonderfall. Das habe ich gleich gespürt", sie lächelte, „obwohl sie sich anfangs äußerst biestig gab. Nennen Sie es Intuition, keine Ahnung, mein erster Eindruck bestätigt sich fast immer."

Lautes Gepolter und Geschrei unterbrachen unser Gespräch. Sie erhob sich mit einer entschuldigenden Geste. „Moment, ich schaue eben, was sich da tut."

Da sie die Tür nicht richtig hinter sich schloss, kamen wir in den Genuss, einen kleinen Einblick in den Alltag hier im Heim zu nehmen.

„Jamie-Lee!", rief Frau Liebisch. „Du …", laute Würgegeräusche und heftiges Erbrechen brachten sie zum Verstummen.

„Auch das noch!", stöhnte ein Mann.

Zwei andere Mädchen lachten und spotteten.

„Karen, bring sie nach oben und stell sie unter die Dusche", erklang Frau Liebischs energische Stimme. „Anschließend packst du sie ins Bett. Sie kommen bitte mit mir", wandte sie sich an jemand anders. „Ich möchte wissen, was vorgefallen ist."

Dann hörten wir nur noch, dass sich jemand im Flur zu schaffen machte, wiederum begleitet von den Lästereien einiger Mädchen. Wahrscheinlich musste einer der Angestellten die Hinterlassenschaften des Ankömmlings beseitigen.

Linus lauschte genauso gespannt wie ich. Die hatten eine Ausdrucksweise! Jedes zweite Wort war vulgär oder zweideutig. Die meisten konnte ich ihm übersetzen: Teile stand für Tabletten, Drogen oder Hasch, crinch für Scheiße, Schlampe, bitch und trans waren selbsterklärend. Ka-be mehr, ey, stand für kein Bock mehr, als ob, für stimmt nicht. Andere dagegen kannte selbst ich nicht.

Linus nickte dankbar für meine Ausführungen und wurde immer blasser. Langsam schwante ihm wohl, warum ich ihn nicht hatte mitnehmen wollen.

Ich nutzte die Gelegenheit und schaute mich ein bisschen genauer in dem Büro um. Alle Möbel waren aus Stahl, mit abschließbaren Türen und Schubladen. An mehreren Stellen deuteten tiefe Kratzer darauf hin, dass jemand versucht hatte, sie aufzubrechen. Bestimmt gab es einige Zöglinge, die liebend gern die Geheimnisse der anderen erfahren würden und dabei nicht mal vor einem Einbruch zurückschreckten. Was wichtig war, musste extra gesichert werden.

Ansonsten hatte Frau Liebisch es verstanden, den Raum heimelig einzurichten. Auf den Fliesen lag ein flauschiger, dunkelgrauer Teppich, die roten Vorhänge hatten ein weißes Blümchenmuster, auf der Fensterbank standen dicht an dicht blühende Pflanzen. Die drei großen Bilder, die die freien Wände schmückten, zeigten tropische Landschaftsaufnahmen und regten zum Träumen an. Alles in allem handelte es sich eher um einen Wohnraum denn ein Büro, was sich vermutlich positiv auf die hier stattfindenden Gespräche auswirkte. Keiner, der hereingerufen wurde, würde sich wie auf der Anklagebank fühlen.

Ich lehnte mich wieder zurück und lauschte dem Gespräch der beiden Mädchen, die sich in der Nähe von unserer Tür unterhielten. Die eine behauptete, sie sei genderfluid, also fühle sich abwechselnd zu beiden Geschlechtern zugehörig. Die andere gab ihr recht. Sie habe ihr Coming-out schon vor Monaten gehabt. Nur die Liebisch-Kuh nehme das überhaupt nicht ernst. Sie fühle sich extrem diskriminiert.

Ich musste mir ein Lachen verbeißen. Laurie hatte mich schon vorgewarnt, dass dieses Thema im Heim im Moment an erster Stelle rangierte und die meisten Mädchen darauf ansprangen, obwohl fast alle hinter jedem männlichen Wesen her waren. Zum Glück entfernten sich die beiden relativ schnell, sodass sich Linus' Gesicht und Ohren wieder entfärben konnten. Ob ich ihn bei der Befragung der Bewohnerinnen dabei sein ließ, musste ich wirklich abwägen.

37

Oliver

Es dauerte eine gute Viertelstunde, bis die Heimleiterin zurückkehrte. „Da bringt der Vater seine Tochter völlig bekifft und betrunken vom Heimfahrtwochenende zurück und tut anschließend noch so, als sei nichts Schlimmes passiert", erklärte sie kopfschüttelnd. „Das Mädchen hätte halt gefeiert, mit den Freunden von früher. Er könne sie ja nicht anbinden."
„Wenn man die doch aus der Familie nimmt, wieso haben sie dann weiterhin Kontakt?", fragte Linus.
Frau Liebisch seufzte. „Weil in unserem Staat das Elternrecht sehr hoch angesetzt wird."
Bevor sie mehr dazu erzählen konnte – auch das war wieder eine Geschichte, die einem ziemlich zu denken gab -, führte ich sie zu unserer unterbrochenen Unterhaltung zurück. „Inwieweit war Alisha anders als die anderen?"
Sie nickte lebhaft, scheinbar war es ihr ganz recht, dass ich das Thema wechselte. „Alisha stammte aus einem normalen Elternhaus. Der Vater ist Büroangestellter, die Mutter arbeitet halbtags als Friseuse. Sie war deren einziges Kind, wurde geliebt und verwöhnt. Sie hatte einen normalen Freundes- und Bekanntenkreis, kam in der Schule gut mit. Dann, sie war fünfzehn, lernte sie einen Achtzehnjährigen kennen, einen jungen Russen, ohne Schulabschluss, ohne Perspektive. Die Eltern verhielten sich vorbildlich, sie machten ihrer Tochter keine Vorwürfe, sondern duldeten Andrejs Besuche, so hieß er, wann immer sich die beiden zu Hause treffen wollten."

Andrej, so hieß auch der Typ von Laurie. Mein Verdacht, es bestände eine Verbindung zu dem alten Fall, erhärtete sich immer mehr.

„Sie hofften, dass Alisha über kurz oder lang selbst erkennen würde, dass sie nicht zueinanderpassten", fuhr die Heimleiterin fort. „Leider erfüllte sich ihr Wunsch anders als gedacht. Es war Andrej, der sich von Alisha trennte, und diese rastete völlig aus. Sie entwickelte sich zu einer Stalkerin, lauerte ihm überall auf und flehte ihn regelrecht an, die Freundschaft wieder aufzunehmen. Er kam sogar mehrfach vorbei, um ihren Vater zu bitten, auf die Tochter einzuwirken."

„Die Eltern waren machtlos", vermutete ich.

„Genau, egal was sie sagten oder taten, Alisha blieb total auf ihn fixiert. Mittlerweile hatte sie sich eingeredet, dass es nur an seinem neuen Freundeskreis lag, dass er sie mied. Als er schließlich die Stadt verließ, folgte sie ihm. Die Eltern meldeten sie als vermisst. Es dauerte fast ein Jahr, bis sie aufgegriffen wurde, und zwar, als sie auf ein anderes junges Mädchen einprügelte, das sich kurz zuvor mit Andrej getroffen hatte. Wie sie es anstellte, weiß keiner. Irgendwie war es ihr gelungen, ihn aufzuspüren. Weil sie mehrerer weiterer Straftaten verdächtigt wurde und sich auch aggressiv verhielt, kam sie zu uns." Frau Liebisch hielt inne und überdachte ihre Worte. „Anfangs war sie wie alle, die zu uns kommen", fügte sie hinzu. „Es ist die Ausnahme, wenn sich einer unserer Zöglinge gleich wohlfühlt. Die allermeisten wollen so schnell wie möglich wieder weg."

So etwas Ähnliches hatte Laurie auch gesagt.

„Alisha fügte sich irgendwann ein, blieb aber auf Abstand zu den anderen. Die kamen nicht miteinander klar. Obwohl Alisha das letzte Jahr wohl auf der Straße verbracht hatte, blieb sie eine Außenseiterin. Daher hoffte ich, dass sie und Laurie einen Draht zueinander finden würden."

„Was erzählte Alisha denn, wo sie gewesen ist? Und wie traf sie wieder auf diesen Andrej?" Vielleicht kamen wir nun tatsächlich zügig voran.

Zu früh gefreut! „Dazu hielt sie sich bedeckt. Und der junge Mann war nicht auffindbar. Die Angegriffene erklärte, sie habe ihn an dem Tag zum ersten Mal getroffen. Wo er wohne, was er mache, wisse sie nicht. Und Alisha behauptete, sie sei den beiden zufällig begegnet, habe gewartet, bis das Date zu Ende war, und sich dann das Mädchen gegriffen, um ihr klarzumachen, dass Andrej ihr Freund sei."

„Wer das glaubt!" Jetzt konnte Linus nicht mehr an sich halten. „Die wusste mehr, bestimmt. Er war ihr wichtig. Sie hätte als Erstes versucht, seinen Aufenthaltsort zu finden."

Das sah ich genauso. Wenn Alisha sich bedeckt hielt, dann aus der Intention heraus, ihn später wieder zu kontaktieren. „Sie machte keinen Fluchtversuch?", stieß ich deshalb nach.

„Die Neuankömmlinge werden scharf beobachtet und dürfen nicht allein weggehen. Sie haben auch kein Handy", klärte Frau Liebisch uns auf. „Nach und nach erhalten sie mehr Freiheiten. Das wird von Anfang an klar kommuniziert. Zusätzlich haben wir den Vorteil, dass die Polizei zügig auf eine Vermisstenanzeige von uns reagiert. Die, die es trotzdem wagen, sind schnell wieder da."

„Das heißt, Alisha gab sich einsichtig?"

„Nein, das nicht unbedingt. Sie hielt sich an die Regeln, ansonsten blieb sie für sich und hatte weiterhin ihre eigene Sicht der Dinge, die da lautete: Andrej liebt mich. Sobald ich achtzehn bin, kann ich zu ihm zurück."

„Bekam sie keine Psychotherapie?", fragte Linus.

Frau Liebisch lachte. „Du musst schon selbst deinen Anteil bringen, und dazu war Alisha nicht bereit."

„Wie kam sie mit ihren Eltern zurecht?", übernahm ich wieder.

„Gar nicht. Sie haben sie genau zweimal hier besucht und sich danach nicht mehr blicken lassen, es wurde weder telefoniert noch gab es einen schriftlichen Austausch. Die Mutter kam nach diesem zweiten Besuch völlig verzweifelt zu mir und weinte bitterlich. Ihre Tochter sei dermaßen gestört, sie könne das nicht ertragen. Sie hätte sie beide wie Fremde behandelt."

Damit hatte sich der geplante Ausflug zu den Eltern bereits erledigt. „Und Alisha und Laurie?"

„Blieben auf Abstand", gab Frau Liebisch zu. „Sie waren Zimmergenossinnen, kamen damit klar, ansonsten hatten sie wenig Kontakt. Alisha vertraute sowieso niemandem. Und Laurie war noch nicht so weit, aus sich herauszukommen. Ja, und dann verschwanden beide gleichzeitig."

„Die Polizei denkt, Alisha sei von einem unaufmerksamen Autofahrer erwischt worden?"

„Einem, der in der Kurve ins Schleudern geraten ist", korrigierte sie mich. „Und der dann lieber verschwand, als nach seinem Opfer zu schauen. Leider gibt ihm sein Verhalten noch recht. Es wurden keine relevanten Spuren gefunden, die auf denjenigen hinwiesen."

„Wer könnte heimlich doch näher mit Alisha befreundet gewesen sein? Jemand, dem sie sich anvertraute und der nun selbst vor einer Erpressung nicht zurückschreckt", verdeutlichte ich. „Trotz des bösen Ausgangs beim ersten Versuch."

Frau Liebisch lehnte sich in ihrem Stuhl zurück und schloss überlegend die Augen. Linus und ich beobachteten sie gespannt und wagten nicht, uns zu rühren.

Endlich schlug sie die Augen wieder auf. „Keines meiner Mädels", sagte sie mit ruhiger, bestimmter Stimme. „Da bin ich mir ganz sicher."

„Es muss jemand von ihnen sein." So schnell würde ich nicht lockerlassen. „Und diejenige schwebt in großer Gefahr."

Sie fuhr sich mit der Zunge über die Lippen und rang offensichtlich mit sich, ob sie ihre Vermutung aussprechen solle. Dann nickte sie langsam. „Die Einzige, die vielleicht infrage käme, wäre Jennifer. Die hat sich leider nicht so entwickelt, wie ich es mir erhoffte."

„Das ist diejenige, die Laurie definitiv ausschließt."

„Keine der anderen wäre dazu in der Lage", beharrte sie. „Die meisten sind ziemlich einfach gestrickt. Die hätten so etwas niemals aufziehen können. Jennifer hingegen … sie ist in der Lage, sich gut zu verstellen. Meine Mädchen dachten, sie sei ein ausgleichender Mensch, der sich um alle bemühe. Sie schlichtete Streit, an sie konnte man sich wenden, wenn man Kummer hatte, sie gab ihnen immer ein offenes Ohr. Auf den ersten Blick sah es aus, als habe sie sich um hundertachtzig Grad gedreht zu damals, als sie bei uns eintraf. Sie hat ihren Schulabschluss erreicht und will angeblich nach den Sommerferien auf eine Berufsfachschule wechseln. Andererseits ist sie regelmäßig bei ihrer Mutter gewesen und wohnt jetzt wieder bei ihr. Und ich denke, sie hat ihren Freundeskreis nie ganz aufgegeben."

Das klang alles ziemlich vage.

„Echte Beweise habe ich nicht, allerhöchstens kleinere Hinweise. Die Summe macht es", versuchte sie zu erklären. „Wenn diese Geschichte mit Laurie nicht passiert wäre, hätte ich keinen Gedanken mehr an sie verschwendet. Als sie ging, atmete nicht nur ich auf. Die meisten der Betreuer hatten mittlerweile einen ähnlichen Eindruck von ihr. Jenny tat den anderen nicht gut und wir waren uns fast sicher, dass sie es nicht aus diesem Milieu rausschaffen würde."

„Was für Hinweise gab es denn?", fragte Linus nach, bevor ich es tun konnte.

„Wenn sie zum Beispiel jemand nicht mochte, hat sie dafür gesorgt, dass diejenige ziemlich allein dastand. Sie erreichte ihr Ziel mit ein paar dementsprechenden Bemerkungen, nichts Schlimmes, auch nichts Eindeutiges. Oh, ja, Jenny ist in der Beziehung sehr schlau vorgegangen. Sie wusste genau, wie sie es anstellen musste. Ich vermute auch, dass sie einige zur Aufsässigkeit überredete, oder zu diversen, hier nicht gern gesehenen Abenteuern an den Heimfahrtwochenenden", fuhr sie nach einer kurzen Pause fort. „Beweise dafür habe ich nicht. In solchen Dingen halten die Mädchen zusammen."

Mehr würden wir von ihr nicht erfahren. Im Prinzip konnte ich dankbar sein, dass sie so offen gesprochen hatte. Ich ließ mir Jennifers Adresse geben, bedankte mich bei ihr für die Auskünfte und erhob mich. Bevor ich sie fragen konnte, ob ich vielleicht mit einigen der Mädchen reden durfte – allein, Linus würde so lange im Auto auf mich waren -, ertönte schon wieder Geschrei. Frau Liebisch rannte an uns vorbei und riss die Tür auf.

Vor der Treppe standen eine kleine, dicke Rothaarige und eine magere Blonde und beschimpften sich auf Übelste. Bevor sich einer der in der Nähe befindlichen Erwachsenen rühren konnte, lagen sie schon kämpfend am Boden, rissen sich gegenseitig an den Haaren und bespuckten sich.

Sofort sprangen zwei Erzieher hinzu, rissen sie auseinander und hielten sie vorsichtshalber fest. Beide brüllten weiter mit hochroten Köpfen aufeinander ein, wobei verfickte Hure, blöde Schlampe und alte Fotze noch zu den harmlosen Ausdrücken gehörten.

„Kommen Sie", Frau Liebisch zog uns zum Hinterausgang, weil der Flur komplett belegt war. „Nicht dass Sie meinen, es läuft bei uns jeden Tag so ab. Normalerweise leben wir bis auf kleinere Reibereien relativ friedlich und einträchtig zusammen." Trotz ihrer Worte holte sie mehrmals tief Luft, um sich zu beruhigen. Die Aktion hatte sie sichtlich mitgenommen. „Ausgerechnet diese beiden." Wieder hielt sie inne, um tief durchzuatmen. „Bei denen dachte ich wirklich, sie seien endlich auf dem rechten Weg. Und dann das! Diese verdammten Elternbesuche", brach es aus ihr heraus. „Die machen so viel kaputt. Ich versuche schon, sie zu begrenzen. Trotzdem ist es immer wieder das Gleiche. An diesen Wochenenden mutieren meine Mädchen zu Bestien. Sie sind nicht mehr sie selbst. Und wir müssen sehen, dass wir sie immer und immer wieder auffangen und stabilisieren."

Ich schielte zu Linus hinüber, der reichlich mitgenommen aussah. Bei so etwas live dabei zu sein, war etwas anderes, als nur davon zu hören. „Ein Ausnahmetag", nickte ich an Frau Liebisch gewandt. „Laurie berichtet durchweg positiv."

Auch sie nickte. „Das freut mich zu hören. Ich wünsche ihr und Ihnen, dass Sie den Fall schnell aufklären."

Eine Angestellte kam mit einem großen Koffer auf uns zu. „Das ist alles, was Laurie hier hatte", erklärte sie und überreichte ihn mir.

Super, dann konnten wir direkt los. Linus und ich verabschiedeten uns und gingen zum Parkplatz. Von vorn lag das Haus still in der langsam hinter den Wolken hervortretenden Sonne. Alles wirkte ruhig und friedlich. Nichts deutete darauf hin, was sich im Inneren für Dramen abspielten.

38

Oliver

„Was jetzt?", fragte Linus, kaum dass wir eingestiegen waren.

Aha, er wollte nicht über das Erlebte sprechen. Noch nicht, irgendwann würden wir es tun müssen. Sonst bekam er eine falsche Vorstellung von der Wirklichkeit. Natürlich war es für ihn ein Schock, bisher hatte er mit einer derartigen Klientel nie zu tun gehabt. Gegen diese Mädchen wirkte Laurie total normal. Aber wenn er sich wirklich mit forensischer Psychiatrie beschäftigen und diese Berufswahl einschlagen wollte, war es unumgänglich, dass er Einblicke in die Abgründe der menschlichen Natur bekam. Und das am besten bevor er studierte. Er musste wissen, auf was er sich einließ.

„Wir fahren gleich durch zu Jennifer", erwiderte ich.

Im Prinzip hatten wir immer noch nicht viele Informationen über das Mädchen, zog ich jetzt während der Fahrt ein Resümee. Frau Liebisch hatte sich bedeckt gehalten, warum Jennifer bei ihr gelandet war. Außer dass man der alleinerziehenden Mutter das Sorgerecht der damals Zehnjährigen komplett entzog, erfuhren wir nichts über die häuslichen Verhältnisse.

Andererseits sagte das Unverständnis der Heimleiterin über Jennys Wiedereinzug bei ihr genug. Dieser Entschluss brachte ihr weitere Minuspunkte und bestärkte Frau Liebischs Verdacht, dass das Mädchen in die Richtung ihrer Mutter tendiere und damit ein absolut egoistischer Mensch sei, nur auf seinen eigenen Vorteil bedacht.

„Wir werden wohl doch die Polizei einschalten müssen", hatte ich ihr klargemacht. „Wenn Jennifer tatsächlich die Erpresserin ist, kommt sie in Teu-
fels Küche. Diese Gruppe, mit der sie sich da anlegt, gegen die kommt sie
nicht an."

Begeistert war die Heimleiterin natürlich nicht, dass mein Auftauchen immer größere Wellen schlug. Trotzdem hatte sie auf meinen Vorschlag hin
genickt, dass ich zuerst sehen wollte, ob ich nicht auf das Mädchen einwir-
ken konnte – wenn ihr Verdacht denn tatsächlich stimmte. Vielleicht ließ
sich die Sache noch im letzten Moment geradebiegen.

Jennifer und ihre Mutter wohnten etwa eine Stunde Fahrzeit von dem
Heim entfernt, genug Zeit also, um mich mit Rebecca und Tristan auszutauschen. Ihn rief ich zuerst an. Er wusste ja nicht mal, dass Linus mit mir
zusammen unterwegs war.

Dementsprechend sauer reagierte er. „Warum hast du mir nicht Bescheid
gesagt?" Seine Stimme schwankte zwischen beleidigt sein und Wut.

„Weil es mir eigentlich schon widerstrebte, ihn mitzunehmen", gab ich offen zu. Damit musste sein Freund leben, dass wir nun über ihn redeten, als
sei er nicht anwesend. „Aber du kennst ihn, er ist stur. Und ich bin auf eure
Mitarbeit angewiesen", setzte ich einer Eingebung folgend hinzu. „Du bist
kompatibler, auf dich kann ich mich verlassen."

Natürlich fing Linus an, bei diesen Worten zu protestieren und lauthals zu
lamentieren.

Tristan lachte. Ich hatte erreicht, was ich wollte. „Es wird noch eine Weile
dauern, bis ich dich abhole", kam ich zum eigentlichen Grund meines An-
rufs und erklärte ihm, wohin wir unterwegs waren und warum. „Ich melde
mich, sobald wir zurückfahren."

Kaum hatte ich das Gespräch beendet, rief ich Rebecca an. „Hi, wie sieht's
aus?"

„Alles in Ordnung", erwiderte sie. „Laurie und ich wollen gleich mit Charlie in den Garten."

Das hieß übersetzt, ihr war es gelungen, sich mit dem Mädchen anzufreun-
den. Gestern war Laurie auf Abstand geblieben, es schien, als traue sie meiner Freundin nicht über den Weg und sei sogar eifersüchtig auf deren guten

Draht zu dem kleinen Bruder. Rebecca war eindeutig ein Genie, dass sie diesen Umschwung in so kurzer Zeit geschafft hatte.

Trotzdem wollte ich weiterhin dafür sorgen, dass Linus und Tristan den dreien Gesellschaft leisteten, einerseits, um etwas mehr Abwechslung in deren Alltag zu bringen - wenn man das Grundstück nicht verlassen durfte, wurde es einem schnell langweilig. Andererseits hatte ich so die beiden Jungen auf eine nette Weise aus dem Weg, denn ich war mir ziemlich sicher, dass sie ansonsten versuchen würden, an der Lösung des Falls mitzuarbeiten.

Wobei mittlerweile Linus die treibende Kraft war. Bei unserem ersten gemeinsamen Fall noch ans Haus gefesselt hatte er dieses Hemmnis jetzt nicht mehr. Ich wusste genau, dass er darauf brannte zu ermitteln und den armen Tristan mitziehen würde. Dieser war viel zu gutmütig, als dass er sich geweigert hätte. Außerdem tat ihm Laurie leid und für seine wenigen Freunde setzte er sich bedingungslos ein. Eine Kombination, die in meinen Augen Schlimmes befürchten ließ.

Ich erklärte Rebecca, was sich ereignet hatte, schärfte ihr aber ein, kein Wort darüber gegenüber Laurie verlauten zu lassen. „Das übernehme ich, wenn ich die Jungen bringe", sagte ich abschließend. „Vielleicht kann ich dann ja sogar schon Ergebnisse vorweisen."

Linus neben mir schüttelte den Kopf. „Das glaube ich nicht", unkte er. „Das wäre viel zu einfach."

Die Gegend, in der Jennifer und ihre Mutter wohnten, vermittelte eher ein normales Bild: Große Wohnblocks einer Gesellschaft, die sich ausreichend kümmerte. So billig konnten die Mieten hier nicht sein.

Wir parkten lieber am äußeren Ende der Siedlung und gingen den Rest zu Fuß. Das Haus der Randolfs befand sich ungefähr in der Mitte, am Klingelschild für acht Parteien stand der Name ganz unten. Ich drückte darauf, wenig später meldete sich eine fragende Stimme, die eindeutig zu einer älteren Frau gehörte.

„Speer, ich komme vom Heim und möchte mit Ihrer Tochter sprechen", behauptete ich. Sonst ließ sie mich garantiert nicht rein.

„Die ist nicht da", kam es prompt zurück.

„Wann erwarten Sie sie?"

„Keine Ahnung, die ist über achtzehn und macht, was sie will."

„Dann müssten wir kurz mit Ihnen sprechen. Es sind zwei, drei Fragen offen, die dringend abgeklärt werden sollten." Ich hoffte, sie wollte nichts Genaueres wissen, ad hoc fiel mir nichts ein, was ich vorbringen konnte.

Natürlich stellte sie sich quer. Da müssten wir wiederkommen, wenn Jennifer zu Hause wäre.

„Dingende Unterschrift, die geht auch von ihr", flüsterte mir Linus zu.

„Es wurde vergessen, sie vernünftig abzumelden" machte ich daraus. „Daher laufen die Kosten weiter. Sie müssten uns nur das Auszugsdatum bestätigen und dass Ihre Tochter anschließend zu Ihnen gezogen ist."

Das liebe Geld öffnete uns tatsächlich die Tür. Links im Parterre stand eine ältere, ungepflegt wirkende Frau im Morgenmantel, einen Rollator vor sich.

„Ich habe nicht mit Besuch gerechnet", empfing sie uns. „Wo muss ich unterschreiben?"

„Ich müsste das Schreiben noch aufsetzen, mit den passenden Daten. Haben Sie mit Ihrer Tochter einen Untermietervertrag gemacht?"

Hatte sie nicht. Brummend wendete sie den Rollator und ging vor uns her. Die Diele war so vollgestellt, dass nur ein schmaler Durchgang blieb. An den Wänden türmten sich alte Zeitungen, blaue Säcke und Stapel von Kartons. Obendrauf lagen mehrere Mülltüten, die einen bestialischen Gestank verbreiteten. Linus war hinter mir, sodass ich sein Gesicht nicht sehen konnte, aber ich hätte darauf gewettet, dass er entsetzt war. So etwas sah er bestimmt auch zum ersten Mal.

Selbst die Küche, in die Frau Randolf uns führte, war überall mit Kartons vollgestellt, auf den Stühlen lagen Wäsche oder Zeitungen. Die Tischplatte war bis auf einen winzigen Bereich ebenfalls nicht zu sehen. Auf Spüle und Herd lagerte das benutzte Geschirr von mindestens einer Woche, die sichtbaren Stellen starrten vor Schmutz.

Scheinbar ungerührt holte ich aus meiner Aktentasche, die ich mir vorsichtshalber gegriffen hatte, ein leeres Blatt und einen Kugelschreiber. In Ermangelung anderer Freiflächen stellte ich mich an den Tisch. „Wann ist Ihre Tochter wieder bei Ihnen eingezogen?"

„Kurz vor Ferienbeginn."

Netterweise soufflierte mir Linus das Datum.

„Seitdem lebt sie fest bei Ihnen?"

„Ja doch!" Ihre Stimme klang aggressiv. „Ich verstehe das nicht. Worum geht es eigentlich?"

„Ihre Tochter wurde offiziell nie abgemeldet. Das wollen wir jetzt nachholen", wiederholte ich. Bevor sie nachhaken konnte, stellte ich die nächste Frage: „Hat sich Jennifer umgemeldet?"

„Woher soll ich das wissen? Sie lebt ihr Leben und ich meins." Es war deutlich zu erkennen, dass sie es bereute, uns eingelassen zu haben.

„Wann ist Ihre Tochter denn selbst zu sprechen?"

„Keine Ahnung, das sagte ich schon. Sie kommt und geht, wie es ihr passt."

„Heute Abend, morgen früh?", ließ ich nicht locker.

„Müssen Sie selbst gucken. Es gibt keine festen Zeiten."

„Wann war sie denn zuletzt hier?"

Sie überlegte. „Vor zwei, drei Tagen? Ja, am Donnerstag."

Meine Alarmglocken begannen zu klingeln. „Wo könnte sie sich seitdem aufhalten?"

Statt zu antworten, musterte sie mich feindselig. „Wer sind Sie überhaupt? Können Sie sich ausweisen?"

Um weiterzukommen, musste ich aufs Ganze gehen. „Speer, mein Name. Ich bin Detektiv. Ihre Tochter wird verdächtigt, in ein Verbrechen verwickelt zu sein, das seinen Ursprung im Heim genommen hat. Zusammen mit den eben genannten Versäumnissen ist sie damit zur Verdächtigen Nummer eins geworden."

Ihre Reaktion war mehr als enttäuschend. Sie zuckte die Schultern und sah eher befriedigt aus. „Keine Ahnung, was sie treibt. Keine Ahnung, wo sie ist und keine Ahnung, wann sie wiederkommt."

Sie wollte nicht mal erfahren, wessen ihre Tochter verdächtigt wurde!

„Kennen Sie ihre Freunde mit Namen und Adresse?"

„Nee." Kurz und knapp.

„Gut, dann unterschreiben Sie mir bitte die Angaben zu den Wohnverhältnissen, ich werde es so weitergeben." Sie mauerte, das war mir klar, aber ich fand keinen Ansatzpunkt.

Im letzten Moment trat ich zur Seite, sonst hätte sie mich voll mit ihrem Rollator erwischt. Ich roch ihren sauren Schweiß und einen anderen undefinierbaren Geruch und ging auf Abstand.

Anstatt sich meine Angaben durchzulesen, kritzelte sie schnell ihren Namen darunter und hielt mir das Blatt hin. „War's das?"

„Fürs Erste ja. Mein Kollege wird sich in den nächsten Tagen bei Ihnen melden."

Ich nickte Linus zu, dessen Gesicht bereits eine grünlich-graue Farbe angenommen hatte, und er rannte geradezu in die Diele und aus der Wohnung. Erst auf dem Bürgersteig vor dem nächsten Haus verlangsamte er seinen Schritt und atmete tief durch. „Sehr interessanter Einblick", meinte er zu meinem Erstaunen. „Der Tag heute hat sich für mich gelohnt."

Bevor ich antworten konnte, sah ich einen dieser typischen Rentner aus dem Haus neben dem der Randolfs treten, die für meinen Beruf so wichtig waren. Typisch, weil er so aussah, als würde er viel Zeit damit verbringen, seine Nachbarn zu beobachten beziehungsweise sich über ihr Fehlverhalten aufzuregen. Diese Spezies entpuppte sich immer als gute Nachrichtenquelle.

Ich wartete, bis er auf uns zukam und uns dabei eingehend musterte. Er kannte wohl jeden, der hier wohnte. Wir ließen ihn an uns vorbeigehen und folgten ihm, bis wir außer Sichtweite von Frau Randolf waren. Ich beschleunigte meinen Schritt. „Entschuldigen Sie bitte, hätten Sie Zeit für ein kurzes Gespräch?" Noch während ich fragte, zog ich meine Karte hervor und hielt sie ihm hin. „Speer, ich bin Detektiv."

Er zog überrascht die Augenbrauen hoch und blickte auf Linus.

„Ein Student der Forensik. Der ist älter, als er aussieht."

„Um wen geht es denn?" Er schien interessiert, war aber noch skeptisch.

„Um Frau Randolf und ihre Tochter."

„Ah." Er nickte, als hätte er keine andere Antwort erwartet. „Eine unmögliche Frau. Mit der kommt keiner klar. Leider ist sie schwerbehindert und deshalb nicht aus der Wohnung zu kriegen. Die Siedlungsgenossenschaft versucht schon seit Jahren, sie zu kündigen."

„Wohnt sie schon lange hier?"

Er nickte bekräftigend. „Sie ist damals mit drei Kindern eingezogen, zwei älteren und der Kleinen. Die älteren haben später dafür gesorgt, dass ihr die Jennifer weggenommen wurde. Weil sie immer auf einem der Kinder rumgehackt hat, erst auf dem Jungen, dann auf dem Mädchen, dann auf der Jennifer. Also nicht nur verbal, sondern auch körperlich, aus den nichtigsten Anlässen." Er beugte sich vor und schaute erst in alle Richtungen, ob niemand in unserer Nähe war, bevor er verkündete: „Angeblich hat sie die sogar zum Klauen angestiftet. Das Geld war bei der immer knapp. Die meisten sagen, die säuft. Nicht jeden Tag, eher phasenweise. Aber wenn, dann richtig."

„Und Jennifer?"

„Ein armes Mädchen, wir waren alle froh für sie, dass das Jugendamt eingegriffen hat."

Und warum hatte niemand der ach so besorgten Nachbarn bis dahin reagiert? „Sie wissen, dass sie jetzt wieder bei ihrer Mutter lebt?"

„Nur vorübergehend, bis sie Fuß gefasst hat. Sie einfach mit achtzehn rauszusetzen, ist wirklich nicht die richtige Art", empörte er sich.

„Hat sie Ihnen das erzählt?"

„Ja, begeistert ist sie nicht. Deshalb hält sie sich so wenig wie möglich bei ihr auf." Erst jetzt ging ihm auf, dass er bisher gar nicht nachgefragt hatte, warum ich mich für die beiden interessierte. „Hat eine von beiden was angestellt?" Die Mutter wäre ihm eindeutig lieber.

„Es geht um eine etwas länger zurückliegende Geschichte, die im Heim passiert ist. Ich wollte eigentlich Jennifer dazu befragen, als Zeugin, nur hat ihre Mutter keine Ahnung, wo sie sich aufhält und wann sie zurückkommt."

Er schien ziemlich enttäuscht von meiner Antwort. „Tja, die Jenny ist so viel weg wie möglich. Bei Freunden halt und so."

„Kennen Sie jemand mit Namen? Oder eine ungefähre Adresse?"

Er schüttelte den Kopf. „Die bringt nie einen mit, lässt sich auch nicht abholen. Frühere Freunde in der Siedlung gibt es nicht. Die Mutter war echt schlimm, dadurch hat Jenny auch keinen Kontakt gekriegt."

„Was ist mit den direkten Nachbarn?"

„Die wechseln ständig. Neben der hält es keiner lange aus."

„In welcher Schule war sie denn?" Schon zum zweiten Mal konnte ich froh sein, dass Linus dabei war.

Der Rentner gab uns die entsprechende Auskunft, dann entschuldigte er sich, dass er zu einer Verabredung wollte. Auch wir machten uns wieder auf den Weg zum Auto.

39

Oliver

„Wohin jetzt?", fragte Linus.

„Zur Polizei." Die Geschichte wurde mir zu heiß. Wenn Jennifer tatsächlich unsere Erpresserin war, mussten wir dringend offiziell Meldung machen. Nicht dass die Männer, die Laurie bedrohen, sie vor uns fanden. Während ich mit dem zuständigen Beamten sprach, musste Linus im Auto warten. Ihn mitzunehmen, erschien mir nicht sinnvoll. Ich hatte sowieso vor, nur auf die Fakten zu verweisen. Meinen Verdacht würde ich erst einmal für mich behalten.

„Die Erpresserin ist in großer Gefahr, wie man an Lauries Erlebnissen und Alishas Tod sieht," endete ich.

Der Polizist nickte, offensichtlich einer Meinung mit mir. Er verkündete, umgehend ein paar Kollegen zu Jennifers Adresse zu schicken, die in der Nachbarschaft herumfragen sollten, wo sie sich aufhielt. Außerdem bat er darum, dass Laurie am nächsten Tag im Präsidium erschien, um ihre Aussage abzugeben und mit Hilfe eines Polizeizeichners zu versuchen, ein Phantombild von diesem Andrej zu erstellen. Dass seine Facebook-Adresse nicht nachzuverfolgen war, stellte er natürlich infrage. Ich versprach, sie ihm umgehend zuzuschicken, und bat ihn, zusätzlich Frau Körber zu informieren, mit der ich schon mehrfach zusammengearbeitet hätte, da ein Zusammenhang mit einem ihrer Fälle bestehe. Sie würde, so hoffte ich, dafür sorgen, dass unser Fall bevorzugt behandelt wurde.

„Ansonsten kann ich Ihnen nur empfehlen, sich rauszuhalten, Herr Speer."
Er musterte mich eindringlich. „Kümmern Sie sich um das Mädchen und
sorgen Sie dafür, dass keiner an sie rankommt. Alles Weitere ist unser Job."
Als wenn ich mich darauf beschränken könnte!

Zurück im Auto rief ich, um gleich beide Jungen zu informieren, Tristan
an und teilte ihm anschließend mit, dass ich nur noch kurz zu Hause ein
paar Sachen holen, wieder meinen Privatwagen übernehmen und dann bei
ihm auftauchen würde. Er solle sich bereithalten.

Ben war schier außer Rand und Band und begrüßte uns begeistert. Tristans
Mutter Kerstin, mit der Rebecca gestern Abend noch gesprochen hatte,
ließ es sich nicht nehmen, ihren Sohn zum Fahrzeug zu begleiten. „Keine
Extratouren", warnte sie mich leise, während Tristan sich bemühte, den
aufgeregten Ben zu sichern.

„Wir sind weit ab vom Schuss und so wird es bleiben." Ich hatte gar nicht
vor die Jungen zu meinen Recherchen mitzunehmen. „Rebecca wird ein
Auge auf sie haben. Sie sollen sie bei der Beschäftigung unserer Schützlinge
unterstützen. Immerhin waren sie es, die das alles angestoßen haben."

Sie nickte seufzend. „Da denkt man, sie werden endlich vernünftig und
dann sind sie längst schon wieder in die nächste Geschichte verwickelt."

„Aus reiner Hilfsbereitschaft", nahm ich sie in Schutz. „Freu dich lieber,
dass Tristan solche Fortschritte gemacht hat und auf andere zugehen
kann."

„Du passt gut auf?" Meine Worte schienen sie gar nicht erreicht zu haben.
Verständlich, wenn man bedachte, welche Auswirkungen der Fall, in den
sie verwickelt gewesen war, erreicht hatte.

„Du kannst dich auf mich verlassen."

Sie beugte sich ins Wageninnere. „Hallo Linus, schön, dass du dabei bist",
begrüßte sie Tristans besten Freund und sagte an ihren Sohn gewandt:
„Viel Spaß euch beiden. Melde dich ab und zu bei uns."

Ich hob zum Abschied die Hand und machte, dass ich hinters Lenkrad
kam, bevor sie nähere Einzelheiten zu Laurie und Charlie wissen wollte.
Was Rebecca ihr erzählt hatte, wusste ich nicht. Wahrscheinlich nur das
Nötigste, meine Freundin war äußerst geschickt darin, sich auf wenige Fakten zu beschränken, ohne dass es ihrem Gegenüber auffiel. Den Jungen

192

drohte an diesem Aufenthaltsort wirklich keine Gefahr. Sie waren dort sicher untergebracht.

Während der Fahrt informierten wir Tristan ausführlich über jede Einzelheit unserer Nachforschungen. Dann erzählte ich von meinem Verdacht, dass die Ereignisse mit dem Fall, den ich vor kurzem bearbeitet hatte, zusammenhängen könnten. Ich gab ihnen einen kurzen Abriss über den Mord an Ferhat und die Ergreifung des Täters. Das was ich anschließend herausgefunden hatte, war für uns im Moment wichtiger, weshalb ich ausführlich berichtete.

April

Wir lagen eindeutig falsch mit unseren bisherigen Vermutungen, sinnierte ich, nachdem Herr Demirci die Detektei verlassen hatte. Diese Geschichte mit Amina passte so überhaupt nicht ins Bild.

Ich überdachte den gesamten Fall noch einmal gründlich. Mehmet, der Nachbarsjunge, hatte gesagt, Ferhat habe behauptet, man müsse gut aussehen, um für den neuen Job infrage zu kommen. Wenn diese Aussage und der Verdacht, der mir kurzzeitig gekommen war, als ich mit der Hauptkommissarin sprach, stimmte, hatte ich eine Richtung, in die ich recherchieren konnte. Ob sie uns tatsächlich zum Ziel führte, würde sich hoffentlich schnell herausstellen.

Ich zog die einzelnen Zeitungshäufchen, die sämtliche öffentlich gemachten Verbrechen der Städte enthielten, in denen Ferhat in diesem Zeitraum gesehen wurde, heran und blätterte sie erneut durch.

„Könnte es nicht sein, dass Amina eine besondere Rolle bei der Vorbereitung einer geplanten Tat spielte?", fragte ich meine Tante, obwohl nach dem Auffinden von Ferhats Leiche, in den nächsten Wochen nichts Weltbewegendes vor Ort passiert war. Aber vermutlich war die Truppe nach dem Mord lieber geflüchtet.

„Oder das Mädchen sollte nur ein netter Zeitvertreib sein", gab sie zu bedenken.

„Es müsste sich ein Muster finden lassen, wenn mein Verdacht stimmt", beharrte ich.

Ich machte mich erneut auf den Weg ins Einkaufscenter. Normalerweise mussten sich Eloise und Lina um diese Zeit im Pub befinden.

Sie saßen am selben Tisch wie zuvor und strahlten mich dankbar an.

„Es hat alles geklappt!" Lina war die Erleichterung deutlich anzusehen. „Wir müssen gar nicht aussagen, weil Aminas Vater gestanden hat. Keiner erfährt von uns."

„Das haben wir Ihnen zu verdanken." Eloises Wangen verfärbten sich zartrosa. Ich war eindeutig ihr Held.

„Ich wollte mich ebenfalls bei euch bedanken", behauptete ich und winkte Harry, damit er an den Tisch kam. „Eine Runde Fruchtcocktails, oder was möchtet ihr?"

Sie berichteten mir ausführlich, wie das Ganze aus ihrer Sicht abgelaufen war. Noch am selben Abend wurden Amina und ihr Vater von der Polizei abgeholt. Dann kam das Mädchen allein zurück. Keiner in der Siedlung wusste, was das zu bedeuten hatte. Natürlich kursierten die wildesten Gerüchte, aber die Wahrheit blieb im Verborgenen.

Am nächsten Tag tauchten weder Amina noch ihre Geschwister trotz schönsten Wetters draußen auf, am übernächsten zwang sich Lina zu einem Besuch und klingelte an der Wohnungstür. Die Mutter öffnete und erklärte, die Tochter sei krank und keiner dürfe zu ihr. Heute Morgen kam dann in den Nachrichten, dass der Mörder von Ferhat verhaftet worden sei. Die ersten Nachbarn zogen die richtigen Schlüsse, plötzlich war sich jeder sicher, dass Aminas Vater der Schuldige war.

„Wer es aufgebracht hat, ist nicht bekannt", erzählte Eloise. „Die arme Amina! Wie muss sie sich jetzt fühlen?"

„Vielleicht ist sie erleichtert, dass sie endlich abschließen kann", tastete ich mich behutsam vor. „Es muss für sie eine ebenso schlimme Sache gewesen sein, dieses heftige Geheimnis für sich zu behalten. So etwas steckt man nicht so einfach weg."

Eloise nickte unglücklich. „Es gab nur Scheiße und Scheiße."

„Der ist ein Psycho, sagt meine Mutter", ergänzte Lina. „Amina ist ohne den besser dran. Wie der die Familie behandelt hat. Der lebte noch im Mittelalter."

Die ideale Antwort, um mich einzubringen. „Ich dachte, beide Eltern wären arbeiten gegangen, also gleichberechtigt", wunderte ich mich.

Lina schnaubte laut. „Er hat als angelernter Koch zur Aushilfe gearbeitet und sie hatte mehrere Putzstellen, dazu den kompletten Haushalt und die Kinder. Es gab immer Streit, wenn die sich nicht an das gehalten hat, was er vorgab."

„Wird sie denn ihre Arbeitsstellen behalten?", tat ich besorgt. „Nicht dass sie diese jetzt auch noch verliert."

Lina winkte ab. „Beim Frisör bestimmt nicht, und beim Bäcker auch nicht. Kann sein, dass es der Arzt und der Juwelier anders sehen, wenn es rauskommt. Die haben sich ja schon aufgeregt, wenn Amina ihr beim Putzen half."

Das sei eine kleine Einkaufsstraße kurz vor der Innenstadt, erfuhr ich auf meine Nachfrage. Die Mutter hätte erst nur ein Geschäft gehabt, bis sich rumsprach, dass sie halt gut und schnell arbeite und auf sie Verlass sei.

„Die kommen schon rum", versicherte Lina mir. „Sie kann ja beim Amt zusätzliche Unterstützung beantragen."

Durch geschickte Nachfragen gelang es mir, den beiden zu entlocken, wo sich diese Einkaufsstraße befand. Als wir uns verabschiedeten, schieden wir als beste Freunde. Und es war mir gelungen, den Mädchen den letzten Rest ihrer Selbstzweifel zu nehmen, ob sie nicht doch am Unglück ihrer Freundin eine Mitschuld trugen. Jetzt sahen sie es hoffentlich, wie es war, dass Amina niemals ihren Seelenfrieden gefunden hätte, wenn sie mit dem Erlebten hätte leben müssen, ohne sich jemals irgendwem mitzuteilen.

Harry winkte mich zu sich. „Alles geklärt?"

„Ich wollte mich noch einmal bei den beiden bedanken", behauptete ich. Denn dass ich auf weitere Informationen scharf war, musste er nicht wissen. „Und ihnen ihr schlechtes Gewissen nehmen, dass sie die Freundin verraten haben. Denn im Endeffekt waren es ihre Aussagen, die zur Aufklärung des Falls führten."

„Oder deine Kombinationsgabe", er zwinkerte mir zu, wurde aber schnell wieder ernst. „War's das jetzt? Schade. War richtig spannend, an so einer Ermittlung teilzuhaben."

„Wenn ich mal in der Nähe bin, schaue ich rein", versprach ich ihm.

Das Pub verlassend schaute ich auf die Uhr. Ja, die Zeit reichte, mir die Arbeitsstätten von Aminas Mutter in Ruhe anzuschauen.

Es handelte sich um eine kleinere Hauptstraße, an der dicht an dicht die einzelnen Geschäfte lagen. Den Anfang machte ein Imbiss, daneben war direkt der Bäcker, der sich den Eingangsbereich mit dem Frisör teilte. Der Juwelier befand sich fünf Häuser weiter, dazwischen gab es noch eine kleine Weinhandlung und eine Boutique und den Aufgang zu der Hausarztpraxis, die im ersten Stock lag.

Ich blieb vor den Auslagen des Goldschmiedes stehen. Sonderlich spektakulär war das nicht, was hier ausgestellt wurde. Andererseits fiel schon auf, dass der Laden über mehrere Sicherungen verfügte, unter anderem eine hochwertige Alarmanlage. Auch die jetzt hochgezogenen Gitter wirkten sehr stabil.

Mein Blick fiel auf einen kleinen Goldanhänger mit einem winzigen Edelstein, der irgendwie ganz besonders aussah. Vielleicht lag es an der geschwungenen Form, vielleicht an den feinen Ziselierungen, auf jeden Fall musste ich sofort an Rebecca denken. Mit einem Preisschild ausgezeichnet war er nicht, also betrat ich den Laden, um mich danach zu erkundigen.

Der Mann, der aus einem hinteren Nebenraum kam, schien der Inhaber zu sein. Er trug eine grüne Schürze und eine Lupenbrille, die er jetzt auf die Stirn schob. „Guten Tag. Wie kann ich Ihnen helfen?"

„Der Anhänger im Fenster, der kleine goldene mit dem blauen Edelstein", versuchte ich zu beschreiben und deutete in die ungefähre Richtung. „Was soll der kosten?"

Ein Lächeln glitt über sein Gesicht. „Das ist ein ganz besonderes Stück, echte Handarbeit, keine Massenware." Er eilte zum Fenster, holte den Anhänger aus der Auslage und legte ihn auf die Theke, direkt unter eine Lampe, sodass er richtig zur Geltung kam.

Ja, der würde wunderbar zu Rebecca passen. „Was kostet er?", wiederholte ich, obwohl mir jetzt schon klar war, dass er viel zu teuer sein würde.

Er zögerte kurz. „Soll er für Ihre Frau sein?"

Ich spürte, dass ich rot anlief. „Für meine Freundin, erst demnächst Frau."

Ein verstehendes Schmunzeln glitt über sein Gesicht. „Man kann einen Antrag auch mit einem ganz besonderen Schmuckstück machen", vertraute er mir an. „Es muss nicht immer ein Ring sein."

„Wenn es denn für mein Budget erschwinglich ist." Was ich langsam nicht mehr glaubte.

„Eigentlich …" Wieder zögerte er. Dann musterte er mich ausgiebig. „Achthundertfünfundachtzig Euro", sagte er schließlich.

Nein, das war viel zu teuer. Rebecca würde mich umbringen, wenn ich damit ankäme. Ich seufzte schwer und schüttelte den Kopf. „Es sollte ein Schmuckstück für jeden Tag sein. Meine Freundin würde es mit Sicherheit nicht regelmäßig tragen."

Er nickte verstehend. „Schade, Sie hätten ein gutes Geschäft gemacht. Der Anhänger ist deutlich höherwertiger." Er deutete auf die Vitrinen, die in der Theke eingelassen waren. „Wollen Sie vielleicht bei den etwas preiswerteren Stücken schauen?"

Auf mein Nicken holte er mehrere Tabletts hervor. Nein, gegen den Anhänger, der immer noch unter der Lampe lag, wirkten sie billig und langweilig. Ich schüttelte den Kopf. „Wenn ich dieses besondere Stück nicht gesehen hätte … Wissen Sie was? Ich komme besser mit meiner Freundin vorbei. Soll sie selbst entscheiden."

Als ich das Geschäft verließ, war ich trotzdem zufrieden. Der Juwelier hatte im Hinterzimmer einen riesigen Safe stehen, in dem vermutlich die teureren Stücke lagerten. Denn er hatte mir anvertraut, dass es sein Hobby sei, einzigartige Schmuckstücke zu kreieren. Wann immer es ihm die Zeit erlaubte, setzte er sich daran. Demnach wäre dieser Laden ein lohnendes Ziel für eine Einbrecherbande.

40

Zurück in meinem Büro empfing mich eine triumphierende Tante Simone. „Du hattest recht, das Muster zeigt sich deutlich. Jedes Mal, wenn Ferhat in der Stadt war, gab es irgendeinen spektakulären Raub oder Überfall mit hoher Beute, ganz unterschiedliche Verbrechen, keines gleicht dem anderen. Ich wette, da hat noch niemand eine Verbindung gezogen."

Gut, wir hatten einen Verdacht, Beweise zu finden, würde schwieriger.

Ich vertiefte mich in die entsprechenden Artikel, die meine Tante für mich bereitgelegt hatte. Einer stach besonders hervor. Darin stand nämlich, dass einer der Wachmänner, die für die Abholung der Tageseinnahmen verantwortlich waren, von den Dieben erpresst wurde, mit ihnen gemeinsame Sache zu machen. Der Schreiber verwies auf weitere Ermittlungen, leider wurde in den Folgeartikeln nicht deutlich, wie genau sie ihn unter Druck gesetzt hatten.

„Da werde ich als Erstes nachhaken." Ich nahm den kleinen Haufen Blätter an mich. „Gleich am Montag fahre ich dorthin und schaue, ob ich mehr erfahren kann."

Mein erster Weg führte mich zu dem Reporter, der die Artikel für die Zeitung verfasst hatte und tatsächlich bereit gewesen war, mich zu empfangen. „Nein", erwiderte er jetzt auf meine Nachfrage. „Da kam nichts mehr. Es wurde eine Nachrichtensperre verhängt. Die Ermittler haben keine weiteren Details an die Öffentlichkeit gegeben."

„Wissen Sie denn, was mit dem Wachmann passiert ist?"

„Man hat ihn entlassen, allerdings wird seine Beteiligung nicht strafrechtlich verfolgt." Er zuckte wie entschuldigend die Schultern. „Selbst das durfte ich nicht verwenden."

„Seltsam", legte ich nach. Vielleicht wusste er ja noch weitere Details.

„Ist nicht mein Bier. Der Chef beschloss, es gut sein zu lassen. Ich bekam einen anderen Auftrag. Es passiert so viel, was wesentlich interessanter ist."
Er fixierte mich. „Wieso sind Sie daran interessiert?"
Am besten kam ich hier mit der Wahrheit voran. „Der Vater eines ermordeten Jungen bat mich, den Weg seines Sohnes nachzuzeichnen. Er könnte in diesen Überfall verstrickt gewesen sein. Das versuche ich gerade zu überprüfen."
„Aha", er verstand nur Bahnhof.
„Ich würde gern mit dem Wachmann sprechen", verdeutlichte ich.
„Ah", ihm ging ein Licht auf. „Sie vermuten, dass die zusammengearbeitet haben."
„Nein, eher dass der junge Mann irgendetwas gegen den anderen in der Hand hatte. Können Sie mir seine Adresse geben?"
Er überlegte kurz und grinste. „Wenn Sie versprechen, sich bei mir zu melden, falls Sie was rausfinden." Ohne meine Antwort abzuwarten, begann er auf der Computertastatur zu tippen. Schon einen Moment später diktierte er mir die genaue Anschrift.
So sollte Zusammenarbeit immer funktionieren, dachte ich, während ich zum Ausgang marschierte. Das würde mein Leben deutlich vereinfachen.
Bevor ich losfuhr, telefonierte ich mit Deniz. Mein Freund war Inhaber einer kleinen gut gehenden Firma für alles rund um die erforderliche Häusersicherung. Nicht nur, dass er dadurch Kontakte zu vielen Geschäftsleuten hatte, auch sein Bekanntenkreis war riesig. Deshalb hoffte ich, er würde mich bei dem beabsichtigten Lockangebot unterstützen können.
Er gab mir tatsächlich grünes Licht. Zufrieden startete ich den Motor. Unter diesen Voraussetzungen, so hoffte ich, würde mein Plan funktionieren.
Der Wachmann wohnte in einer Art Sozialsiedlung, jedenfalls wirkten die Häuserzeilen nicht gerade einladend und auf den Wegen und Grasflächen häufte sich der Müll. Die Container, die diesen aufnehmen sollten, waren hoffnungslos überfüllt, daneben stand jede Menge Unrat, der eher auf die Kippe hätte gebracht werden müssen.
Wenigstens hatte ich Glück mit dem Wetter. Heute nieselte es und die Temperaturen waren deutlich gefallen. Das hatte den Vorteil, dass sich nur wenige Mütter mit ihren kleineren Kindern im Freien aufhielten und der

Spielplatz wie leergefegt wirkte. So zog ich keine Aufmerksamkeit auf mich, denn in diesen Gegenden erkannte man jemand, der eindeutig nicht hier hingehörte, schnell.

Auf mein Klingeln reagierte zuerst niemand, schließlich meldete sich eine Frauenstimme mit einem leisen, fragenden Ja.

„Speer", sagte ich in die Gegensprechanlage, die entgegen ihrem Aussehen tatsächlich funktionierte. „Ich hätte da einen Auftrag für Ihren Mann. Kann ich ihn sprechen?"

„Moment." Fast fünf Minuten wartete ich vor der Tür, bis sie aufdrückte. Der untere Bereich des Treppenhauses war vollgestellt mit Buggys, die zusammengeklappt nebeneinander an der Wand lehnten. Der Flur selbst war bereits längere Zeit nicht mehr geputzt worden, was für Anhaftungen sich da am Geländer befanden, wollte ich gar nicht wissen. Der Geruch, der durch den Hausflur waberte, reizte meine Vorstellungskraft schon genug. Im dritten Stock stand eine überschlanke, vorzeitig gealterte Frau in der Tür und schaute mir misstrauisch entgegen. Aber sie ließ mich mit den Worten: „Mein Mann kommt gleich", eintreten und winkte mich ins Wohnzimmer durch. Aufgestapelte Kleiderberge und zusammengeräumtes Spielzeug verrieten mir, dass sie noch schnell für ein wenig Ordnung gesorgt hatte. Sie bat mich, im einzigen Sessel Platz zu nehmen, und blieb selbst im Durchgang zum Flur stehen, wobei sie nervös von einem Bein auf das andere trat. Das Schweigen zwischen uns füllte den Raum.

Endlich hörte ich, wie Schritte sich näherten. Ein großer, behäbig aussehender Mann kam herein und musterte mich von Kopf bis Fuß. „Ich habe noch nie gehört, dass ein potenzieller Arbeitgeber zu einem nach Hause kommt." Sein Tonfall klang jedoch nicht aggressiv, sondern eher resigniert. „Was wollen Sie wirklich?"

„Eine Auskunft, die zu einem Job führt", gab ich ehrlich zu. „Wenn Sie denn weiter als Wachmann arbeiten wollen."

Er lachte bitter auf. „Wollen schon, aber wer nimmt mich denn?"

„Jemand, der davon überzeugt ist, dass Sie unverschuldet in diese Situation gekommen sind." Mir war bewusst, dass ich mich ganz schön weit aus dem Fenster lehnte. Vielleicht täuschte mich mein Instinkt, der mir sagte, der Kerl war einfach, aber ehrlich. Verzweifelt war er definitiv, er und seine

Frau strahlten die typische Hoffnungslosigkeit aus, die Menschen in seiner Lage zu eigen war. „Ich denke, Sie sind bei diesem Überfall gezwungen worden, mitzumachen."

Er zuckte zusammen und öffnete schon den Mund zu einer Antwort, als seine Frau mit einem leisen „Paul" dazwischenging.

„Am besten, ich erzähle Ihnen erst einmal, was mich antreibt." Nach der Kurzfassung, bei der ich mich auf das Wesentliche beschränkte, gestand ich ehrlich ein, dass es bisher nur Mutmaßungen waren, die mich ihn aufsuchen ließen. „Alles, was Sie mir sagen, bleibt unter uns", versprach ich. „Mir geht es nur darum, die richtigen Verbindungen zu ziehen. Und vielleicht gelingt es mir, die Verantwortlichen zu finden."

Paul blickte wieder fragend zu seiner Frau, diese nickte. „Ich glaube ihm. So was kann man sich nicht ausdenken."

Trotzdem ließ er sich zuerst meinen Ausweis zeigen, bevor er gestand: „Die haben meine Kleine entführt und gedroht, sie umzubringen, wenn ich nicht mitspiele." Er rang die Hände und ich konnte ihm ansehen, dass er immer noch von dieser Vorgehensweise geschockt war. „Sie haben mir ein Foto gezeigt, wo sie von einem Maskierten festgehalten wird. Und der", er schluckte hart, „hielt eine Pistole an ihren Kopf. Was hätte ich denn machen sollen?"

„Das war gleich zu Beginn seiner Schicht", fügte seine Frau erklärend hinzu. „Sie haben ihn abgefangen, bevor er ins Büro ging."

So ganz verstand ich noch nicht. „Wie viele Stunden später wollten Sie das Geld abholen?"

Er verzog gequält das Gesicht. „Die haben mich drei Stunden im Ungewissen gelassen."

Es war seine Frau, die mir schließlich die ganze Geschichte erzählte. Ihre ältere Tochter sollte auf die Kleine aufpassen, weil sie sich um ihre kranke Mutter kümmern musste, wie jeden Tag in der besagten Woche. Diese nahm sie zu ihren Freundinnen mit, was sie ebenfalls schon öfter getan hatte. Natürlich rief ihr Mann sie sofort an, als er die Drohung erhalten hatte. Doch das Handy der Tochter war aus, keine ihrer Freundinnen wusste, wo sie sich aufhielt. Seine Frau informierte er nicht, die Täter hatten ihn gewarnt, sollte er ihr, der Polizei oder irgendjemand sonst etwas erzählen, würden sie davon erfahren und die Kleine töten. Um ihn zusätzlich unter Druck zu setzen, schickten sie ihm jede Stunde ein neues Bild, immer eine ähnliche Bedrohungssituation.

„Ich wusste nicht, was ich machen sollte. Was hätten Sie an meiner Stelle getan?"

Keine Ahnung, vermutlich ebenso mitgespielt wie er. „Der Polizei haben Sie anschließend die Wahrheit gesagt?"

Er wand sich. „Nein, erst nachdem meine Kinder wieder aufgetaucht waren und ich endlich mit unserer Großen gesprochen hatte." Er schüttelte verständnislos den Kopf. „Die behauptete nach wie vor, dass sie zusammen mit ihrer Schwester und ein paar Freunden ganz normal unterwegs gewesen sei. Nur dass sie sich halt nicht mit ihren Freundinnen getroffen hatte, sondern mit einem Typen und seinen Freunden. Den hatte sie erst kurz zuvor kennengelernt."

„Haben Sie ihr die Fotos gezeigt?"

„Selbstverständlich. Sie sagt, das war ein Fake. Die hätten mit der Kleinen gespielt, Räuber und Gendarm, und sie hätte großen Spaß gehabt. Die Fotos seien gestellt worden, als Erinnerung."

„Und wieso war sie nicht über ihr Handy erreichbar?"

Sein Gesicht verfinsterte sich. „Das hat der eine Kerl, der ihr schöne Augen gemacht hat, wohl manipuliert. Ihr ist gar nicht aufgefallen, dass es über Stunden nicht funktionierte."

„Und die Typen?"

„Haben sich natürlich nicht mehr blicken lassen. Die sind längst über alle Berge. Nicht mal beschreiben konnte sie die richtig. Die war voll auf ihren Verehrer fixiert."

Ich holte das Foto von Ferhat heraus. „War der das?"

Zu meinem Erstaunen schüttelten er und seine Frau den Kopf. „Sie beschreibt ihn als blond und blauäugig. Und er trug einen kleinen Stecker im rechten Ohrläppchen."

„Bei der Polizei musste sie gemeinsam mit einem Zeichner ein Bild erstellen", setzte seine Frau hinzu. „Sonderlich toll geworden ist das nicht. Keiner hat ihn wiedererkannt."

41

„Er wird sich gleich morgen früh bei deinem Bekannten melden." Kaum zurück im Auto hatte ich Deniz angerufen, um ihm Bescheid zu geben.
„Ich hoffe für ihn, dass es klappt."
„Wird schon. Der hat immer Bedarf an guten Leuten."
Dank der Freisprecheinrichtung konnte ich ihm während der Fahrt einen ausführlichen Bericht geben.
„Wie alt sind die Töchter?"
„Die Große dreizehn und die Kleine fünf. Der Typ ist nach dem gleichen Muster vorgegangen wie Ferhat bei Amina, hat gesehen, dass er sich mit ihr bekanntmachte, als sie allein war. Zwei kurze Treffen, um sie auszuquetschen, dann die Verabredung zusammen mit drei Freunden, die die Schwester übernahmen, damit die zwei sich ungestört unterhalten konnten. Die haben zusammen einen Ausflug in ein zu dieser Zeit nahezu menschenleeres Waldgebiet gemacht."
„Und es ist garantiert nicht Ferhat gewesen?"
„Nein. Entweder bin ich doch auf dem falschen Dampfer …"
„… oder es gab schon damals mindestens zwei Typen, auf die weibliche Teenager fliegen", unterbrach er mich und lachte. „Interessante Technik, muss ich schon sagen. Was hast du jetzt vor?"
Na, was schon! Ich würde in den anderen Städten, die uns die Facebooknutzer genannt hatten, weiterforschen. Rabia war bis zuletzt fleißig gewesen und hatte bei allen, die sich meldeten, nachgehakt, um so viele Informationen wie möglich zu bekommen. Anschließend hatte ich selbst Kontakt zu den am meisten Erfolg versprechenden Informanten aufgenommen und mir entsprechende Listen angelegt.

In den nächsten zwei Wochen suchte ich die Orte, an denen laut Tante Simones Recherchen zum Zeitpunkt von Ferhats Anwesenheit Verbrechen stattgefunden hatten, auf und bemühte mich, eindeutigere Hinweise zu finden, während sie ihre Nachforschungen noch ausdehnte. Tatsächlich entdeckte sie einige ähnlich gelagerte Straftaten, die aus der Zeit vor Ferhats Beteiligung stammten. Also hatte das Ganze tatsächlich schon viel früher angefangen. Wahrscheinlich lief das Geschäft irgendwann so gut, dass man expandierte und einen zweiten oder sogar dritten Lockvogel anwarb.

Auf meine Bitte hin hatte sie auch mit dem Juwelier Kontakt aufgenommen, um ihn vorsichtshalber zu warnen, dass wir bei anderen Ermittlungen den Hinweis erhalten hatten, dass sein Geschäft in den Fokus einer Einbrecherbande geraten sei. Immerhin konnte ich nicht sicher sein, dass die Bande dieses Ziel komplett verworfen hatte.

Gleich nach dem Gespräch mit dem ehemaligen Wachmann hatte ich mich bei Frau Hauptkommissarin Körber gemeldet, um ihr meinen Verdacht mitzuteilen. Sie versprach, Kontakt mit den ermittelnden Beamten in den einzelnen Städten aufzunehmen und sie darauf hinzuweisen, damit diese ebenfalls in diese Richtung nachforschten.

Einige Tage später rief sie mich zurück. „Ihr Ansatz ist eindeutig erfolgversprechend. Das ist eine Masche, die wir bisher so noch nicht kannten. Leider finden sich keine eindeutigen Beweise, nichts, was die Täter identifizieren könnte. Die betreffenden Mädchen mauern und weisen den Verdacht weit von sich. Trotzdem ist diese Übereinstimmung deutlich zu erkennen. Es wurde angeregt, städteübergreifend zu agieren und auf neue Aktivitäten gezielt zu achten."

Da ging es den Ermittlern wie mir. Ich ahnte, dass es sich genau so abgespielt hatte: Die Typen suchten sich Opfer, die sie bezirzten, um auf diesem Weg an die nötigen Informationen zu gelangen, vielleicht sogar um einen entsprechenden Zugang zu dem jeweiligen Gebäude zu bekommen, denn die Straftaten waren zum Teil sehr unterschiedlich. Dann schlugen sie zu, wobei sie auch nicht vor Drohungen und Gewalt zurückschreckten. Zwei Männer, die Widerstand leisteten, wurden brutal zusammengeschlagen, bei einem Raubüberfall kam es zu einem Schusswechsel, bei dem das Opfer nur knapp überlebte. Aber ahnen und beweisen waren zweierlei Dinge. Und dann stellte sich noch die Frage nach den Tippgebern. Irgendjemand gut Informiertes musste das Ganze aus dem Hintergrund steuern.

Erst während dieser Recherche ging mir auf, wie viel Glück ich mit Eloise und Lina und später mit dem Wachmann und seiner Frau gehabt hatte. Kein Einziger, der mir vielleicht Informationen geben konnte, war bereit, mit mir zu sprechen. Die Eltern der Teenager, auf die mein Verdacht fiel, ließen mich weder in die Wohnung noch in die Nähe ihrer Kinder. Zum Teil erhielt ich massive Drohungen.

Natürlich versuchte ich trotzdem, die Mädchen allein draußen zu erwischen. Die paar, bei denen es mir gelang, wichen mir entweder geschickt aus oder logen mir frech ins Gesicht, ich kam keinen Schritt weiter. Obwohl ich selbst aus einem ähnlichen Milieu stammte, musste ich mich mittlerweile derart verändert haben, dass ich keinen Zugang fand. Sie sahen mich als Außenstehenden, als Bedrohung, ich stieß auf eine Mauer des Schweigens.

Zwei Wochen später, als das nächste Gespräch mit Herrn Demirci anstand, hatte ich immer noch keine entsprechenden Beweise.

Wahrscheinlich erkannte er schon an meinem Gesichtsausdruck, dass ich erfolglos gewesen war. Trotzdem hörte er mir aufmerksam zu, als ich anfing zu berichten. „Es sind nur Ahnungen und Vermutungen, die mich zu folgendem Schluss kommen lassen." Ich holte tief Luft, bevor ich loslegte: „Ihr Sohn hatte sich einer Gruppe von Gewalttätern angeschlossen, die im gesamten Bundesgebiet aktiv sind. Meiner Meinung nach gehen die unterschiedlichsten Verbrechen auf ihr Konto. Hauptsächlich handelt es sich dabei um Raubüberfälle und Einbrüche, eventuell sogar um Erpressung und Kidnapping." Weil diese Fälle von der Vorgehensweise her in das übliche Schema passten. „Sie bekommen einen bestimmten Auftrag und machen sich an junge Mädchen ran, um von diesen nähere Informationen zu bekommen. Dadurch …"

„Halt", unterbrach er mich. „Sind die eingeweiht?"

„Nein, definitiv nicht. Einer der jungen Männer spielt ihnen die große Liebe vor, trifft sich mit ihnen und horcht sie aus. Sie müssen sich das so vorstellen", verdeutlichte ich. „Diese Mädchen kommen meist aus einem

Milieu, das sie zu leichter Beute macht. Sie haben niemand, der sich richtig um sie kümmert, und sind dankbar für jede Form von Aufmerksamkeit, besonders wenn sie von einem etwas älteren Jugendlichen kommt. Am Anfang der Pubertät spielen die Hormone sowieso verrückt, bei fast jedem. Wenn nun genau diese Punkte zusammentreffen, wird man schnell leichtsinnig. Es braucht nicht viel, um alles von ihnen zu erfahren."

„Vielleicht helfen sie doch", beharrte er.

„Ganz ausschließen lässt sich dieser Verdacht nicht", gab ich ihm recht und dachte dabei an die Tochter des Wachmannes. „Allerdings eher unfreiwillig, das heißt, sie wissen vermutlich nicht mal, dass sie ausgenutzt werden."

„Warum die Kinder?"

„Ihre Eltern stehen in irgendeiner Form mit dem Betrieb oder der Person, die beraubt werden soll, in Zusammenhang. Meist sind es Arbeitnehmer, wie zum Beispiel Wachleute, Verkäufer, Putzfrauen, Kindermädchen, also eher einfache Leute, die aber den entsprechenden Zugang haben, ungesehen in die betreffenden Gebäude zu kommen. Manchmal reicht es schon, die Schlüssel nachzumachen, manchmal sind Drohungen oder Gewalt nötig, um ans Ziel zu kommen. Direkt nach der Tat verschwinden die jungen Männer, oft erkennen die Mädchen erst dann, dass sie nur benutzt worden sind." Und trauten sich natürlich nicht, darüber zu sprechen. Zu dem Herzschmerz gesellte sich Frust - und ein noch größeres Gefühl der Wertlosigkeit.

Herr Demirci nickte verstehend. „Und Sie sind sich sicher, dass es so abgelaufen ist und Ferhat daran beteiligt war?"

„Ja, alles, was ich herausgefunden habe, deutet genau in diese Richtung. Die verübten Gewalttaten waren äußerst lukrativ. Selbst wenn wir davon ausgehen, dass der Organisator im Hintergrund den größten Teil einstreicht, bleibt für jeden der jeweils zwei, drei Beteiligten eine große Summe übrig, größer, als man sie mit ehrlicher Arbeit verdienen könnte."

Er schürzte die Lippen und überlegte. „Gibt es irgendeinen echten Beweis? Oder kennen Sie die Namen der anderen?"

„Weder noch", musste ich zugeben. „Und ehrlich gesagt glaube ich nicht, dass sich bei weiteren Recherchen daran etwas ändert. Dafür liegen die

Taten schon zu lange zurück. Ich habe die Ermittler der einzelnen Städte auf meinen Verdacht aufmerksam gemacht. Man will nun gezielt auf ähnliche Vorgehensweisen achten."

„Dann hören wir auf." Seine Stimme klang fest. „Genauer muss ich es nicht wissen." Als er sich von seinem Stuhl erhob, wirkte er wie ein um Jahre gealterter Mann. „Schicken Sie mir bitte Ihre Abschlussrechnung. Ich bedanke mich für Ihre hervorragende Arbeit."

An der Tür drehte er sich noch einmal um. „Falls Sie irgendwann genauere Informationen erhalten, würden Sie mich anrufen?"

Juli

„Du vermutest, es handelt sich um dieselben Täter", stellte Linus fest, sobald ich geendet hatte.

„Vermuten ist genau richtig", gab ich zu. „Vielleicht irre ich mich auch und wünsche mir vielmehr diese Verbindung." Es arbeitete immer noch in mir, dass ich damals nicht weitergekommen war.

„Das ist kein Zufall", bestärkte er mich.

„Es gibt bestimmt nicht zwei Banden, die dasselbe Muster benutzen", stimmte Tristan ihm zu. „Willst du Laurie aufklären?"

„Später vielleicht, im Moment hat sie schon genug Neuigkeiten zu verkraften."

„Was hat dieser Herr Demirci eigentlich erwartet? Dass sich sein Sohn plötzlich als Heiliger herausstellt?"

Ich musste mir ein Grinsen verkneifen. Genau wie Linus jetzt hatte meine Tante damals reagiert, nachdem unser Auftraggeber gegangen war.

„Hoffen das nicht alle Eltern? Einen Verdacht zu haben, ist immer noch etwas ganz anderes, als mit der Wahrheit konfrontiert zu werden", versuchte ich ihm zu erklären. Außerdem war ich mir zu dem Zeitpunkt ziemlich sicher, dass der Mann, je nachdem, was sich herauskristallisierte, selbst Rache nehmen wollte. Er hatte gehofft, dass ich ihm wenigstens die Namen von ein, zwei Freunden nennen könnte, wenn nicht sogar die der Hintermänner. Also war es eigentlich gut, dass ich ihm damit nicht dienen konnte.

„Und der Anhänger?", fragte Tristan interessiert nach. „Hast du ihn Rebecca gekauft?"

Die beiden achteten eben auf jede Kleinigkeit! „Ja, wir sind nach der Recherche gemeinsam zu dem Geschäft gefahren und sie war genauso begeistert davon wie ich. Der Juwelier ist mir sogar noch einmal mit dem Preis entgegengekommen. Wegen der Warnung, sagte er. Der hatte gleich eins und eins zusammengezählt."

„Und? Wann heiratet ihr?"

Ich lachte. „Ihr werdet es früh genug erfahren."

42

Laurie

Zum ersten Mal seit dem Überfall erwachte sie ohne das drückende Gefühl, das ihr die Luft zum Atmen nahm. Was für ein Glück, dass sie tatsächlich auf Tristan und Linus hatte zählen können!

Auch Rebecca war echt nett. Anfangs hatte Laurie da ihre Zweifel. Die war gleich mit dem Herrn Wickert so freundschaftlich und selbst Charlie sprang voll auf sie an. Und wer war schon freiwillig bereit, sich um zwei Kinder in Gefahr zu kümmern?

Kaum war Charlie im Bett, nahm diese sie zu einem klärenden Gespräch mit ins Wohnzimmer. Aha, dachte Laurie, jetzt will sie mich ausfragen. Stattdessen begann Rebecca selbst zu erzählen: Dass Herr Wickert damals an der Uni ihr Dozent gewesen sei. Dass im Prinzip Tristan und Linus sie da reingezogen hätten und sie eher davon wusste als der Detektiv. Dass sie Psychologin sei und mit Kindern wie ihnen in ihrer Ausbildung schon zu tun hatte. Tja, und dass sie eben einfach helfen musste, wenn es sonst keiner machte – genau wie ihr Freund, der tickte anscheinend ähnlich. Jedenfalls hatte Laurie danach ein gutes Gefühl und fühle sich wesentlich besser. Sie waren sich auch einig, dass Charlie so wenig wie möglich von den Umständen, die zu diesem Urlaub geführt hatten, wissen sollte. Rebecca lobte die beiden Jungen und sagte, sie freue sich darauf, dass die beiden morgen kommen würden. Dem konnte sich Laurie nur anschließen. Allein schon Bens Gegenwart würde jeden Tag zu einem Erlebnis machen.

Dann half ihr Rebecca, den Text an Andrej hochzuladen. Herr Speer war der Meinung, sie brauche ihm nur eine kurze Nachricht zu hinterlassen, sie sei zusammen mit ihrem Bruder untergetaucht. Sie hätte behauptet, ihre Mutter wolle sie unter allen Umständen zu sich holen, daraufhin wären sie beide sofort „in Sicherheit" gebracht worden. Er, Andrej, solle sich ebenfalls verstecken, eine andere Möglichkeit sehe sie nicht. Denn sie sei total ratlos, wer von den Mädels die Schuldige sei. *Melde mich, sobald ich kann*, schloss sie. Ob er wohl darauf antworten würde?

Sie räkelte sich noch ein wenig in dem wunderbar weichen Bett, wobei sie aufpassen musste, dass sie Charlie nicht weckte. Der war irgendwann mitten in der Nacht zu ihr gekrochen, wie er es zu Hause immer getan hatte. Er genoss es richtig, wieder mit ihr zusammen zu sein.

Aus der Küche drangen leise Geräusche zu ihr hoch. Rebecca bereitete das Frühstück. Fast gleichzeitig begann sich Charlie zu regen. Er streckte sich und grunzte wohlig. Dann schlug er die Augen auf und lachte sie an. „Guten Morgen, Laurie!"

Sie zog ihn in eine feste Umarmung und wuschelte durch sein Haar. Ach, tat das gut!

Bevor sie zu rührselig wurde, begann sie ihn zu kitzeln, bis er kichernd vor ihr flüchtete.

Rebecca hatte tatsächlich schon eingedeckt. Es gab frisch aufgebackene Brötchen, Marmelade, Wurst und Käse, sogar ein noch halb volles Glas Nutella stand auf dem Tisch. Charlie griff sofort danach und Laurie half ihm, seine Hälften zu schmieren. Auch auf ihr Brötchen strich sie die Schokocreme. Welch ein seltener Genuss!

Weil der Himmel heute Morgen bedeckt war und es leicht nieselte, bauten sie mit Charlie zusammen die Legoeisenbahn auf, einmal quer durch das ganze Zimmer. Über eine Stunde brauchten sie dafür. Während Rebecca ihren Laptop holte, setzte sie sich zu ihm und schaute ihm dabei zu, wie er die langen Eisenbahnen hin und her rangierte. Er war wesentlich geschickter, als sie erwartet hatte, nur ganz wenige Male musste sie ihm helfen.

Dann begann er, die Waggons neu zu strukturieren und sie entweder mit Materialien oder mit kleinen Legofiguren zu bestücken, selbst Tiere sollten mitfahren. Damit war er garantiert längere Zeit beschäftigt. Sie setzte sich zu Rebecca auf die Couch und fragte, ob sie mal nachgucken könnten, ob Andrej geantwortet hatte. Hatte er nicht, war ja eigentlich klar. Sie war durch diese Aktion absolut uninteressant geworden.

Nein, sie würde sich von seinem Verrat nicht unterkriegen lassen, auch wenn es höllisch wehtat. Lieber schnell ein Themenwechsel! Die Tränen zurückdrängend wandte sie sich an Rebecca und fragte, allerdings so leise, dass Charlie sie nicht hören konnte: „Sag mal, Tristan und Linus … die sind nett, alle beide …", sie wusste nicht, wie sie das ausdrücken sollte. Alles, was ihr einfiel, klang irgendwie abwertend. Dabei mochte sie die beiden echt.

Die Psychologin kam ihr nicht zu Hilfe, sondern wartete schweigend, dass sie weitersprach.

„Sie sind anders als andere Jungen in ihrem Alter", fuhr sie schließlich fort und hoffte, dass diese verstand, was sie meinte. „Super lieb, nur irgendwie speziell", ergänzte sie, weil Rebecca immer noch schwieg.

Endlich nickte diese. „Die beiden leiden am Asperger-Syndrom. Ist dir das ein Begriff?"

Natürlich, wer kannte das seit Greta nicht? „Das ist so was Ähnliches wie Autismus, nur nicht ganz so schlimm."

Jetzt lachte sie. „Ja, das denken die meisten Menschen. Dabei ist die Abgrenzung schwierig. Deshalb hat man das Ganze als Autismus-Spektrum-Störung zusammengefasst."

„Also der Greta sieht man die Behinderung an, den beiden Jungen nicht", platzte sie heraus. Wieder hoffte sie, dass sie sie nicht missverstand. Sie war nur erstaunt, dass es sich ausgerechnet um diese Krankheit handelte. Darauf hätte sie nie getippt.

„Was ist dir denn an ihnen aufgefallen?", fragte Rebecca.

Sie zögerte. Dass sie halt seltsam waren, sich teilweise steifer bewegten, fast immer an einem vorbeischauten, wenn man miteinander redete, solche Sachen halt. Und dass sie den Eindruck hatte, dass sie ihre Gefühle nicht zeigen wollten. Schämten sie sich vielleicht, dass sie welche hatten?

Sie stotterte ziemlich herum, bis Rebecca sie endlich erlöste und ihr einen Abriss über diese Störung gab. „Man kann heutzutage vieles bessern", erklärte sie ihr. „Es gibt spezielle Therapeuten, die Kindern wie Tristan und

211

Linus helfen, gewisse Fertigkeiten zu erlangen, bestimmte Abläufe einzu-
üben und das normale Leben zu trainieren. Trotzdem bleiben sie immer
gehandicapt, der eine mehr, der andere weniger."

„Linus ist super clever", widersprach sie. Das hatte sie schnell gemerkt.
Deshalb hatte sie auch eher gedacht, der wäre so eine Art seltsames Genie.
Auch Tristan sprach anders als die Gleichaltrigen, mit denen sie bisher zu
tun hatte. Bei ihm war es nicht ganz so auffällig wie bei seinem Freund.

„Linus und Tristan haben Inselbegabungen, in denen sie tatsächlich ihrem
Alter weit voraus sind", belehrte Rebecca sie. „Bei Linus ist es die Krimi-
nalistik. Er möchte später mal forensischer Psychologe werden."

Leider unterbrach ausgerechnet in dem Moment Charlies Geschrei das interessante Gespräch. Eine seiner Eisenbahnen war entgleist und es hatten
sich Steine gelöst. Sie sprang zu ihm und baute die Waggons wieder auf.
Danach war Rebecca bereits wieder in ihren Laptop vertieft. Schade, sie
hätte noch so viele Fragen gehabt!

Um die Mittagszeit rief Oliver an und berichtete von seinem Besuch im
Heim. Leider erzählte Rebecca ihr nur, dass er noch einer anderen Spur
folgen wolle und er und die Jungen deshalb wesentlich später eintrafen als
gedacht. Was sie erfahren hatte, sagte sie ihr nicht, sondern deutete nur mit
einem leichten Kopfnicken in Richtung Charlie. Klar, der sollte nicht mitkriegen, was ablief.

Bis zum Nachmittag gab es keine Neuigkeiten – und leider keine Gelegenheit, Rebecca über den Anruf zu befragen. Charlie hängte sich regelrecht
an sie und wollte sie in jedes seiner Spiele mit einbeziehen, selbst nachdem
sie, als die Sonne rauskam, in den Garten wechselten. So sehr sie das vermisst hatte, es war schon nervig, wenn man unbedingt etwas Wichtiges
abklären wollte und nicht konnte.

Ach, Quatsch, sagte sie sich, du wirst es früh genug erfahren. Tun kannst
du ja eh nichts. Ablenkung gab es hier ja genug. Sogar ein Federballspiel
fand sich auf der Terrasse. Rebecca versprach, später mit ihr zu üben.

„Was müssen diese Kinder hier glücklich sein!", rief sie aus. Das war ein
richtiges Paradies, mit allem, was das Herz begehrte. Wenn sie das mit ihrem Zuhause verglich!

„Die drei, die hier leben, haben ebenfalls ganz, ganz schlimme Erlebnisse hinter sich", teilte Rebecca ihr mit gedämpfter Stimme mit, sodass Charlie, der vor dem Planschbecken kniete und mit der Hand Wellen erzeugte, sie nicht hören konnte. „Der Vater hat diesen Wohnort geschaffen, damit sie in Ruhe und ohne weitere Bedrohung aufwachsen können."

Es lag also nicht immer nur am fehlenden Geld, wenn Kinder litten, sollte sie wohl daraus lernen. Welche Antwort konnte sie ihr darauf geben? Über so was hatte sie bisher nie nachgedacht.

Charlie rief nach ihr, weil er sich endlich ins Planschbecken stürzen wollte. Heiß genug war es mittlerweile, Laurie gab ihr Okay und schaute ihm zu, wie er herumtobte.

„Du nicht?", fragte Rebecca augenzwinkernd.

Sie grinste verschämt, Lust hatte sie eigentlich schon, aber das war eher was für kleine Kinder.

„Laurie, komm auch!", verlangte Charlie energisch und spritzte in ihre Richtung.

„Na, geh schon." Rebecca schubste sie sanft an.

Und weil sie kein Ende fanden, saßen sie immer noch im Pool - beziehungsweise schon wieder -, als Herr Speer mit Tristan und Linus auftauchte. Eigentlich wurden sie nur aufmerksam, weil Ben bellend angestürmt kam und sich gleich ins Wasser warf. Charlie quietschte erschreckt auf, aber als er sah, dass der Hund seine Schwester stürmisch begrüßte, traute er sich näher heran.

Tristan pfiff und Ben schüttelte sich kräftig, bevor er dem Signal folgte. Auch Charlie sprang hinterher und Laurie nutzte die Gelegenheit, sich hinter einem Handtuch zu verstecken. In Ermangelung eigener Badesachen war sie in T-Shirt und Unterhose reingesprungen. Beide Teile klebten an ihr wie eine zweite Haut. Sie musste sich dringend umziehen.

Als sie rein rannte, kam Herr Speer hinter ihr her und brachte ihren Koffer. Super, dann konnte sie sich gleich vernünftig anziehen.

Er ging wieder runter, sie trocknete sich nur oberflächlich ab und schlüpfte schnell in Shorts und ein T-Shirt. Endlich erfuhr sie die Neuigkeiten!

Netterweise tobte Tristan mit Ben und Charlie im Garten herum. Er sei bereits informiert, meinte Herr Speer, der neben Linus und seiner Freundin auf der Couch saß. Mit einem mulmigen Gefühl nahm sie in dem bequemen Sessel ihnen gegenüber Platz und zog die Beine hoch. Ihr Gefühl sagte ihr, dass ihr das, was sie hören würde, nicht gefiel.

43

Oliver

Charlie war beschäftigt, wir konnten Tacheles reden. Ich legte sofort mit der Meinung von Frau Liebisch los. Das gesamte Drumherum, das wir erlebt hatten, verschwieg ich allerdings. Warum sollte ich Laurie mit der Nase darauf stoßen, wie extrem diese Mädchen waren? Das wusste sie selbst am besten.

Seltsamerweise reagierte sie absolut ungläubig. „Jenny? Niemals? Mir fallen auf die Schnelle drei andere ein, denen ich es zutraue."

Ich versuchte ihr zu erklären, wie die Heimleiterin zu ihrem Resümee gekommen war. Doch sie schüttelte weiterhin den Kopf.

„Wir sind anschließend zu ihr nach Hause gefahren", übernahm Linus. „Dann hätten wir sie selbst befragen können. Leider war sie nicht da und die Mutter wusste nicht, wann sie zurückkehrt. Nicht mal, wo sie sich aufhält", fügte er hinzu.

„Wir haben die Polizei informiert", ergänzte ich. „Das Risiko ist einfach zu groß. Jennifer muss gefunden werden, entweder als nötige Hilfe, um uns Hinweise zu geben, oder als diejenige, die hinter der Erpressung steckt."

Laurie saß da wie erschlagen. Immer wieder schüttelte sie den Kopf und murmelte: „Nicht Jenny."

„Die hatten dir bis heute Zeit gegeben", erinnerte ich sie. „Ich denke, wir können davon ausgehen, dass irgendwann nächste Woche das Geld gezahlt werden soll. Uns läuft die Zeit davon."

„Du lässt die Mädels überwachen?"

„Alle bis auf Jennifer."

„Um die kümmern wir uns morgen selbst, also versuchen sie aufzuspüren", warf Linus ein. „Das sollte nicht sonderlich schwierig sein." Wie immer war an seinen Gesichtszügen nicht abzulesen, was er wirklich dachte.

„Ich ermittle vor Ort, du wirst von hier aus recherchieren", berichtigte ich ihn. „Unser Detektiv", ich deutete auf ihn, „hat den genialen Einfall gehabt, Frau Liebisch zu fragen, ob bekannt ist, wo Alisha sich in dem einen Jahr ihrer Flucht aufgehalten hat. Ihre Vergehen ziehen sich über mehrere Städte. Was sagt uns das?"

Rebecca merkte auf. „Denkst du etwa … Ist dieser Verdacht nicht zu weit hergeholt?"

„Er ist es zumindest wert, überprüft zu werden." Klar, es wäre ein wahnsinniger Zufall, wenn der eine Fall wirklich etwas mit den anderen zu tun hätte. Immer noch war ich mir nicht sicher, ob es sich bei diesem Gedanken nicht eher um Wunschdenken meinerseits handelte. Andererseits, wenn ich die Vorgehensweise betrachtete, wie dieser Andrej sich an Laurie rangemacht hatte … „Ich fahre morgen auch bei den Eltern von Alisha vorbei und lasse mir ein Foto von diesem Freund geben", sagte ich zu Laurie. „Ich schicke euch das Ganze per WhatsApp, weil ich möchte, dass du dir den Typ genau anschaust."

„Sie denken, er ist der, der mich angebaggert hat." Es war eine Feststellung, keine Frage. Sie biss sich wütend auf die Unterlippe und sah aus, als würde sie am liebsten laut losschreien.

Rebecca legte mir ihre Hand aufs Bein, was bedeutete, ich solle Laurie ein paar Minuten geben, sich zu beruhigen. Daher wandte ich mich wieder an Linus, um ihm zu erklären, was er morgen machen sollte. „Schließ dich mit Tante Simone kurz", bat ich ihn. „Sie kann dir sämtliche Unterlagen zur Verfügung stellen. Lies sie bitte akribisch durch."

Begeistert wirkte er nicht. Viel lieber hätte er mit mir zusammen vor Ort gearbeitet. Dabei würde diese Suche ähnlich langweilig wie seine Recherche. Ich musste schon wahnsinniges Glück haben, wenn ich jetzt, in den Sommerferien, auf einen Informanten traf.

Während Linus sich zu den beiden Jungen nach draußen gesellte, stand Rebecca auf und murmelte etwas von: Sachen einräumen. Offensichtlich wollte sie, dass ich noch mal allein mit Laurie redete.

„Jenny ist keine Erpresserin", begann diese auch sofort. „Die hat einen klaren Plan, was sie machen will: Weiterführende Schule und danach eine Ausbildung, damit sie auf eigenen Füßen stehen kann. Dieses Klauen, zu dem ihre Mutter sie gezwungen hat, das hängt ihr viel zu sehr nach. Es sei grauenhaft gewesen, hat sie mir erzählt. Zweimal ist sie erwischt worden – und anschließend hat ihre Mutter sie noch verprügelt, weil sie sich so dämlich anstellte. Nee, Jenny ist nicht der Typ für so was. Die ist durch und durch lieb und nett." Sie suchte nach einer besseren Beschreibung und, weil sie keine fand, zuckte sie die Schultern und stierte schweigend vor sich hin.

Sämtliche Argumente, die ich vorbrachte, wurden von ihr negiert: Warum Jennifer dann überhaupt zu ihrer Mutter zurückgekehrt wäre, obwohl Frau Liebisch ihr angeboten hatte, ihr einen Platz in einem anderen Heim zu besorgen? Nicht wie das vorherige, sondern einfach nur ein Ort, an dem sie wohnen konnte, bis sie in der Lage war, auf eigenen Füßen zu stehen. Dass Jennifer sich erst relativ kurzfristig dazu entschieden hatte, wieder bei ihrer Mutter einzuziehen, deren Wohnung – ich nahm kein Blatt vor den Mund – das Letzte war. Dass die Heimleiterin eine ganz andere Sicht auf das Mädchen hatte, die von mehreren Mitarbeitern gestützt wurde. Besonders diese freiwillige Rückkehr ließ bei einigen den Alarm schrillen.

Als ich merkte, dass ich bei Laurie nicht durchkam, schlug ich vor, in den Garten zu gehen und den Grill zu benutzen. Da ich sowieso noch einmal bei uns Zuhause vorbeimusste, um Rebeccas Sachen zu holen, hatte ich gleich den Gefrierschrank geplündert und dabei ein riesiges Grillpaket entdeckt, das für unseren Urlaub gedacht war. Warum also nicht das Angenehme mit dem Nützlichen verbinden?

Charlies Begeisterung entschädigte uns für Lauries Einsilbigkeit. Besonders die Mini-Würstchen hatten es ihm angetan. Er verputzte so viele, dass Rebecca ihm mit dem Versprechen, sie würde diese für morgen aufheben, Einhalt gebot. Zum ersten Mal erlebte ich, dass sich die Kleine nicht um ihren Bruder kümmerte. Sie starrte schweigend vor sich hin und aß kaum etwas.

Immerhin waren Linus und Tristan gut drauf. Sie freuten sich, jeden Tag zusammen zu sein und ausgiebig quatschen zu können. Denn normalerweise wäre Linus am Mittwoch für eine Woche mit seinen Eltern zu Verwandten gefahren. So hofften die beiden darauf, dass sich der Urlaub hier noch einige Tage hinzog. Seltsamerweise kamen sie mit Charlie ausgesprochen gut klar, was eigentlich meine größte Sorge gewesen war. Kleine Kinder und Asperger harmonierten nicht unbedingt. Doch Charlie war so begeistert von den beiden Großen, die sich mit ihm beschäftigten – und natürlich von Ben -, dass er sich ausnehmend gut benahm und auf jedes Wort reagierte.

„Willst du nicht bleiben?", fragte Rebecca nach dem Essen, als Laurie sich Charlie griff, um ihn bettfertig zu machen, und auch Linus und Tristan sich zurückzogen.

„Eine super Idee!" Dann konnte ich sie gleich ebenfalls über all das informieren, was ich in Lauries Beisein nicht hatte sagen wollen. Ich bat sie, direkt mit nach oben zu kommen, und legte los, sobald sich die Tür hinter uns geschlossen hatte.

„Und Linus stimmt dir zu, dass der Ferhat-Fall und dieser zusammengehören könnten?" Anscheinend hatte sie längst erkannt, wie viel Wert ich auf seine Meinung legte – und wahrscheinlich auch warum. Der Junge war jetzt schon einer der genialsten Köpfe im Bereich der Kriminologie.

Ich nickte bekräftigend und ließ mich neben ihr auf dem Bettrand nieder. Themenwechsel! „Gut, dass das Elternschlafzimmer sich am anderen Ende des Ganges befindet, findest du nicht auch?"

Sie grinste und rückte ein wenig zur Seite. „Schlaf wird sowieso überbewertet."

Trotz des ereignisreichen Tages konnte ich nicht einschlafen. Während Rebecca seelenruhig neben mir schlummerte, wälzte ich mich von einer Seite auf die andere. Laurie hat nicht einmal gefragt, auf was für einen Fall wir anspielen, schoss es mir durch den Kopf. Dieser Verdacht gegen Jennifer schien sie mehr zu treffen als Andrejs Verhalten. Oder lag ich falsch und sie trauerte ihm immer noch nach?

Ich musste Rebecca unbedingt darauf ansprechen, besonders gut auf Laurie zu achten, nahm ich mir vor. Es war nur so ein Gefühl, aber wir konnten es uns nicht leisten, dass sie meinte, sich in irgendeiner Form einmischen zu müssen. Sie hatte unter allen Umständen hier in Sicherheit zu bleiben.

Am nächsten Morgen standen wir um sechs Uhr auf. Um sieben verabschiedete ich mich in aller Ruhe von Rebecca, denn die Kinder schliefen noch. Fast bedauernd blickte ich auf ihre winkende, im Rückspiegel immer kleiner werdende Gestalt. Viel lieber wäre ich noch geblieben.

Um acht telefonierte ich mit Frau Liebisch und bat um die nötigen Auskünfte Alisha betreffend, anschließend rief ich direkt bei ihren Eltern an. Ja, die Mutter war zu Hause und bereit, mit mir zu sprechen. Ich verabredete mich für zehn Uhr mit ihr.

Sie wohnten noch in derselben Wohnung wie zuvor, die in einer ruhigen Straße lag, mit einem Spielplatz gleich um die Ecke. Selbst um diese frühe Zeit wurde dieser schon eifrig genutzt.

Ein normaler Vorort mit gepflegten Häusern, war mein Eindruck. Das Klingelschild gab an, die Familie wohne im dritten Stock, also ganz oben. Der Summer ertönte, bevor ich die Schelle betätigen konnte, ich wurde bereits erwartet.

Die Frau stand in der offenen Tür. Auf den ersten Blick wirkte sie in ihrem hellen, schwingenden Kleid fast zu elegant gekleidet für diesen normalen Sommertag. Sie hatte sogar Schminke aufgelegt. Erst als ich näher herantrat, sah ich die geschwollenen Augen und die tief eingegrabenen Falten um Mund und Nase, die der Kummer hinterlassen hatte.

Mein Ausweis war schnell akzeptiert, sie bat mich herein und führte mich in die Küche. Auf dem Tisch lagen ausgebreitet mehrere Fotos, die fast alle zwei Jugendliche zeigten.

„Schauen Sie sie in Ruhe durch. Möchten Sie einen Kaffee? Ich wollte mir gerade einen einschenken."

Sie eilte geschäftig hin und her, ich merkte ihr an, wie nervös sie war. „Also", sie wischte sich eine Haarsträhne aus dem Gesicht und setzte sich mir gegenüber. Die widerspenstigen Haare fielen sofort in ihre alte Form zurück und sie wiederholte die Geste. „Das ist er!" Sie tippte auf eines der

Fotos. „Das sind unsere Fotos, also die, die wir gemacht haben. Alle anderen hat Alisha damals mitgenommen. Warum wir sie aufgehoben haben?" Sie zuckte in einer hilflosen Geste mit den Schultern. „Weil Alisha mit drauf ist", brach es aus ihr heraus. „Weil wir bis zuletzt gehofft haben, dass sie irgendwann wieder vernünftig wird. Auch später noch, nachdem wir keinen Kontakt mehr hatten", fügte sie leise hinzu.

Nein, den Tod der Tochter überwunden hatte sie noch nicht. „Darf ich zwei oder drei abfotografieren?", fragte ich.

„Selbstverständlich. Warum ...", sie zögerte. „Sind Sie ihm auf der Spur? Ist er ..." Sie gab sich einen Ruck. „Das war irgendwie seltsam. Es ist nie richtig rausgekommen, was so Besonderes an diesem Andrej war. Natürlich hat mein Mann, als Alisha verschwand, nachgeforscht, was er macht, wo er sich aufhält. Wir vermuteten ja da schon, dass sie ihm gefolgt ist. Sie war wie besessen von ihm. Anders kann ich es nicht ausdrücken. Sie war keinem noch so vernünftigen Argument zugänglich. Selbst als er ihr klipp und klar sagte, dass er sie nicht mehr liebe und sie ihn in Ruhe lassen solle, hörte sie nicht auf, hinter ihm herzulaufen." Eine einzelne Träne rollte über ihre Wange. Sie registrierte es nicht mal. „Wir haben versucht, Hilfe für sie zu bekommen, haben uns an den Hausarzt gewandt und an einen psychiatrischen Notdienst. Niemand konnte etwas tun." Sie hielt inne, wusste nicht mehr, was sie eigentlich hatte sagen wollen.

„Bekam Ihr Mann raus, was für eine Arbeit Andrej annahm und wo das war?", rief ich ihr behutsam den Punkt wieder ins Gedächtnis.

„Nein, nur dass er anscheinend quer durch Deutschland reiste und nie lange an einem Ort blieb. Ob das an Alisha lag? Wir wissen es nicht. Die Polizei hat uns gesagt, dass sie ebenfalls ständig unterwegs war."

„Es könnte sein, dass er sich einer Betrügerbande angeschlossen hat. Aber noch gibt es keine Beweise, sondern nur vage Hinweise", erklärte ich.

„Bitte!" Sie griff nach meinem Arm und umklammerte ihn. „Wenn Sie irgendetwas rausbekommen, egal was, sagen Sie uns Bescheid. Wir ..." Sie brach ab und schüttelte den Kopf, doch ich ahnte, was in ihr vorging. Sie wollte die Lücken füllen, um endlich mit Alishas Tod abschließen zu können.

44

Laurie

Sie konnte nicht einschlafen, Olivers Worte - sie sollte ihn nun auch mit Vornamen anreden -schwirrten ständig in ihrem Kopf herum. Jenny! Sie glaubte es einfach nicht. Nicht sie!

Je länger sie wach lag, desto deutlicher formte sich ihr Plan. Sie konnte sich nicht raushalten, nicht, wenn es um Jenny ging. Sie musste sie suchen und selbst mit ihr sprechen.

Leider wollte Oliver, dass sie hierblieb. Er hatte zu viel Angst, dass man sie erkannte und versuchte, ihrer habhaft zu werden, wie er es ausdrückte. Dabei wäre er doch ständig in ihrer Nähe!

Auch ihre zweite Idee würde nicht funktionieren. Bevor sie hoch in ihr Zimmer ging, hatte sie Tristan gefragt, wie er Ben genug Bewegung verschaffen wollte. Ob der nicht die langen Spaziergänge vermissen würde, die die beiden normalerweise unternahmen?

Sie hatte sich das schon ganz genau vorgestellt: Ich begleite ihn quer durch die Felder. Plötzlich knicke ich um und falle. Danach klage ich über starke Schmerzen im Knöchel, überrede ihn aber, die Runde nicht abzubrechen. „Ich werde an dieser Stelle auf dich warten", strahle ich ihn durch die Tränen, die ich mir wegen der Schmerzen abgedrückt habe, an – bloß nicht zu viele, damit er nicht gleich einen Krankenwagen ruft. „Die kleine Pause reicht bestimmt." Kaum ist er außer Sichtweite, renne ich los und schlage mich zu Jennys Adresse durch. Ich muss unbedingt selbst mit ihr reden.

Stattdessen erklärte Tristan ihr, dass es überhaupt kein Problem wäre, Ben ausreichend auf dem riesigen Grundstück zu beschäftigen. Sie könnten dem Hund einen Parcours aufbauen, seine Gehorsamkeitsübungen regelmäßig mit ihm machen und ihn mit seinem Ball auspowern. Außerdem wäre er bei der für die nächsten Tage angekündigten Hitzeperiode sowieso nicht der Fitteste. Wahrscheinlich würde er viel lieber mit Charlie zusammen im Schwimmbecken herumtoben.

Statt aufzugeben, stachelten sie die Schwierigkeiten eher an, einen Ausweg zu finden. Sie musste unbedingt mitmischen.

Einfach über den Zaun klettern, funktionierte nicht. Rebecca ließ die Alarmanlage für diesen Bereich ständig eingeschaltet – außer jemand kam mit dem Auto rein. Dann waren jedoch zu viele in der Nähe, die ihren Fluchtversuch bemerken würden, und sie wäre schneller wieder drinnen als gedacht. Und nachts war das komplette System aktiviert. Da konnte sie nicht mal eine Tür nach draußen öffnen.

Aber sie hatte mitgekriegt, dass Oliver morgen sehr früh loswollte. Vielleicht gelang es ihr, sich in sein Auto zu schmuggeln, ohne dass er sie entdeckte. Beim ersten Halt könnte sie rausspringen und sich auf den Weg machen.

So weit war sie mit ihren Überlegungen gekommen, als Charlie auftauchte. Mit halb geschlossenen Augen tastete er nach der Bettdecke.

Sie rutschte zur Seite und schlug diese einladend auf. „Du, hör mal", murmelte sie leise. „Ich fahre morgen früh zusammen mit Oliver weg. Wir wollen eine Freundin von mir besuchen."

„Hm."

Hatte er ihre Worte verstanden? Sie war sich nicht sicher. „Du bleibst hier bei Rebecca, Tristan und Linus", verdeutlichte sie.

„Und Ben." Seine Augen fielen wieder zu.

Das war einfacher als erwartet. Obwohl sie eigentlich froh sein sollte, dass er sich mit den anderen zufriedengab, verspürte sie einen leichten Stich. Er kam gut ohne sie klar.

Seine Wärme half ihr, sich zu entspannen. Ihre Lider wurden schwer, sie war kurz vor dem Einschlafen. Halt! Wie schaffte sie es, rechtzeitig wach zu werden?

Mühsam riss sie die Augen wieder auf und ließ sie durch das Zimmer wandern, das durch ein kleines Nachtlicht matt erhellt wurde. Ja, im Regal stand ein großer Wecker mit riesigem Läutwerk. Hoffentlich funktionierte er.

Nachdem sie ihn aufgezogen hatte, tickte er so laut, dass Charlie begann, sich unruhig zu bewegen. Nein, so funktionierte es nicht. Vor allem, wenn der morgen früh klingelte. Nicht dass gleich alle auf dieser Etage wach wurden.

Sie stand noch mal auf, platzierte ihn vor dem Bett in Höhe ihres Kopfes und legte mehrere Kissen um ihn herum. Das müsste eigentlich reichen. Sie kuschelte sich dichter an Charlie und atmete tief seinen geliebten Geruch ein. Darüber dämmerte sie im Nu weg.

Im ersten Moment empfand sie das gedämpfte Schnarren als lästig. Es dauerte eine Weile, bis sie sich an den Wecker erinnerte. Fast zu lange. Auch Charlie wurde unruhig. Aber er grub sich nur tiefer in das Kissen und sie beeilte sich, das störende Geräusch abzustellen. Anschließend hielt sie den Atem an und lauschte angespannt nach draußen.

Sie konnte Oliver hören, der ins Bad ging, und die leichteren Schritte von Rebecca, die auf dem Weg nach unten war. Perfektes Timing!

Behutsam schälte sie sich aus der Decke und stopfte sie rund um Charlie fest, bevor sie sich anzog: Shorts, ein dünnes T-Shirt, gegen die Kühle des Morgens eine leichte Strickjacke und vorsichtshalber ein Paar Socken, das müsste reichen.

An der Tür blieb sie noch einmal stehen. Sollte sie Wechselwäsche mitnehmen? Sie schnappte sich ein zweites T-Shirt und einen Stoffbeutel. Wasser, das brauchte sie unbedingt.

Oliver schlich so leise nach unten, dass sie ihn nicht hörte. Netterweise begann er kurz darauf ein Gespräch mit Rebecca. Ihre Stimmen im Ohr huschte sie hinüber in das Elternschlafzimmer und sah sich um. Sie brauchte Geld, sie wollte nicht völlig mittellos sein, das konnte sie ihnen ja später zurückzahlen. Bloß fand sie bei ihrer schnellen Suche leider nichts.

Vorsichtig und jeden Moment auf Entdeckung gefasst stieg sie die Treppe hinab. Wenn sie erwischten, würde sie ihre Bitte von gestern wiederholen, dass sie unbedingt mitwollte. Vielleicht ließ Oliver sich heute erweichen. Aber sie erreichte die Diele, ohne dass sie jemand ansprach.

Sie hielt einen Moment inne und konzentrierte sich auf die Geräusche aus der Küche. Bis auf ein leises Klirren war nichts zu hören. Oliver und Rebecca schwiegen, bestimmt waren sie mit Essen beschäftigt. Ihre Augen schweiften zur Haustür, das blinkende Licht verriet ihr, dass die Alarmanlage noch aktiv war. Mist!

Dann entdeckte sie etwas anderes. Auf dem kleinen Schrank im Eingangsbereich lagen Olivers Papiere und sein Portemonnaie. Mit zitternden Fingern schaute sie ins Geldscheinfach. Der trug fast zweihundert Euro mit sich rum!

Ob es ihm auffallen würde, wenn ein paar Scheine fehlten? Sie riskierte es und nahm sich zwei Zwanziger und einen Zehner, die sie in die vordere Tasche ihrer Shorts stopfte. Wie kam sie jetzt an Wasser?

Wenn sie Glück hatte, stand noch eine Flasche von gestern im Wohnzimmer. Gerade als sie sich auf dem Weg dahin befand, ertönte ein ratschendes Geräusch aus der Küche. Das war ein Stuhl! Einer von beiden stand auf!

Sie schaffte es so eben noch um die Ecke und blieb an die Wand gepresst stehen, ihr zitterten dermaßen die Knie, dass sie Angst hatte zu stolpern.

Doch Oliver wandte sich Richtung Eingangstür und deaktivierte die Alarmanlage.

„Soll ich dir ein paar belegte Brötchen einpacken?", rief Rebecca.

Ja, soufflierte sie in Gedanken, und ja antwortete netterweise Oliver, wobei er hinzusetzte, dass er wohl den ganzen Tag unterwegs sein würde. Den Geräuschen nach packte er seinen Kram zusammen, bevor er in die Küche zurückkehrte.

Das war die Gelegenheit. Sie schnappte sich die halb volle Wasserflasche vom Tisch und rannte durch die Gartentür hinaus, die sie hinter sich zuzog. Das Zuschnappen der Eingangstür war nämlich garantiert zu laut. Außerdem hatte sie so den Vorteil, dass sie von der Seite kommend die Umgebung prüfen konnte, obwohl sie nicht damit rechnete, dass die beiden schon draußen waren.

Das Auto stand super günstig geparkt, sie benötigte zwei Schritte, dann befand sie sich direkt daneben. Es war wie erwartet nicht abgeschlossen. Erstens, weil die das Mitgebrachte erst nach und nach reingeräumt hatten, und zweitens, weil das Grundstück so gut gesichert war.

Die Hand schon an der hinteren Tür hielt sie inne. War dieses Versteck nicht zu gut einsehbar? Oliver musste nur irgendetwas, seine Jacke oder seinen Proviant, auf den Rücksitz werfen und er würde sie entdecken. Nein, das war viel zu riskant.

Sie wandte sich ab und öffnete behutsam den Kofferraumdeckel. Das Innere war leer bis auf das obligatorische Erste-Hilfe-Päckchen. Der Raum müsste groß genug sein, dass sie einigermaßen bequem liegen konnte. Kurz entschlossen stieg sie hinein und zog den Deckel runter. Keinen Moment zu früh, sie hörte Olivers und Rebeccas Stimmen.

45

Laurie

Die Fahrt war auszuhalten, die hatte sie sich viel schlimmer vorgestellt. Vielleicht lag es daran, dass sie die meiste Zeit auf der Autobahn fuhren, jedenfalls wurde sie nicht wild herumgeschleudert oder knallte andauernd irgendwo gegen. Das Einzige, was von Minute zu Minute unerträglicher wurde, war der Druck auf ihre Blase. Weil sie Angst hatte, Oliver oder Rebecca würden auf sie aufmerksam, hatte sie sich nicht getraut, am Morgen das Bad aufzusuchen.

Das Wichtigste war jedoch: Ihre Flucht hatte geklappt. Als die beiden zum Auto kamen, war sie einen Moment lang sicher gewesen, dass sie auffliegen würde. Sie standen so dicht neben ihr, dass sie jedes Wort, das sie redeten, verstehen konnte. Sie hatte echt Blut und Wasser geschwitzt, ein Ausdruck, den sie vorher nie richtig verstanden hatte. Jetzt wusste sie, was er bedeutete.

Dann endlich hielt Oliver und stellte den Motor ab. Sekunden später klappte die Tür und sie hörte seine Schritte, die sich entfernten. Trotzdem, und obwohl alles in ihr danach drängte, hier rauszukommen, blieb sie noch eine Weile liegen. Sie zählte dreimal langsam bis hundert, bevor sie sich dem Schloss widmete und versuchte, es zu entriegeln.

Tja, Pustekuchen! Anscheinend war sie zu blöd. Aber die Hutablage, die kriegte sie so weit angehoben, dass sie auf die Rücksitze krabbeln konnte. Sie ließ sich schnell nach unten plumpsen und wartete kurz, bis sie ihr

Gesicht vorsichtig an der Scheibe hochschob. Nicht dass Oliver nur einen kurzen Zwischenstopp eingelegt hatte.

Nein, niemand zu sehen. Sie zwängte sich auf den Beifahrersitz und studierte die Knöpfe am Armaturenbrett. Welcher öffnete wohl die Tür?

Keines der Symbole erschien ihr das richtige zu sein. Unentschlossen, welchen sie drücken sollte, zog sie probeweise am Türgriff – und diese schwang auf. Damit hatte sie eigentlich nicht gerechnet und purzelte regelrecht heraus, woraufhin sich ihre Blase lautstark beschwerte. Sie brauchte dringend ein Gebüsch.

Mit zusammengepressten Beinen trippelte sie am Spielplatz vorbei, bog um die Ecke und quetschte sich gleich zwischen die wild wachsenden Büsche. Puh, sie hätte schreien können vor Erleichterung.

In genau dem Moment kam eine Mutter mit ihrem Kind vorbei und sah sie da hocken. Ihre Augen wurden schmal, schon setzte sie zu einer Schimpftirade an. Doch dann stolperte das Kleine und sie beeilte sich, es aufzuheben und zu beruhigen.

Ihre Turnschuhe hatten was abgekriegt, aber das würde an der mittlerweile warmen Luft schnell trocknen. Gut, dass sie luftig angezogen war und gut, dass sie Wasser dabeihatte. Sie nahm einen großen Schluck aus der Flasche, bevor sie diese wieder neben dem T-Shirt und der Strickjacke verstaute. Wohin jetzt?

Erst einmal weg. Sie ging zügig immer weiter und bog mal links, mal rechts ab, um möglichst viel Abstand zwischen sich und Oliver zu bringen. Sie hatte unverschämtes Glück gehabt, dass ihre Flucht wohl später entdeckt worden war als gedacht. Es war schon nach zehn, wie sie auf der Kirchturmuhr erkannte. Wenn einer Oliver angerufen hätte, während sie sich noch gemeinsam im Auto befanden – nicht auszudenken.

Das ist ein gutes Omen, redete sie sich ein. Du sollst Jennifer vor ihm finden. Deshalb legte sie noch ein wenig an Tempo zu. Irgendwann würde sie hoffentlich auf eine Bushaltestelle oder Ähnliches stoßen und rauskriegen, wo sie sich befand.

Sie marschierte und marschierte, die Schilder an den Bushaltestellen halfen ihr nicht weiter. Es gab keine direkte Verbindung zum Bahnhof. Und es wurde immer heißer. Ihre Wasserflasche enthielt mittlerweile nur noch einen kläglichen Rest.

Schließlich nahm sie ihren ganzen Mut zusammen und fragte eine Frau, die gerade aus einem Auto stieg.

„Zum Bahnhof?" Sie musterte sie entgeistert. „Da bist du völlig falsch."

Mit Hilfe einer Stadtkarte von Google erklärte sie ihr den Weg. Wenn sie den Bus da vorn nahm und nach vier Stationen in den anderen umstieg und fünf weitere mit diesem fuhr, kam sie zu dem, der sie zum Bahnhof brachte.

Es war zu weit zum Laufen, ihr taten jetzt schon die Füße weh. Und ihr Kopf brannte, sie hätte besser eine Kappe mitgenommen. Also opferte sie etwas von ihrem kostbaren Geld beziehungsweise von Olivers für eine Fahrkarte. Wenn sie nicht aufpasste, war es schneller weg, als sie gucken konnte.

Zum Glück gab es eine Art Kombiticket, das gar nicht so teuer war wie gedacht. Erleichtert ließ sie sich in den Sitz plumpsen und genoss die angenehm kühle Luft im Inneren des Busses.

Als sie am Bahnhof ankam, machte sie sich an den Infotafeln kundig. So weit entfernt wohnte Jennifer gar nicht. Das galt als Nahbereich, wie sie der Preisliste entnehmen konnte.

Zuerst füllte sie ihre Wasserflasche auf der Toilette bis zum Rand und entleerte ihre Blase. Dann kaufte sie sich beim Bäcker zwei trockene Brötchen – irgendwo musste sie ja sparen – und am Schalter ein Ticket. Der Zug kam in zehn Minuten. Sie schlang hastig das Essen in sich hinein.

Oliver

Als ich Alishas Mutter verließ, war es fast elf. Sie hatte mir noch einiges von ihrer Tochter erzählt, vor allem aus der früheren Kindheit, in der die Welt noch in Ordnung war. Es gelang mir nur schwer, mich loszueisen, am liebsten hätte sie mir sämtliche Einzelheiten aus deren Leben berichtet.

Am Wagen angekommen schaute ich, ob Nachrichten eingegangen waren. Während des Besuchs hatte ich das Handy auf stumm geschaltet. Eine Störung wäre bestimmt nicht gut gekommen.

Rebecca hatte dreimal versucht mich zu erreichen und Tristan zweimal. Ein ungutes Gefühl machte sich in mir breit. Bevor ich ihre Nachrichten auf dem Anrufbeantworter kontrollieren konnte, klingelte es schon wieder, Tristan.

„Laurie ist weg", platzte er heraus.

„Wie weg?" Das war eigentlich unmöglich, das Grundstück war hervorragend gesichert. „Habt ihr überall gesucht?"

Ein kurzes Gerangel entstand, dann hörte ich Rebeccas Stimme. „Sie muss sich im Auto versteckt haben. Charlie sagt, sie sei mit dir mitgefahren."

Nach und nach wurde die Geschichte deutlicher. Nach meiner Verabschiedung hatte sich Rebecca noch einmal hingelegt – die Nacht war reichlich kurz gewesen. Die Jungen standen gegen halb neun auf, Charlie kam herunter, als sie gerade fertig mit Frühstücken waren. Blöderweise dachten sie, Laurie komme gleich und der Kleine äußerte sich überhaupt nicht, sondern behauptete nur, keinen Hunger zu haben, und verschwand gleich mit Tristan und Ben im Garten. Erst als Rebecca gegen zehn aufwachte und die Kinder suchte, rückte er mit der Sprache heraus: Laurie sei doch heute Morgen ganz früh mit Oliver weggefahren. Sie wollten eine Freundin von ihr besuchen, habe sie gesagt. Und dass sie wohl ein paar Tage weg sei.

Schon während des Gesprächs hatte ich angefangen, das Innere des Autos zu kontrollieren. Keine Spuren von ihr zu sehen, auch nicht im Kofferraum. Die Zentralverriegelung war so eingestellt, dass sie nach drei Minuten wieder verriegelte. Ohne diesen Anruf hätte ich selbst nie bemerkt, dass ich einen blinden Passagier befördert hatte.

„Ich fahre sofort los und suche sie!"

In dieser einen Stunde konnte sie weit gekommen sein. Oder sie versteckte sich in der Nähe und wartete, bis ich aufgab. Laurie war nicht dumm, sie konnte sich denken, dass ich zuerst zum Bahnhof fahre würde. Also ging ich auf den Spielplatz und befragte die Mutter, ob sie das Mädchen gesehen hatten.

„Die hat da vorn in die Ecke gepinkelt", beklagte sich eine der Frauen und verzog angewidert das Gesicht. „Direkt da." Sie zeigte in die entsprechende Richtung.

„Haben Sie zufällig gesehen, wohin sie anschließend ging?"

„Als wenn ich bei diesem Anblick stehen bleibe!"

Eine junge Frau, die mit ihrem Kleinkind im Sand saß, mischte sich ein.

„Trug sie ein rosa T-Shirt und knappsitzende Shorts?"

Keine Ahnung! Trotzdem nickte ich. Jeder Hinweis war willkommen.

„Dann ist sie in Richtung Schule gelaufen. Ist aber schon eine Weile her."

Mindestens eine halbe Stunde, erfuhr ich auf Nachfrage, eher länger. Ich ließ mir den Weg beschreiben und fuhr mit dem Auto die Straßen entlang. Auf dem Schulgelände hielten sich viele Kinder auf, auch einige Mütter standen herum. Keiner von ihnen hatte Laurie gesehen.

Mein nächster Halt war der Bahnhof. Wobei – hatte Laurie überhaupt Geld dabei? Ein Blick in mein Portemonnaie sagte mir, dass sie über fünfzig Euro verfügte. Ich rief Rebecca an. „Hat Linus sein Handy?"

Sie wusste sofort, warum ich fragte. „Ja, und Charlie hat keins. Laurie auch nicht beziehungsweise das ist im Heim geblieben. Sie hatte nur eins für den Notfall, also nicht zur ständigen Verfügung."

Eine Hoffnung weniger. Darüber hätten wir sie orten lassen können. Frau Körber wäre mir in diesem speziellen Fall bestimmt entgegengekommen. Mist, mit der musste ich auch noch sprechen.

„Sie hat sich aus meinem Portemonnaie bedient", teilte ich meiner Freundin mit. „Zumindest ist sie nicht völlig mittellos."

„Und sie hat die halbvolle Wasserflasche aus dem Wohnzimmer mitgenommen", ergänzte sie. „Von den Lebensmitteln fehlt allerdings nichts."

Ich bat sie, zusammen mit Charlie ihre Kleidung zu kontrollieren. Denn auf den Hinweis der Spielplatzmutter konnte ich mich schlecht verlassen. Vielleicht hatte sie ein ganz anderes Mädchen gesehen.

Ich durchforstete den gesamten Bahnhofsbereich, keine Laurie. Im Prinzip konnte sie sonst wo sein.

Nein, sie wollte zu Jennifer, das war mir klar. Und der schnellste Weg dorthin wäre mit dem Zug. Ich trat an eine Anzeigentafel, auf der das gesamte Schienennetz eingezeichnet war. Es gab mehrere Möglichkeiten, ans Ziel zu kommen. Einige waren zwar ziemlich umständlich, aber ich wettete, Laurie hatte eine von diesen Varianten genommen. Ich konnte schließlich nicht alle gleichzeitig kontrollieren. Mir blieb nichts anderes übrig, als meinem ursprünglichen Plan zu folgen und ebenfalls nach Jennifer zu suchen.

Kaum losgefahren packte mich die Wut. Dieses kleine Biest! Sie wollte unbedingt mitmischen und brachte dadurch nicht nur sich in Gefahr, sondern auch Jennifer und ihre unbekannten Helfer. Warum war mir nicht schon gestern klar geworden, dass sie sich nicht mit den neuen Erkenntnissen zufriedengeben würde? Bis zuletzt hatte sie felsenfest darauf bestanden, dass diese Jenny niemals die Erpresserin sein konnte. Für sie war eine Welt zusammengebrochen und ich ging einfach darüber hinweg, anstatt vernünftig mit ihr zu reden.

Mein Handy klingelte und ich schaltete die Freisprechanlage ein.

„Guten Morgen, Herr Speer", begrüßte mich Kommissarin Körber. „Ich habe gerade von den Kollegen erfahren, dass sie gestern auf eine Erpressung hingewiesen haben."

Ihr gegenüber war ich ehrlich und erzählte ihr die komplette Geschichte. Auch meinen Verdacht, dass ein Zusammenhang mit Ferhat Demircis Tun bestand, erwähnte ich.

„Bei jedem anderen würde ich sagen: Da geht die Fantasie mit Ihnen durch", sagte sie nach einer kurzen Pause. „Ihnen glaube ich. Ihre bisherigen Fälle, bei denen wir zusammengearbeitet haben, waren mindestens genauso kurios. Wie wollen Sie jetzt vorgehen?"

„Ich versuche, Jenny zu finden."

„Daran sind die Kollegen bisher gescheitert. Nicht einer der Nachbarn hatte einen Tipp, wo sie sich aufhalten könnte. Und die Mutter … äußerst unkooperativ. Angeblich kennt sie keinen der Freunde ihrer Tochter auch nur mit Namen." Sie versprach, auch Laurie in die Fahndung aufzunehmen. Ein Foto konnte sie sich über Frau Liebisch besorgen, die Beschreibung ihrer Kleidung kam hoffentlich bald von Rebecca.

46

Laurie

Tatsächlich hatte sie kurz überlegt, schwarz zu fahren, sich aber aus Angst, erwischt zu werden, dagegen entschieden. Ein guter Entschluss, der Kontrolleur prüfte akribisch und tauchte ein zweites Mal auf, kurz bevor sie aussteigen musste. Der mit seinem biestigen Gesichtsausdruck hätte sie bestimmt gleich zur Feststellung ihrer Personalien an einen Polizisten übergeben, ihren Ausweis hatte sie nämlich nicht dabei.

Sie verließ den Bahnhof und folgte dem Strom der Massen in die Innenstadt. Irgendwo hier musste sich das Pub befinden, in das Jenny zuletzt immer ging. Dort hatte sie auch ihren Freund kennengelernt. Wenn sie Glück hatte, saßen die beiden heute auch da.

Sie lief durch sämtliche Einkaufsstraßen, wurde aber nicht fündig. Schließlich fragte sie einen jungen Mann, ob er die Kneipe kannte.

„Die ist in der Straße kurz vor dem Bahnhof. Willst du da etwa rein?" Er musterte sie. „Das ist echt nicht deine Liga."

„Ich bin mit einer Freundin verabredet, die findet das Pub supertoll", schwindelte sie. „Was ist denn daran nicht okay?"

Er verzog abfällig das Gesicht. „Geh lieber woandershin", sagte er statt einer Erklärung. „Das passt besser." Bevor sie sich wenigstens eine vernünftige Wegbeschreibung geben lassen konnte, hatte er sich schon umgedreht und war weitergegangen.

Also wieder Richtung Bahnhof. Dieses Mal nahm sie einen anderen Weg. Schon nach wenigen Metern merkte sie, dass sie auf der richtigen Spur war.

Kneipen, Spielhallen und Fresslokale wechselten sich ab, die Passanten waren größtenteils Ausländer oder abgerissen wirkende Deutsche, die Satzfetzen, die sie aufschnappte, spiegelten die Vielzahl der sie umgebenden Nationen wider.

Je weiter sie lief, desto mieser wurde die Gegend. Bis auf zwei hohlwangigen, spindeldürren Frauen in knappen Röcken und Stöckelschuhen begegnete sie nur Männern. Langsam wurde ihr mulmig zumute. Ob sie hier wirklich Jenny treffen konnte?

Fast war sie so weit umzukehren, als sie das Schild mit dem Namen des Pubs sah, das Jennifer als ihre Stammkneipe bezeichnet hatte. Ohne nach links und rechts zu schauen, steuerte sie darauf zu und drückte die Tür auf. Dumpfe, rauchgeschwängerte Luft empfing sie. Das Licht war so trüb, dass sie die wenigen Besucher kaum erkennen konnte. Groß war das Innere nicht: Fünf kleine, runde Tische, von denen zwei mit jeweils drei Personen besetzt waren, und eine lang gezogene Theke, die den gesamten linken Raum einnahm. Auf vier der Hocker saßen Gestalten, diese drehten nicht mal den Kopf, sondern setzten ihre lautstarke Diskussion mit dem Wirt fort.

Leider keine Jenny! Musste sie eben warten. Laurie trat an die freie Seite und kletterte auf einen der Hocker. Der grobschlächtige Mann hinter der Theke beachtete sie überhaupt nicht. Fünf Minuten verstrichen, dann zehn. Langsam kam sie sich blöd vor. Die taten alle so, als wäre sie gar nicht da. Sie holte einen Zehner heraus und rief laut: „Kann ich bitte eine Cola haben?"

Der Wirt schaffte es tatsächlich, bass erstaunt über ihre Anwesenheit zu wirken. Dabei war sie sich sicher, dass er genau wusste, wo sie saß. Langsam schüttelte er den Kopf. „Du hast dich wohl verlaufen, Schätzchen. Sieh zu, dass du Land gewinnst."

Jetzt drehten sich auch die anderen Gäste ihr zu. Ein jüngerer Mann mit einem Pferdeschwanz rutschte von seinem Hocker und machte Anstalten, zu ihr zu gehen. Der Wirt zischte ihm ein paar Worte zu und er blieb stehen. Dann wandte er sich erneut an sie. „Hast du nicht verstanden? Mach die Fliege, verpiss dich. Husch, husch!" Er wedelte auffordernd mit den Händen.

„Ich suche Jenny." Mehr als ein Krächzen brachte sie nicht heraus. Seine Augen hatten sich bedrohlich zusammengezogen und er zeigte ihr die Zähne. Sie hatte das Gefühl, verließe sie nicht freiwillig das Lokal, würde er sie am Kragen packen und unsanft vor die Tür setzen.

„Kenn ich nicht." Er machte hinter der Theke zwei Schritte in ihre Richtung.

„Jennifer und ihr Freund sind oft hier, hat sie mir gesagt", setzte sie eilig hinzu.

„Das ist die vom Rollo", warf der mit dem Pferdeschwanz ein, bevor der Typ sie erreicht hatte. Wieder machte er Anstalten, näher zu kommen.

Der Wirt stoppte ihn mit einer unwirschen Bewegung.

„Ich muss sie dringend sprechen. Es ist was Wichtiges passiert", brachte sie noch heraus, dann war er neben ihr. „Die ist nicht da. Also hau ab!"

Oliver

Das Wohnhaus von Jennifer bildete meinen Ausgangspunkt. Ich fuhr die Straße entlang, bis ich den Schulkomplex vor mir sah. Es waren Ferien, trotzdem konnte es möglich sein, dass sich jemand im Gebäude aufhielt. Wenigstens der Hausmeister müsste anzutreffen sein.

Nichts rührte sich auf mein Klingeln. Auch an der Hausmeisterwohnung waren sämtliche Rollläden heruntergelassen. Daher ging ich hinüber zu dem Kiosk auf der anderen Straßenseite und zückte die Aufnahme, die ich von Frau Liebisch erhalten hatte.

„Nein", die Frau schüttelte den Kopf. „Kenne ich nicht."

„Ist vielleicht schon ein paar Jahre her."

Sie lachte. „Ich bin erst seit ein paar Monaten hier."

Etwas weiter entfernt gab es noch einen Lebensmittelmarkt und eine Bäckerei. Doch auch dort erkannte keiner das Mädchen.

Als Nächstes nahm ich mir die Geschäfte in der Nähe von Jennifers Wohnort vor. Schon im ersten, dem Supermarkt, nickte die Verkäuferin. „Fast Food, Alkohol und Zigaretten", vertraute sie mir in verschwörerischem Tonfall an. „Manchmal musste die für ihre Mutter einkaufen. Die ist schlecht zu Fuß."

„Kam sie mal in Begleitung?"

Sie überlegte und schüttelte den Kopf.

„Auch früher nicht? Also vor mehreren Jahren, als Kind?"

Sie verwies mich an eine Kollegin, die nach ihren Angaben schon urlange hier arbeitete. Ich fand diese hinten bei den Konserven. „Entschuldigen Sie." Ich zeigte ihr Jennifers Foto.

Prompt rümpfte sie die Nase. „Die hat als Kind geklaut wie ein Rabe. Wir mussten immer aufpassen."

„War sie mal mit anderen Kindern hier?"

„Nein." Das kam wie aus der Pistole geschossen. „Nie."

Auch in den nächsten Geschäften erfuhr ich nichts Neues. Erst am Kiosk, der von einem älteren Mann betrieben wurde, bekam ich endlich Antworten.

„Die hat es schwer gehabt, keiner wollte mit ihr spielen", teilte er mir mit ehrlichem Bedauern mit. „Das kam eher von den anderen Müttern. In so einer Siedlung spricht es sich schnell rum, wenn jemand nicht reinpasst. Und das war bei denen der Fall. Die Geschwister waren schon älter, die Kleine hatte am meisten zu leiden. Man sah sie eigentlich nur zusammen mit ihrer Mutter. Oder sie musste halt für sie einkaufen, bei mir Zigaretten und Alkohol." Er zuckte die Schultern. „Das sah man nicht so eng. Ich wusste ja, dass sie das für die Alte besorgt. Ich habe ihr immer irgendwas Kleines geschenkt, so ein Gummitier oder so. Hat die sich gefreut!"

„Haben Sie sie denn mal mit irgendwem zusammen gesehen? Vielleicht später, als sie am Wochenende zu Besuch kam?"

„Die ist meist weggegangen. War nicht viel da. Hat den Bus genommen." Er deutete auf die Haltestelle schräg gegenüber. „Vielleicht hat sie mal jemand nach Hause gebracht. Ich habe nur bis um zehn abends auf. Kann ich nicht sagen."

Ich klapperte sämtliche weiteren Geschäfte in der Umgebung ab. Alles, was ich erfuhr, war, dass Jennifer an den Wochenenden ab und zu für ihre Mutter einkaufte, immer allein. Was sie sonst machte, wo sie sich aufhielt, wusste keiner.

Bei einer kurzen Pause in einem Imbiss bat ich Deniz um Hilfe. „Wo treibt sich das Jungvolk in dieser Stadt rum? Kannst du mir irgendwelche Hinweise geben?"

Er lachte schallend. „Klar, über so was bin ich informiert! Okay, ich höre mich für dich um", versprach er dann. „Kann aber ein bisschen dauern."

„Besonders interessiert es mich, wo sich die treffen, die etwas abseits der Norm sind." Er würde schon verstehen, was ich damit meinte. Solche, wie wir früher waren, die sich ostentativ von den Normalos separierten.

In der Wartezeit telefonierte ich mit Rebecca, zum vierten Mal an diesem Tag. „Nichts Neues, leider. Ich bleibe auf jeden Fall dran."

„Von der Polizei kommt auch nichts, Laurie ist es gelungen, sich unsichtbar zu machen."

Das war gar nicht so schwer, wie sie dachte. Klar, die hielten am Bahnhof Ausschau und jeder der Streifenwagen hatte die Suchmeldung erhalten. Mehr lief jedoch nicht. Die setzten keine Suchtrupps ein, um sie zu finden. Solange sie sich nicht auffällig verhielt oder bei irgendeiner Straftat erwischt wurde, konnte sie sich relativ frei bewegen.

„Tristan und Linus sind fix und fertig", fuhr Rebecca fort. „Ich habe sie an die Recherche gesetzt, damit sie den Kleinen nicht drauf stoßen, dass was nicht stimmt. Ich bemühe mich gemeinsam mit Ben um ihn. Bisher hat er nichts gemerkt."

„Prima Idee von dir." Eigentlich gab es nichts mehr zu sagen, nur zögerten wir beide den Abschied raus. Selbst in unserem gemeinsamen Schweigen lag ein gewisser Trost.

„Hast du mit Tante Simone gesprochen."

„Ja, direkt nachdem ich von Lauries Flucht erfahren habe." Meine Tante war genauso entsetzt wie wir, helfen konnte sie leider nicht.

Viel früher als erwartet meldete sich Deniz zurück. „Du hast Glück, ich habe auf Anhieb den Richtigen gefunden, der sich in der Gegend auskennt." Er nannte mir mehrere Anlaufstellen, wo ich es versuchen sollte.

Ich gab Rebecca Bescheid und brach auf. Mein Weg führte mich an den Rand der Stadt, fast ein Déjà-vu, nur dass es sich dieses Mal nicht um ein Einkaufscenter, sondern um ein Gewerbegebiet handelte und die Jugendlichen sich wegen des schönen Wetters draußen auf den Wiesen aufhielten.

Es gab eine einzige Imbissbude, an der sich die Kids mit Essen und Getränken eindeckten. Allerdings hatten auch viele selbst was dabei, vor allem Alkoholika, wie ich bald entdeckte, als ich meine Runde begann. Dementsprechend aggressiv reagierten sie auf meine Frage nach Jennifer. „Verpiss dich", war noch einer der harmloseren Sprüche.

Nach einer knappen Stunde war ich mir trotzdem sicher, dass das Mädchen nie hier abgehangen hatte - einige Jugendliche waren etwas auskunftsfreudiger gewesen. Anschließend trat ich eilig den Rückzug an, denn gerade lösten sich vier junge Männer aus einer größeren Gruppe und machten Anstalten, Kurs auf mich zu nehmen. Ich wollte keinen Ärger.

Mein defensives Verhalten stachelte sie noch mehr an. Plötzlich rannten sie los, direkt auf mich zu. Ich nahm die Beine in die Hand. Mit einem Blitzstart verabschiedete ich mich aus der Gegend - gerade noch mal gut gegangen.

Jetzt erst bemerkte ich die eingegangene Nachricht: Deniz schickte mir zwei seiner Helfer zur Unterstützung, Bilal und Özgür. Ich kannte beide, sie hatten schon öfter für mich gearbeitet.

47

Laurie

Sie stand draußen vor dem Pub und überlegte, was sie machen sollte. Der Wirt hatte sie tatsächlich am Arm gepackt und rausgezerrt, obwohl sie die ganze Zeit lamentierte, sie müsse unbedingt mit Jennifer reden, es sei wahnsinnig wichtig. „Beim zweiten Mal bin ich nicht so nett!", hatte er ihr zugerufen, bevor er die Tür mit Nachdruck hinter sich schloss.

Und jetzt? Hier konnte sie nicht stehen bleiben. Die Gestalten, die um sie herumwuselten, waren selbst ihr nicht geheuer. Verdammt, verdammt, verdammt! Sie war so dicht dran! Der einzige Weg, der ihr blieb, war, sich hinter Jennys Freundinnen zu stecken. Eine wohnte ganz in ihrer Nähe. Sie hatte ihr ein Foto von sich inmitten der Mädels gezeigt, die erkannte sie bestimmt wieder.

Aus den Augenwinkeln sah sie, wie ein schmieriger Typ auf sie zu wankte und ergriff die Flucht – beziehungsweise wollte sie ergreifen, denn plötzlich tauchte der mit dem Pferdeschwanz aus der Kneipe vor ihr auf und grinste sie an. „Soll ich dich ein Stück begleiten?"

Instinktiv schreckte sie vor ihm zurück, aus der Nähe wirkte er nicht gerade sympathisch. Und er war viel älter, als er auf den ersten Blick ausgesehen hatte, so um die Vierzig, schätzte sie. „Nein, ich komme klar", wehrte sie ab.

Er kam trotzdem näher und umfasste ihren Ellenbogen mit festem Griff. „Mache ich doch gerne", grinste er und zeigte dabei sein lückenhaftes Gebiss.

„Lass mich sofort los!", zischte sie und funkelte ihn an. Er durfte nicht merken, dass sie Angst vor ihm hatte. Ihr Herz klopfte so hart gegen die Rippen, dass sie sich zwingen musste, normal zu atmen. „Oder ich …"
Ein schriller Pfiff ertönte. Sie schreckten beide zusammen und drehten sich automatisch um, wobei der Typ immer noch ihren Arm umklammerte. Erst als er den Wirt erkannte, der seine Augen zu schmalen Schlitzen zusammengezogen hatte, ließ er sie los. „He …"
„Verpiss dich!", sagte der Mann und machte eine entsprechende Handbewegung. „Jennifer kommt und holt dich ab", wandte er sich an Laurie. „Du kannst drinnen auf sie warten."
Sie musste sich ganz vorn in die Ecke setzen und er stellte sogar ein Glas Cola vor sie hin. Ansonsten beachtete er sie nicht weiter, sondern ging zurück zu der Gruppe am Tresen. Sie war so froh und dankbar über die Rettung in letzter Sekunde und gleichzeitig so eingeschüchtert von seinem seltsamen Verhalten, dass sie nicht wagte, sich zu mucksen. Vor sich hin starrend trank sie das Glas mit drei durstigen Zügen leer. Das und die zwei Brötchen waren das Einzige, was sie heute bis auf das Wasser zu sich genommen hatte, wurde ihr bewusst. Hungrig war sie trotzdem nicht. Aber der Zucker weckte ihre Lebensgeister, sie fieberte Jennys Eintreffen entgegen.
Sehr lange dauerte es nicht. Zuerst steckte sie nur den Kopf durch die Tür, dann, als sie Laurie entdeckte, flog diese auf und sie stürmte strahlend auf sie zu. „Süße! Du bist es wirklich! Bist du abgehauen oder was ist los?" Bei ihren letzten Worten zog sie sie bereits vom Hocker, warf dem Wirt ein „Danke" zu und bugsierte sie nach draußen. „Ich nehme dich mit zu mir", sagte sie und nickte zum Ende der Straße hin. „Rollo steht mit dem Auto da vorn."
Sie schlüpften auf die hinteren Sitze und der Mann am Steuer, der ihren Gruß nur mit einem Grunzen beantwortet hatte, fuhr los. Sie konnte ihn nur halb von der Seite sehen, er wirkte wesentlich älter als Jenny.
Die knuffte sie in die Seite. „Bist du stumm oder was? Wieso bist du auf der Suche nach mir? Was gibt es denn so Wichtiges zu erzählen?"

„Äh." Sie war so konfus, dass sie am Anfang keinen Satz auf die Reihe kriegte. Stattdessen stotterte sie und warf ihr einzelne Bruchstücke hin, aus denen Jenny nicht schlau werden konnte.

„Also ehrlich, Laurie", stöhnte diese, da hielt das Auto mit einem heftigen Ruck und ihr Freund verkündete, dass sie angekommen seien.

Die Gegend war nicht die feinste, auch hier wimmelte es von finsteren Gestalten. Aber sie wichen respektvoll aus und keiner wagte, sie anzusprechen. Sie folgte Jenny in ein schmuddeliges Treppenhaus und mehrere knarrende Holzstufen hinauf, bis sie vor einer Tür im obersten Stockwerk stehen blieb. Drops stand auf dem Klingelschild, konnte sie so gerade noch erkennen, bevor Jenny sie in die Wohnung zog. Ihr Freund war ihnen nicht gefolgt. Der wollte, dass sie sich in Ruhe aussprechen konnten, erklärte Jenny.

Tatsächlich handelte es sich eher um ein Appartement mit schrägen Wänden. Die Küche bestand aus einer Zeile an der Wand im Wohnzimmer, die Möbel waren alt und abgenutzt. Alles wirkte ziemlich schmuddelig.

Jenny zog sie auf die durchgesessene Couch und setzte sich neben sie. „Jetzt erzähl!"

„Die denken, du erpresst eine Gangsterbande", platzte sie heraus. „Und die Gangster haben mich unter Druck gesetzt, damit ich ihnen sage, wer dahintersteckt."

Statt lauthals zu lachen, wie sie erwartet hatte, runzelte Jenny die Stirn. „Erklär das mal genauer!"

Also fing sie von vorn an, mit dem Überfall auf Andrej und sich und der Drohung, sich an ihrem Bruder zu vergreifen, wenn sie nicht spurte. „Ich habe nichts rausgefunden", versicherte sie hastig, denn die Miene der Freundin hatte sich deutlich verfinstert. „Deshalb bin ich mit Hilfe von zwei netten Jungs untergetaucht. Die Männer waren echt brutal. Die haben Andrej zusammengeschlagen und mir das Gleiche angedroht. Nun denkt deren Freund, also der von den Jungen, er ist Detektiv, du seist diejenige, die hinter der Erpressung steckt."

Jenny hob die Hand. „Moment! Wie kam der denn ins Spiel?"

„Er hat den Unterschlupf besorgt und das mit Frau Liebisch geregelt und mit dem Heim meines Bruders."

Bei der Erwähnung des Namens der Heimleiterin verfinsterte sich ihr Gesicht noch mehr. „Diese Schlange!", zischte sie.

„Ich musste einfach kommen und dich warnen. Die haben sich auf die Falsche eingeschossen." Leider wurde ihre Stimme zum Schluss immer dünner. Irgendwie machte Jenny ihr Angst. Sie reagierte ganz anders als erwartet. Und sie kochte regelrecht vor Zorn.

Die Freundin sprang auf. „Scheiße, Scheiße, Scheiße!", schrie sie und begann auf und ab zu laufen.

„Jenny, da ist doch nichts dran, oder?", fragte Laurie nervös. Warum benahm sie sich so seltsam, ganz anders als sonst?

Sie stoppte direkt vor ihr. „Und wenn! Die haben es verdient. Das sind Ganoven, die jede Menge Dreck am Stecken haben."

„Die haben Alisha umgebracht." Sie konnte es nicht glauben. Jenny war tatsächlich die Erpresserin?

„Die hat sich viel zu dämlich angestellt. Hätte sie auf mich gehört …" Sie brach ab und blickte auf die Kleinere hinunter. „Du kommst absolut ungelegen, Laurie, weißt du das?"

Ihr Tonfall ließ sie frösteln. Wo war ihre Jenny aus dem Heim geblieben? Die, die immer einen tröstenden Spruch hatte, die alle ermahnte, zusammenzuhalten und nicht ständig gegeneinander zu kämpfen? Die sich so liebevoll um sie gekümmert hatte?

Ganz besonders um dich, schoss es ihr durch den Kopf. Du hast in ihr so was wie eine große Schwester gesehen, die dich durch sämtliche Schwierigkeiten begleitet. Sie war dein Vorbild, wie oft hast du dich anschließend bemüht, ihr nachzueifern?

„Was mache ich mit dir?", überlegte Jenny laut. Nur um sich wieder neben sie fallen zu lassen und weiter auszufragen. Sie wollte jede Kleinigkeit wissen: Wie sie Andrej kennengelernt hatte, wie die sie geschnappt hatten, wie die Männer aussahen, ob die schon jemand in Verdacht hatten.

„Ja, mich", gestand Laurie. „Weil ich mit Alisha zusammen auf einem Zimmer war."

Jenny lachte auf. „Was für ein Blödsinn!"

„Das haben die dann selbst eingesehen. Deshalb sollte ich für sie spionieren." Sie erzählte ihr von der Wochen-Frist.

„Klar." Jenny schnaubte heftig und wischte sich mit einer fahrigen Bewegung die Haare aus dem Gesicht. „Die Übergabe ist für übermorgen geplant." Sie schüttelte langsam und nachdrücklich den Kopf. „Ich kann dich nicht wieder laufen lassen, Laurie. Du musst bis dahin hierbleiben."

Oliver

Bilal und Özgür erwarteten mich schon an meinem nächsten Ziel, einer lang gezogenen Eckkneipe, die eher wie eine Fabrikhalle aussah. Wegen der Hitze, die immer noch in der Luft lag, hockten viele der Gäste draußen. Nicht nur deswegen, stellten wir im Näherkommen fest, der süßliche Geruch von Marihuana war nicht zu verkennen. Nun war ich echt froh, die beiden jungen Türken neben mir zu wissen. Sie bewegten sich durch die Menge, als gehörten sie dazu, und zeigten wie beiläufig das Foto von Jennifer herum.

Einige meinten tatsächlich, sie ab und zu gesehen zu haben. Bei genauerer Nachfrage stellte sich heraus, dass das letzte Mal schon mehrere Monate zurücklag. Außerdem war sie wohl selbst davor nur sehr unregelmäßig hier gewesen, und zwar zusammen mit einer Gruppe Mädchen, so vier, fünf an der Zahl. Leider wusste keiner der Auskunftsgeber einen Namen oder hatte weitere Hinweise zu ihnen.

Zwei weitere Adressen klapperten wir zusammen ab, wieder ohne Erfolg. Ein Blick auf die Uhr sagte mir, dass wir allerhöchstens eine heute noch schafften. Viele der Besucher machten sich bereits auf den Heimweg, die Chance, jemanden zu finden, der Jennifer kannte, wurde damit immer geringer.

„Warte!" Bilal öffnete, bevor ich anfahren konnte, die Beifahrertür und sprang hinaus. Er nahm Kurs auf die gegenüberliegende Bushaltestelle, an der bestimmt zehn Jugendliche warteten.

Eine lebhafte Diskussion entstand. Zwei Mädchen redeten lange auf Bilal ein, so lange, bis der Bus kam. Er stürmte zum Auto zurück. „Die wissen, wen wir meinen", keuchte er triumphierend. „Die waren früher öfter hier, jetzt gehen sie lieber ins Kitcat. Das ist eine Kneipe am Rande der Innenstadt, Richtung Bahnhof. Nicht gerade die beste Gegend."

„Auf, auf", tönte Özgür von hinten. „Die nehmen wir noch mit."

„Kannten die deren Namen?", erkundigte ich mich, während ich bereits Gas gab.

„Annika, Nina, Janine, Merle und Jennifer", zählte er grinsend auf. „Jennifer war mal mit Annikas Bruder zusammen, genauso wie Janine. Aus dem folgenden Zickenkrieg wurde eine Freundschaft. Die sind nur noch alle zusammen rumgezogen."

„Wussten die, wo die Mädchen wohnen?"

Er schüttelte den Kopf. „Nur dass Annika und Jennifer früher auf dieselbe Schule gingen."

Das war immerhin ein Ansatzpunkt. Denn er hatte sich gleich alle vier beschreiben lassen. Hatten wir heute keinen Erfolg mehr, versuchte ich mein Glück morgen ein zweites Mal in Jennifers Wohngegend.

Die Kneipe war noch gut besucht. Wir mussten uns regelrecht bis zur Theke durchquetschen. Statt gleich das Foto zu zücken, ließen wir unsere Blicke schweifen. Junge Frauen und Männer waren etwa gleichstark vertreten. Ich stieß Bilal an und deutete mit dem Kopf auf zwei circa Achtzehnjährige, die sturzbetrunken wirkten.

Nach einem kurzen Blick schüttelte er den Kopf und wir schoben uns zur Theke durch. Hinter dem Tresen stand ein Pärchen, das alle Hände voll zu tun hatte. Es dauerte fast fünf Minuten, bis die Frau zu uns trat und uns auffordernd ansah. Wir orderten jeder ein Bier. Als sie es vor uns hinstellte, legte ich das Foto vor sie. „Wir sind auf der Suche nach der Kleinen. Ist sie in der letzten Zeit mal hier gewesen?"

Schon während meiner Frage fing sie an den Kopf zu schütteln.

„Ihre Freundinnen vielleicht?", schob Bilal nach und zückte einen Zehner.

„Die kommen wenn überhaupt am Wochenende." Geschickt entwand sie ihm den Geldschein und steckte ihn ein. Bevor wir reagieren konnten, begrüßte sie bereits den nächsten Kunden.

„Soll ich eine Runde durchs Lokal drehen?"

„Lohnt sich vermutlich nicht." Die beiden betrunkenen Jugendlichen waren verschwunden, alle anderen machten nicht den Eindruck, als seien sie sonderlich auskunftsfreudig. Nein, ich würde morgen noch einmal in der

Gegend von Jennifers Wohnhaus recherchieren, immerhin hatte ich jetzt einen zusätzlichen Namen.

Bilal bestand darauf, sein Glück zu versuchen. Özgür und er drehten ihre Runde und ich ging zurück zum Auto. Kurz darauf stießen sie zu mir. Keiner wollte Jennifer oder ihre Freundinnen kennen.

48

Laurie

Wie hatte sie sich nur so irren können? Jenny war total scharf auf das Geld, alles andere interessierte sie nicht. Sie hatte überhaupt kein schlechtes Gewissen, meinte, sie würde ja nur bei Straftätern abkassieren. Angst hatte sie angeblich keine – ihr Freund sollte sie beschützen.

Kaum war Laurie klar geworden, dass Jenny sehr wohl die Erpresserin war, kam dieser Rollo dazu. Keine Ahnung, ob sie ein geheimes Zeichen vereinbart hatten oder ob er vor der Tür gelauscht hatte, jedenfalls trat er unmittelbar nach Jennys Eröffnung, sie müsse sie hierbehalten, ein und baute sich drohend vor ihr auf. „Du machst uns das nicht kaputt." Er blickte sie abschätzig an.

„Die vom Heim wissen, dass ich es bin." So ganz spurlos waren ihre Enthüllungen doch nicht an Jenny vorbeigegangen, sie wirkte leicht nervös. „Außerdem hat die blöde Kuh einen Detektiv darauf angesetzt und der steht mit der Polizei in Verbindung. Wir müssen vorsichtig sein."

Daraufhin musste Laurie noch einmal haarklein alles erzählen. Die beiden quetschten sie aus wie eine Zitrone. Nur gut, dass sie die Adresse von dem sicheren Haus nicht kannte, denn Rollo wäre am liebsten gleich vorbeigefahren, um zu gucken, was sich da tat.

„Das bringt nichts", bremste Jenny ihn. „Der Typ wird unterwegs sein und mich und sie suchen. Du hast ihm nichts weiter über mich gesagt?", fragte sie nun schon zum zweiten Mal nach.

„Nein", wofür sie sich nachträglich gern in den Hintern gebissen hätte. Gott, war sie blöd gewesen!

„Gut." Jenny schien zufriedengestellt. „Keiner weiß, wo ich mich aufhalte. Im Endeffekt hat sie uns sogar einen Gefallen getan. Die Informationen über diese Bande können wir gut gebrauchen." Statt Rollo ihre Worte zu erklären, wandte sie sich wieder ihr zu. „Ich hab nichts gegen dich, Laurie. Eigentlich warst du die Beste von dem gesamten Haufen. Wenn du mitspielst, passiert dir nichts. Du musst nur bis übermorgen aushalten, bis wir das Geld haben, dann machen wir uns sowieso vom Acker."

„Bist du …"

„Ja, bin ich", fauchte sie Rollo an. „Ich kenn Laurie gut genug. Die wird uns nicht großartig stören." Sie drehte sich wieder zu ihr. „Es sei denn, du willst uns linken. Ich kann auch anders, glaub mir. Ich hab mir das so gedacht", fuhr sie fort, ohne ihr die Möglichkeit zu einer Antwort zu geben, „du verhältst dich ruhig, dann reichen Handschellen aus. Machst du Zicken, wirst du auch noch geknebelt. Willst du das?"

„Aber Jenny …"

Wieder ließ sie Rollo nicht ausreden. Offensichtlich hatte sie die Hosen an in dieser Beziehung. „Wir sind zu zweit, was soll sie schon tun? Heute Nacht bleibt sie bei mir im Schlafzimmer und ich mach die Handschellen am Bettpfosten fest. Du nimmst die Couch. Die Wohnungstür schließen wir ab. Hilferufe kannst du dir sparen", sagte sie an Laurie gewandt. „Hier schreien andauernd irgendwelche Frauen. Da reagiert keiner drauf. Und wie gesagt, machst du Terz, schieben wir dir was in den Mund."

Rollo holte zwei Paar Handschellen, sogar von innen gepolstert, sie ahnte, wofür sie die sonst verwendeten. Die einen kamen um ihre Hand-, die anderen um ihre Fußgelenke. Sie musste sich den ganzen Abend lang auf die Couch setzen und sich diese dämlichen Filme anschauen, die die guckten. „Rausgehen ist nicht", hatte Jenny bestimmt. „Wir warten jetzt in aller Ruhe das Treffen ab."

Mehr erfuhr sie leider nicht. Jenny war ziemlich angefressen, bestimmt ging ihr die neue Entwicklung doch gewaltig gegen den Strich. Sie wollte es nur nicht zeigen.

Trotz der Aufregung schlief Laurie in der Nacht wie ein Stein. Sie hatte sich damit abgefunden, dass sie so einfach nicht entfliehen konnte. Versuchen würde sie es natürlich trotzdem, sie musste halt auf den passenden Moment warten. Große Angst hatte sie jedenfalls nicht, sie glaubte Jenny, dass sie nicht vorhatte, ihr was zu tun – vielleicht weil sie irgendwo einen kleinen Rest Sympathie für sie empfand? Das war keine Einbildung von ihr, dass sie beide ein besonderes Verhältnis gehabt hatten.

Oliver

Am nächsten Morgen machte ich mich erneut auf den Weg. Dieses Mal hatte ich nur eine Beschreibung: Eine circa Achtzehnjährige namens Annika, mit langen braunen Haaren, sehr schlank und groß, die einen älteren Bruder hatte, vielleicht auch noch weitere Geschwister. Ob ich damit Erfolg haben würde?
Der Budenbesitzer war mein Favorit, deshalb begann ich meine Suche bei ihm.
„Kenn ich nicht", sagte er bedauernd. Er hätte mir wirklich gern geholfen. Im Gegensatz zu ihm waren die Verkäuferinnen, die ich fragte, eher genervt. Bei den meisten hatte ich das Gefühl, sie gaben sich gar keine Mühe, ihr Gedächtnis zu durchforschen, sondern speisten mich mit einem schnellen „Keine Ahnung" ab. Zwei Stunden später war ich reichlich frustriert, niemand hatte mir eine Auskunft zu ihr geben können.
Noch gab ich nicht auf. Vielleicht wohnte das Mädchen viel näher an der Schule als gedacht. Ich würde den gesamten Weg ablaufen und bei jedem Geschäft, Kiosk oder Imbiss nachfragen und es dann in sämtliche anderen Richtungen ebenso versuchen. Vorher ging ich jedoch zum Auto und erfrischte mich. Es war wie gestern sehr heiß und dazu fast wolkenlos. Obwohl gerade mal elf, brannte die Sonne mit einer Kraft, die einem jede Energie raubte. Die wenigen Menschen, die unterwegs waren, schlichen mehr, als dass sie gingen. Selbst auf dem kleinen Spielplatz, der zum Teil noch im Schatten lag, war nicht viel los.
Als ich die Autotür wieder zudrückte, sah ich aus den Augenwinkeln den älteren Herrn aus dem Nachbarhaus der Randolfs treten und mit einer

Mülltüte bewaffnet zu den Containern gehen. Mehr aus Pflichtbewusstsein denn aus Hoffnung auf Erfolg trat ich zu ihm und fragte ihn nach Annika. „Die Familie wohnt in der Nähe der Schule", erklärte er zu meinem Erstaunen und rümpfte die Nase. „Die sind ähnlich wie die da", er deutete mit einer schnellen Kopfbewegung zum Fenster seiner Nachbarin. „Alles eine Mischpoke."

„Kennen die sich?" Das wäre ja noch besser. Dann könnte die Polizei bei Frau Randolf nachhaken.

„Nein, nein", beeilte er sich zu versichern. „Meine Schwester wohnt im selben Haus. Die kriegt so einiges mit."

„Könnte es sein, dass Annika und Jennifer befreundet sind?"

Da war er überfragt, das war anscheinend nie Thema zwischen ihm und seiner Schwester gewesen. Trotzdem bedankte ich mich herzlich, da er mir den Straßennamen und die Hausnummer gab und mir zusätzlich eine Abkürzung quer durch die Siedlung empfahl, die ich nehmen konnte.

Nein, ich fahre außen herum mit dem Auto, beschloss ich. Und weil mich mein Gewissen drückte, drehte ich gleich mehrere Runden um den Block. War es sinnvoll, die Polizei zu informieren und denen Annikas Vernehmung zu überlassen? Aber was würden die unternehmen, selbst wenn das Mädchen ihnen die Adresse von Jennifer sagte? Bisher wurde sie nur als Zeugin gesucht, sie konnte sich rausreden und behaupten, nichts zu wissen, weder über die Erpressung noch über Lauries Verbleib.

Die Luft im Auto hatte sich dank der Klimaanlage vernünftig abgekühlt und ich fühlte mich einigermaßen erfrischt. Trotzdem sah ich zu, dass ich einen Schattenparkplatz bekam, als ich beschloss, lieber selbst mit ihr zu sprechen. Während ich noch hinter dem Lenkrad saß und mir überlegte, wie ich beginnen sollte, verließ eine junge Frau, auf die die Beschreibung passte, das Haus. Sie schlenderte langsam in die entgegengesetzte Richtung. Besser, ich beeilte mich!

Sie holte sich am Kiosk in der Nähe der Schule nur ein Eis und kam hingebungsvoll leckend wieder zurück.

„Annika?", fragte ich, als sie auf meiner Höhe war.

Sie taxierte mich und wusste mit einem Blick, dass ich kein normaler Passant war. Schneller als erwartet warf sie sich herum und spurtete los.

Kurz vor der Haustür überholte ich sie und stellte mich ihr in den Weg. „Ich will nichts von Ihnen, bloß eine Auskunft über Jennifer", versicherte ich ihr in ruhigem Ton.

Sie stutzte, anscheinend hatte sie mit ganz was anderem gerechnet. „Die sehe ich nicht mehr." Sie blickte auf ihre Finger hinunter, die mittlerweile voller klebriger Eisspuren waren. „Shit!" Sie hob die Hand und versuchte den Schaden zu begrenzen.

„Haben Sie eine Ahnung, wo ich sie finden kann?"

Ihre Augen zogen sich zu einem schmalen Spalt zusammen, während sie mich ausgiebig musterte. „Und warum sollte ich Ihnen das sagen?"

Sie wusste was! Ich holte mein Portemonnaie hervor und hielt ihr einen Zehner hin.

Ihre Gier kämpfte mit ihrer Solidarität. Sie biss sich auf die Lippe, doch statt zu antworten, leckte sie an dem Eisrest.

„Es ist echt wichtig, dass ich sie finde", improvisierte ich. „Da sind ein paar Typen von früher hinter ihr her, mit denen nicht gut Kirschen essen ist."

„Und was geht Sie das an?" Noch hatte sie sich nicht entschieden.

„Die ehemalige Heimleiterin hat mich engagiert, um sie zu warnen und gegebenenfalls zu beschützen." Ich kramte eins meiner Kärtchen hervor und hielt es ihr hin. „Ich bin Privatdetektiv."

Sie straffte sich, war zu einem Entschluss gekommen. Mit angehaltenem Atem wartete ich auf ihre Antwort.

„Also einen Zwanni sollte die Information Ihnen schon wert sein." Sie leckte ein letztes Mal an ihrem Eis und warf den Stiel ins Gebüsch, bevor sie verlangend die Hand ausstreckte.

Ich legte den Zehner hinein. „Den zweiten gibt es, wenn Sie mir erzählt haben, was ich wissen will."

Sie riss ihn mir förmlich aus der Hand und schob ihn in ihre Gesäßtasche. Das Mädchen bestand nur aus Haut und Knochen, hatte streichholzdünne Arme und Beine, unter den tief in den Höhlen liegenden Augen zeichneten sich dunkle Ringe ab. Automatisch schaute ich genauer hin, ob ich irgendwo Einstichstellen entdecken konnte. Nach irgendwas süchtig war sie auf jeden Fall. „Ich lege sogar noch einen weiteren drauf, wenn Ihre Informationen mich zu ihr führen", lockte ich.

„Also die Adresse von dem Typ kenn ich nicht." Sie hielt inne und lauschte in Richtung Hausflur. „Gehen wir noch mal bis zur Bude", schlug sie vor. „Ich will nicht, dass man mich mit Ihnen hier stehen sieht."

Ohne dass ich nachfragen musste, sprudelte die Geschichte aus ihr heraus. Jennifer und sie und ihre Freundinnen waren zusammen mit ihrem Bruder und dessen Freunden in der Stadt abfeiern gewesen. Was es zu feiern gab, ließ sie offen. Sie waren von Kneipe zu Kneipe gezogen und irgendwann im Drops gelandet. Dort traf ihr Bruder auf einen Bekannten und der schloss sich ihnen an.

„Der hat sich sofort an Jenny rangemacht. Sie ist gar nicht mehr mit uns zurück." Annika kicherte. „Danach hab ich sie vielleicht noch ein-, zweimal gesehen, das war's."

„Auch nicht, seitdem sie wieder bei ihrer Mutter wohnt?"

„Nee, da ist die doch kaum." Sie überlegte offensichtlich, ob sie mir den Rest auch anvertrauen sollte.

Ich gab ihr den zweiten Zehner und hielt den dritten hoch. Sie leckte sich die Lippen. „Der Typ und mein Bruder kennen sich aus dem Knast, der ist auf Bewährung. Da hätte das Amt nie zugestimmt, dass Jenny bei dem einzieht. Nee, sie brauchte eine Adresse, wo das Amt sagt, ist okay."

Ich belohnte ihre Ehrlichkeit mit dem nächsten Schein und zog einen weiteren hervor. „Wie heißt der Typ und wo treibt er sich rum?"

„Ich kenn nur seinen Vornamen, alle nennen den Rollo, von Roland, glaube ich. Das Drops gehört seinem Bruder. Deshalb ist er oft da." Fast bedauernd blickte sie auf mein Portemonnaie. „Mehr weiß ich echt nicht."

Ich gab ihr den vierten Zehner, nachdem sie mir eine ungefähre Beschreibung des Mannes geliefert hatte, und warnte sie, keinem von unserem Gespräch zu erzählen, auch Jennifer nicht. Sonst stände demnächst die Polizei vor ihrer Tür.

„Können Sie sich drauf verlassen", nuschelte sie und wurde plötzlich hibbelig. „Die hab ich längst abgeschrieben." Mit einem bekräftigenden Nicken wandte sie sich eilig ab.

Statt zum Haus zurückzukehren, schlug sie den Weg zum Schulhof ein. Sie machte einen großen Bogen um die dort spielenden Kinder und steuerte eine Gruppe junger Männer an. Einer von ihnen löste sich von den anderen und bedeutete ihr, ihm zu folgen. Sie verschwanden aus meinem Sichtfeld. Nicht meine Baustelle! Ich ging zurück zu meinem Auto. Bevor ich losfuhr, googelte ich die Kneipe. Sie befand sich in der Nähe des Bahnhofs, allerdings in einer Fußgängerzone. Nichts wie hin!

49

Oliver

Die Gegend war selbst tagsüber nicht das Gelbe vom Ei. Normale Passanten waren Mangelware. Am Drops stand die Tür weit offen, um den Mief der Nacht herauszulassen, sodass ich im Vorbeigehen einen kurzen Blick hineinwerfen konnte. Viel zu erkennen war aufgrund der im Inneren herrschenden Dunkelheit nicht. Einzutreten schenkte ich mir. Dafür war ich nicht der Richtige.

Kaum hatte ich die Gegend hinter mir gelassen, zückte ich mein Handy. Ich erklärte Deniz die genaueren Umstände. „Wenn du den Nachnamen des Wirtes rauskriegst, wie schnell kannst du den Bruder ausfindig machen?"

„Ich rufe dich gleich zurück."

Es dauerte tatsächlich nur wenige Minuten.

„Das war einfach. Du hättest nur Google befragen müssen. Der Inhaber heißt, man höre und staune, Uwe Drops, sein Bruder Roland, der ist in der Variskenstraße gemeldet. Das ist nicht dein Gebiet", fuhr er im selben Atemzug fort. „Lass zuerst Bilal und Özgür die Lage checken."

Wenn mein Freund Deniz mich warnte, tat ich gut daran, seinem Rat zu folgen. Er kannte sich in solchen Gegenden besser aus als ich, hatte schon öfter für gute Bekannte kleinere Ermittlungen in derartigen Ecken durchgeführt beziehungsweise durchführen lassen. Nicht dass er mir Konkurrenz machte, eher war es so, dass ich ihn und seine Kontakte selbst ab und zu nutzte. Er verfügte über einen riesigen Bekanntenkreis und seine

„Mitarbeiter", die er aus diesem requirierte, waren für fast alle Aufgaben einsetzbar. So war ich auch an Bilal und Özgür gekommen, Ersterer hatte mich schon mehrfach unterstützt. „Ist okay. Sag ihnen, sie sollen sofort losfahren."

Ich traf mich mit Bilal direkt am Bahnhof. „Ende zwanzig, kurze braune Haare, circa eins fünfundsiebzig groß, schlank", gab ich Annikas Beschreibung weiter. „Und er hat ein Tattoo auf dem rechten Oberarm, ein Tribal. Die Fotos von Jennifer und Laurie hast du dabei?"

Er nickte und marschierte los. Sobald er die Lage geprüft hatte, würde er sich bei mir melden.

Laurie

Am nächsten Morgen musste sie Frühstück für alle machen, ein etwas karges, es gab Toast, Margarine, Marmelade und Scheibenkäse. Rollo war schlecht gelaunt, er meckerte in einer Tour, bis es Jenny zu viel wurde und sie ihn anschnauzte. Danach herrschte Ruhe. Aber die Blicke, mit denen er die „Gefangene" bedachte, waren alles andere als freundlich.

Anschließend trugen sie ihr auf, alles wegräumen und das Geschirr abzuspülen beziehungsweise den gesamten Berg, der sich angesammelt hatte. Dafür hatten sie ihr sogar die Fesseln an den Handgelenken abgenommen. Jenny und Rollo setzten sich an den Tisch und breiteten eine Karte aus. Während er sie lauernd beobachtete, prüfte sie sämtliche Wege, die zum Treffpunkt führten. „Besser wär's, wenn wir noch ein oder zwei Helfer hätten", erklärte sie seufzend, „die mir den Weg freihalten."

„Ich dachte, in der Menge bist du sicher", nörgelte Rollo, der nur widerwillig seine Augen von Laurie nahm. „Außerdem bin ich mit dem Auto direkt in der Nähe. Du musst einfach schnell genug rennen."

„Ich denke, ich verlege den Ort der Übergabe näher an das Gebäude." Jenny starrte nachdenklich auf den Plan. „Um jedes Risiko für mich auszuschalten."

„Wenn du meinst." Ihr Freund schien nicht willens, eigene Überlegungen anzustellen. Er saß da und antwortete nur einsilbig auf ihre Bemerkungen.

Natürlich hatte sich Laurie bemüht, so leise wie möglich zu sein, um möglichst jedes Wort mitzukriegen. Wie es sich anhörte, sollte das Treffen an einem öffentlichen, sehr belebten Ort stattfinden, von dem sie gefahrlos entkommen konnten. Nein, nie hätte sie gedacht, dass Jenny so was durchzog. Sie war voll auf ihre Nummer der Strebsamen reingefallen, die ein normales Leben führen wollte. Auch wenn diese von ihren Wochenendbesuchen bei ihrer Mutter kam, hatte sie nie irgendwas erzählt, was in diese Richtung deutete. Als Laurie einmal ihr Unverständnis äußerte, wieso sie die überhaupt noch traf, hatte sie behauptet, diese käme allein nicht mehr klar und sie fühle sich trotz allem verantwortlich.

Ihre Freundinnen stellte sie als nette Truppe dar, mit denen man sowohl einfach nur abhängen als auch was unternehmen könne. Sie hätten die gleichen Interessen, eine würde für die andere einstehen. In dem Zusammenhang hatte sie ihr auch vom Drops erzählt, wohin der Bruder ihrer Freundin Annika sie mitgenommen hatte, und dass sie dort einen total lieben Kerl kennengelernt hätte. Der habe angeboten, ihr bei der Schule zu helfen und auch dabei, einen Pflegedienst für ihre Mutter zu finden. Für länger wolle sie die Verantwortung nicht übernehmen.

Klar, das klang alles viel zu gut. Aber Laurie hatte es für bare Münze genommen und sich für sie gefreut. Okay, sie war sogar ein bisschen neidisch gewesen - und traurig, weil sie mit Jenny jemand verlor, der sich wie eine große Schwester um sie gekümmert hatte. Sie war die Einzige, die ihr das Gefühl gegeben hatte, wichtig zu sein.

Das hörte sich nun mit ihrem neuen Wissen an, als wäre sie der letzte Trottel. Selbst die Verbindung zwischen ihr und Alisha war ihr nicht aufgefallen. Sie hatte eher das Gefühl, die beiden würden sich nicht mögen. Und viel zusammen abgehangen hatten die nie.

Nach Jennys Briefing verließ Rollo die Wohnung, angeblich um einzukaufen und das Auto zu checken. Aber sie ahnte, dass Jenny ihn aus dem Weg haben wollte. Der verbreitete eine Unruhe, die kaum erträglich war.

Vorher wurde Laurie wieder ins Schlafzimmer verfrachtet, ein Mini-Raum, in den gerade mal das Doppelbett und ein Kleiderschrank reinpassten, und am Bettpfosten angekettet und natürlich schloss er zusätzlich die Wohnungstür hinter sich ab.

Als Jenny sich kurz darauf zu ihr gesellte, fing sie ganz vorsichtig an, sie auszufragen. „Wieso hat Alisha dich eigentlich da mit reingezogen?"

Sie lachte über ihre Wortwahl. „Ich habe sie auf die Idee gebracht", erklärte sie mit echtem Stolz in der Stimme. „Die war so heiß auf den Typ, die hätte alles für den getan. Wenn du einmal den richtigen Knopf gedrückt hast, hieß es immer nur Andrej hier, Andrej da."

Unwillkürlich zuckte sie zusammen. Dass der Plan sogar von Jenny ausgegangen war, damit hatte sie überhaupt nicht gerechnet.

Zum Glück war diese mit ihren Erinnerungen beschäftigt und kriegte ihre Reaktion nicht mit. „Die wusste nicht mal, was sie da in der Hand hat", fuhr sie fort und schüttelte immer noch fassungslos über deren Blödheit den Kopf. „Die hatte Fotos von fast jedem aus der Gruppe. Die waren Gold wert. Also habe ich mich bemüht, sie in diese Richtung zu schubsen, dass da richtig Geld rauszuholen ist. Und was macht die dumme Kuh? Erpresst diesen Andrej mit den Bildern, dass er sie zu sich holen soll."

„Woher wusstest du denn, dass die was Illegales abziehen?"

„Na, von Alisha und von den Fotos, die sie gemacht hat. Ihr ist es gelungen, Andrej irgendwann aufzuspüren - frag mich nicht wie. Sie hat sich ihm gleich wieder an den Hals geworfen. Der Blödi hatte dann Mitleid mit ihr, weil es arschkalt war an dem Tag. Er hat sie mit zu sich genommen und am nächsten Tag am Bahnhof abgesetzt, damit sie nach Hause fahren konnte. Stattdessen ist sie an seinem nächsten Einsatzort aufgetaucht - die hatte die belauscht und rausgekriegt, dass die was Illegales vorhatten und wo das Ganze ablaufen sollte. Dabei hat sie die Fotos gemacht von dem Überfall. Tja", sie verzog das Gesicht zu einem hämischen Grinsen. „Und bevor sie Andrej damit erpressen konnte, hat sie sich mit diesem Mädchen geprügelt, das er traf, und die Polizei tauchte auf."

Oliver

„Das ist eine total miese Gegend", teilte mir Bilal kurz darauf mit. „Die Wohnungen sind bestimmt unter aller Sau – aber billig. So sehen auch die Leute aus, die hier rumlaufen", setzte er hinzu, was aus seinem Mund schon heftig war, denn er lebte auch nicht gerade in einem bevorzugten Viertel.

„Ich habe Özgür angerufen, der soll mit dem Transporter kommen. Dann haben wir eine gute Ausgangsposition."

Ich beschloss, ihm völlig freie Hand zu lassen. Der junge Türke hatte ein gutes Gespür dafür, wen er befragen konnte und wen nicht. Zuerst einmal musste er jedoch die näheren Begebenheiten prüfen. „Ich bleibe in der Nähe", sagte ich nur. Dass er sich meldete, sobald er etwas in Erfahrung brachte, war klar.

Ich informierte Rebecca, dass sich die Lage langsam zuspitzte. „Wenn alles klappt, ist Laurie heute Abend wieder bei uns."

„Na, hoffentlich." Ihr Stoßseufzer kam aus tiefstem Herzen.

Ich wusste, welche Befürchtung sie hegte: dass Jennifer die unliebsame Zeugin längst beseitigt hatte. Rein logisch betrachtet musste sie keine Angst haben. Eine Erpressung und ein Mord waren zwei total unterschiedliche Verbrechen. Ich glaubte nicht, dass Jennifer so skrupellos war. Ein Unsicherheitsfaktor blieb der knasterfahrene Freund. Trotzdem konnte und wollte ich nicht gleich das Schlimmste annehmen.

Außerdem stand überhaupt noch nicht fest, dass Laurie Jennifer bereits gefunden und mit ihr Kontakt aufgenommen hatte. Ich ahnte nicht mal, ob sie genauere Informationen zu deren Aufenthaltsort besaß. Unserem kleinen Heißsporn traute ich zu, sich nur mit groben Informationen auf den Weg gemacht zu haben. Für sie stand der haltlose Verdacht gegen die Freundin im Vordergrund. Niemand außer ihr sah, dass dieser völlig unbegründet war.

„Was machst du jetzt?"

„Ich suche mir ein Café in der Nähe und schaue mir die Unterlagen von Linus an." Der hatte in der kurzen Zeit einiges ausgegraben.

„Tristan kümmert sich super um Charlie", berichtete sie. „Er bindet ihn in Bens Training mit ein. Linus sehe ich so gut wie gar nicht. Der ist nicht vom Computer wegzubekommen."

Er war eben der geborene Kriminologe. „Ich melde mich, wenn es Neuigkeiten gibt", verabschiedete ich mich. Dann ging ich zum Auto zurück und setzte es auf einen Tagesparkplatz um. Wahrscheinlich würde ich mich in den nächsten Stunden hier nicht wegbewegen.

In der Nähe befand sich ein kleines, türkisches Café, in dem schon viel Betrieb herrschte. Da die Temperaturen heute wieder über die Dreißig-Grad-Marke klettern sollten, suche ich mir im Inneren einen kleinen Zweiertisch und bestellte Kaffee und Wasser, bevor ich mich auf meinen E-Mail-Account einloggte und las, was Linus mir geschickt hatte.

Er hatte ein komplettes Bewegungsmuster von Ferhat Demirci erstellt, anhand der Daten, die er über Tante Simone bekam. Nein, eigentlich waren es mehrere, er war jeweils von unterschiedlichen Annahmen ausgegangen, indem er mal diese mal jene von uns aufgezeigten Verbrechen und die Meldungen über seine Aufenthaltsorte bei Facebook miteinander verknüpft hatte. Anschließend war er die spärlichen Informationen, die wir über Andrej hatten, durchgegangen. Interessanterweise gab es zwei Übereinstimmungen. Die erste passte zu Andrejs damaligem Aufbruch. Kurz zuvor wurde ein Juwelier in der Nachbarstadt ausgeraubt. Die zweite betraf das Auffinden von Alisha. Am Tag danach überfiel ein Dreierteam einen Geldboten. Beide Male war auch Ferhat in der Nähe.

So weit war ich gekommen, als mein Handy klingelte. „Der Typ ist gerade aus dem Haus gekommen", teilte Bilal mir mit. „Er sitzt jetzt im Auto, das vor der Tür geparkt war. Ich folge ihm, Özgür beobachtet weiter das Haus."

Ich vertiefte mich wieder in Linus' Bericht. Natürlich hätte ich viel lieber selbst ermittelt. Doch meine beiden Helfer passten besser in diese Gegend, verschmolzen sozusagen mit ihr. Ich dagegen fiel auf wie ein Fremdkörper. Der Wirt blickte auffordernd zu mir herüber und ich orderte noch einen Kaffee und etwas von diesem süßen Gebäck. Mittlerweile waren alle Tische besetzt, da konnte ich nicht stundenlang vor meiner Mini-Bestellung sitzen bleiben.

Linus hatte noch eine Verbindung gezogen. Kurz bevor sich Ferhat davonmachte, gab es einen Einbruch in die Lagerhalle eines Computerhändlers. Die Täter müssten Insiderwissen gehabt haben, hieß es in der Zeitung, denn sie stiegen in der Nacht ein, als kurz zuvor eine große Lieferung an hochwertigen Laptops eingetroffen war. *Der Besitzer ist ein guter Bekannter seines Vaters*, hatte Linus dazugeschrieben.

Wieder klingelte mein Handy. „Entwarnung", tönte Bilal. „Der besucht einen Kumpel, der einen Autohandel hat. Die zwei sitzen draußen und quatschen. Das sieht nicht so aus, als würde er sich bald wieder wegbewegen."

Besser, ich rede auch mit Özgür. „Was machst du?"

„Ich sitze in einem kleinen Café und beobachte das Haus", erwiderte er. „Bisher ist weder von Jennifer noch von Laurie was zu sehen."

„Ein türkisches Café?", vergewisserte ich mich.

Er sprang sofort darauf an. „Du meinst, ich soll mal … Erkundigungen einholen?"

„Nur wenn es sich ganz unverfänglich ergibt", stellte ich klar.

„Versteht sich von selbst." Er legte auf.

Ganz wohl fühlte ich mich nach dieser Entscheidung nicht. Es war das erste Mal, dass Özgür derart eigenständig ermittelte. Vielleicht war es besser, wenn ich Bilal ablöste, damit er seinen Freund unterstützte. Ich stürzte den Kaffee hinunter und wählte seine Nummer. „Wo genau bist du?"

Als er erfuhr, was er tun sollte, winkte er zunächst ab. „Das schafft Özgür schon. Der macht sich schnell bekannt, irgendeinen Einstieg findet der immer."

„Es könnte sein, dass ich einen von euch anschließend in das Haus schicke", verdeutlichte ich. Dabei war mir dieser Einfall erst in diesem Moment gekommen.

„Okay, wenn du meinst."

Ich konnte fast seine Gedanken hören. Seiner Auffassung nach drückte ich viel zu sehr auf die Tube. Der Ansicht wäre ich normalerweise auch, aber nicht in diesem speziellen Fall. Mittlerweile war ich davon überzeugt, dass Laurie von Jennifer und ihrem Typ gefangen gehalten wurde. Nein, es war eher ein extrem starkes Gefühl. Ich konnte es nicht näher erklären, ich fühlte einfach, dass wir bald eingreifen sollten.

Bilal erklärte mir den Weg und ich winkte dem Wirt, dass ich zahlen wollte. Das süße Gebäck, das ich noch nicht angerührt hatte, wickelte ich in eine Serviette und nahm es mit. Wer wusste schon, wann ich das nächste Mal an etwas Essbares kam.

50

Oliver

Das Autogeschäft entpuppte sich als kleiner Fähnchenhändler. Ungefähr dreißig Autos standen dicht an dicht auf der kleinen Fläche, im Eingangsbereich befand sich eine Wellblechhütte, davor saßen zwei Männer auf Klappstühlen und unterhielten sich. Der eine war um die Dreißig und trug einen schmierigen Overall, bei dem zweiten musste es sich um die Zielperson handeln. Der Typ sah nicht schlecht aus, er hatte ein ansprechendes Gesicht und eine ebensolche Figur. Allerdings irritierten mich die Bierflaschen, die die beiden in der Hand hielten. Bei dem Wetter war das Selbstmord.

Einen Moment war ich tatsächlich unsicher, ob wir den Richtigen observierten beziehungsweise ob ich mit meinem Verdacht nicht vielleicht doch falsch lag. Aber was war dann mit Laurie passiert?

Als die Männer die nächsten Bierflaschen öffneten, rief ich Bilal an, der bereits bei Özgür im Café saß. „Planänderung. Fragt gezielt nach dem Kerl und seiner Freundin. Und versucht auch herauszufinden, wo die sich zurzeit befindet und, falls sie in der Wohnung ist, ob sie Besuch hat. Ihr könnt ruhig ihr Bild rumzeigen."

Die beiden gegenüber veranstalteten eher ein gemeinsames Abhängen, als dass sie sich großartig unterhielten. Meistens schwiegen sie sich an und starrten auf die Bierflasche in ihrer Hand, von der sie immer wieder einen Schluck nahmen. Als endlich der ersehnte Anruf kam, war der Autohändler gerade aufgestanden, um Nachschub zu holen.

„Mit Roland Drops ist nicht gut Kirschen essen“, teilte Bilal mir mit. „Er säuft ziemlich viel, verträgt allerdings auch ne Menge. Seine Freundin, die Jennifer, ist wohl bei ihm eingezogen, so die allgemeine Meinung. Mit ihr haben die Leute hier kaum Kontakt, die geht nur zum Einkaufen raus oder halt mit ihm zusammen. Die wohnen oben unterm Dach. Ob jemand zu Besuch ist, hat keiner mitgekriegt.“

Das waren schon jede Menge neue Informationen und dann noch in der kurzen Zeit.

„Wie gehen wir weiter vor?“

Ich warf einen Blick auf die beiden Männer, die sich gerade zuprosteten.

„Wir versuchen es mit dem Hermes-Trick.“ Das hieß, einer von uns klingelte bei ihr und behauptete, ein Päckchen abgeben zu wollen. Viele Hermes-Fahrer kamen mit dem Privatfahrzeug oder einem neutralen Lieferwagen. Da half auch kein Blick aus dem Fenster. „Wartet, bis ich bei euch bin. Ich will mit reingehen.“

Natürlich war es ein gewisses Risiko, sich den Zutritt zu erzwingen. Es war überhaupt nicht klar, ob Laurie sich in der Wohnung befand und tatsächlich von Jennifer gefangen gehalten wurde. Doch ich musste es eingehen. Mein schlechtes Gefühl ließ mir keine Wahl.

Laurie

Mehr kriegte sie leider nicht raus. Jennifer griff zu ihrem Handy und surfte im Internet. Als sie sich ein wenig zur Seite drehte, konnte Laurie erkennen, dass sie sich verschiedene Städte in Spanien anschaute. Wahrscheinlich suchte sie nach dem richtigen Ort, an dem sie von nun an leben wollte.

Ihre Gedanken schweiften zurück zu Oliver. Also hatte er auch recht mit dem, was er über Andrej gesagt hatte. Ihr lief eine Gänsehaut über den Rücken, wenn sie daran dachte, dass er vermutlich daran beteiligt gewesen war, seine ehemalige Freundin umzubringen.

Irgendwann legte Jenny endlich das Handy zur Seite. Sie schwang die Beine aus dem Bett und Laurie platzte schnell mit der Frage heraus, die ihr schon die ganze Zeit auf der Seele brannte: „Wieso hast du die Fotos?“

Sie ging tatsächlich darauf ein. „Das war alles ganz anders geplant. Ich wollte direkt hinter Alisha bleiben und ihr zu dem Treffpunkt folgen. Du bist mir in die Quere gekommen. Du hast ja endlos gebraucht, bis du dir überlegt hattest, wohin du willst. Die blöde Kuh hat das nicht mal mitgekriegt, die hatte nur ihren Liebsten im Kopf." Sie schnaubte heftig. „Ehrlich, da mühe ich mich ab und erstelle den perfekten Plan und dann kann sie nicht mal die paar Minuten auf mich warten. Nein, sie dreht völlig am Reifen und will so schnell wie möglich in seine Arme fliegen." Sie brach ab und drehte den Kopf weg.

Laurie lag schon die nächste Frage auf der Zunge, sie ahnte, dass die Jenny gesehen hatte, was genau passiert war. Sollte sie diese stellen oder lieber abwarten, ob sie von sich aus weiterredete? Nein, lieber warten, sonst würde sie sauer und sie erfuhr gar nichts mehr.

Es dauerte eine Weile, bis diese laut seufzte und fortfuhr: „Die ist einen Schritt auf die Straße getreten, als sie sein Auto kommen sah, und er hat Gas gegeben, sie bot ja das perfekte Ziel. Man, hat das geknallt. Die ist durch die Luft geflogen und direkt im Graben gelandet. Der Kerl, es war allerdings nicht Andrej, da bin ich mir sicher, ist ausgestiegen und hat nach ihr geguckt. Nee", verbesserte sie sich. „Der hat den Stick mit den Fotos gesucht."

„Und nicht gefunden", warf Laurie ein, weil sie wieder eine Pause machte.

„Den hatte ich. Hat mich echt Mühe gekostet, Alisha davon zu überzeugen, dass der bei mir besser aufgehoben ist. Mir war von Anfang an klar, dass der sie nicht zurückhaben will, sondern nur scharf auf die Fotos ist."

Langsam wurde deutlich, was sie geplant hatte. „Du dachtest, der versucht ihr irgendwie die Fotos abzuschwatzen und sie merkt endlich, was Sache ist, und will dann auch das Geld."

„Erst so wird die wach, das war mir klar", bestätigte Jenny. „Die wollte einfach nicht akzeptieren, dass er sie über hat. Die bog sich das so zurecht, wie es ihr passte. Der Typ hat ihr mehrfach ins Gesicht gesagt, dass er sie nicht mehr will, was gibt es daran nicht zu verstehen?"

„Mehrfach?"

„Die hat den dreimal nach ihrer Flucht aufgestöbert und beim ersten Mal genau das Gleiche zu hören gekriegt: Verpiss dich! Lass mich in Ruhe!

Dann, nur weil er sie bei sich übernachten lässt, denkt sie, es sei alles wieder paletti und er will nur wegen seiner Kumpels, dass sie geht. Deshalb ist sie denen heimlich gefolgt, um was gegen die in der Hand zu haben, damit die sie und Andrej in Ruhe lassen." Sie grinste zynisch. „Weil sie doch zusammengehören, für immer und ewig. Danach hat sie kurz den Anschluss verpasst und musste ihn erst wieder suchen. Und dann findet sie ihn und sieht, wie er mit einem Mädel schäkert. Und statt auf ihn sauer zu sein, vermöbelt sie die und lässt sich dann auch noch von der Polizei erwischen."

Erstaunlich, dass Jenny so offen redete. Sie musste die Gunst der Stunde nutzen und versuchen, die ganze Geschichte zu erfahren. „Wieso hat sie sich dir anvertraut?"

„Es gab ja sonst keinen, der sich diesen Schrott noch anhören wollte. Die hatte sich komplett mit ihren Eltern überworfen und wollte die auch später nicht wiedersehen. Also hat ihr kein Mensch geglaubt, als sie irgendwann so tat, als sei sie vernünftig geworden und hätte den Kerl abgeschrieben. Mit den Mädels ist sie von Anfang an nicht klargekommen. Die hielt sich ja auch für was Besseres und hat das raushängen lassen. Ich dagegen war immer lieb und nett und habe mir den ganzen Scheiß über den tollen Andrej angehört."

Und hatte, als sie alles von ihr wusste, ihre Verliebtheit ausgenutzt, um den Typ zu erpressen. „Du hast den Schlüssel geklaut", wurde Laurie klar.

Sie zuckte ungerührt die Schultern. „Sie wäre nie drangekommen."

„Alisha hat dir freiwillig den Stick anvertraut?"

„Nee, dafür war schon einiges an Überredungskunst nötig. Die hat echt gedacht, sie wartet an der Straße, er lässt sie einsteigen und braust mit ihr zusammen los. Ich hab ihr gesagt: Guck erst mal, ob da auch keiner von seinen Kumpels bei ist und der dich linken will. Deshalb hat sie zugestimmt, dass ich den Stick bei mir behalte. Ich hätte ihr den geben sollen, sobald sie sicher war, dass er allein ist." Sie schüttelte über Alishas Blödheit den Kopf. „Der hätte ihr den Stick abgenommen und sie direkt wieder rausgeschmissen."

Stattdessen schickte er einen seiner Freunde und der fuhr sie einfach um! „Was hat der Typ gemacht, als er feststellte, dass sie den Stick nicht bei sich hat?"

„Wie ein Berserker geflucht. Zum Glück bin ich, nachdem ich das mit Alisha gesehen hatte, tiefer in den Wald geflüchtet. Ich hab mich versteckt. Ne Ahnung, dass sie nicht allein war, hatte er wohl schon. Aber gerade als er sich auf die Suche nach mir machen wollte, kam da ein anderes Auto näher und er ist abgehauen, bevor das nah genug war."

Sie musste daran denken, dass Alisha fast einen Tag lang tot in diesem Graben gelegen hatte, bevor ein Autofahrer sie fand. Wie konnte man nur so skrupellos sein und sich ahnungslos stellen?

„Das war ganz schön hart", sagte Jenny, als hätte sie ihre Gedanken gelesen. „Ich wusste, dass sie tot ist, und musste mich ganz normal verhalten."

„Hast du eigentlich nachgeguckt?", wagte sie nachzufragen.

„Nee, wie denn? Es war stockdunkel und ich hatte keine Taschenlampe mit. Aber so, wie die durch die Luft geflogen ist, das war klar, dass sie das nicht überlebt hat."

Ein heftiger Schauer schüttelte Laurie. Vielleicht lebte Alisha da noch, vielleicht hätte man sie retten können, wenn sie sofort ins Krankenhaus gekommen wäre. „Heftig", erwiderte sie, nur um überhaupt was zu sagen. Ihr wurde immer deutlicher bewusst, wie sehr sie sich in Jenny getäuscht hatte.

„Eines verstehe ich nicht", fuhr sie schnell fort, um von sich und ihren Gefühlen abzulenken. Nicht dass die ihr ansah, wie sie wirklich über sie dachte! „Du hättest freiwillig den Stick rausgegeben, obwohl du annahmst, der Typ lässt Alisha stehen, sobald er die Fotos hat?"

Sie lachte selbstgefällig. „Natürlich hatte ich längst eine Kopie von dem Stick gezogen. Ich bin davon ausgegangen, dass Alisha spätestens dann auch sauer wird und es dem Kerl heimzahlen will."

„Das heißt, du hast zwei von den Dingern?"

„Weiß ich, ob die nicht auch versuchen mich zu linken?"

„Wie bist du überhaupt mit denen in Kontakt gekommen?"

„Nichts leichter als das", tönte sie mit deutlichem Stolz in der Stimme. „Alishas Computer-Aktivitäten wurden kontrolliert. Wenn sie mit dem Typ chatten wollte, ging das nur über mich."

Klar, Jenny war schon so lange da, dass sie gewisse Freiheiten genoss. „Lass mich raten, um nicht aufzufallen, benutzte er den Account einer Freundin." Wie hatte sie bloß auf dieses Arschloch reinfallen können?

Arschloch? Nein, er gehörte zu einer Mörderbande. Die hatten Alisha ganz bewusst überfahren!

Jenny erhob sich abrupt und verließ den Raum. Wahrscheinlich bereute sie schon, dass sie ihr das alles erzählt hatte. Sie hörte sie die Toilette benutzen, anschließend ging sie ins Wohnzimmer.

Zur Toilette müsste sie auch mal, lieber jetzt, wo Jenny und sie allein waren. Sie musste nämlich die Badezimmertür auflassen und einer, bisher Gott sei Dank immer Jenny, beobachtete sie mit Argusaugen, dass sie sich nicht irgendwas griff und damit auf sie losging, weil sie ihr für den Toilettenbesuch die Handschellen vorn anlegten und sie sich ja mit irgendwas bewaffnen konnte.

Wobei - versuchen könnte sie es eigentlich, jetzt, wo sie beide allein waren. Jenny glich ihr von Gewicht und Größe her und sie hatte das Überraschungsmoment auf ihrer Seite. Sie schloss die Augen und rief sich die Badezimmereinrichtung ins Gedächtnis. Auf dem kleinen Bord über dem Spülstein stand eine Glasflasche, nicht groß, eher handlich. Wenn sie sich die griff und direkt zuschlug … Aber was, wenn sie nicht richtig traf?

„Scheiße!", hörte sie Jenny schreien. „Das gibt's doch nicht!"

Kurz darauf stürmte sie zurück ins Schlafzimmer. „Ich muss noch mal los."

„Kann ich bitte vorher auf die Toilette?" Sie bemühte sich, verlegen auszusehen. „Ich muss dringend was Längeres."

„Musst du warten oder dir in die Hose machen." Sie drehte auf dem Absatz um und rannte zurück in die Diele, keine zwei Minuten später knallte die Wohnungstür.

Chance vertan, dachte Laurie missmutig und blies Trübsal, bis ihr auffiel, dass Jenny ihr nicht mal den Mund verklebt hatte. Scheiß auf ihre Drohungen, sie würde schreien, was das Zeug hielt.

Bevor sie den Gedanken in die Tat umsetzen konnte, klingelte es an der Tür. „Hilfe!", kreischte sie, so laut sie konnte. Und immer wieder: „Hilfe! Hilfe! Hilfe!"

51

Oliver

Ich parkte an der Ecke und ging den Rest zu Fuß. Bilal und Özgür kamen mir bereits entgegen, sodass wir zwei Häuser vor unserem eigentlichen Ziel aufeinandertrafen. „Du stehst unten Schmiere", sagte ich zu Özgür. „Falls dir irgendetwas seltsam vorkommt, egal was, warne uns."

Normalerweise lag für solche Fälle wie dem hier ein Fake-Paket hinten im Kofferraum. Blöderweise hatte ich es rausgenommen, als ich die Sachen für das versteckte Haus transportierte – und vergessen wieder reinzulegen. Also mussten wir anders vorgehen.

Das Schloss der Haustür war ein Witz, innerhalb von Sekunden standen wir im Hausflur. Fast lautlos schlichen wir die Holztreppe nach oben, was echt ein Kunststück war, die ausgetretenen Stufen hätten normalerweise bei jeder Belastung geknarrt. So dauerte es natürlich eine Weile, bis wir vor der entsprechenden Wohnungstür standen. Es war die linke von den beiden, an der Klingel stand R. Drops. Wir drückten uns an die Wand und ich reckte meinen Arm und betätigte die Schelle. Augenblicklich gellte ein Hilfeschrei, ich meinte sogar, Lauries Stimme zu erkennen.

Jetzt hielt mich nichts mehr. Unter weiteren lauten Hilferufen knackte ich das Schloss und stieß die Tür auf. Niemand zu sehen. Ich rannte in die Richtung, aus der die Stimme kam. Laurie saß aufrecht im Bett, sie sah mich und klappte den Mund reflexartig zu. Ihr letzter Schrei klingelte noch in meinen Ohren nach.

„Du?" Sie atmete erleichtert auf. „Los, wir müssen uns beeilen. Jenny ist nur kurz weg, sie kann jeden Moment wieder da sein."

„Nicht vorne raus", widersprach Bilal, der zu uns stieß, nachdem er zuvor die Wohnung kontrolliert hatte. „Wir hätten sie gesehen."

Ein ungutes Gefühl machte sich in mir breit. „Wann ist Jenny los?", fragte ich, während ich mich um die Handschellen kümmerte.

„Kurz bevor es geklingelt hat. Nee, schon ein paar Minuten vorher", verbesserte sie sich. „Sie war ins Wohnzimmer rübergegangen und schrie auf einmal laut Scheiße. Danach ist sie sofort weg."

Sobald ich Laurie befreit hatte, lief ich hinüber in das andere Zimmer. Vom Küchenfenster aus hatte man eine gute Sicht auf den gegenüberliegenden Bürgersteig. Sie musste uns gesehen und die richtigen Schlüsse gezogen haben.

„Die ist getürmt", meinte auch Bilal, der mir gefolgt war. Er griff zu seinem Handy und informierte Özgür, dass dieser nach einem Hinterausgang gucken sollte und ob er die Flüchtige vielleicht noch entdeckte.

Viel Hoffnung hatte ich nicht. Jennifer war längst über alle Berge.

Laurie tauchte im Türrahmen auf. „Dann hat sie den Stick bestimmt mitgenommen. Auf dem sind die Fotos", fügte sie erklärend hinzu. „Angeblich soll morgen das Treffen sein."

Weil sie noch auf die Toilette wollte, durchsuchten Bilal und ich flüchtig die Wohnung. Viel persönlicher Kram fand sich nicht, von Jennifer so gut wie gar nichts. Der Computer war uralt und nicht mit Passwort gesichert. Wir beorderten Laurie ans Fenster, falls Rollo zurückkam, wobei ich vermutete, dass Jennifer ihm längst Bescheid gegeben hatte. Schließlich war sie auf ihn angewiesen, wenn sie ihren Coup durchziehen wollte.

Bilal klickte sich durch die Dateien und ich befragte Laurie. Sie hatte einige wichtige Fakten erfahren, doch bei dem, was mich am meisten interessierte, musste sie passen. „Jenny hat heute Morgen eine Karte auf dem Tisch angeguckt, da ist der Treffpunkt drauf." Sie schaute sich suchend um und steuerte das Regal neben der Spüle an. „Ha, das ist sie!"

Sie breitete sie auf dem Tisch aus und wir beugten uns darüber. Leider handelte es sich um eine ganz normale Stadtkarte. Sie war wohl noch so gefaltet, wie Jennifer und Rollo sie benutzt hatten, nur zeigte sie einen riesigen Bereich. Kein Strich, keine Markierung, nichts, was uns einen Hinweis geben konnte.

„Sie hat darüber gesprochen, dass es dort viele Menschen gibt und mehrere Fluchtwege", fiel Laurie ein. „Rollo sollte im Auto in der Nähe warten. Sie wollte nach der Übergabe zu ihm rennen, im Getümmel würde sie denen schon entkommen."

Immerhin einige vage Hinweise! Ich fotografierte die Karte ab und schickte das Foto zusammen mit Lauries Aussagen an Linus und ebenso an Deniz. Hoffentlich brachte einer der beiden rechtzeitig in Erfahrung, was gemeint war.

Mein Handy meldete sich. Özgür teilte mir mit, dass Jennifer wie vom Erdboden verschluckt sei und Rollo genauso. Er stand jetzt vor dem Autohandel und fragte, ob er sich den Mann vornehmen sollte.

„Der weiß nichts", war ich mir sicher.

„Vielleicht kennt er einen weiteren Unterschlupf", widersprach er.

„Okay, versuche es." Wir brauchten uns nicht mehr zu verstecken, Rollo und Jennifer war klar, dass wir so schnell nicht aufgaben.

„Hast du mich denen beschrieben?", wandte ich mich an Laurie.

Sie nickte kleinlaut. „Ich musste ihnen alles erzählen, auch von Frau Liebisch und der Polizei."

Dann konnten weder ich noch meine beiden Helfer den Treffpunkt überwachen – falls wir es denn schafften, ihn rechtzeitig zu finden. Jennifer hatte mich mit beiden zusammen gesehen.

„Auf dem Rechner ist nichts", meldete sich Bilal.

Ich hatte nichts anderes erwartet. Und den Stick trug Jennifer bei sich.

Laurie nagte an ihrer Unterlippe. „Den Typ im Pub können wir auch vergessen. Der hat Jenny angerufen, dass sie mich abholt. Dort hätte ich euch normalerweise als Erstes hingeführt." Sie streckte die Hand aus. „Darf ich bitte Rebecca anrufen und ihr sagen, dass ihr mich befreit habt?"

Die hatte ich total vergessen! „Klar", ich drückte auf die eingespeicherte Nummer und gab ihr das Handy.

Natürlich wollte diese auch noch mit mir sprechen. „Schaltest du jetzt die Polizei ein, oder informierst wenigstens deine Kommissarin?"

„Wir haben nichts Konkretes in der Hand. Und Laurie soll erst mal zur Ruhe kommen." Nein, ich konnte sie nicht gleich zur Polizei schleifen und der eingehenden Befragung dort aussetzen. Dafür war sie viel zu angeschlagen. Sie zeigte es zwar nicht, aber ich merkte, dass sie wahnsinnig aufgeregt war und innerlich zitterte. Vermutlich gab sie sich auch noch die Schuld an diesem Desaster. Dabei hatten wir durch sie endlich echte Hinweise und somit vielleicht die Möglichkeit, rechtzeitig einzuschreiten.

„Wie wollt ihr vorgehen?"

„Wir versuchen vor Ort rauszufinden, wo die beiden Flüchtigen untergetaucht sein könnten. Außerdem habe ich die Karte, über der Jennifer gebrütet hat, an Deniz und Linus geschickt." Erst als es raus war, wurde mir bewusst, dass ich mich verplappert hatte. „Wir müssen einfach darauf hoffen, irgendeinen relevanten Anhaltspunkt zu finden", fuhr ich hastig fort.

Rebecca war nicht blöd. „Also hast du Linus bereits eingebunden?"

„Kurz bevor wir dich angerufen haben." Automatisch zog ich den Kopf ein und wartete auf das nun folgende Donnerwetter.

Doch das blieb aus. „Schön", sagte meine Freundin nur, und: „Meldet euch, wenn es Neuigkeiten gibt."

Trotzdem konnte ich an ihrer Stimme erkennen, dass sie enttäuscht war. Wäre ich im umgekehrten Fall auch.

Bilal hatte die Zeit ebenfalls zu einem Anruf genutzt. „Ich habe Deniz gebeten, mal zu recherchieren, was es über diesen Rollo gibt. Vielleicht hilft uns das weiter."

Mittlerweile war Özgür zurückgekehrt. „Der Autohändler ist ein weiterer Bruder von ihm. Angeblich kennt der seine Freunde nicht, auch keinen Ort, an dem er unterschlüpfen könnte. Die Eltern leben auf einem Campingplatz an der holländischen Grenze. Das ist zu weit weg, andere Verwandte gibt es nicht, auch keine weiteren Geschwister."

Trotzdem drehten wir eine Runde durchs Haus und befragten die Nachbarn. Keiner hatte näheren Kontakt zu Rollo gehabt. Der wohnte erst seit einem guten halben Jahr hier und hielt sich ziemlich bedeckt. Er schien nicht zu arbeiten, wo er sich bevorzugt aufhielt, war niemandem bekannt.

„Nichts als Nieten", brachte Laurie es enttäuscht auf den Punkt.

„Haben die sich eigentlich darüber unterhalten, zu welcher Uhrzeit die Übergabe stattfinden soll?"

Sie schüttelte den Kopf. „Und ich habe überhaupt nicht daran gedacht nachzufragen."

Ich beinahe auch nicht. „Gibt es in der Nähe einen Imbiss?", wandte ich mich an Bilal und Özgür. Es war Mittagszeit und wir alle konnten etwas zu essen vertragen.

Kaum haben wir bestellt, klingelte mein Handy. „Der Typ ist ein ausgemachter Blödmann", tönte Deniz. „Mit sechzehn ist er zum ersten Mal bei kleineren Internetbetrügereien erwischt worden, danach hat er es immer wieder mit der gleichen Masche versucht und ist jedes Mal aufgetickt. Zweimal hat er bereits im Knast gesessen, vor ungefähr sechs Monaten ist er rausgekommen. Offiziell lebt er von Hartz IV, ob er genau da weitergemacht hat, wo er aufhörte, kriege ich leider nicht raus."

„Wird er nicht." Zumindest nicht ab dem Zeitpunkt, an dem er Jennifer kennenlernte. Dafür würde sie garantiert gesorgt haben. Wie es aussah, war sie wesentlich cleverer als er. Sie war die Urheberin der Erpressung und hatte auch die Durchführung geplant, Rollo war nur ein williger Helfer. Ob Jennifer ihn ausnutzte oder ihr tatsächlich etwas an ihm lag, war die nächste Frage.

„So schlecht, wie du sie darstellst, ist Jenny nicht", behauptete Laurie allen Ernstes. „Die hat mir nicht wirklich was getan, hätte sie auch nicht. Sie ist keine eiskalte Verbrecherin."

„Na ja, kriminelles Potenzial hat sie schon", lachte Deniz, der ihren Kommentar mitbekommen hatte, wurde aber schnell wieder ernst. „Mit eurem Stadtplan bin ich noch nicht viel weiter. Ich melde mich später bei euch."

Damit blieb uns jetzt nichts anderes übrig, als uns zu gedulden.

52

Laurie

Oliver sollte bloß nicht auf die Idee kommen, sie auszuschließen. Sie sah, wie er überlegte, ob er sie nicht lieber sofort zurückbrachte, in Sicherheit. Weil er und seine Freunde halt sowieso nichts machen konnten außer abzuwarten, ob irgendeiner eine Lösung fand.

Glücklicherweise klingelte erst mal sein Handy. Es war Linus und er verlangte, mit ihr zu sprechen. „Laurie", sagte er statt einer Begrüßung. „Schließ deine Augen und konzentriere dich auf den Moment, als Jennifer vor dem Plan saß. Bist du so weit?"

„Warte kurz." Sie versuchte, sich die Szene ins Gedächtnis zu rufen. Jenny saß rechts von ihr und Rollo ihr gegenüber. Der hatte Mühe, sich auf die Aufgabe zu konzentrieren, immer wieder ertappte sie ihn dabei, wie er sie musterte. „Sie saß total ungünstig. Für mich sah es so aus, als betrachte sie genau die Mitte. Ihr Freund", sie hielt inne und kramte in ihrer Erinnerung. „Doch, er hat einmal auf den Plan getippt, um ihr zu zeigen, wo er mit dem Auto warten will. Das war in etwa mittig." Die Aufregung schoss in ihr hoch. Sie konnten den Raum eingrenzen! „Linus, du bist ein Genie. Ich …"

„Halt, warte. Habt ihr den Stadtplan mitgenommen?"

„Klar."

„Wo seid ihr gerade?"

„In einem Dönerimbiss." Allerdings waren sie schon fertig mit Essen.

„Kannst du die Szene nachstellen? Also Oliver legt den Plan auf den Tisch und du nimmst den Platz ein, den du zu dem Zeitpunkt hattest. Lässt sich das bewerkstelligen?"

Sie reichte lieber den Hörer an den Detektiv weiter. Sollte er das mit ihm abklären. „Machen wir", erklärte der nach einem kurzen Rundumblick. „Bleib kurz dran."

Außer ihrem waren nur noch zwei Tische besetzt. Trotzdem kam sie sich irgendwie komisch vor, als sie aufstand und mehrere Schritte zurücktrat. Ja, die Entfernung stimmte ungefähr. Sie konzentrierte sich auf Oliver, der sich vorbeugte und auf die Karte schaute, dann zu ihr und wieder auf die Karte, genauso wie Rollo es getan hatte. „Etwas mehr nach rechts", wies sie ihn an. „Tipp mal mitten drauf." Nein, etwas tiefer, war sie sich plötzlich sicher und sagte sie laut.

Oliver guckte nach, wo sein Finger gelandet war. „Aha."

Bilal und Özgür rückten näher, damit sie auch was sehen konnten. Ersterer runzelte die Stirn. „Bist du dir sicher?"

Noch einmal schloss sie die Augen, rief sich die Szene ins Gedächtnis und öffnete diese wieder. „Ja. Na ja, vielleicht nicht hundertpro", schwächte sie ihre Antwort ab. „Besser kriege ich es nicht hin. Es stimmt so ungefähr." Was wollten die eigentlich? Immerhin hatte sie damit die möglichen Orte um ein Vielfaches eingegrenzt.

Oliver sprach bereits wieder mit Linus. „Fast sicher", hörte sie ihn sagen. Nun schwieg er eine ganze Weile. „Gut, machen wir." Er beendete das Gespräch und wandte sich an seine Freunde. „Er meint, wir sollen uns die Gegend schon mal angucken."

Sie sprangen geradezu auf. Jeder von ihnen schient erpicht darauf, endlich was zu unternehmen. Bilal rief dem Wirt ein paar Abschiedsworte auf Türkisch zu und sie traten nach draußen, wo Oliver beschloss, dass er und Laurie in seinem Auto fahren sollten und Bilal und Özgür mit ihrem, einem unauffälligen weißen Transporter.

„Du hast uns ganz schön Nerven gekostet", begann er, kaum dass er das Ziel ins Navi eingegeben hatte.

„Es tut mir echt leid", erwiderte sie schnell, bevor er weitersprechen konnte. Natürlich war ihr bewusst, dass die sich alle Sorgen gemacht hatten. „Ich sah keinen anderen Ausweg. Für mich lagt ihr völlig daneben, Jenny konnte einfach nicht die Erpresserin sein. Ich habe mich total in ihr getäuscht", gab sie offen zu. „Nie hätte ich gedacht, dass sie zu so was fähig ist."

Er schwieg so lange, dass sie ihm einen vorsichtigen Seitenblick zuwarf, ob er jetzt dermaßen sauer war, dass er vor Wut kochte. Nein, er sah eher nachdenklich aus. „Ich hätte dich mehr miteinbeziehen müssen", ihm entschlüpfte ein Seufzer. „Besser wäre es gewesen, ich hätte dich mitgenommen."

Nun fühlte sie sich schon wieder unwohl, weil er es ihr so leicht machte. „Nein, ich habe es verbockt", beharrte sie. „Das war unterste Schublade."

Ihr Geständnis entlockte ihm ein Lächeln. „Ich glaube, du wirst dir einiges von Tristan anhören müssen."

„Und Rebecca?" Irgendwie war es ihr genauso wichtig, was seine Freundin über sie dachte. „War sie sehr sauer? Ich habe mich am Telefon gleich bei ihr entschuldigt." Dass das nicht ausreichte, wusste sie. Die drei hatten alles Recht der Welt, verärgert zu sein.

„Ich glaube, sie versteht von uns am allerbesten, was dich antrieb. Eigentlich hast du das getan, was bei einer Freundschaft im Vordergrund steht, du bist bedingungslos für deine Freundin eingetreten und wolltest ihr helfen, ohne dich von den Konsequenzen, die dein Handeln nach sich zog, bremsen zu lassen. Mensch, Laurie, lass es gut sein. Du hast einen riesigen Fehler gemacht und bist genug gestraft. Lern draus, das ist der beste Tipp, den ich dir geben kann."

„Das habe ich vor", sagte sie inbrünstig und meinte es auch so. „Mein Bild von ihr war das, was ich sehen wollte. Jennifer hat mich aufgefangen, als ich am Boden lag. Sie hat es geschafft, mich dort im Heim einzugliedern und mir klargemacht, dass ich selbst sehen muss, was ich erreichen, wie ich leben will."

„Kein Mensch ist nur schlecht. Jeder hat seine guten und weniger guten Seiten." Unversehens bremste Oliver ab und bog auf den großen Parkplatz eines Supermarktes ein. Sie hatten ihr Ziel erreicht, ohne dass sie ahnte, wo sie eigentlich gelandet waren.

Er hielt in der hintersten Reihe und wartete, bis der Transporter von Bilal neben ihm bremste. Fast gleichzeitig stiegen sie aus und schauten sich um. Hinter dem Gebäude begann ein Park, der allerdings durch hohe Büsche abgegrenzt war, sodass man kaum was erkennen konnte.

Während sie den Parkplatz überquerten, entdeckte Bilal eine schmale Öffnung, eher einen Trampelpfad, den die Besucher aus Bequemlichkeit geschaffen hatten. „Lasst uns den nutzen!" Er lief bereits darauf zu.

„Wow!" Laurie blieb überrascht stehen. Wer hätte gedacht, dass sich ein derart riesiges Gelände dahinter erstreckte. Es gab sowohl große Wiesenflächen als auch schattige Plätze unter Bäumen, sogar einen kleinen See konnte sie von ihrem etwas erhöhten Aussichtspunkt erkennen.

Sie folgten dem abschüssigen Pfad, der sie auf einen der Hauptwege brachte. Zu dieser Zeit war schon richtig was los, die Schattenplätze waren bereits alle belegt, jede Menge Kinder tobten herum, die meisten schienen mit ihrer kompletten Familie da zu sein, ein Tagesausflug ins Grüne an einem sonnigen Ferientag. So was kannte sie bisher nur aus den Erzählungen der früheren Klassenkameraden, für Charlie und sie hatte es nur den Spielplatz um die Ecke gegeben, wenn überhaupt. Mama hasste Hitze, in der Wohnung wurden sämtliche Fenster verhängt, sodass in jedem Zimmer Dämmerlicht herrschte. Sie ging erst abends raus, wenn ihre Kinder längst im Bett lagen.

„Dieser Ort ist geradezu ideal", meinte Bilal, während sie weiterliefen. „Du kommst von vier verschiedenen Seiten rein, plus der inoffiziellen Eingänge wie dem, den wir genommen haben."

Oliver schien eher skeptisch. „Es ist zu weitläufig. Du brauchst elend lange, bis du wieder raus bist."

Sie waren gerade mal auf der gegenüberliegenden Seite angekommen, da meldete sich Linus. Oliver blieb stehen und sie rückte ganz nah an ihn ran, damit sie mithören konnte. „Ich glaube, ihr seid falsch", hörte sie ihn sagen. „Es gibt zwei wesentlich bessere Alternativen. Deniz und ich haben uns ausgetauscht, er ist ganz meiner Meinung."

Die Plätze lagen nicht weit entfernt, Oliver beschloss, hier abzubrechen und sie in Augenschein zu nehmen. Bei dem ersten handelte es sich um ein Mini-Einkaufscenter, das nur zwei Ebenen hatte. Es war ebenfalls gut besucht und es gab mehrere Fluchtwege, die Jennifer nutzen konnte. Trotzdem bestand er darauf, sich anschließend Linus' zweiten Vorschlag anzuschauen. Es handelte sich um eine Musikhalle, in der morgen ein Konzert stattfand. Da würde sicher einiges los sein, heute herrschte gähnende Leere um sie rum. Immerhin hatten sie so die Möglichkeit, sich die Gegebenheiten in aller Ruhe anzuschauen.

„Das wäre meine erste Wahl", sagte Oliver.

„Auf den drei Parkplätzen wird die Hölle los sein", gab Bilal zu bedenken. „Ob du da schnell genug wegkommst?"

„Das ist egal", meinte Özgür. „Also wenn ich das planen müsste, würde ich das Treffen auf kurz vor den Einlass legen. Keiner wird es wagen, dich anzugreifen bei den vielen Zeugen, auch nicht bei der Rausfahrt."

„Im Einkaufscenter hast du zwar mehr Fluchtwege, aber da könnte man dich abgreifen. Es gibt einfach zu viele nicht gut einsehbare Stellen", setzte Oliver hinzu.

„Das ist zu unsicher", pflichtete Özgür ihm bei.

„Meint ihr denn wirklich, das Mädchen ist so clever?", fragte Bilal und zog die Augenbrauen hoch.

Alle Blicke wandten sich Laurie zu. Tja, hielt sie Jenny für clever? Sie war echt unsicher, die Jenny, die sie meinte zu kennen, existierte gar nicht. Wie sollte sie sie da einschätzen können?

Oliver

„Das größte Problem für uns ist, dass Jennifer uns gesehen hat", brachte ich es auf den Punkt, als Laurie nur verlegen lächelnd die Achseln zuckte. „Selbst wenn dem nicht so wäre, das Einzige, was wir tun könnten, wäre, uns auf die drei Parkplätze zu verteilen und nach Rollos Auto Ausschau zu halten. Dann ist der Einzelne auf sich allein gestellt. Bis die anderen in der Nähe sind, vergeht viel zu viel Zeit." Ob ich nicht doch besser die Polizei informierte?

Ich hatte mich wohl zu unverständlich ausgedrückt, denn Bilal grinste breit und stieß Özgür an, der lachend den Kopf schüttelte. „Ein Telefonat und du hast Dutzende von Helfern", klärte der mich zu meiner Überraschung auf.

Ich verstand kein Wort. Klar, die beiden hatten viele Bekannte, die sich gern was nebenbei verdienten. Nur war dies eine private Aktion, ich bezahlte schon sie aus eigener Tasche.

„Herr Demirci ist ein hochgeschätztes Mitglied der türkischen Community", übernahm Bilal es, mich vernünftig ins Bild zu setzen, „und ein durch und durch ehrenwerter Mann. Alle waren erschüttert, als sie von seinem Verlust erfuhren, und natürlich auch über das, was du rausgefunden hast. Wenn ich die frage, ob sie uns helfen, sind sie sofort zur Stelle."

Ich vergaß immer wieder die doch immensen Unterschiede unserer Kulturen. Während wir Deutschen immer weniger Wert auf regelmäßige Kontakte mit allem, was über die engsten Angehörigen hinausging, legten und gegenseitige verwandtschaftliche Besuche eher als lästig empfanden, kannten die Türken jedes einzelne Mitglied ihrer weitverzweigten Familien und, viel wichtiger, sie unterstützten sich gegenseitig, ohne dass man groß um Hilfe bitten musste. Für sie war es selbstverständlich, dass einer dem anderen beistand.

„Wir würden die Betreffenden aussuchen und einweisen", ergänzte Özgür. „Wir selbst bleiben im Hintergrund."

„Und", hob Bilal hervor. „Wir kriegen genug Leute zusammen, um beide Plätze im Auge zu behalten."

Langsam erwärmte ich mich für die Idee. Diese Helfer konnten wesentlich unauffälliger agieren als die Polizei „Ihr müsstet ihnen einschärfen, dass sie nur beobachten sollen und uns benachrichtigen, wenn sich was tut. Und ihr müsst sicher sein, dass die sich genau an eure Anweisungen halten und keine Extratour versuchen."

Bilal verdrehte gut sichtbar die Augen. „Ich kenne die Leute und weiß, wem ich vertrauen kann. Wie oft habe ich schon mit dir zusammengearbeitet? Warst du ein einziges Mal nicht zufrieden mit mir?"

Nein, im Gegenteil, tatsächlich überlegte ich, ob ich ihn nicht fest anstellen sollte. Wenn Tante Simone und ich endlich mal zu Potte kamen! Er hatte das Potenzial, ein guter Detektiv zu werden, der eigenständig Fälle bearbeiten konnte. „Okay, einverstanden." Ich holte tief Luft. „Wir brauchen die Hälfte direkt morgen früh, die andere erst im Abendbereich – das Konzert beginnt um acht, Einlass ist eine halbe Stunde vorher."

Er nickte bestätigend und war so nett, mich nicht darauf hinzuweisen, dass er das selbst wusste. „Was meinst du, vierzig insgesamt, zwanzig für jeden Einsatzort?"

„Das wäre geradezu ideal." Ich fragte nicht nach, ob er die Helfer wirklich so schnell zusammentrommeln konnte. Ich musste mich einfach auf ihn verlassen. Stattdessen holte ich das Foto von Andrej hervor und wandte mich an Laurie, die unser Gespräch mit weit aufgerissenen Augen verfolgt hatte. Dass wir so gut organisiert waren, hatte sie nicht erwartet. Ich ehrlich gesagt auch nicht, aber das behielt ich für mich. „Kennst du den?"

Sie zuckte zusammen und zischte kaum vernehmlich: „Das ist Andrej! Woher hast du das Foto?"

„Von Alishas Mutter", gab ich ebenso leise zurück. Dann zeigte ich Bilal das Bild. „Wenn wir Glück haben, ist dieser Typ morgen auch dabei."

Er machte eine Aufnahme mit seinem Handy, dann trennten wir uns, um die Heimfahrt anzutreten.

53

Oliver

Laurie wartete, bis ich mich in den Verkehr eingereiht hatte, bevor sie wissen wollte. „Du bringst mich jetzt nicht zurück, oder? Ich möchte auch dabei sein." Ihre Haltung sagte eher: Ich will das unbedingt.

Eigentlich hatte ich beschlossen, sie bei Tante Simone zu lassen, erkannte jedoch, dass sie sich mit Händen und Füßen gegen ihren Ausschluss sträuben würde. Bevor ich das nächste Abenteuer mit ihr erlebte, gab ich lieber nach. „Du darfst mich begleiten, wenn du dich strikt an meine Anweisungen hältst."

Sie strahlte und riss beide Arme hoch. „Mach ich, hundertpro. Du kannst dich auf mich verlassen."

Abwarten! Ich würde Bilal in die Pflicht nehmen, dass er mit auf sie aufpasste.

Ich reichte ihr mein Handy, sie sollte während der Fahrt mit Rebecca und den Jungen telefonieren, denn zu Hause würde sich zügig schlafen gelegt. Morgen erwartete uns ein anstrengender Tag.

Auch ich verschwand, nachdem ich Tante Simone die Neuigkeiten berichtet hatte, im Bett. Den Wecker stellte ich auf sieben Uhr. Dann hatten wir genügend Zeit, in aller Ruhe zu frühstücken.

Laurie sprang beim ersten Klingeln auf und wollte nicht mal was essen, sondern am liebsten sofort los.

Ich legte ihr zwei Schnitten auf den Teller und bestand darauf, dass sie diese aufaß. Wer wusste schon, wie lange sich unsere Observierung hinzog.

Kurz vor zehn kamen wir am Einkaufscenter an. Bilal war schon dabei, seine Helfer einzuteilen. „Ich habe fünfzig zusammengekriegt", teilte er mir mit. „Zehn schicke ich in den Park. Besser, wir decken alle infrage kommenden Gebiete ab."

Ich verteile Funkgeräte an Bilal und Özgür und den jeweiligen Anführer der Gruppe und erklärte ihnen kurz die Funktion. Die meisten Helfer, schätzte ich, waren zwischen zwanzig und dreißig, drei, vier Jüngere waren dabei und einige wenige Ältere. Diese hatten offensichtlich das Sagen, was ich zu schätzen wusste. Ich wollte nicht, dass irgendein junger Heißsporn unsere Aktion gefährdete.

Die, die sich um das Konzert heute Abend kümmern sollten, waren natürlich noch nicht erschienen. Sie sollten im Laufe des Nachmittags eintreffen. So lange würden Laurie und ich ein Auge auf das Gelände haben.

Bilal begleitete die Männer in den Park, Özgür war für das Einkaufscenter zuständig. Sobald sie mit ihren Helfern verschwunden waren, fuhr ich hinüber zu der Eventhalle.

Wider Erwarten war schon einiges los. Mehrere Trucks brachten das Bühnen-Equipment der Band, kleinere Teenie-Grüppchen standen herum und hofften auf ein frühes Eintreffen ihrer Stars. Sie schrien und kreischten, als wären diese schon in Sichtweite.

„Viel zu wenig Leute, als dass Jenny hier auftaucht", befand Laurie und kippte ihren Sitz ein wenig nach hinten, damit sie es bequemer hatte. „Bleiben wir jetzt echt bis heute Abend im Auto?"

„Wenn sich vorher nichts tut", erwiderte ich ungerührt. Sollte sie ruhig sehen, wie langweilig so eine Ermittlung sein konnte.

Jede Stunde erhielt ich Feedback von Bilal und Özgür. Bisher war alles ruhig. Ich versuchte mich, so gut es in dem engen Auto ging, zu entspannen. Linus und Deniz, mit denen ich gestern ebenfalls ausgiebig telefoniert hatte, waren beide meiner Meinung: Wenn wir richtig lagen, hatte Jennifer diesen Ort für die Übergabe ausgesucht.

Die Zeit verstrich quälend langsam. Gegen Mittag hielt Laurie es nicht mehr aus und fragte, ob sie rüber ins Einkaufscenter dürfe. Ich erklärte ihr, dass sie sich das eher hätte überlegen müssen. Bilal konnte keinen seiner Leute abziehen, um sie abzuholen, nur damit sie der Langeweile entkam.

Sie schmollte eine Weile, bis ich ihr erlaubte, mein Handy zu benutzen, um Linus und Tristan auf dem Laufenden zu halten. Über ihr munteres Plaudern vergaß sie sogar, etwas zu essen. Ich packte die mitgebrachten Brote aus und schob ihr einen Teil davon rüber. Lange würde es jetzt nicht mehr dauern, bis Bewegung in die Sache kam – wenn wir denn richtig lagen.

Gegen fünf trafen langsam die Fans ein. Sie standen plaudernd in Gruppen zusammen, der Bereich vor dem Eingang füllte sich immer mehr. Auch die freien Parkplätze nahmen rapide ab. Wer erst kurz vor Beginn des Konzertes eintraf, würde auf andere Stellen ausweichen müssen.

Ich sah Bilal und seine Helfer. Die Männer standen dicht gedrängt um ihn herum, während er letzte Anweisungen gab. „Es wird knapp, alles im Auge zu behalten", teilte er mir über Funk mit. „Spätestens in einer Stunde herrscht hier der Ausnahmezustand. Ich überlege, ob ich die anderen aus dem Park abziehe und hier rüber hole."

„Fünf von ihnen und fünf aus dem Einkaufscenter sollen sich in ihre Autos setzen und bereithalten", schlug ich vor. „Die können von den Anführern angefordert werden, sobald Bedarf besteht. Damit behalten wir alles im Blick." Sollten wir Jennifer falsch eingeschätzt haben, waren diese an jedem Ort schnell zur Stelle. Wir durften uns nicht zu früh festlegen.

Bila lachte. „Da sieht man wieder, warum du der Detektiv bist."

Laurie hatte endlich genug telefoniert und konzentrierte sich auf das zunehmende Chaos vor uns. „Ist ne tolle Band", sagte sie im Brustton der Überzeugung, „aber die Karten sind sauteuer. Dass sich das so viele leisten können!"

Ich musste mir immer wieder ins Gedächtnis rufen, wie sie aufgewachsen war. Für sie und ihre Geschwister hatte vermutlich das Geld nie gereicht, nicht mal für besondere Kleinigkeiten. Hoffentlich hatte sie Glück und fand eine Pflegefamilie, die ihr zeigte, wie die Normalität aussah.

Statt auf ihre Bemerkung einzugehen, fragte ich nach ihren Erfahrungen im Heim: Wie war sie mit den anderen Mädchen klargekommen, vermisste sie deren Gesellschaft? Was hielt sie von Frau Liebisch und so weiter und so weiter, denn wir mussten vermutlich noch mehrere Stunden überbrücken. Laurie erzählte offen und ehrlich von jedem Einzelnen. Vor allem das, was Alisha ihr berichtet hatte, ließ mich schlucken. Die Heimleiterin hatte ja bereits angedeutet, dass die Mädchen Schlimmes hinter sich hatten, wie schlimm, erfuhr ich nun von Laurie. Es war alles vertreten: extremste Armut, Gewalt, sexueller Missbrauch, Alkohol- und Drogenprobleme, psychische Erkrankungen der Eltern. Dagegen war Lauries Mutter echt harmlos mit ihren Geldproblemen und ihrer absoluten Ichbezogenheit.

„Was meinst du …" Weiter kam ich nicht. Laurie schrie auf und deutete in Richtung einer Dreiergruppe: „Das ist er. Das ist Andrej. Die anderen beiden sind die, die mich gefangen genommen haben."

Laurie

Statt zu reagieren, presste Oliver den Kopfhörer fester ins Ohr. „Gib das weiter", sagte er in sein Funkgerät. „Alle sollen rüberkommen zur Eventhalle. Die Typen, die wir erwarten, sind aufgetaucht." Er fügte hinzu, dass der Kerl von dem Foto auch dabei sei, und beschrieb die zwei Männer, die neben ihm gingen, und ihren ungefähren Aufenthaltsort. Dann lauschte er noch einen Moment, behielt die drei jedoch dabei im Blick. „Jennifer und Rollo sind eingetroffen. Sie fahren die Straßen rund um die Parkplätze ab", wandte er sich an sie.

„Das hat sie wohl nicht bedacht, dass die heute Geld kosten." Bestimmt war geplant, Rollo auf einem von ihnen warten zu lassen, damit Jenny nicht weit laufen musste.

„Nein, sie checken erst mal die Lage", meinte Oliver. Schon lauschte er wieder in seinen Kopfhörer. „Okay, ja, ich sehe das Auto. Deine Leute sollen genügend Abstand halten. Falls die sich trennen, lass bitte andere übernehmen."

War das doof, dass sie gezwungen waren, hier auszuharren! Klar, durch ihre frühe Ankunft standen sie ganz oben auf dem nächstgelegenen Parkplatz und hatten alles im Blick. Aber viel lieber hätte Laurie sich unter die Wartenden gemischt, um alles aus nächster Nähe mitzukriegen. Sie wusste ja, dass ihr dieses Mal nichts passieren konnte. Und sie würde zu gern wissen, ob der Oberboss sich auch irgendwo in der Nähe aufhielt.

Olivers leiser Fluch riss sie aus ihren Gedanken. „Ducken!", befahl er, zog sie tiefer nach unten und beugte sich über sie, sodass jeder, der reinguckte, dachte, sie seien ein Liebespaar, das sich auf angenehme Weise die Wartezeit vertrieb. „Rollo ist gerade auf unseren Parkplatz gefahren und hat Jenny rausgelassen. Sie kommt auf uns zu.“

Hatte er in der Aufregung vergessen, dass sie deswegen extra heute das Auto seiner Tante benutzten? Gerade wollte sie nachfragen, als er sich noch tiefer beugte und zischte: „Keinen Mucks!“

Vor Aufregung hielt sie sogar den Atem an, bis sie es nicht mehr aushielt und japsend nach Luft schnappte.

Lachend richtete er sich etwas auf und lugte nach draußen. „Sie ist an uns vorbei. Und er parkt gerade ein. Wahrscheinlich hat er sich im Vorfeld schon ein Ticket besorgt.“

Laurie kam ebenfalls hoch und scannte den Parkplatz. Zum Glück stand Rollo weit von ihnen entfernt, sodass er nicht auf sie aufmerksam werden konnte. Gleichzeitig hörte sie die quäkende Stimme aus Olivers Kopfhörer. „Sie haben sie im Visier“, berichtete er. „Die drei Typen auch. Die haben sich verteilt, einer von ihnen ist hochgegangen zur Eventhalle.“

Sie riss ihre Aufmerksamkeit von Rollo los und suchte Jenny. Da, das musste sie sein. Sie verschwand fast in der Menge der Wartenden.

Oliver stieß sie an und deutete auf einen ihr nur zu gut bekannten Typen. Ausgerechnet Andrej behielt sie im Auge!

Wieder meldete sich das Funkgerät. „Die wollen sich Rollo schnappen“, teilte er ihr knapp mit und sprang aus dem Auto. „Du bleibst hier und verriegelst die Tür!“

Sie tat, was er sagte, denn noch war nicht klar, auf wie viele Helfer der Oberboss zurückgreifen konnte. Ihnen ganz allein zu begegnen, davor hatte sie echt Schiss. Wenn die sie entdeckten, dachten die garantiert, sie stecke mit Jenny unter einer Decke. Sie krabbelte hinüber auf Olivers Sitz, machte sich aber ganz klein und hob den Kopf nur so weit, dass sie über den Rand des Fensters schauen konnte.

Oliver lief nicht direkt auf Rollos Auto zu, sondern schlug einen Bogen, als hätte er ein anderes Ziel. Der eine Kerl, es war der, der ihr die Ohrfeige verpasst hatte, näherte sich dem Wagen und schlenderte daran vorbei. Also waren die es, die ihn ausschalten wollten? Aber warum ging der dann weiter?

Nein, er wandte sich zur Beifahrerseite und schlug einmal kräftig auf das Dach. Wie erwartet schnellte Rollo aus dem Auto. Im selben Moment war ein anderer Typ - den hatte sie noch nie zuvor gesehen - neben ihm, drückte ihn, bevor er auch nur einen Laut rauskriegte, gegen die Karosserie und zischte irgendwas, worauf Rollo regelrecht erstarrte. Der Erste war jetzt ebenfalls heran und verstellte ihr die Sicht. Sie konnte nicht erkennen, was da geschah.

Zwei, drei Minuten vergingen, die Szene vor ihr blieb gleich. Von Oliver war nichts zu sehen. Warum griff er nicht ein? Worauf wartete er?

In dem Moment drehte sich der eine um und guckte Richtung Eventhalle. Er hatte sein Handy am Ohr und telefonierte. Bestimmt gab er den anderen Bescheid.

Kaum hatte er das Gespräch beendet, standen wie aus dem Boden gewachsen zwei Männer hinter ihm, dann noch zwei. Sie handelten, ohne zu zögern. Zack, beide Typen fielen um. Sofort beugten sich zwei zu ihnen hinunter, während die anderen beiden sich um Rollo kümmerten. Der wollte wohl losschreien, zumindest riss er den Mund auf, kam allerdings nicht dazu, denn Olivers Helfer kannten kein Pardon und behandelten ihn nicht besser als seine Angreifer.

Sie traute sich aus der Versenkung und hielt Ausschau nach dem Detektiv. Nichts, er war wie vom Erdboden verschluckt.

Echt blöd, gerade war ihr eingefallen, dass Jenny davon gesprochen hatte, die Geldübergabe nah an das Gebäude zu verlegen. Ob das nicht wichtig war? Ach, Quatsch, die hatten sie ja im Blick.

Es klopfte leicht an die Seitenscheibe, fast hätte sie sich in die Hose gemacht vor Schreck. Bevor sie ihre Tür aufreißen konnte, um laut um Hilfe zu schreien, erkannte sie in dem auf der Beifahrerseite Stehenden einen von Bilals Helfern. Er deutete an, dass sie ihm öffnen solle.

„Ich muss auf dich aufpassen", erklärte er ihr, kaum dass sie seiner Aufforderung gefolgt war. Er klang echt enttäuscht, dass man ihn zum Babysitter-Dienst verdonnert hatte.

„Weißt du, wo Oliver ist?", fragte sie nach. Irgendwie war sie schon froh, nicht alleinbleiben zu müssen.

„Der kümmert sich um dieses Mädchen. Ich schätze mal, die greifen gerade zu."

Ja, er bedauerte zutiefst, dass er außen vor blieb.

„Lass uns Ausschau halten, ob wir den Boss entdecken." Mit ihm an der Seite kehrte ihr Mut zurück. Sie beschrieb ihm den Kerl und er war sofort Feuer und Flamme. Aufmerksam scannten sie jeden, der in ihre Nähe kam.

54

Oliver

Ich hielt mich im Hintergrund, denn zum Glück waren Bilals Freunde schneller heran, als die beiden Typen reagieren konnten. Kaum hatten diese sich Rollo gegriffen, waren sie schon überwältigt.

Ein aufmerksamer Rundumblick, nein, niemand war auf die Szene aufmerksam geworden. Jetzt traten zwei weitere Helfer herbei und versperrten jedem Vorbeigehenden die Sicht.

Ich funkte Bilal an und erfuhr, dass seine Leute Jenny weiterhin im Visier hatten. Sie stand etwas abseits, direkt an der Wand der Musikhalle, und wirkte leicht nervös. Klar, bald müsste Einlass sein, sie wollte das Geschäft vorher abwickeln.

Ich ließ mich von den Massen langsam vorwärtsschieben, als ich sie sehen konnte, bewegte ich mich zur anderen Seite, um für sie unsichtbar zu bleiben. Es waren so viele Menschen zwischen uns, dass sie garantiert nicht auf mich aufmerksam wurde.

Wie aus dem Nichts tauchte Andrej auf und trat auf sie zu, allein. Er trug einen Rucksack in der Hand, den er ihr jetzt hinhielt. Sie griff danach, aber er ließ nicht los, sondern sagte irgendetwas zu ihr. Leider war die Menge nicht weit genug aufgefächert, sodass es auffallen würde, wenn jemand sich direkt neben sie stellte, sie waren also relativ ungestört, keiner konnte sie belauschen. Trotzdem ahnte ich, was er wollte: den Stick.

Jennifer erwiderte ein paar Worte, worauf er seine Finger vom Rucksack löste. Sie stellte ihn zwischen ihre Beine, zog den Reißverschluss auf und schaute prüfend hinein. Während sie ihn wieder verschloss, beschrieb sie Andrej, wo er den Stick finden würde, und wollte sich abwenden. Doch er hielt sie am Arm fest und zückte sein Handy. Ihre Miene verfinsterte sich, so hatte sie sich das nicht vorgestellt.

„Er ruft einen seiner Kumpel an", meldete sich Bilal bei mir. „Zum Glück nicht einen von denen, die sich um Rollo kümmern sollten. Jetzt sehe ich ihn, ja, das muss er sein. Er geht in Richtung oberer Parkplatz."

Während ich auf weitere Informationen wartete, behielt ich Jennifer und Andrej im Blick. Er hatte weiterhin das Handy am Ohr, sie scharrte nervös mit den Füßen. Ihre gesamte Körperhaltung schrie: Ich will weg!

„Er greift in den Mülleimer", hörte ich wieder Bilals Stimme. „Nein, er knibbelt was vom Inneren des Deckels ab. Es ist der Stick. Er nimmt ihn und steckt ihn in sein Handy."

Mit einem OTG-Kabel konnte man die Dateien sofort überprüfen. Verständlich, dass sie Jennifer nicht gehen ließen, bevor sie den Inhalt kontrolliert hatten.

„Der scheint zufrieden, mit dem, was er sieht. Er gibt gerade das Okay an Andrej", kommentierte Bilal das Geschehen.

Tatsächlich, Andrej grinste, sagte ein paar Worte zu dem Mädchen und gab sie frei. Sie sah aus, als könne sie gar nicht glauben, dass es so glatt lief, griff zögernd nach dem Rucksack und machte vorsichtig ein paar Schritte in Richtung Parkplatz.

In genau diesem Moment kam Bewegung in die Massen. Die Menschen rückten enger zusammen und begannen Richtung Einlass zu schieben. Einer der Wartenden reagierte einen Bruchteil zu spät, sodass einige an ihm vorbeizogen. Er zögerte immer noch, sich einzureihen. Das fiel selbst Jennifer auf. Mit einem Satz tauchte sie in der Menge unter. Damit hatte Andrej eindeutig nicht gerechnet. Er brüllte in sein Handy und nahm ihre Verfolgung auf. Doch war es ihr noch gelungen, sich zwischen den Wartenden hindurch zu drängen, hatte er keine Chance. Niemand ließ ihn einscheren, stattdessen musste er sich wüste Beschimpfungen anhören. Ohnmächtig sah er zu, wie Jennifer sich weiter und weiter von ihm entfernte.

„Die hat keine Chance", tönte Bilals Stimme in meinem Ohr. „Auf meiner Seite ist mindestens noch einer, der sie ständig beobachtet hat, und auf deiner vermutlich auch. Halt, warte, die denkt gar nicht daran, die Schlange zu verlassen. Meinst du, die hat eine Karte und verschwindet einfach nach drinnen?"

Dann wäre sie noch cleverer, als ich dachte. Andererseits, wer so etwas durchzog, hatte normalerweise auch einen Plan B. Sie musste sich schon frühzeitig eine Karte besorgt haben, denn das Konzert war ausverkauft und die Ordner kontrollierten penibel. Dass sich jemand an ihnen vorbeimogelte, war ausgeschlossen.

„Ja, sie hat die Karte schon in der Hand", bestätigte Bilal meine Vermutung. „Scheiße! Wir kommen nicht rein."

„Behaltet den mit dem Stick im Auge, ich lasse mir was einfallen." Ich lief außen an der langen Schlange vorbei und sah, wie Jennifer ihre Karte vorzeigte und weiter gewunken wurde. Das war's, wir hatten es vergeigt.

„Der Typ hat sich bereits abgesetzt", meldete Bilal. „Drei Mann folgen ihm. Sollen wir ihn stellen?"

„Ist er allein?"

„Ja, das liegt wohl an dem Verschwinden des Mädchens, die sind voll auf sie fokussiert und telefonieren wie wild."

Eine Funkverbindung wie wir schienen sie nicht zu haben. „Okay, greift ihn euch, sobald die Möglichkeit besteht. Kontrolliert auch gleich, was auf dem Stick drauf ist." Dazu konnten sie ja sein Handy benutzen.

Das andere Problem, dass sich uns stellte, war viel komplizierter. Wie kamen wir an Jennifer heran?

Als ich den Eingangsbereich erreichte, diskutierte Bilal schon mit einem der Ordner. „Sie lassen uns nicht rein", sagte er an mich gewandt.

„Dann müssen wir die Polizei rufen." Mussten wir sowieso, allerdings hätte ich das Mädchen vorher gern selbst befragt.

Der Ordner schien von dieser Aussicht nicht sonderlich begeistert. Klar, wer wusste schon, wie die vorgehen würden. Der Konzertsaal war bestimmt rappelvoll. Wenn sich durch den Polizeieinsatz der Auftritt der Band extrem nach hinten verschob, würden die zumeist jungen Gäste ihren Unmut darüber deutlich zeigen.

„Haben Sie irgendein Papier, das sie als Detektiv ausweist?", fragte er mich.

Ich zückte meine Karte, er nahm sie mir ab und ging zu einem älteren Kollegen, um dem die Entscheidung zu überlassen.

„Was hast du ihm erklärt, warum wir die Kleine unbedingt erwischen müssen?", flüsterte ich Bilal zu.

Der grinste. „Sie ist in ein Drogengeschäft verwickelt und wir benötigen sie als Zeugin. Die echte Story klingt viel zu unwahrscheinlich."

Der Ältere kam auf uns zu. „Einer von Ihnen kann rein, wir bleiben dabei."

„Darf ich eine Freundin von ihr mitnehmen?" Ich schätzte nämlich, dass sich Jennifer in den Toiletten verschanzte und auf einen günstigen Moment wartete zu fliehen. Keine Ahnung, ob sie auch noch einen Plan C hatte, zuzutrauen wäre es ihr. „Sie hat einen gewissen Einfluss auf sie", fügte ich hinzu. „So ließe sich die Situation zügig und ohne großes Aufsehen zu erregen bereinigen."

Er gab die Erlaubnis und ich bat Bilal, Laurie und ihren Beschützer herbeizurufen. „Sobald wir drin sind, kümmert euch bitte um die anderen. Es darf keiner entkommen."

Laurie strahlte über das ganze Gesicht, als sie erfuhr, dass sie mir helfen sollte. Gemeinsam mit den beiden herbeigerufenen Kollegen der Ordner betraten wir den nur spärlich gefüllten Eingangsbereich. Die Schlange draußen hatte sich bereits stark reduziert, nicht mehr lange und sie würde sich komplett aufgelöst haben.

Ich schaute nach dem Schild, das auf die Toiletten hinwies. „Da entlang."

Laurie und ich gingen vor und die Ordner folgen uns. Vor den Damentoiletten warteten mindestens zehn Personen darauf, eintreten zu können. Die Chance, dass wir Jennifer dort fanden, war eher gering. Sich in einer der Kabinen länger aufzuhalten, war viel zu auffällig. „Welche Möglichkeiten außer dem großen Konzertsaal gibt es sonst noch?" Gut, dass wir die Ordner bei uns hatten. Mit ihnen kamen wir in jeden Bereich.

„Den Erfrischungsstand", der Ältere zeigte in die andere Richtung. „Wer sich was zu trinken kauft, muss es gleich da konsumieren. Flaschen mit rein nehmen ist nicht."

„Ich gucke wenigstens eben nach" widersprach Laurie. Sie wartete meine Antwort nicht ab, sondern setzte sich sofort in Bewegung, zwängte sich an den protestierenden jungen Frauen vorbei und verschwand hinter der Tür.

Eine der Wartenden am Ende der Schlange lief puterrot an, lamentierte laut und wollte ihr folgen. Der jüngere Ordner hielt sie zurück. „Das ist eine von uns", behauptete er. „Sie muss was kontrollieren." Er sprach so laut, dass alle Umstehenden diese Information hören konnten.

Geschickt gelöst, so hatte Laurie drinnen freie Bahn. Keiner würde sich einmischen.

Schon fünf Minuten später war sie zurück. „Nichts, ich habe extra gewartet, bis jede Kabine frei geworden ist."

Also marschierten wir zum Erfrischungsstand. Ich entdeckte Jennifer sofort. Sie hatte sich im hinteren Bereich an die Wand gedrückt und hielt eine Flasche Cola in der Hand, die sie nervös hin und her drehte. Mit einem Kopfnicken wies ich in ihre Richtung. Die Ordner blieben ein wenig zurück, sodass ihr der Fluchtweg versperrt war. Zur anderen Seite hin gab es nur eine geschlossene Tür, vor der ein weiterer ihrer Kollegen wachte.

Laurie holte tief Luft und lief allein auf sie zu. Erst als sie sich direkt vor sie hockte, schaute Jennifer auf, ihre Augen weiteten sich vor Überraschung. Dann entdeckte sie auch mich und die hinter uns stehenden Ordner.

„Du kannst mit uns rauskommen", sagte Laurie. „Die Typen sind festgesetzt."

„Und Rollo?" Anscheinend hatte sie schon versucht, ihn über ihr Handy zu erreichen. Doch Bilals Helfer würden es ihm vorsichtshalber abgenommen haben.

„Ist in Sicherheit."

Jennifer zögerte, suchte offensichtlich nach einem Ausweg, dieses Mal vergebens. Resigniert erhob sie sich und trottete neben Laurie her. Vorsichtshalber nahm ich den Platz an ihrer anderen Seite ein. Ich traute ihr nicht, sie würde die erste Möglichkeit zur Flucht nutzen. Aus dem Grund ließ ich keinen Moment die Augen von ihr, bereit, jederzeit zuzugreifen.

So traten wir gemeinsam nach draußen, auf den mittlerweile fast leeren Platz, nur vereinzelte Nachzügler strebten noch in Richtung Halle. Von Bilal, seinen Helfern und den anderen Typen war nichts zu sehen. Prompt versuchte Jennifer los zu spurten. Ich hielt die sich verzweifelt Wehrende am Arm fest. „Du wirst uns auf jeden Fall Rede und Antwort stehen", zischte ich ihr zu und verstärkte meinen Griff. „Entweder kommst du freiwillig mit oder ich ziehe dich hinter mir her."

Das flackernde Blaulicht mehrerer Streifenwagen entband sie eines Kommentars. Sie hielten auf den unteren Parkplatz zu. Dort, so vermutete ich, würden wir alle Beteiligten finden.

„Wo hast du den Reserve-Stick versteckt?", fragte ich, während wir uns wieder in Bewegung setzten, langsam allerdings, damit ich die Punkte, die ich wissen wollte, noch abklären konnte.

Jennifer antwortete nicht.

„Gibt's zu", insistierte Laurie. „Er will dir helfen, da heil rauszukommen. Das wird eine Riesenaktion. Unser Helfertrupp hat sämtliche Akteure festgesetzt. Und du bist sozusagen die wichtigste Zeugin."

„Bei Rollo im Auto, unter dem Reserverad", gab sie widerwillig zu. „Wir mussten uns ja irgendwie absichern."

„Gut, dass du nicht zurück zu ihm bist. Die Bande hatte ihn schon einkassiert." Vielleicht merkte sie so endlich, dass sie sich mit den Falschen angelegt hatte.

Sie wurde tatsächlich blass und schluckte mehrfach.

„Kennst du irgendwen von denen? Oder wenigstens einen Namen?", hakte ich nach, weil sie zuerst den Kopf schüttelte.

„Nur den von Andrej, von dem hat Alisha mir auch Fotos gezeigt. Ich glaube, von den anderen wusste sie selbst nichts weiter. Nur halt, dass die mit dem zusammengearbeitet haben."

„Was ist auf den Fotos zu sehen?"

„Oft Andrej, aber auch andere, wie sie mit Teenies reden. Einmal auch, wie sie vor einem Laden rumstehen und diesen später überfallen. Halt ganz oft Andrej, wie er mit seinen Kumpels unterwegs ist."

Zu gerne würde ich selbst einen Blick auf die Bilder werfen. Vielleicht, wenn ich … Nein, lieber abwarten, wie sich das Ganze entwickelte.

55

Oliver

Die Polizisten auf dem Parkplatz hatten schon ein lockeres Band um die Gruppe gezogen und versuchten, alle im Blick zu behalten.

Der Mann auf den ich zusteuerte, wollte mich wegschicken – bis ich ihm erklärte, wer die beiden Mädchen an meiner Seite waren, und dass ich der eigentliche Initiator der Gefangensetzung dieser Bande war und der Groß- teil der Männer zu meinen Helfern gehörte. Sofort wurde er zugänglich, was ich nur zu gut verstand, denn die zehn Polizisten konnten im Zwei- felsfall nichts gegen die ihnen gegenüberstehenden fünfzig Personen aus- richten.

Er rief seinen Vorgesetzten hinzu und ich bemühte mich, ihm die Lage zu erklären, was sich nicht gerade einfach gestaltete, denn das, was ich ihm in einer kurzen Zusammenfassung schilderte, klang wirklich haarsträubend.

„Schauen Sie sich die Fotos an, die wir sichergestellt haben", endete ich. „Und fragen Sie am besten bei Frau Hauptkommissarin Körber nach. Sie ist über diese Aktion informiert." War sie natürlich nicht, ich hoffte ein- fach, dass sie zumindest in Bezug auf mich und meine Helfer Entwarnung gab und empfahl, die Hauptakteure mit zur Wache zu nehmen.

Begeistert war er nicht, immerhin war es mittlerweile nach acht Uhr abends. Trotzdem entfernte er sich ein paar Schritte und telefonierte mit irgendwem, der ihm weiterhelfen konnte. In der Zwischenzeit trafen drei weitere Streifenwagen besetzt mit jeweils drei Männern ein. Sie stellten sich neben die Kollegen und verstärkten so den Ring.

Der Verantwortliche kam zu uns zurück. „Wir nehmen die von Ihnen Gefangengenommenen, Sie und die Hauptbeteiligten mit zur Wache", bestimmte er. „Die anderen müssen ihre Personalien angeben und können anschließend gehen."

Ich benannte Bilal und Özgür als die Verantwortlichen auf unserer Seite, die Gegenspieler waren leicht daran zu erkennen, dass sie alle Fesseln trugen, sogar Rollo, wie ich sehen konnte. Langsam kam Bewegung in die Gruppe. Dann jedoch führten zwei Polizisten Jennifer, Laurie und mich zu einem der Streifenwagen und außer Sichtweite des Geschehens.

Nach und nach wurde mit den Bandenmitgliedern genauso verfahren. Nur dass bis auf Bilal und Özgür alle Handschellen trugen und die Autos mit ihnen sofort losbrausten. Unser Einsatzleiter kam als Letzter. Wortlos nahm er auf dem Beifahrersitz Platz, während sich ein junger Beamter ans Steuer setzte.

Wenn ich richtig gezählt hatte, war Andrej mit sechs Kumpanen angetreten. Ohne den Boss allerdings, war sich Laurie sicher. Hatte dieser sich abseits gehalten und war rechtzeitig entwischt? Oder war der gar nicht vor Ort gewesen? Informiert war er jedoch bestimmt, eine solche Aktion zog man nicht durch, ohne sich zumindest am Telefon abzusichern.

Als Laurie und ich den Kripobeamten gegenübersaßen – Jennifer war von zwei Polizistinnen in einen anderen Raum gebracht worden –, bestand ich darauf, dass das Mädchen sich als Erstes die Fotos anschauen durfte, um ihn zu identifizieren. Mit etwas Glück hatte er sich noch nicht aus dem Staub gemacht.

„Ist nicht nötig", erwiderte der Jüngere von den beiden. „Es sind leider nur die Festgenommenen darauf zu sehen. Wir müssen abwarten, ob die Kollegen einen der Vögel zum Singen bringen."

Wieder erzählte ich, dieses Mal unterstützt von Laurie, die ganze Geschichte. Anfangs hatte man auch uns trennen wollen, aber ich wies auf ihr junges Alter hin und behauptete, dass ich im Moment die Verantwortung für sie trüge. Was irgendwie ja auch stimmte. Deshalb müssten sie sie in meinem Beisein befragen.

Ich ließ wirklich nichts aus, berichtete von jedem einzelnen Schritt, den ich unternommen hatte. Nur die Sache mit dem zweiten Stick verschwieg ich. Denn ich glaubte nicht, dass sie uns die Bilder zeigen würden.

Der Ältere, ein bullig aussehender Typ mit grauem Stoppelhaar und überraschend freundlich blickenden Augen, machte sich Notizen, obwohl unser Gespräch aufgenommen wurde. Nun sah er auf und stellte die Frage, die ich schon die ganze Zeit erwartet hatte. „Warum wandten Sie sich nicht schon viel eher an die Polizei?"

„Alles, was wir hatten, waren Mutmaßungen. Nichts davon war relevant genug, um einen derart großen Einsatz ihrerseits zu rechtfertigen. Wir hätten genauso gut falsch liegen können. Und zum Glück war unsere Helferschar, die von mir und meinen beiden Kollegen gelenkt wurde, groß genug, sämtliche infrage kommenden Bereiche abzudecken."

Er zog skeptisch die Augenbrauen hoch, was ich ihm nicht verdenken konnte. Dieser Einsatz war schon ziemlich ungewöhnlich. Netterweise schenkte er sich weitere Nachfragen. Bilal und Özgür hatte ich schon vor längerer Zeit ein Papier ausgestellt, dass sie als Mitarbeiter meiner Detektei auswies, damit sie es im Notfall vorzeigen konnten. Wir arbeiteten ja nicht zum ersten Mal gemeinsam. Die Gefangenen waren nicht großartig zu Schaden gekommen, Jennifer und Rollo würden aussagen, dass wir sie gerettet hatten – im Endeffekt sollten sie froh sein, dass dank uns eine Verbrecherbande gestellt wurde, die vermutlich einiges auf dem Kerbholz hatte.

Im weiteren Verlauf unseres Gesprächs stellte sich leider heraus, dass Laurie den Boss gar nicht kannte. Der Typ, von dem sie dies angenommen hatte, war ebenfalls bei der Aktion verhaftet worden. Er hatte sie aus der Ferne geleitet, wie Bilal und Özgür ihren Kollegen berichteten, und es war ihren Helfern gelungen, ihn, bevor er sich entfernen konnte, festzusetzen. Das Handy, das er bei sich trug, und dessen Auswertung, zeigten eindeutig seinen Status, nur ein einziger Gesprächspartner, der, der vermutlich der wahre Chef war, ließ sich leider nicht ermitteln.

Es war nach elf, als Laurie und ich endlich von der Besatzung eines Streifenwagens zurück zu meinem Auto gebracht wurden. Auf dem Weg kamen uns massenhaft Fahrzeuge entgegen. Das Konzert war bereits beendet, der

Parkplatz hatte sich deutlich geleert, als man uns absetzte. Ich betätigte den Schlüssel und bedeutete Laurie einzusteigen. Anstatt den Motor zu starten, griff ich zum Handy. „Mission erfolgreich beendet", sagte ich zu Rebecca. „Alles Weitere erfahrt ihr später. Wir müssen noch eine Kleinigkeit erledigen."

Weil mir immer noch zu viele abfahrende Autos unterwegs waren, rief ich Bilal an. „Na? Schon wieder frei?"

„Und auf dem Rückweg", lachte er. Ich kannte es eigentlich nicht anders, als dass er gute Laune versprühte. Er konnte allem etwas Positives abgewinnen. „Wie es aussieht, haben wir die gesamte Bande gesprengt. Hast du gesehen? Es gab auch Fotos von Ferhat."

„Die haben uns die Bilder leider nicht gezeigt. Aber wir wissen, wo der zweite Stick ist", konnte ich mich nun nicht enthalten zu triumphieren. Vielleicht kannte jemand aus Ferhats früherem Umfeld diesen Boss. Denn ich glaubte weder, dass die Handlanger überhaupt mit ihm direkt zu tun hatten, noch dass der Anführer ihn so ohne Weiteres verraten würde. Dieser dachte bestimmt, ihnen wäre außer dieser heutigen Sache mit Jennifer und Rollo nichts nachzuweisen.

„Du willst ihn dir holen", stellte Bilal fest. Er kannte mich gut genug, um zu wissen, dass ich mich nicht mit halben Sachen zufriedengab.

„Sobald es hier auf dem Parkplatz etwas ruhiger ist."

„Also jetzt", meinte Laurie und sprang aus dem Auto. „Komm, ich stehe Schmiere."

Rollos Auto war ein uralter Mercedes. Das Kofferraumschloss hatte ich im Nu geknackt. Laurie leuchtete mit der Taschenlampe hinein. Ein leerer Kasten Bier und das Reserverad, mehr befand sich nicht darin. Ich hob das Rad an und sie griff darunter. „Hab ihn!" Wir klappten den Deckel wieder zu und eilten zu meinem Auto.

Ich startete den Motor, sie blickte sich suchend um. „Hast du kein Kabel?"

„So modern bin ich nicht aufgestellt", gab ich zu und machte mir eine geistige Notiz, gleich morgen Deniz danach zu fragen. „Wir gucken sofort zu Hause drauf."

Während ich den Heimweg einschlug, durfte Laurie unsere Erlebnisse Rebecca und den gespannt lauschenden Freunden schildern. Natürlich wollten diese, dass wir ihnen die Fotos schickten, und da Linus ein Ass im Recherchieren war, sagte ich zu, sie an ihn weiterzuleiten. Anschließend informierte ich kurz Tante Simone, die wie erwartet ebenfalls unserem Bericht entgegenfieberte. Kaum hatte ich geendet, erreichten wir unser Grundstück. „Den Rest erfährst du morgen", verabschiedete ich mich. „Laurie und ich werfen nur noch einen kurzen Blick auf die Bilder und gehen dann schlafen. War ein anstrengender Tag."

Ich stellte uns ein paar Kekse an den Computer, zu mehr konnte ich mich nicht aufraffen. Wir aßen und ich klickte mich durch die Aufnahmen. Die meisten zeigten Andrej, mal zusammen mit anderen, wie sie Anweisungen von dem Typ erhielten, von dem Laurie gedacht hatte, er sei der Boss, viele nur ihn, einige weitere einen gutaussehenden jungen Mann in Begleitung verschiedener weiblicher Teenager, die ihn anhimmelten. Jetzt zahlte sich meine damalige Arbeit doch noch aus. Ich erkannte einige von den Mädchen wieder. Damit hatten wir die Bande festgenagelt, denn wenn die Polizei die Jugendlichen mit den Bildern konfrontierte, würden sie auspacken. Gerade griff ich zum nächsten Keks, als meine Hand mitten in der Luft hängen blieb. Damit hatte ich nicht gerechnet. Den Mann im Hintergrund, der aussah, als sei er nur zufällig mit aufs Bild gekommen und der Kamera halb den Rücken zukehrte, hatte ich schon mehrfach gesehen. Den erkannte ich selbst jetzt. Ein erneuter Anruf bei Linus war fällig. Ich bat ihn, über eine gewisse Person alles herauszufinden, was das Netz hergab.

Am nächsten Morgen führte ich ein letztes Telefongespräch, das meinen Verdacht zusätzlich bestärkte. Obwohl ich ohne dieses Foto einen solchen weit von mir gewiesen hätte, schien ich tatsächlich auf der richtigen Spur zu sein.

Gerade als ich mich aufmachen wollte, um Frau Körber aufzusuchen, fing Tante Simone mich ab. Sofort stand Laurie neben mir, in der Hoffnung, dass ich endlich Tacheles reden würde. Denn natürlich hatte sie mein Telefonat mitbekommen, genauso wie sie mir über die Schulter geschaut hatte, als ich den Computer hochfuhr. Der Mann, zu dem Linus noch in der Nacht eine gründliche Recherche durchgeführt hatte, war ihr fremd, umso beharrlicher hatte sie versucht, nähere Informationen von mir zu bekommen. Da im Moment nichts eindeutig geklärt war, hatte ich mich jedoch nicht äußern wollen.

„Oliver weiß, wer der Boss ist", verkündete sie jetzt, als Tante Simone hereinkam.

„Nein", verbesserte ich sie. „Bisher ist es eine Vermutung, die ich gemeinsam mit Frau Körber abklären möchte. Selbst wenn ich richtig liege, gibt es bisher keinen Beweis gegen ihn."

Trotzdem ließ meine Tante nicht locker, bis ich ihr wenigstens erklärte, wie ich auf den Mann aufmerksam geworden war. „Durch ein Foto, auf dem er zusammen mit Andrej abgelichtet ist. Ich habe ihn mehrfach in einem anderen Zusammenhang gesehen, eigentlich völlig harmlos. Vielleicht ist auch überhaupt nichts dran an meiner Mutmaßung." Deutlicher wollte ich nicht werden. Dafür war ich mir einfach nicht sicher genug.

Gnädig gestatteten mir die beiden zu gehen beziehungsweise zu fahren. Kaum saß ich im Auto, rief ich bei Frau Körber an, ob sie denn Zeit für mich hätte. Hatte sie, sie war schon von ihren Kollegen über die gestrigen Ereignisse informiert worden. „Wissen Sie, ob die Typen geredet haben?"

„Nicht ein Wort. Sie verlangten alle nach einem Anwalt."

„Ich werde meine Tante veranlassen, dass sie Ihnen Kopien meiner Ermittlungsergebnisse schickt. Zusammen mit den Fotos haben Sie dadurch einiges in der Hand." Die hätte ich eigentlich gleich selbst mitnehmen können. Aber in der Eile, endlich wegzukommen, war mir dieser Punkt durchgegangen.

Frau Körber hatte meinen Besuch schon angekündigt, der Pförtner winkte mich durch. Den Weg kannte ich mittlerweile. Die Tür stand offen, sie saß hinter ihrem Schreibtisch und ich nahm wie üblich davor Platz.

„Gute Arbeit, Herr Speer", lobte sie mich.

„Noch ist sie nicht zu Ende. Der Boss fehlt", stellte ich klar.

„Ich glaube nicht, dass seine Helfer ihn verraten werden", versuchte sie mich zu bremsen. „Die Ermittlungen laufen auf Hochtouren. Doch selbst wenn wir ihnen die Beteiligung an den von Ihnen vermuteten Verbrechen nachweisen können, werden die nicht reden."

Bevor ich ihr sagte, was ich entdeckt hatte, musste ich ihr erst einmal beichten, dass es einen weiteren Stick gab und sich der in meinem Gewahrsam befand.

„Ich will gar nicht wissen, wie sie da drangekommen sind", seufzte sie.

Nein, war auch besser so. „Jedenfalls habe ich den Kerl wiedererkannt", fuhr ich fort. „Dass er zufällig im Hintergrund auftaucht, kann natürlich möglich sein, glaube ich allerdings nicht." Dann berichtete ich ihr von der Aussage meiner heutigen Gesprächspartnerin und legte ihr die Informationen von Linus vor, die ich ausgedruckt hatte.

Interessiert griff sie danach und vertiefte sich darin. „Kein eindeutiger Beweis, nicht mal annähernd", bedauerte sie. „Ich erhalte aufgrund dessen weder einen Durchsuchungsbeschluss noch die Möglichkeit, ihn überwachen zu lassen. Nehme ich ihn mir selbst vor, ist er gewarnt."

Diese Antwort hatte ich schon erwartet. „Ich bleibe trotzdem am Ball. Irgendeinen Schwachpunkt werde ich finden."

„Seien Sie bloß vorsichtig!" Immerhin schien sie zufrieden, dass ich mich weiter reinhängte. „Wie wollen Sie vorgehen?"

„Ich dachte, darüber könnten wir gemeinsam nachdenken." Ein vager Plan existierte bereits, einer, der ziemlich riskant war. Vielleicht hatte sie eine bessere Idee.

Wir überlegten hin und her und kamen auf keinen grünen Zweig. Schließlich griff sie zum Telefon. „Die sollen das Mädchen noch einmal befragen. Vielleicht hält sie mit irgendetwas zurück." Im Gegensatz zu ihrem Freund Rollo hatte man Jennifer in Untersuchungshaft gesteckt, weil bei ihr erhebliche Fluchtgefahr bestand.

„Nein, tut sie nicht", war ich mir sicher. „Sie hat Angst vor denen, seit ihr klar geworden ist, wie die ticken. Sie sagte mir, Alisha habe keine Ahnung gehabt, wer der Chef der Bande ist. Sie selbst kenne nur die getürkte E-Mail-Adresse und die Fotos."

Sie lächelte ironisch. „Aha, der Herr Detektiv ist nicht direkt mit ihr zu den Polizisten gegangen, sondern hat sie zuerst selbst vernommen."

„Was hätten Sie in meiner Lage gemacht?", konterte ich. „Ich wusste genau, dass die Ermittler mir die Fotos nicht zeigen und ich anschließend nicht mehr mit ihr reden kann."

Statt einer Antwort zuckte sie nur die Achseln, dazu würde sie sich nicht äußern. „Wie verbleiben wir?"

„Ich überlege mir was und melde mich dann bei Ihnen." Das war mein Ernst. Ich war auf ihre Hilfe angewiesen. Den Boss wollte und konnte ich nicht allein mit meinen Helfern stellen.

56

Oliver

Anschließend traf ich mich mit Bilal, um das Ganze durchzusprechen.
„Reichlich riskant, dein Ansatz", gab er zu bedenken. „Lass mich das lieber machen. Mich kennt er nicht."
„Ich wollte mir über Deniz eine sichere E-Mail-Adresse besorgen, sodass er erst bei der angeblichen Geldübergabe merkt, wer dahintersteckt."
„Viel zu riskant!", wehrte er ab. „Es ist sinnvoller, wenn sich ein Fremder bei ihm meldet." Er lachte. „Dir kauft man den Erpresser sowieso nicht ab. Meine Story wirkt glaubwürdiger."
Was Bilal sagte, hatte Hand und Fuß, trotzdem wollte ich ihn nicht der direkten Konfrontation aussetzen. „Die Übergabe wird von der Polizei überwacht und ich begleite dich", blieb ich fest.
Sobald ich zu Hause war, schickte ich ihm die Fotos und sämtliche Informationen, die ich über den Kerl hatte. Danach hieß es abwarten. Allen anderen gegenüber, auch Rebecca, hielt ich mich bedeckt. Laurie und ich fuhren am nächsten Tag wie geplant zurück in unser „sicheres Haus". Wir hatten beschlossen, es noch eine Weile zu nutzen. Der Besitzer und seine Familie kamen erst zum Ende der Ferien zurück. Und für Laurie und Charlie war es so ein echter Urlaub, den sie zusammen verbringen konnten.
Auch Tristan und Linus wollten bleiben. Dazu hatten sich Linus' Eltern für einen Tagesbesuch angekündigt. Gut, dass seine Arbeit an dem Fall erledigt war, sonst hätte er sich wahrscheinlich weiter aufs Recherchieren konzentriert und sie links liegen lassen.

Leider erbrachten Bilals und Özgürs Nachforschungen unter Ferhats Freunden und Bekannten keinen Treffer. Sie erkannten weder jemand von den Fotos noch den Mann, den ich verdächtigte, der Boss zu sein. Deshalb gab ich ihm grünes Licht, sich als Erpresser zu betätigen.

Schon drei Tage später meldete er sich zurück. „Ich habe Druck gemacht, die Übergabe ist morgen Abend. Soll ich das nicht doch übernehmen?"

Ich fühlte mich hin und her gerissen. Einerseits kannte unser Verdächtiger Bilal nicht, andererseits war das Risiko hoch. Das Treffen würde an einem abgelegenen Ort stattfinden. Gut, ich wollte die Polizei dazu holen, trotzdem war es unklar, wie der Typ reagierte. „Wir besprechen alles Weitere morgen früh mit der Kriminalbeamtin", zog ich mich aus der Affäre.

„Wenn du es machst, wirst du auf jeden Fall verkabelt."

Rebecca sagte ich nur, dass wir dem Boss mit Hilfe der Polizei eine Falle stellen wollten. Die genauen Einzelheiten würden wir mit denen abklären. Das Einzige, was ich ihr und den anderen verriet, war, dass Bilal den Kerl mit den Fotos aus meinem Besitz erpresst hatte. Ob er wirklich erschien oder einen weiteren seiner Schergen schickte, blieb abzuwarten.

„Warum sollte er sich darauf einlassen?", fragte denn auch Frau Körber am nächsten Tag. „Diese halb seitliche Aufnahme aus der Ferne, als gehöre er gar nicht zu den jungen Männern, beweist gar nichts." War ja zu erwarten gewesen, dass sie sich die Bilder anschließend selbst anschaute.

Bilal grinste. „Ein guter Freund von uns ist ein Ass im Faken, dass die bearbeitet sind, erkennt nur ein Profi, der über eine entsprechende Ausrüstung verfügt. Wir haben einfach zwei dazu gemogelt, die ihn mit Andrej zeigen, und behauptet, es würden noch drei weitere existieren. Die hätte das Mädchen zurückgehalten, um zweimal abzusahnen."

„Und darauf ist er reingefallen?"

Bilal seufzte und zeigte ihr auf seinem Handy die entsprechenden Dateien. Sie waren wirklich gut geworden, sahen total echt aus. Dieser Freund von Deniz war ein wahrer Künstler.

„Wie kann er sicherstellen, dass Sie nicht erneut abkassieren? Und wie haben Sie sich ihm gegenüber abgesichert, dass er bei Ihnen nicht das Gleiche wie bei Jennifer versuchte?"

„Ich verlange nur eine geringe Summe, mein Hauptbegehr ist angeblich, in seine Truppe aufgenommen zu werden. Zum zweiten Punkt habe ich ihm klargemacht, dass, sollte ich sterben, ein Kumpel von mir die Fotos der Polizei übergibt. Der übrigens auch an einem Job bei ihm interessiert sei." Frau Körber guckte weiterhin skeptisch. Ich konnte es ihr nicht verdenken. Unser Plan war mit einer heißen Nadel gestrickt. Wir besprachen, dass sich einige ihrer Kollegen unauffällig in der Nähe verteilen und im entscheidenden Moment zugreifen sollten.

Wie verabredet steuerten wir unser nächstes Ziel, einen Park-and-Ride-Parkplatz, an. Noch bevor wir ihn erreichten, klingelte Bilals Handy. „Unser Verdächtiger hat vor fünf Minuten bei der Polizei angerufen und einen Erpressungsversuch gemeldet. Die Bullen kommen jetzt gleich bei ihm vorbei", teilte er mir mit.

„Sag Özgür Bescheid, es geht los." Innerlich frohlockend fuhr ich an dem Parkplatz vorbei und in Richtung unseres eigentlichen Bestimmungsortes. Denn damit, dass er auf unsere Erpressung hereinfiel, hatte ich nie gerechnet.

Und ich hatte richtig kalkuliert, dass unser Verdächtiger die Polizei in seinem Betrieb empfangen würde. Damit war die Bahn für uns frei, sein Haus zu durchsuchen. Deniz hatte sich im Vorfeld die installierte Alarmanlage angeschaut, es handelte sich um ein Modell, das er gewöhnlich auch seinen Kunden empfahl.

Bis wir eintrafen, hatte Özgür, der in den letzten Tagen für die Überwachung des Hauses unserer Verdachtsperson zuständig gewesen war, die Anlage bereits geknackt. Er öffnete uns den Hintereingang, sodass wir ungesehen von den Nachbarn eintreten konnten. Wir teilten uns auf, Bilal und ich nahmen uns die unteren Räume vor, Özgür mit einem der zusätzlichen Helfer die oberen, die anderen beiden gingen in den Keller. Viel Zeit hatten wir nicht, wir mussten uns beeilen.

Der Tresor im Arbeitszimmer war schnell gefunden. Das Versteck befand sich ganz klassisch hinter einem Bild, einem Stillleben, das zu der restlichen eher altmodischen Einrichtung passte. Dank entsprechendem Werkzeug gelang es mir, ihn zu öffnen. Bilal ließ sich nicht abhalten, in der Zwischenzeit weiterzusuchen, auch nicht, als ich die Tür öffnete und hineinschaute.

Wie erwartet fanden sich nur die üblichen Geschäftsunterlagen, die offiziellen, meinte ich damit, ein paar Goldmünzen und etwas Bargeld, allerdings alles im Rahmen. Nein, so einfach würde er es uns nicht machen.

Bilal blätterte flüchtig die Ordner durch, die in einem Regal standen. „Nichts."

Ich klopfte die Wände ab, schaute hinter die anderen zwei Bilder - keine weiteren Verstecke. Bilal hob die Teppiche hoch, die auf dem Parkett lagen. Wieder nichts.

Er übernahm die Diele, ich das Wohnzimmer. Ein Blick auf die Uhr: Gut zwanzig Minuten waren bereits vergangen. Wenn wir nicht bald Erfolg hatten, mussten wir die Aktion abblasen.

Als ich mir gerade die Regalwand im Wohnzimmer vornahm, ertönte ein greller Pfiff von oben. Özgür erschien an der Treppe. „Wir haben was."

Wir stürmten nach oben und er führte uns in das Schlafzimmer des Hausherrn. Die Türen des Schlafzimmerschrankes standen offen, die Kleiderstange war leergeräumt, die Kleidung lag als unordentlicher Haufen auf dem Bett. Dort, wo sich eigentlich die Rückwand befinden sollte, gähnte ein Loch. Özgür leuchtete mir mit der Taschenlampe. Der Strahl fiel auf mehrere Kartons, die sich in dem schmalen Raum dahinter stapelten. „Bargeld und Unterlagen", erklärte er mit einem zufriedenen Grinsen. „Willst du genauer nachgucken?"

Wieder ein Blick auf die Uhr. „Nein, wir ziehen unseren Plan durch und hauen ab."

Gut, dass wir mehrere Helfer dabeihatten. Innerhalb von zehn Minuten war das perfekte Chaos angerichtet. Zuletzt verteilte Bilal das mitgebrachte Blut, er hinterließ einen großen Fleck in der Diele und eine Spur hinauf ins Obergeschoss, die ins Schlafzimmer bis vor den Schrank führte. Dann machten wir, dass wir wegkamen.

Von einer Telefonzelle aus rief einer der Helfer die Polizei an und informierte sie, dass er mehrere Gestalten beobachtet hatte, die offensichtlich gerade einen Einbruch begingen. Er gab die genaue Adresse durch und legte auf, als nach seinem Namen gefragt wurde.

In der Nähe herumzulungern, wäre zu auffällig gewesen, wir verließen die Gegend und hofften darauf, dass die Beamten zügig erschienen. Immerhin hatte unser Freund angegeben, die Einbrecher wären noch vor Ort.

„Schade, ich hätte lieber zugeschaut, wie die Bullen das Haus stürmen", meckerte Özgür.

„Viel zu risikoreich", gab Bilal mir recht. „Wenn alles klappt, ruft Olivers Kommissarin bald an und informiert uns."

Ja, wenn alles klappte. Ganz sicher, dass unser Plan funktionierte, war ich immer noch nicht.

Dann hieß es warten, etwas, worin ich noch nie gut war. Ich lief wie ein gefangener Tiger in meinem Büro auf und ab, bis Tante Simone auf ihren Schreibtisch hieb und mich anfuhr: „Meine Güte, Oliver! Beschäftige dich irgendwie, aber hör auf, diese Unruhe zu verbreiten. Sie wird sich schon melden."

Eine Stunde war bereits vergangen, eine weitere folgte, der Minutenzeiger der Uhr ruckte so gemächlich vor, dass ich kaum hinsehen konnte.

Mein Handy klingelte und ich riss es aus der Hosentasche. Doch es war nur Rebecca, die fragte, ob unsere bisherigen Bemühungen Erfolg zeigten.

„Ist noch nicht abzusehen", zog ich mich aus der Affäre, da ich außer meiner Tante niemand in unseren eigentlichen Plan eingeweiht hatte. „Wir treffen uns heute Abend noch mal mit der Kommissarin. Vielleicht schaffen wir da den Durchbruch."

Wir plauderten noch eine Weile und ich verabschiedete mich mit dem Versprechen, mich direkt danach wieder bei ihr zu melden.

Frau Körber ließ mich tatsächlich hängen. Bilal und mir blieb nichts anderes übrig, als das abendliche Treffen durchzuziehen. „Willst du sie nicht wenigstens anrufen?", maulte er auf der Fahrt dorthin.

„Unter welchem Vorwand?" Wir hatten ja noch großspurig behauptet, dass wir Bilal selbst verkabeln würden.

„Ob sie ihr Angebot, uns genügend Bullen an die Seite zu stellen, eingehalten hat."

„Nein, das ist mir zu blöd. Hört sich ja an, als würde ich ihr nicht vertrauen."

Bevor wir den Parkplatz am Waldrand, der als Treffpunkt ausgewählt worden war, erreichten, ging ich auf Tauchstation. Bilal steuerte Deniz' Transporter wie abgesprochen in die hinterste Ecke. Er schaute auf die Uhr. „Knapp zwei Minuten habe ich noch", quetschte er zwischen den Zähnen hervor. „Dann steige ich aus."

Ich hörte, wie er vor dem Wagen auf und ab lief. Natürlich tat sich nichts. Trotzdem warteten wir eine halbe Stunde, bevor sich Bilal wieder auf den Fahrersitz schwang. Ich blieb in meiner Versenkung und drückte auf Frau Körbers Nummer. Es dauerte, bis sie sich meldete. „Speer, der Typ ist nicht aufgetaucht."

Vor lauter Verblüffung kam keinerlei Reaktion von ihr, sodass ich nachfragte: „Hallo, Frau Körber, sind Sie noch dran?"

„Ihr Verdächtiger ist längst in Haft", hörte ich endlich die erlösenden Worte.

„Ach, wie das?"

Sie lachte amüsiert auf. „Herr Speer, Ihnen gelingt es doch immer wieder, mich zu überraschen."

„Wieso?", stellte ich mich weiter unwissend. „Was ist passiert?" Dass wir hinter dieser Aktion steckten, sollte sie nie erfahren. Schließlich war sie Staatsbeamtin, sonst brachte ich sie in einen Gewissenskonflikt.

„Während zwei Streifenbeamte ihn aufsuchten, weil er gemeldet hatte, er würde erpresst, brachen mehrere Unbekannte in sein Haus ein und verwüsteten es. Ein anonymer Anrufer informierte uns darüber. Als die Kollegen dort eintrafen, fanden sie eine erhebliche Menge Blut, die Spur führte hinauf ins Obergeschoss. Deshalb wurden die Kripo und die Spurensicherung hinzugezogen."

Ich erlaubte mir ein breites Grinsen und hob den Daumen, um Bilal zu signalisieren, dass unser Plan aufgegangen war.

„Netterweise hatten die Einbrecher sowohl den Safe im Parterre aufgebrochen als auch im Schlafzimmer einen versteckten Hohlraum hinter dem Schlafzimmerschrank geöffnet, in dem sich jede Menge Beweismaterial fand, das den Verdächtigen eindeutig als Chef einer Einbrecherbande überführt. Die Kollegen sind noch dabei, die Ergebnisse auszuwerten. Das Ganze zieht größere Kreise als gedacht. Ach, vielen Dank, dass Ihre Tante uns Ihr Material zur Verfügung gestellt hat. So können wir Ihre Recherchen mit den gefundenen Unterlagen vergleichen."

„Bitte sehr." Ich empfand tiefe Befriedigung. „Dann haben wir uns völlig umsonst auf den Weg gemacht", konnte ich mir nicht verkneifen zu sticheln.

„Sie werden es überleben", konterte sie. „Genauso wie wir vermutlich nie das Rätsel lösen werden, warum sämtliches Bargeld – und es handelt sich um erhebliche Summen - noch vorhanden war."

„Vielleicht kam es zum Streit? Oder irgendjemand tauchte zufällig auf und vertrieb die Einbrecher", schlug ich vor. „Ist ja wohl angesichts der fantastischen Entwicklung auch nebensächlich. Da hat Ihnen der Zufall endlich einmal erfolgreich in die Hände gespielt", setzte ich noch einen drauf.

„Das war hart an der Grenze", rügte mich Bilal, nachdem ich mich von ihr verabschiedet hatte. „Meinst du, sie hat was gemerkt?"

„Sie ahnt was, fragt allerdings lieber gar nicht erst nach." Die Hauptkommissarin kannte mich anscheinend besser als gedacht. „Wir sind raus."

57

Oliver

Das Gleiche erklärte ich auch Tante Simone, nachdem ich kurz zu Hause Station gemacht hatte, und Stunden später Rebecca. Blöderweise waren auch die Kinder noch wach und ich musste Farbe bekennen.

„Wie bist du auf den Kerl gekommen?", fragte Laurie.

„Ich war mir sicher, den einen Typ, der mehrfach auf den Fotos auftauchte, mal bei ihm gesehen zu haben. Er saß am Tresen und hat sich mit Harry, dem Wirt, unterhalten. Die beiden wirkten sehr vertraut, auch wenn es kein längeres Gespräch war. Und dann entdecke ich Harry ausgerechnet auf dem einen Foto mit Andrej selbst im Hintergrund. Außerdem stieß mir nun auf, dass Harry anfangs behauptete, Ferhat nicht zu kennen. Obwohl er sein Publikum immer im Blick behielt. Daher rief ich noch einmal die Boutique-Besitzerin an und fragte sie, wo Ferhat sich aufhielt, als die Mädchen in den Ständern wühlten. Direkt neben dem Türeingang, sagte sie. Und ihm war der trotzdem nicht aufgefallen? Danach bat ich sie, mir alles mitzuteilen, was sie über Harry wusste. Dabei erfuhr ich, dass er normalerweise nur ab und zu vorbeikam. Das Pub wurde eigentlich von einem jungen Mann geführt, der ganz plötzlich erkrankte und nie wieder auftauchte. Ab da habe Harry den Laden für eine Weile geführt, und zwar von irgendwann im Februar bis kurz nach der Verhaftung von Aminas Vater."

„Vielleicht kannte der eigentliche Barkeeper Ferhat und musste deshalb untertauchen", vermutete Linus. „Außerdem bekam Harry so die Ermittlungen aus erster Hand mit."

„Ja, und dann kamst du und stelltest Fragen über Ferhat", spann Tristan den Faden weiter. „Er spielte dir den gestressten Barbesitzer vor, der von früh bis spät an sechs Tagen in der Woche schuftet und trotzdem ein nettes Wort für jeden hat." Er grinste. „Besonders für dich. Damit du ihn auf dem Laufenden hältst."

„Dabei wirkte der echt sympathisch", warf Rebecca ein. „Ich fand ihn authentisch."

„Ich anfangs auch", gab ich ihr recht. „Wach wurde ich erst, als ich die Fotos durchging. Was wusste ich wirklich von Harry? Ich hatte ihm alles geglaubt, was er mir erzählte. Deshalb bat ich dich, Linus, zu recherchieren."

„Der Typ besitzt vier Jugendkneipen in verschiedenen Städten", klärte der seine Zuhörer auf. „Jede wurde von einem Geschäftsführer geleitet. Also blieb genügend Zeit für andere lukrative Transaktionen."

„Wieso hat so jemand es überhaupt nötig, illegale Sachen zu machen?", fragte Laurie empört. „Der muss doch in Geld schwimmen."

„Oliver vermutet, der hat zuerst mit den Betrügereien angefangen und die Kneipen nach und nach eröffnet", sagte Linus, „als Geldwäscheobjekte."

Bevor sie nachbohren konnte, meldete sich Tristan zu Wort. „Wusstest du, was Oliver vorhatte, Rebecca?"

Diese schüttelte energisch den Kopf. „Ich habe im Vorfeld nichts von ihm erfahren, nur dass er mit der Polizei zusammenarbeiten wollte."

Es war keine Anklage, eher eine Feststellung. Trotzdem fühlte ich mich bemüßigt, mich zu verteidigen. „Ich bin mit einer vagen Idee gestartet. Was sich daraus entwickeln würde, war da noch nicht abzusehen." Ich schaute meine Freundin beschwörend an. Eigentlich wollte ich nicht vor versammelter Mannschaft die ganze Geschichte erzählen.

Leider war der Schaden schon angerichtet. „Wie habt ihr es gedreht, ihn festzunageln?", fragte Laurie wissbegierig.

Ich blieb bei der offiziellen Version, die ich Frau Körber aufgetischt hatte.

„Wir kamen gar nicht zum Einsatz, ein wahrer Glücksfall für uns alle", wiederholte ich die Worte, die ich auch zu der Hauptkommissarin gesagt hatte.

Die Kinder schienen leicht enttäuscht, dass ich nicht der Held war, der den Bösen zu Fall gebracht hatte. Damit ließ sich leben. Hauptsache, wir alle konnten uns wieder frei bewegen und die restlichen Urlaubstage genießen.

Laurie

„Glaubst du, die Story stimmt so?", fragte sie Linus, als sie zusammen ins Obergeschoss gingen. „Irgendwas stößt mir auf, aber ich kriege es nicht zu packen."

„Klar, immerhin haben wir gewonnen", tönte er.

Dass er es echt so sah, konnte sie nicht glauben, seine Antwort war viel zu schnell gekommen. Deshalb wartete sie, bis die beiden Jungen in ihren Zimmern verschwunden waren, und schlich wieder die Treppe hinunter.

„… war es nicht risikoreich", hörte sie Olivers Stimme. Er sprach gedämpft, klang jedoch aufgebracht.

Mist, Rebecca musste ihn zur Rede gestellt haben, direkt nachdem Tristan, Linus und sie weit genug weg waren. Hoffentlich hatte sie nicht das Wichtigste verpasst.

„Verstehe ich das richtig?", wiederholte diese netterweise seine Erklärung. „Ihr habt von Anfang an damit gerechnet, dass er nicht auf die Erpressung hereinfällt?"

„So blöd konnte der gar nicht sein", erwiderte Oliver im Brustton der Überzeugung. „Ihm muss relativ schnell klar gewesen sein, dass das eine Falle ist. Noch ein Erpresser, vor allem einer, der weitere Fotos besitzt, das wäre absolut unwahrscheinlich gewesen."

„Der Einbruch war fest eingeplant?" Ui, klang die sauer!

Egal, Laurie spitzte erwartungsvoll die Ohren, dass ihr nur ja kein Wort entging.

„Für uns bestand keinerlei Risiko", wiederholte Oliver das, was er wohl vorhin schon eingewendet hatte. „Das Wichtigste war, zügig zu agieren. Wir hatten Angst, dass, wenn wir zu lange warten, er Beweismaterial vernichtet. Ehrlich, Rebecca, wir sind sorgfältig und planvoll vorgegangen, haben sogar extra dafür gesorgt, dass er im Pub festgehalten wurde. Es bestand nie die Gefahr, dass uns jemand erwischt. Allein vier Mann haben draußen Wache gehalten."

„Ich verstehe euch nicht. Ihr musstet unbedingt gewinnen, richtig?"

„Nein." Je mehr sie sich ärgerte, desto ruhiger wurde er. „Ein junges Mädchen ist gestorben und Jennifer nur knapp demselben Schicksal entkommen. Bei ihren Überfällen ist die Bande extrem brutal vorgegangen. Die Art und Weise, wie die agiert haben, ist dem Boss anzulasten. Er ist der Initiator. So jemand darf nicht davonkommen. Sobald ein wenig Gras über die Sache gewachsen wäre, hätte der etwas Ähnliches wieder aufgezogen."

Laurie konnte ihm nur voll und ganz zustimmen. Außerdem war sie echt beeindruckt, wie geschickt er vorgegangen und auch zu welchen Risiken er bereit gewesen war, um den Kerl dran zu kriegen. Am liebsten wäre sie reingestürmt, um ihm das zu sagen.

Glücklicherweise lenkte Rebecca ein. „Es ist und bleibt ungesetzlich", beharrte sie, allerdings war ihr Ton deutlich sanfter geworden.

„Manchmal muss man eben zu solchen Mitteln greifen, wenn der Rechtsstaat keine anderen zulässt." Oliver klang ehrlich, er meinte es so, wie er es sagte. „Ich hätte nicht damit leben können, dass so jemand ungestraft davonkommt", wiederholte er.

„Mit dir habe ich ja einen schönen Fang gemacht!" Ihr darauffolgendes Lachen machte deutlich, dass dieser Ausruf nicht böse oder abwertend gemeint war. „Wie habt ihr das denn gedreht, dass die Streifenpolizisten gleich die Kripo eingeschaltet haben", wollte sie wissen.

Ja, das würde Laurie auch interessieren.

„Wir haben gezielt das Versteck gesucht, in dem er seine geheimen Unterlagen aufbewahrt. Als wir das gefunden hatten, verwüsteten wir die Räume, als seien Einbrecher auf der Suche nach Wertsachen gewesen. Zuletzt legten wir eine Blutspur bis ins Obergeschoss. Viel Blut, damit die Streifenbeamten an ein schwereres Verbrechen glaubten und gleich die Kripo und die Spurensicherung hinzuzogen. So hatten sie die Möglichkeit, sämtliche Räume bis in den hintersten Winkel auf den Kopf zu stellen. Die mussten auf offiziellem Weg in den Besitz von Beweisen kommen, damit die gerichtsrelevant sind."

„Blut?", echote Rebecca. „Von einem Menschen?"

„Irgendeiner aus der Community hat uns zwei volle Beutel aus dem Krankenhaus besorgt, also jeweils einen halben Liter", gab er zu. „Es sollte ja aussehen, als sei jemand schwer verletzt worden."

An was Oliver alles gedacht hatte! Ach, wie gut, dass sie ihrem Instinkt gefolgt war. Nun kannte sie endlich den wahren Ablauf. Oliver und seine Freunde hatten den Kerl allein überführt, auch wenn er das natürlich nicht zugeben konnte.

Langsam musste sie sich verziehen, bevor die beiden sie erwischten. Als sie sich umdrehte, blickte sie in die grinsenden Gesichter von Tristan und Linus. Letzterer legte warnend den Finger auf die Lippen. Nacheinander schlichen sie die Treppe hoch und trennten sich mit einem wissenden Nicken. Ihre Neugier war befriedigt. Sie würden nicht mehr über den Fall reden.

58

Laurie

In den nächsten Tagen gaben sich Rebecca und Oliver richtig Mühe, sie zu den schönsten seit langem für Charlie und sie zu machen. So viel Aufmerksamkeit hatten sie beide noch nie bekommen. Ihr kleiner Bruder genoss die Zeit in vollen Zügen. Linus und Tristan waren wie Geschwister für ihn, und Ben liebte er sowieso. Rebecca mochte er von Anfang an, jetzt fand auch Oliver einen Platz in seinem Herzen. Laurie dagegen war zwiegespalten. Auf der einen Seite genoss sie die gemeinsamen Unternehmungen und das harmonische Miteinander, auf der anderen war sie sich nur zu bewusst, dass sie schon bald wieder zurück in ihren Alltag mussten, Charlie in sein und sie in ihr Heim. Sie konnte nicht verhindern, dass ihr die seltsamsten Gedanken kamen: Ach, wäre das toll, wenn sie für immer bei Rebecca und Oliver bleiben könnten!

Tante Simone kam und löste die beiden, die wieder arbeiten mussten, ab. Die Tage wurden ruhiger, trotzdem war es allemal besser als im Heim. Sie hatte eine total liebe, unaufgeregte Art und verwöhnte alle Kinder ziemlich. Rebecca, die an den Wochenenden zu Besuch kam, schüttelte oft lachend den Kopf über sie. „Ein Wunder, dass Oliver bei deiner Erziehung so normal geblieben ist."

„Liebe ist das Wichtigste", trumpfte Tante Simone auf. „Wenn die fehlt, gedeiht nichts."

Schade, dass der Gegenstand ihrer Unterhaltung jobmäßig eingebunden war. Ob sie ihn überhaupt noch mal wiedersah?

An ihrem letzten Wochenende kamen dann Rebecca und Oliver gemeinsam, um sie abzuholen. Sie trafen am Freitag spätabends ein und er verkündete, dass sie am nächsten Tag gegen Mittag losfahren wollten.

Wollen? Also in ihr sträubte sich alles!

„Laurie, wir müssen reden", sagte er nach dem Frühstück. „Komm bitte mit ins Wohnzimmer."

Mit weichen Knien und mulmigem Gefühl folgte sie ihm. Er hatte so ernst geklungen. Was war jetzt wieder passiert?

„Rebecca und ich haben beim Jugendamt und bei der Gutachterin vorgefühlt", begann er.

Ihr Herz machte einen Satz. Sollte ihr Wunschtraum etwa doch in Erfüllung gehen?

„Ihrer Ansicht nach besteht die Möglichkeit, Charlie und dich zusammen in einer Familie unterzubringen."

Sie wagte kaum zu atmen, um den entscheidenden Satz nicht zu verpassen.

„Allerdings sind daran gewisse Vorgaben gebunden. Eine Person darf nicht berufstätig sein, zudem muss sie gewisse Fähigkeiten nachweisen."

Wie sollte das gehen? Sie starrte ihn nur stumm an. Ihr war bewusst, dass ihre allergrößte Hoffnung gerade gestorben war. Rebecca würde niemals ihren Job für sie beide aufgeben, Oliver ebenso wenig.

„Könntet ihr euch vorstellen, bei Linus' Eltern zu leben?", ließ er die Bombe platzen.

Völlig perplex wusste sie im ersten Moment gar nicht, was sie sagen sollte. Deshalb waren die gleich mehrfach hier aufgetaucht!

„Linus ist auf die Idee gekommen. Er ist nur noch in den Ferien zu Hause, seine Mutter ist gelernte Erzieherin. Sie würde euch gern aufnehmen, sie fand euch bei ihren Besuchen sehr sympathisch."

Charlie und sie umgekehrt auch, vor allem war sie anfangs überrascht, wie normal seine Eltern im Gegensatz zu ihrem Sohn redeten und handelten. Nur waren sie halt nicht Oliver und Rebecca.

Sie bemühte sich, ihre Enttäuschung nicht zu zeigen, und heuchelte Freude, obwohl ihr Herz schmerzte. Schnell rief sie nach Charlie, um ihm die Neuigkeit mitzuteilen. Im Gegensatz zu ihr war er begeistert. Klar, Linus' Papa hatte sich fast ausschließlich mit ihm beschäftigt.

„Dann kriegen wir auch einen Hund!" Er grinste sie siegesgewiss an, als hätte er das bereits ausgedealt.

„Oh, nein", stöhnte Linus, der ebenfalls hinzukam. „Ist nicht drin."

„Abwarten!" Den Spruch musste Laurie ihm einfach verpassen. Er tat gerade so, als wären sie lästige Gäste.

„Linus ist euer größter Fürsprecher gewesen", betonte Rebecca, die nun auch hinzutrat. Sie strahlte sie an. „Ist das nicht toll, Laurie? Ihr lebt ganz in unserer Nähe und wir werden euch regelmäßig sehen können."

Daran hatte sie noch gar nicht gedacht. Aber ob sie ihr Versprechen wirklich hielt?

„Wir werden uns dann auch öfter über den Weg laufen", sagte Tristan, der gefolgt von Ben im Türrahmen auftauchte. „Zumindest in den Ferien, wenn Linus da ist."

Charlie stürzte sich auf sie und umarmte sie ganz fest. „Juchhu, wir bleiben alle zusammen!", jubelte er.

Langsam wurde auch Laurie bewusst, dass sie beide das große Los gezogen hatten. Sie kriegten eine richtige Familie und behielten ihre Freunde in der Nähe. Besser hätte es für sie kaum laufen können – auch wenn ihr Wunschtraum nicht in Erfüllung gegangen war. Alles in allem sollte sie wirklich froh und dankbar sein, dass Oliver und Rebecca Charlie und ihr ein echtes Zuhause besorgt hatten, eins, in dem sie endlich normal aufwachsen konnten.

Ihr Lächeln war noch ein wenig gequält, als sie sich bei den beiden bedankte. Doch sie wusste, sie hätten es viel schlechter treffen können. Linus' Eltern waren zumindest das Zweitbeste, was ihnen hatte passieren können.

Nachwort

Alle handelnden Personen sowie die beschriebenen Orte sind frei erfunden und der Fantasie des Autors geschuldet. Ähnlichkeiten mit lebenden Personen sind nicht beabsichtigt.

Leseprobe

Getrieben und gelenkt – Dortmund-Krimi

Zwei Männer werden kurz nacheinander ermordet – dringend der Tat verdächtig ist der Sohn von Alexander Grahls ehemaliger Dozentin. Die Polizei sucht mit einem großen Aufgebot nach ihm, denn er führt vermutlich drei Jagdgewehre mit sich und wird als brandgefährlich eingeschätzt.

Trotzdem beginnt Alex gemeinsam mit seinem Freund Tom ebenfalls zu recherchieren. Dieser hegt eine ganz andere Vermutung, die nach und nach immer wahrscheinlicher wird. Um diesen Fall aufzuklären, müssen sie in ein hochkomplexes Thema eintauchen.

Prolog

Im Gegensatz zu seinen sonstigen Gewohnheiten saß der Vater schon in der Küche am Tisch, als er hereinkam, vor sich eine Tasse Kaffee und eine dick mit Wurst belegte Schnitte.
„Du bist schon auf?", konnte er sich nicht verkneifen zu fragen.
„Wie du siehst." Sein Vater musterte ihn von oben bis unten, enthielt sich aber eines Kommentars.
Er goss sich aus der vollen Kanne ebenfalls einen Kaffee ein, toastete zwei Scheiben Brot und setzte sich ihm gegenüber. Der Vater tat, als sei er mit Zeitunglesen beschäftigt, er hielt seinen Kopf gesenkt und aß bedächtig.
Auch gut, er war nicht gerade erpicht auf ein Gespräch am frühen Morgen. So konnte er in Ruhe seinen Gedanken nachhängen.
Zehn Minuten später erhob er sich, stellte seine Tasse in die Spüle und wandte sich zur Tür.
„Wann ist dein Termin?"
„In einer halben Stunde", gab er über die Schulter zurück.
„Werde ruhig ein bisschen energisch", konnte sich der Vater nicht zurückhalten. Dabei hatte er ihm schon gestern einen Vortrag zu diesem Thema gehalten. „Du bist kein Bittsteller, hörst du? Das Arbeitslosengeld steht dir zu."

Er nickte nur und verließ endgültig den Raum. Die eine Auseinandersetzung hatte ihm gereicht. Er nahm seine dünne Windjacke vom Haken der Garderobe, griff zu Portemonnaie und Schüsseln und zog die Wohnungstür nachdrücklich hinter sich zu. Wetten, dass der Vater am Fenster stehend seinen Weg beobachten würde?

Er sah nicht nach oben, sondern ging, ohne nach links oder rechts zu blicken, Richtung Bushaltestelle. Um diese Zeit war diese mit Schulkindern bevölkert. Die Älteren beschäftigten sich mit ihren Handys, die Jüngeren tobten herum, ganz so, wie es schon immer gewesen war. Auch die Missbilligung der wenigen Erwachsenen über das Treiben hatte sich nicht geändert. Er konnte direkt spüren, was sie dachten: Das hat es zu unserer Zeit nicht gegeben!

Wenn ihr wüsstet!

Als der Bus vorfuhr, entstand ein ziemliches Gedränge, weil wie immer keiner bereit war zu warten. Er trat zurück und wandte sich, kaum dass der Bus die Türen schloss, um. Gemächlich schlenderte er die Straße wieder in Richtung Haus, schwenkte allerdings an der nächsten Ecke links ab, um sich dem Grundstück von hinten zu nähern. Dem Vater war durchaus zuzutrauen, länger am Fenster auszuharren. Er war misstrauisch geworden, das hatte er gestern deutlich gemerkt.

Als wenn er so einfach zu durchschauen wäre! Der ahnte nicht im Geringsten, warum er sich bei ihm eingenistet hatte und warum er nicht bereit war, zur Arge zu gehen. Stattdessen glaubte er ihm seit Monaten das Märchen von den unsäglichen Hindernissen, die sich ihm in den Weg stellten. Jetzt auf einmal wurde er renitent, wollte, dass er sich auf die Hinterbeine stellte und die für ihn zuständige Mitarbeiterin unter Druck setzte.

„Das kann einfach nicht sein, dass die dich derart hängen lassen", hatte er am Tag zuvor getönt. „Wenn die Fehler über Fehler machen, müssen die sich eben bemühen, diese so schnell wie möglich zu beheben. Wie sollen denn Arbeitslose klarkommen, die keine Eltern haben, die sie so lange aufnehmen und versorgen?"

Er grinste in Erinnerung an die Szene. Der Vater hatte sogar angeboten, ihn heute zu begleiten. Was er natürlich ablehnte. Er war alt genug, sein Leben selbst zu regeln.

Hätte er mal lieber den Mund gehalten! Der Vater rechnete ihm akribisch vor, was er in den letzten Monaten für ihn ausgegeben hatte – ganz zu schweigen von der Überlassung seines ehemaligen Kinderzimmers und dem Umstand, dass er für ihn mitkochte, hinter ihm her putzte und seine Wäsche machte.

Als wenn er ihn darum gebeten hätte! Das hatte dieser schließlich von sich aus angeboten. Viel mehr gab es für einen Rentner sowieso nicht zu tun. Leider hatte er sich nicht zurückhalten können und ihm genau dies auf seine Unterstellungen geantwortet. Daraufhin war es zu einem lautstarken Streit gekommen, in dessen Verlauf ihm der Vater sogar androhte, ihn rauszuschmeißen, wenn er nicht endlich Fakten schuf. Nur deshalb hatte er sich auf die heutige Posse eingelassen.

Er erreichte den leeren Garagenhof des Nachbargrundstücks, überquerte ihn zügig und stieg über den Jägerzaun, der die beiden Grundstücke voneinander trennte. Im Schutz der Büsche ließ er seinen Blick über die seitliche Fensterfront wandern. Nein, niemand zu sehen.

Er rannte zur Kellertreppe und die Stufen hinunter. Der kleine Keil, den er in der Nacht angebracht hatte, steckte noch zwischen Türrahmen und Tür, sodass er diese aufdrücken und hineinschlüpfen konnte. Wieder blieb er kurz stehen und horchte, ob jemand anwesend war. Beruhigt wandte er sich dann dem Keller seines Vaters zu, entriegelte das Schloss und trat aufatmend ein. Sein Plan war geglückt. Hier konnte er die nächsten Stunden ausharren, um dann auf dem gleichen Weg in die Wohnung zurückzukehren.

Er nahm die Matratze seiner Mutter von der Wand, streifte die schützende Hülle ab und legte sie auf den Boden. Später würde er sich dem Problem annehmen, was er seinem Vater vorlügen wollte, warum er immer noch keine Zusage vorweisen konnte. Doch erst einmal musste er den verloren gegangenen Schlaf der letzten Nacht nachholen. Das frühe Aufstehen hatte ihn komplett aus seinem Rhythmus gerissen.

Er knüllte seine Jacke als Kopfkissen zusammen und legte sie unter seinen Kopf. Kaum hatte er die Augen geschlossen, schlief er tief und fest.

1

Dienstag, 14. September 2021

Alex

Heute sollten die Temperaturen nicht über zwanzig Grad steigen und es war kein Regen angesagt. Deshalb beschloss ich, den dringend notwendigen Großeinkauf zu machen. Das Manuskript des letzten Krimis hatte ich am Freitag zu meinem Lektor geschickt, das Wochenende hatten Felicitas und ich bei ihrer Oma – am Samstag – und bei meinen Eltern – am Sonntag – verbracht. Gestern hatte ich mich endlich mal wieder intensiver um den

Haushalt gekümmert. Denn bevor ich meinen nächsten Fantasy-Roman beginnen konnte, musste ich erst die Story im Kopf vernünftig durchdenken, was sich dieses Mal schwieriger gestaltete als gedacht. Ich fand einfach keinen vernünftigen, nachvollziehbaren Handlungsstrang.

Klar, sobald ich mit dem Schreiben begonnen hatte, entwickelten die Protagonisten sowieso ein Eigenleben, es kam immer anders, als am Anfang gedacht. Trotzdem musste ich zumindest eine ungefähre Vorstellung von dem, was passieren sollte, haben. Einfach drauflos zu schreiben, lag mir nicht.

Nach dem Einkaufen machst du einen langen Spaziergang, beschloss ich. Dabei kannst du in Ruhe nachdenken.

Eineinhalb Stunden später kam ich schwerbepackt zurück. Wahrscheinlich würde Felicitas meckern, da ich jeder Menge Angebote nicht hatte widerstehen können. Aber wofür hatten wir schließlich einen Gefrierschrank?

Dieser war proppenvoll, nachdem ich alles verstaut hatte. In den nächsten Wochen mussten wir nur noch das Nötigste frisch einkaufen, dachte ich grinsend und sammelte die leeren Taschen ein, um sie an die Garderobe zu hängen. Blieb viel Zeit, um gemeinsam abzuhängen.

Die Türklingel unterbrach meine genussvollen Vorstellungen, wie dies aussehen würde. Fast gleichzeitig klopfte es leise und eine Stimme rief: „Herr Grahl?"

Herr Bendel, der Opa von Tom? War etwas mit ihm oder mit Tim? Mein Verdacht bestätigte sich, als ich die Tür öffnete. Der alte Herr blickte mir mit sorgenvoller Miene entgegen. „Darf ich kurz reinkommen? Ich hätte eine sehr, sehr große Bitte an Sie."

„Selbstverständlich." Insgeheim atmete ich auf, also bezog sich sein Gesichtsausdruck nicht auf einen seiner Enkel. Mit dieser Nachricht wäre er bestimmt sofort herausgeplatzt.

Ich schaute auf seinen rosigen Hinterkopf mit dem immer dünner werdenden weißen Haar, während er langsam vor mir her ins Wohnzimmer stapfte. Ein Rollator wäre nicht schlecht, überlegte ich. Er wirkt nicht gerade sicher auf den Beinen.

Er steuerte gleich auf den Sessel zu, eine Neuanschaffung, die sich schon öfter bewährt hatte, seitdem wir mehr als einen Besucher gleichzeitig hatten, und nahm umständlich Platz. Höflich, wie er war, wartete er ab, bis ich mir meinen Computerstuhl herbeigezogen hatte, bevor er begann: „Ich habe gerade einen Anruf von Frau Kesper bekommen. Sie ist in großer Not."

Das war meine ehemalige Germanistikdozentin an der Uni und eine Bekannte von Herrn Bendel, wie ich wusste. „Ist ihr etwas zugestoßen?", hakte ich nach, weil er sichtlich verlegen schwieg.

„Ihr nicht, aber ihrem Ex-Mann und dem gemeinsamen Sohn." Wieder hielt er inne.

Nach und nach holte ich mit geduldigen Nachfragen sämtliche Einzelheiten aus ihm heraus. Gestern war der Ex-Mann tot in seiner Wohnung aufgefunden worden. Der erwachsene Sohn, mittlerweile Ende dreißig und zurzeit bei ihm wohnend, war spurlos verschwunden, mitsamt seinen persönlichen Dingen – und den Jagdgewehren seines Vaters, drei an der Zahl, weshalb die Polizei mit einem Riesenaufgebot nach ihm suchte.

„Bisher haben sie keine Spur von ihm gefunden", sagte Herr Bendel bedrückt. „Es scheint, als habe er sich in Luft aufgelöst."

„Denken die Ermittler denn, er sei der Mörder seines Vaters?" Man musste dem alten Herrn wirklich jede Information aus der Nase ziehen. Bis er damit herausrückte, dass dieser Ex-Mann erstochen worden war! Und dann auch noch die Tatsache, dass der Tote fast eine Woche in der Wohnung gelegen hatte, bis die Nachbarn aufgrund des ständig stärker werdenden Gestanks endlich die Polizei riefen! Die ganze Geschichte war mehr als seltsam.

„Die halten sich da ziemlich bedeckt", erwiderte er und zuckte gleichzeitig mit den Schultern. „Vielleicht wäre es besser, wenn Sie selbst mit Frau Kesper sprechen würden, Herr Grahl. Wenn Sie denn eine Möglichkeit sehen, ihr helfen zu können."

Nett umschrieben! Im Endeffekt sollte er wohl meine Bereitschaft ermitteln, mich in diesen Fall einzubringen. Tatsächlich fühlte ich mich sogar dazu verpflichtet, meine Dozentin hatte mich auch nicht im Stich gelassen, als ich damals in einem anderen Fall total auf dem Schlauch stand. Außerdem fühlte ich mich natürlich auch geschmeichelt von dieser Bitte, obwohl ich echt nicht wusste, was ich tun konnte.

„Hauptsache, Sie versuchen es", sagte Herr Bendel sichtlich erleichtert, nachdem ich den letzten Teil meiner Gedanken laut geäußert hatte. „Wenn Sie Zeit haben, würde sie sich gern gleich heute mit Ihnen treffen. Bei ihr zu Hause", fügte er hinzu. „Die Tochter möchte auch gern dabei sein."

„Also die Schwester?"

Er schüttelte den Kopf. „Seine Halbschwester. Sie ist das Kind von ihrem zweiten Ehemann und etliche Jahre jünger."

„Wann soll ich bei ihr erscheinen?"

Er holte sein Handy hervor. Er war mittlerweile umgestiegen auf eins für Senioren, wie ich feststellte, mit großen Zahlen und Tasten. „Hildegard? Herr Grahl hilft dir", begann er, wurde aber sofort von einem Redeschwall unterbrochen. Geduldig hörte er zu, bis er selbst etwas sagen konnte. „Nein, ich habe ihn nur in groben Zügen aufgeklärt. Ich dachte, es ist besser, wenn du selbst den Rest übernimmst." Wieder blieb er eine Weile stumm. „Heute Nachmittag um drei?", wandte er sich dann an mich. Als ich nickte, bestätigte er den Termin und beendete das Gespräch. „Sie steht vollkommen neben sich, die Arme."

Statt mir ihre Adresse zu geben, blickte er auf seine Hände hinab, für mich ein Zeichen, dass er noch etwas auf dem Herzen hatte. „Äh, wäre es zu viel verlangt, wenn Tom Sie begleiten würde? Ich habe ihm bisher nichts erzählt, er kennt Hilde kaum. Trotzdem könnte ich mir vorstellen, dass er gern dabei wäre."

„Klar, warum nicht?" Ein Vermisster, der anscheinend nicht gefunden werden wollte, eine nach dem miterlebten Telefongespräch völlig verzweifelte Mutter - je mehr Hilfe ich bekam, desto besser.

KJ Weiss – Romane

Nur ein schmaler Pfad
Erbarmungsloses Spiel
Gedanken eines Mörders
Tollkühn
namenlose Angst
Opferleid
Im Schatten des Vergessens
In ohnmächtiger Wut
Albtraum: Tod eines Kindes
Liebe - Trennung - Mord
Flickenteppich: Diagnose: Schizophrenie
Lukas: Irrwege eines Hochbegabten

Karin Franke - Krimis

Am eigenen Leib: Richies erster Fall
Je tiefer du gräbst: Richies zweiter Fall
Zwischen Lüge und Wahrheit: Richies dritter Fall
Jeder Tod hat seinen Preis: Richies vierter Fall
Inmitten der Krise: Richies fünfter Fall
Kinderseelen-Hölle: Richies sechster Fall
Schwarze Teufelin: Richies siebter Fall
Verkalkuliert: Richies achter Fall
In den Fängen eines Loverboys: Richies neunter Fall
Tote Sünder: Richies zehnter Fall

Dortmund-Krimi
Getäuscht und Belogen
Gepokert und geblufft
Verschleiert und versteckt
Verfolgt und gejagt
Getrieben und gelenkt